SARAH KURZ
Vielleicht kannst du nachkommen

SARAH KURZ

Vielleicht kannst du nach- kommen

ROMAN

Lübbe

 Die Bastei Lübbe AG verfolgt eine nachhaltige Buchproduktion. Wir verwenden Papiere aus nachhaltiger Forstwirtschaft und verzichten darauf, Bücher einzeln in Folie zu verpacken. Wir stellen unsere Bücher in Deutschland und Europa (EU) her und arbeiten mit den Druckereien kontinuierlich an einer positiven Ökobilanz.

Originalausgabe
Copyright © 2024 by
Bastei Lübbe AG, Schanzenstraße 6–20, 51063 Köln
Vervielfältigungen dieses Werkes für das Text- und
Data-Mining bleiben vorbehalten.
Textredaktion: Beate De Salve
Umschlaggestaltung: www.buerosued.de
unter Verwendung von Motiven von
© www.buerosued.de | © Magdalena Russocka / Trevillion Images
Satz: hanseatenSatz-bremen, Bremen
Gesetzt aus der Minion Pro
Druck und Verarbeitung: GGP Media GmbH, Pößneck

Printed in Germany
ISBN 978-3-7577-0070-6

2 4 5 3 1

Sie finden uns im Internet unter luebbe.de
Bitte beachten Sie auch: lesejury.de

Prolog

Heidelberg, Mai 1967

Anneliese

Heillos verwirrt und den Tränen nahe starre ich auf das Schwarz-Weiß-Foto, das zwischen meiner Mutter und mir auf dem Küchentisch liegt. Tausend Fragen liegen mir auf der Zunge, brennen in meinem Hals, doch ich presse die Lippen genauso fest zusammen wie Mama.

Der junge Mann auf dem Bild hat vermutlich dunkelblondes oder rotbraunes Haar. Ich bin die Einzige in der Familie, die rotbraunes Haar hat. Obwohl ich mich dagegen wehre, suche ich nach Ähnlichkeiten. Seine schmale Nase sieht so aus wie meine, doch der schön geschwungene Mund hat mit meinem nicht viel gemeinsam: Ich habe die vollen Lippen meiner Mutter geerbt. Hochgewachsen steht er neben Mama, beide lächeln. Er trägt eine Uniform der British Army, Mama ein geblümtes Sommerkleid zu ihrer ordentlichen Flechtfrisur.

Sie sehen jung aus, glücklich. Verliebt.

Nur dass der Mann auf dem Foto nicht mein Vater ist, nicht der Mann, bei dem ich aufgewachsen bin. Er ist ein Fremder.

»Nett, dass du gewartet hast, bis die Gäste gegangen sind«, sage ich hilflos.

»Ich wollte dir nicht den Tag verderben. Der einundzwanzigste Geburtstag ist schließlich etwas ganz Besonderes.«

Wieder versinken wir in Schweigen. Die Frühlingssonne scheint herein. Vogelgezwitscher und die Rufe der spielenden Nachbarskinder dringen zu uns herauf in den dritten Stock.

Unser Haus liegt in der Heidelberger Weststadt, einem hübschen Gründerzeitviertel. Ich lausche auf die Geräusche in der Dreieinhalbzimmerwohnung. Mein Vater – oder vielmehr mein Stiefvater, wie ich jetzt weiß – sitzt im Wohnzimmer vor dem Fernseher und schaut eine Fußballübertragung. Die fesselt ihn zuverlässig an seinen Sessel. Im Kinderzimmer lärmen meine beiden jüngeren Schwestern. Wie so oft kann ich nicht unterscheiden, ob sie sich unterhalten oder zanken. Ich bin die Älteste von uns, Marlene ist drei Jahre jünger als ich und beendet dieses Jahr noch die Schule, während Clara mit ihren sechzehn Jahren noch ein paar Schuljahre vor sich hat, vorausgesetzt, sie entschließt sich doch, das Abitur zu machen.

Die Ablenkung währt nur kurz. Ob ich will oder nicht, das Foto vor mir zwingt mich dazu, mich mit dieser unglaublichen Nachricht auseinanderzusetzen.

»Es muss sich für dich nichts ändern, Anne.«

»Ach nein?«

»Nein. Du hast eine Familie, und du hast einen Vater, der dich als seine Tochter angenommen hat.«

»Nur auf dem Papier. Und das weißt du auch.«

Papa hat mich immer spüren lassen, dass ich nicht sein Fleisch und Blut bin. Ich dachte immer, seine Reserviertheit läge vor allem daran, dass ich die Älteste bin, dass meine jüngeren Schwestern zu viel Aufmerksamkeit brauchen, als dass für mich noch etwas übrig sein könnte; vielleicht auch daran, dass Rudolf sich einen Sohn gewünscht und stattdessen drei Mädchen bekommen hat. Doch sein oftmals abweisendes Verhalten mir gegenüber hat offenbar vor allem den Grund, dass ich das Kind eines anderen bin.

Das Gefühl, geliebt zu werden, hatte ich immer nur bei meiner Mutter. Bei meiner Mutter, die mich mein ganzes Leben lang belogen hat.

»Erzähl mir von meinem leiblichen Vater«, bitte ich sie und

unterdrücke die Wut, die wieder in mir aufflammt. »War er so nett, wie er aussieht?«, frage ich, denn sympathisch wirkt er tatsächlich auf dem Bild.

»Meinst du etwa, ich wäre mit ihm ausgegangen, wenn er nicht nett gewesen wäre?«

»Stimmt. Das war eine dumme Frage.«

»Ich werde dir von ihm und mir erzählen. Alles. Damit du verstehst, warum wir beide am Ende hier gelandet sind. Aber vorher koche ich uns Tee.«

Neben der Spüle stapelt sich das Kaffeegeschirr auf der grau melierten Arbeitsplatte. Doch entgegen ihrer sonstigen Gewohnheit ignoriert Mama es und füllt den Teekessel mit Wasser.

Während wir auf das hohe Pfeifen warten, betrachte ich erneut das Foto.

Nach einem langen Gespräch mit Mama bleibe ich allein mit meinen Gedanken in der Küche zurück. Aus dem kleinen Radio schallt »Immer wieder geht die Sonne auf« von Udo Jürgens. Ich mag das Lied. Es lässt mich hoffen, dass es auch für mich wieder aufwärtsgeht.

Das Spülwasser ist angenehm warm und duftet nach Zitrone. Es gibt schlimmere Aufgaben als den Abwasch.

Während ich das Kaffeegeschirr von meiner Geburtstagsfeier spüle, versuche ich, meine wild kreisenden Gedanken zu ordnen. Meine Mutter hat mir einen Teil ihrer Geschichte mit meinem leiblichen Vater George Wright erzählt, für den Rest überlässt sie mir ihr Tagebuch von damals, das sie auf dem Speicher gehütet hat wie einen Schatz. Ich wundere mich, dass sie so einfach ihre Geheimnisse mit mir teilt, aber anscheinend ist es ihr wichtig, dass ich genau Bescheid weiß.

Nach jahrzehntelangem Schweigen kommt diese Kehrtwende überraschend. Sie bat mich bloß, nicht schlecht über sie zu denken, wenn ich alles gelesen habe. Ich habe ihr versichert, dass ich das auf keinen Fall tun werde. Sie ist und bleibt meine Mutter, und ich liebe sie. Allein schon die kurze Schilderung ihrer ersten Begegnung mit George hat mir gezeigt, wie schwierig es für sie gewesen sein muss, ihre Gefühle zuzulassen und schließlich für ihre Entscheidungen geradezustehen. Ich weiß, wie die Geschichte beginnt und wie sie endet, doch über das Dazwischen weiß ich noch nichts.

Ich stelle den letzten Teller auf das Abtropfgitter, wringe den Schwamm aus und lege ihn zum Trocknen auf den Rand des Spülbeckens. Dann ziehe ich den Stöpsel, trockne mir die Hände ab und verlasse die Küche, nicht ohne vorher das Radio auszuschalten.

Ich habe einen Namen, und ich habe ein Foto, doch ich will so viel wie möglich über diesen Mann wissen.

Allerdings darf ich nicht darüber sprechen. Rudolf weiß natürlich, dass er nicht mein leiblicher Vater ist, aber er weiß nicht, dass mein Vater ein englischer Soldat ist. Er glaubt – offenbar ebenso wie einige andere –, dass mein leiblicher Vater ein Deutscher aus Bonn war, der lieber zur See gefahren ist, als meine schwangere Mutter zu heiraten. Nur ich … ich wusste gar nichts.

In dem Zimmer, das wir drei Schwestern uns teilen, liegt Marlene auf dem Stockbett oben und liest einen ihrer progressiven amerikanischen Romane aus der Stadtbücherei.

»Welches Buch hast du da?«, frage ich sie, während ich mich auf mein niedriges Bett plumpsen lasse, das dem von Marlene und Clara gegenübersteht.

»›Der Fänger im Roggen‹ von J.D. Salinger«, erklärt sie, ohne den Blick von den Seiten zu heben.

»Das hab ich auch schon mal gelesen. Nicht schlecht, aber ich habe keine Ahnung, was die Moral von der Geschichte sein soll.«

»Es muss doch nicht immer eine Moral geben«, meint Marlene.

»Stimmt. Viel Spaß damit. Ich lese jetzt auch.«

»Weißt du, wo Clara steckt? Es ist schon nach sieben.«

»Sie ist unten bei Frau Bierbaum. Bestimmt guckt sie wieder einen dieser biederen Heimatfilme mit ihr.«

Die alte Frau Bierbaum ist so etwas wie unsere Ersatzoma. Früher hat sie oft auf uns aufgepasst, wenn Mama Nachtdienst hatte und Papa eine Schicht im Betriebshof.

»Wenn es ihr gefällt …«, sagt Marlene nur.

Ich strecke mich bäuchlings auf meinem Bett aus, nehme Mamas in dunkelblaues Leinen gebundenes Tagebuch zur Hand und schlage es auf. Jetzt möchte ich lesen, wie es meiner Mutter ergangen ist, und einen Teil der Geheimnisse um meine Geschichte lüften.

Erster Teil
1945 bis 1946

1

Berkum, Juni 1945

Erika

Seit einem Monat war der Krieg offiziell vorbei. Es war erschreckend, wie bei uns auf dem Land alles seinen gewohnten Gang ging, wie wir Heu machten, die Felder bestellten und tagein, tagaus die Tiere versorgten, während in den Städten viele Menschen ums nackte Überleben kämpften.

Diese Menschen sah ich zum ersten Mal ein paar Wochen nach Kriegsende, als Heerscharen von ihnen, ihre Kinder im Schlepptau, mit Körben und Taschen die Landstraße hinuntergewandert kamen, um auch auf unserem Hof Kleider, Schmuck und Zigaretten gegen Eier, Milch, Brot und Frühjahrsrüben einzutauschen. Manche waren zerlumpt und schmutzig, weil sie kein Dach mehr über dem Kopf hatten und inmitten der Trümmer im ausgebombten Bonn hausten. Hunderte bevölkerten die Bauernhöfe und hamsterten, was wir hergeben konnten, bis sie am späten Nachmittag mit dem Zug zurück in die Stadt fuhren.

Die Verletzten und Toten während der Bombardierungen von Bonn im Krankenhaus zu sehen war schrecklich. Manche Erlebnisse würden mich nie mehr loslassen. Doch meine Familie erkannte erst jetzt das Ausmaß der Zerstörung, als sie die vielen armen Menschen sah. Sicher, auch auf dem Land lasen sie Zeitung, und Luise und ich hatten regelmäßig aus Bonn und Bad Godesberg berichtet, aber das war aus zweiter Hand.

Mein Vater Erwin war als Bauer, der einen Hof führte, nicht eingezogen worden, mein Bruder allerdings sehr wohl. Wir warteten darauf, dass er nach Hause kam. Im Moment befand er sich in französischer Kriegsgefangenschaft irgendwo im Süden Frankreichs. Immerhin hatte er dort bestimmt besseres Wetter als wir. Das sagte ich mir jedes Mal, wenn ich Otto vermisste und mich um ihn sorgte.

Ich saß neben meinem wortkargen Vater auf dem Kutschbock des Ochsenkarrens. Wir waren auf dem Weg in unser kleines Waldstück im Kottenforst, um Feuerholz zu holen. Als älteste Tochter oblag es mir, den Sohn zu ersetzen, der noch nicht heimgekehrt war. Neben meinen üblichen Pflichten im Haus und im Stall – wie dem Melken der Kühe und Ziegen, dem Versorgen der Hühner und dem Beaufsichtigen meiner drei jüngeren Geschwister – begleitete ich meinen Vater seit Ottos Weggang zum Holzschlagen oder Holzholen, zum Mähen und Säen. Alles Dinge, die er stets mit seinem Sohn zusammen getan hatte.

Ich hatte noch während des Krieges meine Lehre zur Krankenschwester erfolgreich abgeschlossen und war erst seit dem letzten Herbst zurück auf dem elterlichen Hof. Eigentlich hatte ich in einem Krankenhaus in der Stadt arbeiten wollen, aber mein Vater hatte sofort klargestellt, dass ich unabkömmlich war, solange Otto fehlte. Ich durfte immerhin meine Ausbildung beenden, doch seit etwa einem halben Jahr lebte ich wieder fest hier, und es gab keine Aussicht darauf, dass sich das so bald änderte. Wegen Ottos Fehlen hatte ich schweren Herzens das Angebot des St. Josef Hospitals in Bonn-Beuel abgelehnt und war nach Hause zurückgekehrt. Wenn ich ganz ehrlich war, hoffte ich nicht nur um seinetwillen, dass Otto heil zu uns zurückkam, sondern auch für mich selbst. Auf keinen Fall wollte ich den Rest meines Lebens an diesen Hof gebunden sein, Kühe melken und Ställe ausmisten.

Mein Vater, wie immer ordentlich rasiert und gekämmt in seinen von der Arbeit staubigen Hosen und dem dunklen Hemd, warf einen prüfenden Blick gen Himmel.

»Wir sollten zusehen, dass wir vor der Mittagsglocke wieder zu Hause sind. Es wird Regen geben.«

Ich legte ebenfalls den Kopf in den Nacken, sodass mein langer, blonder Flechtzopf fast den Boden des Wagens berührte. Die Wolkendecke wurde bereits dichter und dunkler.

Vater trieb die Ochsen an, und der Karren rumpelte etwas schneller über den Waldweg.

Die Ochsen schnauften und grunzten. Ich mochte die gutmütigen Tiere. Im Gegensatz zu den Mutterkühen verhielten sie sich immer friedlich.

Ich genoss die saubere Waldluft. Im Juni empfand ich die Luft vor dem Regen zwar als schwül und feucht, aber nicht als schweißtreibend wie im Sommer. Doch das änderte sich, sobald wir anfingen, große Holzscheite auf den Wagen zu laden.

Eine gute Stunde später befand mein Vater die Ladefläche für voll genug. Mein hellblaues, langes Baumwollkleid mit der etwas dunkleren Schürze klebte an mir. Leider würde ich erst am Abend die Möglichkeit haben, mich zu waschen. Jetzt lohnte es sich nicht, weil ich nach dem Mittagessen weiterarbeiten musste, Unkrautjäten auf dem Weizenfeld stand auf dem Tagesplan.

Pünktlich als wir den Hof erreichten, fielen die ersten Tropfen vom Himmel. Mein Vater lenkte den Karren unter den Überhang des Scheunendachs. Während er ablud, spannte ich die Ochsen aus und führte sie auf die Weide.

Wenig später saß meine achtköpfige Familie bei Kartoffelsuppe und Brot am Mittagstisch in der großen Wohnküche. Während draußen der Regen niederprasselte, war es drinnen warm und heimelig.

Meine Großmutter und meine Urgroßmutter, die sich meist um die Kinder kümmerten, wenn meine Mutter Hilda kochte, backte und Wäsche wusch, aßen ebenso leise wie der Rest von uns. Seit Otto fort war, herrschte bei den Mahlzeiten eine gedrückte Stimmung, die selbst die Jüngste, die dreijährige Liesel, mitbekam.

Doch heute durchbrach meine Mutter die Stille. Als sie aufgegessen hatte, zog sie einen Brief aus der Schürzentasche und hielt ihn triumphierend hoch.

»Seht mal, was heute angekommen ist! Ein Brief von unserem Otto.«

Sofort lockerte sich Vaters angespannte Miene.

»Lies ihn uns allen vor, Hilda«, bat er meine Mutter.

Und das tat sie. Gefasst, obwohl ich sie schon beim Entfalten des Papiers schlucken sah, begann sie laut vorzulesen:

»Meine liebe Familie, es geht mir gut, obwohl ihr mir alle sehr fehlt. Die Sonne brennt viel heißer hier im Süden als bei uns daheim, doch ich will mich nicht beschweren, wo so viele meiner Kameraden an die Ostfront mussten und sicher noch in Russland ausharren, bis man sie endlich zurück in die Heimat entlässt. Wir haben tüchtig zu arbeiten, vor allem auf den Feldern, aber nach der Ernte im September soll mein ganzes Bataillon freigelassen werden. Offiziell haben wir noch nichts gehört, doch jeder von uns hofft darauf, dass die Gerüchte sich bewahrheiten. Wenn alles gut geht, sehen wir uns noch vor Weihnachten wieder. Bis dahin haltet euch wacker, so wie ich. Grüße an euch alle, euer Otto.«

Kurz herrschte Stille, ehe mein Vater das Wort ergriff.

»Zumindest ging es ihm gut, als er den Brief geschrieben hat. Lasst uns für seine baldige Heimkehr beten.«

Gehorsam falteten alle die Hände und beteten, jeder für sich, darum, dass mein Bruder gesund zu uns zurückkehren würde. Unsere Gebete waren ein so hilfloser Akt. Wir konnten nichts tun, aber durch das Beten und das Anzünden der Kerzen in der Dorfkirche hatten wir wenigstens das Gefühl, etwas beizutragen. Denn die traurige Wahrheit kannten wir alle: Es hing allein von den Verhandlungen zwischen den Alliierten und der deutschen Übergangsregierung ab, wann Kriegsgefangene entlassen wurden. Glück hatte, wer bei Amerikanern und Briten inhaftiert war, und auch in Frankreich schien es meinem Bruder recht gut zu gehen. Allerdings war es natürlich auch möglich, dass er uns anlog, damit wir uns nicht noch mehr sorgten. Die wenigen Soldaten hingegen, die bisher aus Russland hatten fliehen können – hinter vorgehaltener Hand nannten viele sie Deserteure, weil sie jetzt schon zu Hause waren –, berichteten von Kälte, Hunger und unmenschlichen Arbeitseinsätzen, die nicht alle überlebten.

Also ja, ich war froh, dass Otto nicht dort war, sondern sich einen hübschen Sonnenbrand holte, während er französische Felder bestellte statt unsere eigenen.

Meine lärmenden Geschwister im Schlepptau machte ich mich auf den kurzen Weg zum Getreidefeld, zwei Eimer für das Unkraut in der Hand. Meine Schwestern hatten jede ein kleines Eimerchen. Schon jetzt wusste ich, dass ich mehr damit beschäftigt sein würde, die Getreidepflanzen vor den unerfahrenen Händchen der drei zu schützen, als damit, wirklich Unkraut zu jäten. Aber ich war lieber an der frischen Luft als in der muffigen Küche, wo meine Mutter ins Spülwasser weinte, weil sie ihren Sohn so sehr vermisste, und die Alten schweigend dasaßen, bis sie mit dem Abtrocknen anfangen konnten.

Hier draußen war die Luft nach dem Regenschauer wie reingewaschen. Die Sonne ließ jeden Wassertropfen auf Grashalmen und Blättern glitzern. Was für ein Kontrast zur Dunkelheit des verwinkelten Hauses!

Lächelnd begrüßte ich die Sonne, die sich hinter den hellen Wolken hervorwagte.

2

Die Erde war feucht und klebrig, und bald sahen wir alle aus wie unsere Schweine, die sich in ihrem Gehege suhlten. Auf Knien kroch ich durch den kleinen Teil des Feldes, den ich mir heute vorgenommen und mit Stöcken abgesteckt hatte. Die kühle Nässe fühlte sich zwar weniger schlimm an als befürchtet, dennoch freute ich mich auf den Moment, wenn ich fertig sein würde.

Ein näher kommendes Motorengeräusch ließ mich aufblicken. Die drei Kleinen befanden sich weit genug weg vom Feldweg, weshalb ich mich zumindest in dieser Hinsicht entspannen konnte, in anderer Hinsicht jedoch nicht. Ein Motorrad knatterte über den schlammigen Feldweg zwischen den Äckern. Darauf saßen zwei Soldaten in Uniform, zweifellos Briten. Hätte ich sie früher erspäht, hätte ich mit meinen Geschwistern den Rückzug antreten können, doch nun war es zu spät.

Unruhe erfasste mich. Mein Vater hatte mir mehrmals eingeschärft, den Kontakt zu den Besatzern zu vermeiden; nicht einmal sprechen sollte ich mit ihnen. Er sagte immer, Fremden könne man nicht trauen. Schon gar nicht Fremden, die unser Land besetzten und schlicht und ergreifend Feinde waren. Feinde, die die Städte bombardiert hatten, aus denen die hungrigen Menschen zu uns kamen. Was sie mit Frauen machten, besonders mit jungen wie mir, wollte er nicht aussprechen, doch ich verstand auch so. Die Warnung war deutlich gewesen: *Halte dich von Soldaten fern, egal wie freundlich sie auch tun.*

Diese beiden versuchten sich an einem gewinnenden Lächeln, als sie neben mir stoppten und den lauten Motor ausschalteten. Ich verbarg meine zitternden Hände in der Schürzentasche und blickte mutig zurück.

Der Beifahrer stieg vom Motorrad und stiefelte durch den Morast auf mich zu. Im Gehen nahm er seine Mütze ab und hielt sie mit beiden Händen fest.

Hinter mir quietschten die Kinder zwischen den grünen Halmen. Ich wollte zu ihnen hinüberlaufen und sie auf den Ackerrain zurückschicken, wo sie an den Haselsträuchern gespielt hatten, anstatt Unkraut zu jäten, aber ich konnte mich unmöglich umdrehen und die beiden Männer stehen lassen.

Hoch ragte der Soldat jetzt vor mir auf und lächelte auf mich herunter. Ich hatte Mühe zu schlucken.

Trotz meiner Angst fand ich, dass er wirklich nett aussah, mit den feinen Lachfältchen um die hellblauen Augen, den Grübchen in den Wangen, den schön geschwungenen Lippen und den kurzen, dunkelblonden Haaren. Eigentlich sah er nicht nur nett aus, sondern auch sehr gut.

Nun, mein erster Eindruck konnte mich natürlich täuschen. Die Warnungen meines Vaters hallten mir in den Ohren, und ich trat einen kleinen Schritt zurück. Über die Schulter linste ich zu meinen Geschwistern hinüber. Leise kamen sie näher, neugierig.

Emmi und Liesel drückten sich an mich, die elfjährige Berta versteckte sich hinter meinem Rücken. Auch sie lächelte der Soldat an.

»Guten Tag, junges Frollein«, grüßte er mit deutlich hörbarem englischem Akzent. Ich hätte ihn allerdings nicht von einem Amerikaner unterscheiden können, wenn auf seiner Brusttasche nicht das Wappen der British Army geprangt hätte, das ich aus der Zeitung kannte.

»Guten Tag«, grüßte ich anstandshalber zurück. Zum Weglaufen war es ohnehin zu spät, und ignorieren konnte ich ihn auch nicht mehr. Ich warf einen kurzen Blick auf den anderen Soldaten, der breitbeinig auf dem Motorrad saß und eine Zigarette rauchte. Beide Männer schätzte ich auf höchstens Anfang zwanzig.

Ich hoffte, dass keiner von ihnen meine Nervosität bemerkte.

Wie sollte ich mich denn verhalten? Durfte ich überhaupt freundlich zu ihnen sein? Zum Feind?

»Wir wollen nach Bonn, aber wir haben uns verfahren«, erklärte der Soldat. »Können Sie uns helfen?«

Das dürfte wohl kein Problem sein. Je schneller die beiden verschwanden, desto besser.

»Sie müssen diesem Weg weiter folgen, dann kommen Sie in ein kleines Dorf namens Berkum. Von dort nehmen Sie die große Landstraße in Richtung Bonn. Es gibt Schilder ab dem Ortsausgang.«

Meine Stimme klang immerhin so fest, dass wohl niemand das Zittern darin registrierte.

Der Soldat nickte. »Danke sehr. Sehr freundlich! Bis bald, junges Frollein!« Wieder lächelte er so, dass seine strahlend weißen Zähne aufblitzten.

Unwillkürlich hoben sich meine Mundwinkel.

Du liebe Güte! Ich lächelte britische Besatzer an! Sofort biss ich die Zähne zusammen und setzte eine ernste Miene auf. Nicht dass meine Schwestern zu Hause noch irgendetwas Dummes erzählten. Wenn ich jemals von hier fortwollte, durfte mein Vater nicht auf die Idee kommen, dass ich mich in irgendeiner Weise anders benahm, als es seiner Vorstellung von einem anständigen deutschen Mädchen entsprach.

»Auf Wiedersehen«, sagte ich neutral.

Hoffentlich würde ich die beiden niemals wiedersehen. Oder nur dort, wo niemand es herumerzählen konnte. Allein schon dieses unverfängliche Gespräch würde das Dorf über Tage hinweg beschäftigen.

Der andere Soldat wurde ungeduldig. Er rief seinem Kameraden etwas auf Englisch zu, winkte und startete den Motor. Emmi zuckte neben mir zusammen, als das Motorrad losröhrte.

Mein Gesprächspartner deutete eine Verbeugung an, setzte seine Mütze wieder auf und marschierte davon.

Reglos sah ich den beiden nach, bis sie mit einem letzten Winken hinter der nächsten Wegbiegung verschwunden waren.

»Wer war das?«, fragte Emmi und blickte zu mir hoch.

»Niemand.«

Doch das Lächeln des Soldaten ließ mich den ganzen Nachmittag nicht mehr los und würde mich auch die nächsten Tage verfolgen.

3

Erst an diesem Tag war mir richtig bewusst geworden, dass ich in einer Besatzungszone lebte. Zum ersten Mal hatte ich die Soldaten nicht nur von Weitem gesehen, sondern mit einem von ihnen gesprochen. Der Machtbereich der Briten erstreckte sich bis hoch nach Schleswig-Holstein und an die Küste, unser Dorf lag an der Südwestgrenze, nahe an der französischen Besatzungszone.

Meinen Schwestern zu erklären, dass sie nichts über die Soldaten erzählen sollten, erwies sich als zwecklos. Die halbe Nachbarschaft hatte die beiden Männer auf ihrer Fahrt durch das Dorf gesehen.

Mein Vater sprach mich auch gleich darauf an, als ich und meine Schwestern mit den Eimern vom Feld zurückkamen. Die Kühe muhten ungeduldig, weil sie auf ihre Abendfütterung warteten, die wegen mir aufgeschoben war.

»Haben dich diese zwei Engländer behelligt? Sie kamen von unserem Weizenfeld.«

Seine Miene verriet, dass er kurz davor war, wütend zu werden, also beschloss ich, die beiden Fremden in Schutz zu nehmen, ohne meinen Vater weiter aufzuregen.

»Sie haben mich nur nach dem Weg gefragt. Ich habe ihnen erklärt, wie sie am schnellsten nach Bonn kommen. Keiner hat sich ungebührlich benommen.«

Auch ich nicht, ergänzte ich im Stillen, doch das sagte ich nicht laut.

Trotzdem registrierte ich, dass mein Vater den Stiel seiner Heugabel fester umklammerte.

»Du hast mit den Besatzern gesprochen? Was habe ich dir darüber gesagt? Was, Erika?« Seine Nasenflügel bebten. »Dass du dich von ihnen fernhalten sollst!«

Ich ballte die Hände zu Fäusten und biss die Zähne zusammen. Ärger wallte in mir auf. Ich war kein Kind mehr, doch seit ich wieder hier lebte, behandelte er mich wie eins. Wie ein ungezogenes noch dazu!

»Auch diesen Männern gegenüber gelten die Regeln des Anstands«, traute ich mich zu widersprechen. »Ich konnte doch nicht einfach davonrennen! Außerdem hatte ich die Kleinen dabei, weit wären wir ohnehin nicht gekommen.«

»Nächstes Mal wirst du weglaufen, ob deine Schwestern hinterherkommen oder nicht! Hast du mich verstanden?«

Widerwillig nickte ich. Mit ihm war nicht zu reden. Die Vernunft, die er sonst so großschrieb, verließ ihn, sobald es um Politik ging. In der Frauen übrigens nichts zu melden hatten. Und vorlaute Töchter hatten sich dem Wort ihres Vaters zu beugen.

Ich bebte vor unterdrückter Wut. Wenn ich doch nur wieder in Bonn wäre und im Krankenhaus arbeiten dürfte!

»Das Gerede im Dorf kann ich nicht gebrauchen. Deine Mutter auch nicht, hörst du? Schlimm genug, dass dein Bruder noch immer gefangen gehalten wird.«

»Das ist weder meine Schuld noch deine«, sagte ich leise.

Ich hatte längst verstanden, dass in erster Linie unsere frühere Regierung Schuld daran trug, dass Tausende Männer in Kriegsgefangenschaft geraten waren. Deutschland hatte den furchtbaren Krieg angefangen. Die Nonnen hatten es hinter verschlossenen Türen laut ausgesprochen, auch vor den Schülerinnen, und ich glaubte ihnen jedes Wort.

Die Schwestern hielten sich vor allem an die Gebote Gottes, nicht an die weltlicher Mächte, die kamen und gingen. Gott blieb. Was die Menschen auch Schlimmes taten, er würde ihnen einen Weg zurück weisen. In den letzten Jahren war das meine einzige Gewissheit gewesen.

Das Knurren meines Vaters holte mich aus meinen Gedanken.

»Jedenfalls werde ich es nicht dulden, dass du dich noch einmal in die Nähe dieser Landbesetzer begibst! Sie behaupten zwar, sie würden hier nur alles verwalten, bis es eine neue Regierung gibt, aber ich traue dem Braten nicht. Und du solltest das auch nicht tun, Erika. Jetzt geh in die Küche, deine Mutter braucht dich für das Abendessen.«

Folgsam ging ich in Richtung Wohnhaus. Über die Schulter hinweg sah ich, dass mein Vater seinen Zorn an dem Heuhaufen ausließ, der in den Kuhstall musste.

»Da bist du ja endlich«, begrüßte mich meine Mutter, die bereits am Herd stand.

»Papa musste noch ein ernstes Gespräch mit mir führen.«

»Wegen der Soldaten?«

»Ja, wegen der Soldaten. Nächstes Mal helfe ich niemandem mehr, der sich verirrt hat. Es könnte ja ein Besatzer in Zivil sein.«

Meiner Mutter gegenüber durfte ich frecher sein. Sie glich die Strenge meines Vaters stets aus.

Auch jetzt blickte sie lächelnd von ihren dampfenden Töpfen auf.

»Reden wir nicht mehr darüber, Erika. Geh dich umziehen und waschen. So schmutzig, wie du bist, fasst du mein Gemüse nicht an.«

Also wusch ich mir an unserer Quelle Gesicht und Hände, bevor ich wieder ins Haus ging. Dort zog ich mir in der engen Kammer, die ich mir mit Großmutter Anna teilte, ein frisches Leinenkleid und eine neue Schürze an. Ich nahm das Kopftuch ab, das ich zum Schutz vor der Sonne getragen hatte, und hängte es über eine Stuhllehne; dann eilte ich die knarrenden Treppenstufen hinunter in die Küche.

Schweigend bereiteten wir weiter das Abendessen vor. Ich putzte und schnitt Mohrrüben sowie die ersten Tomaten und

Gurken aus dem selbst gebauten Gewächshaus für einen bunten Salat, Mama kochte Kartoffeln und rührte Quark an.

Die anderen waren alle noch draußen, molken die Kühe, sperrten die Hühner ein und fütterten alle Tiere. Aber bald würden sie sich ebenfalls in der Küche einfinden und zu Abend essen; und anschließend würden wir alle nach einem arbeitsreichen Tag ins Bett gehen.

Doch ich wollte nicht, dass mein Leben für immer so aussah. Ich wollte mehr.

4

Am darauffolgenden Tag nahm ich mir beim Unkrautjäten das nächste Teilstück des Weizenfelds vor. Großmutter Anna ging mit meinen Schwestern in den Wald, um Beeren zu sammeln. Obwohl Berta gestern gut auf die beiden jüngeren Kinder aufgepasst hatte, kam ich ohne die drei deutlich besser voran. Außerdem war es viel trockener als am Vortag, sodass ich nicht ganz so lehmbeschmiert war. Die Luft roch nach Erde und dem nahenden Sommer. Ein wunderbarer Duft!

Als ich kurz vor meiner Mittagspause das sich nähernde Knattern eines Motorrads vernahm, versteifte ich mich. Dem Rat meines Vaters folgend, sollte ich jetzt aufstehen und so schnell wegrennen, wie ich konnte. Doch das wollte ich nicht, denn ein Teil von mir hoffte darauf, den sympathischen Briten wiederzutreffen.

Also stand ich auf und blickte mich nach allen Seiten um. Niemand zu sehen, keine neugierigen Nachbarn, keine anderen Bauern oder Leute auf dem Weg ins Dorf. Nur ich mit meinem Unkrauteimer und ein einzelner Mann auf dem Motorrad.

In meinem Innern warnte mich ein leises Stimmchen, dass es ein anderer Soldat sein könnte oder dass der von gestern es vielleicht nicht so gut mit mir meinte, wie ich glaubte. Oder dass mich doch jemand dabei beobachten könnte, wie ich mich der Anordnung meines Vaters widersetzte und einem Besatzer »schöne Augen machte«.

Ich schüttelte leicht den Kopf, um die wirren Gedanken abzuschütteln, da bremste das Motorrad am Feldweg ab. Es war derselbe Soldat, der gestern mit mir gesprochen und nach dem Weg gefragt hatte. Er winkte mir lächelnd zu.

Ich gab mir einen Ruck, durchquerte das Feld und blieb etwa

zwei Meter von ihm und seinem Gefährt entfernt stehen. Wenigstens einen Sicherheitsabstand wollte ich einhalten.

Mein Bauch rumorte vor Aufregung. Warum war der Mann hergekommen? Um mich zu treffen?

Er stieg ab, zog seine Mütze aus und kam etwas näher.

Ich rührte mich nicht von der Stelle, hielt mich aber an meinem Unkrauteimer fest. Zur Not würde ich ihn als Waffe einsetzen.

»Guten Tag, schönes Frollein«, sagte er und zeigte dabei seine Grübchen.

Du lieber Himmel, heute sah er noch besser aus als gestern. Und er nannte mich schön! Ich fühlte mich geschmeichelt, obwohl ich mir denken konnte, dass er das sicher zu vielen jungen Mädchen sagte.

»Guten Tag«, erwiderte ich. »Was machen Sie hier? Haben Sie sich wieder verfahren?«

Ohne den anderen Soldaten und meine Geschwister, die uns beobachteten, fiel es mir leichter, normal mit ihm zu sprechen.

»Dank Ihnen kenne ich jetzt den Weg. Ehrlich gesagt hatte ich gehofft, Sie noch einmal zu sehen.«

Ich errötete. Nur mühsam bezähmte ich das Lächeln, das an meinen Mundwinkeln zerrte.

Wäre er ein Deutscher gewesen, hätte niemand negativ darüber geredet, dass wir uns hier trafen. Im Gegenteil, mein Vater würde sich freuen, wenn mich ein anständiger deutscher Mann heiraten und von der fixen Idee der Berufstätigkeit abbringen würde.

Dabei wollte ich auf keinen Fall den Hof führen und mich hier festbinden, womöglich noch mit einer Schar Kinder am Rockzipfel. Ich hatte sogar schon überlegt, in einen Orden einzutreten, um dem Schicksal zu entgehen, das meine Mutter ereilt hatte. Als Nonne könnte ich zumindest im Krankenhaus arbeiten und das tun, was mich wirklich erfüllte.

Auf einmal keimte ein wahnwitziger Gedanke in mir auf. Was, wenn dieser britische Soldat mir einen Weg hier raus zeigen konnte? Papa sagte immer, dass die Besatzungsmacht alles kontrollierte, auch, wer wo arbeitete. Über ihn könnte ich vielleicht schneller an eine Arbeitserlaubnis in Bonn oder sogar weiter weg kommen ...

Gleich darauf bremste ich meinen vorauseilenden Geist. Der Fremde würde sich vielleicht ein bisschen mit mir unterhalten und ein wenig schäkern, dann aber ganz sicher auf Nimmerwiedersehen verschwinden. Gestern hatte ich mir das auch noch gewünscht, jedenfalls ein bisschen. Doch jetzt, wo ich die Möglichkeiten begriff, die mir der Kontakt zu einem ausländischen Soldaten eröffnen könnte, wollte ich mich wirklich über meinen Vater hinwegsetzen. Schon dieses Gespräch am Rand des Weizenfelds war ein Akt der Rebellion.

»Darf ich mich mit Ihnen unterhalten?«, fragte der Fremde.

»Wenn Sie mir Ihren Namen verraten, vielleicht«, entgegnete ich und versuchte mich an einem schelmischen Grinsen.

»Wenn Sie mir auch Ihren verraten ...«

Er streckte mir seine große, aber schlanke Hand entgegen, eine schöne Hand. Ich durfte nur nicht daran denken, dass sie bestimmt schon ein Gewehr gehalten und damit auf Menschen geschossen hatte.

Ich nickte.

»Ich heiße Erika.« Meinen Nachnamen, Knies, brauchte er erst einmal nicht zu wissen.

Er ergriff meine Hand. Das Gefühl, das in mir aufwallte, als sich seine warmen Finger um meine schlossen, brachte mich kurz aus dem Konzept. Es kam nicht so oft vor, dass ich Männern die Hand schüttelte. Vor allem nicht Männern, die mich so anlächelten wie dieser.

»Mein Name ist George Wright. Freut mich, Sie kennenzulernen, Erika.« Ich lauschte dem Klang meines Namens aus seinem

Mund nach. George machte etwas Seltsames mit dem R, aber ich mochte es.

Wir ließen uns los.

»Wo haben Sie so gut Deutsch gelernt?«, wollte ich wissen. Trotz seines Akzents sprach er fast fehlerfrei.

»In der Armee. Aber ich konnte schon vorher Deutsch, weil mein Großvater aus Ostpreußen stammt und mit mir geübt hat.«

»Warum haben Sie bei der Armee eine fremde Sprache gelernt?«

»Um feindliche Funksprüche, Feldpost und all das zu verstehen. Als Spion in Deutschland konnte man mich wegen meines Akzents aber nicht einsetzen. Dafür bin ich jetzt nützlich, zum Beispiel wenn es darum geht, mit der Bevölkerung zu sprechen. Oder mit hübschen Mädchen wie Ihnen.«

Was für ein Charmeur! Ich erwiderte sein Lächeln.

»Soll ich Ihnen bei der Arbeit helfen?«, bot er an.

»Was? Oh, nein, das müssen Sie nicht!«, wehrte ich ab. Sein Angebot überrumpelte mich derart, dass ich beinahe den Eimer fallen ließ, den ich noch immer in der Hand hielt.

»Wollen Sie dann mit mir spazieren gehen?«

Unschlüssig ließ ich den Blick über mein abgestecktes Ackerstück schweifen. Ich hatte bereits einiges geschafft, aber ich musste auch bald nach Hause, zum Mittagessen. Danach sollte es in den Wald gehen.

»Viel Zeit habe ich nicht. Aber mir wäre es auch recht, wenn uns niemand sieht. Vielleicht gehen wir ein bisschen am Waldrand entlang? Da ist es besser als hier auf dem freien Feld.«

Das Echo meiner eigenen Worte ließ mich innehalten. Was tat ich da eigentlich? Unterschrieben Mädchen nicht ihr eigenes Todesurteil, wenn sie mit einem unbekannten Mann dorthin gingen, wo sie niemand sah und niemand sie schreien hörte?

Trotz des strahlenden Sonnenscheins wurde mir auf einmal kalt, und das Herz pochte heftig gegen meinen Brustkorb.

Mein Gesicht musste Bände gesprochen haben, denn George hörte auf zu lächeln und runzelte die Stirn. Selbst mit dieser ernsten Miene sah er hinreißend aus.

»Sie haben Angst, Erika«, stellte er fest. »Das müssen Sie nicht.«

Ich schüttelte den Kopf, obwohl er recht hatte.

»Wir gehen einfach zu den Haselbüschen dort«, schlug er vor. »Was halten Sie davon?«

Erleichtert nickte ich. Dort waren wir zwar vom Feldweg und vom Dorf aus nicht zu sehen, aber ich könnte mich noch bemerkbar machen, wenn es nötig werden sollte. Andererseits weigerte ich mich zu glauben, dass George Böses im Sinn haben könnte. Er wirkte so freundlich und gutherzig, ja sanft. Er erinnerte mich an meinen Bruder.

Also stellte ich den Eimer ab und folgte George bereitwillig zu den Haselsträuchern. Dort setzten wir uns in den Schatten auf die Wiese.

Atemlos strich ich mir ein paar lose Haarsträhnen hinters Ohr und zurück unter das Kopftuch. Dabei schaute ich in die schönen blauen Augen des jungen Mannes mir gegenüber.

»Wie alt sind Sie eigentlich, Frollein Erika?« Ich amüsierte mich darüber, wie er immer »Frollein« sagte. Das Wort »Fräulein« bereitete ihm offenbar Schwierigkeiten. Überhaupt schien er kein Freund von Umlauten zu sein. Er sagte auch »Medschen« statt Mädchen. Es gefiel mir irgendwie.

»Ich bin zwanzig, werde aber im Winter einundzwanzig. Und Sie?«

»Einundzwanzig.«

»Woher kommen Sie genau?«

»Aus London, aber meine Familie stammt aus Cornwall.«

Er saß ziemlich nahe bei mir, doch das störte mich nicht. Ich fand es aufregend, seine Körperwärme zu spüren.

»Darf ich Du zu Ihnen sagen, Frollein Erika?«

Mein Herz schlug schneller, und das Blut schoss mir in die Wangen.

»In Ordnung«, erwiderte ich.

Wieder war da dieses einnehmende Lächeln, das bei mir nicht ohne Wirkung blieb. Ich begann, mich sicher und wohl zu fühlen, fing an, George zu vertrauen.

»Du bist ein sehr hübsches Mädchen«, sagte er und blickte mich fest an. Wie konnte ich seinen Worten keinen Glauben schenken?

Und du bist ein sehr hübscher Mann, dachte ich für mich, doch laut entgegnete ich: »Wenn du das sagst …«

Vielleicht gefiel ich ihm tatsächlich, aber es war schwer vorstellbar, dass er in Bonn – oder wo er noch überall gewesen war – keine schöneren Mädchen getroffen hatte. Wer war ich denn? Ein Mädchen vom Land, das in Kleid und Schürze auf dem Feld schuftete. Hoffentlich roch ich wenigstens nicht zu sehr nach Kuhstall.

Ihn störte es wohl nicht, dass ich nicht sauber und ordentlich zurechtgemacht war. Himmel!

Ich entschuldigte mich bei George für meine Aufmachung, doch er schüttelte den Kopf.

»Mir gefällst du«, versicherte er. »Außerdem redest du mit mir und läufst nicht weg, nur weil ich kein Deutscher bin. Das ist außergewöhnlich, Erika. Hier habe ich noch niemanden von den Einheimischen getroffen, der sich freiwillig mit mir oder meinen Kameraden unterhalten hat.«

Na gut, das konnte ich nachvollziehen.

»Erzählst du mir etwas über dich?«, bat er, und das tat ich.

Aufmerksam hörte er zu, als ich von meiner Zeit in Bonn berichtete. Ich sprach auch von meiner Ausbildung zur Krankenschwester und meinem Widerwillen, eines Tages den elterlichen Hof zu führen, sollte mein Bruder nicht heimkehren.

Immer wieder stellte George Zwischenfragen zu meiner Familie und der hiesigen Gegend.

Schließlich beendete das Mittagsläuten der Dorfkirche unser Gespräch. Ich sprang auf.

»Ich muss nach Hause! Es war sehr schön mit dir.« *Der Höhepunkt meines Tages, nein, meiner ganzen letzten Wochen*, ergänzte ich im Stillen.

Er erhob sich ebenfalls. »Bist du morgen wieder hier?«

Ich nickte. »Es sind noch vier Parzellen übrig, die ich jäten muss.«

»Dann besuche ich dich.« Er nahm meine Hand und drückte sie leicht. »Hat mich sehr gefreut, Erika.«

Und mich erst! Beschwingt folgte ich ihm über den Acker, nahm meinen Eimer und sah George lächelnd nach, wie er auf dem Motorrad davonbrauste.

5

George war in Bad Godesberg stationiert und besuchte mich so oft, wie es ging. Bislang hatten wir es geschafft, unsere insgesamt sechs Treffen unbemerkt im Wald oder in der Einsamkeit der Felder hinter den Dörfern abzuhalten, doch jedes Mal wuchs die Angst, entdeckt zu werden, ein Stück mehr. Dennoch schaffte ich es nicht, George zu sagen, dass er nicht mehr herkommen sollte, dazu fühlte ich mich einfach zu wohl mit ihm. Ich wusste nie genau, wann er auftauchte, und freute mich deshalb umso mehr, wenn ich das Motorrad hörte – und allein war.

An diesem Tag hatten wir jedoch kein Glück. Ich saß neben meinem Vater auf dem Kutschbock des hoch beladenen Heuwagens, meine jüngeren Geschwister oben auf dem frisch gemähten Gras. Während sie sangen und juchzten, versteifte ich mich, als ich das unverkennbare Knattern eines Motorrads hinter mir vernahm.

In meinem Bauch kribbelte es wie wild. Wenn es George war, durfte er unter keinen Umständen zu erkennen geben, dass wir uns kannten!

Ich lehnte mich seitlich aus dem Wagen, um an dem Grasberg vorbeizuspähen.

»Papa! Ein Motorrad mit einem Soldaten!«, rief Berta im selben Moment von oben.

Der uniformierte Motorradfahrer schloss zu uns auf. Es war George. Er tippte sich zum Gruß an die Mütze und lächelte, bremste dann aber ab und zockelte hinter dem langsamen Heuwagen her, der die gesamte Breite des Feldwegs beanspruchte.

»Der kann uns jetzt nicht überholen, erst im Dorf«, knurrte mein Vater. Er knallte mit der Peitsche, doch die Ochsen liefen kaum schneller. »Verdammte Besatzer«, zischte er so leise, dass nur ich es verstand.

Ich konnte ihm nicht zustimmen. Sicher, wir Deutsche hatten nichts mehr zu sagen und waren der Willkür der Besatzungsmächte ausgeliefert, doch ich persönlich hatte noch keine schlechten Erfahrungen mit ihnen gemacht. Im Gegenteil. Der Brite hinter unserer Kutsche wurde mehr und mehr zu einem Freund.

Es wurmte mich, dass ich heute keine Gelegenheit mehr bekommen würde, mit ihm zu sprechen. Mit George durch den Wald zu laufen oder am Feldrain spazieren zu gehen war immer wie Ferien von meinem grauen Alltag.

Ich atmete erst auf, als George am Dorfrand beim Überholen die Mütze lüftete und davonfuhr.

»Zum Glück bin ich bei dir. Am Ende hätte dieser Kerl dir noch schöne Augen gemacht«, knurrte mein Vater.

Nun, George hatte mir schon oft schöne Augen gemacht, und ich konnte nicht behaupten, dass mich das störte.

»Nicht alle Männer sind auf der Suche nach einer Frau«, sagte ich unverbindlich und hoffte, dass mein Vater das Thema auf sich beruhen lassen würde. Das Letzte, was ich wollte, war, mich durch eine unbedachte Äußerung zu verraten und keinen Schritt mehr alleine tun zu dürfen.

»Sieh dich vor«, warnte er mich noch, versank den Rest des Weges aber in Schweigen.

Ein paar Tage später hatten George und ich wieder Pech, denn als er vorbeikam, war die ganze Familie zum Heuwenden und Mähen auf den Wiesen, die zu unserem Hof gehörten. Doch dieses Mal hatte er vorgesorgt. Unauffällig und ohne dabei anzuhalten, ließ er einen Briefumschlag am Wegesrand fallen.

So langsam, wie es mir möglich war, schlenderte ich die wenigen Meter dorthin, um den Brief aufzuheben und in meiner Schürzentasche zu verstecken.

Keinen Moment zu früh, denn schon kam Großmutter Anna herangestapft.

»Was treibst du denn da?«, fragte sie verwundert. »Hier haben wir doch schon alles gewendet.«

Ich bemühte mich, nicht allzu schuldbewusst zu wirken.

»Da war ein großes Tier, vielleicht eine Ratte. Ich wollte mal nachsehen.«

Innerlich stieß ich einen Seufzer der Erleichterung aus, als sie nickte. Betont gelassen folgte ich ihr zurück zu den anderen. Ihr schwarzes Kleid flatterte bei ihren energischen Schritten.

Seit ich sie kannte, trug sie nie etwas anderes als Trauerkleidung. Meine Mutter hatte mir erzählt, dass Großmutter zwei ihrer vier Kinder sowie ihre Eltern durch die Spanische Grippe verloren hatte, und nur ein Jahr zuvor war ihr Mann an der Westfront gefallen. Danach saß sie mit ihren Großeltern, meinem Vater und Tante Luise allein auf dem Bauernhof da. Seit ich davon wusste, sah ich ihr vieles nach.

Die Stunden zogen sich trotz der vielen Arbeit dahin, während der Brief in meiner Schürze immer schwerer zu werden schien.

Wieder zu Hause angekommen, flitzte ich als Erstes nach oben in meine Kammer und stopfte den Brief unter meine Matratze. Bis ich ihn am Abend endlich lesen könnte, würde ich mich noch gedulden müssen. Noch nie hatte ich so begierig darauf gewartet, dass die Melkzeit und das Abendessen vorübergingen.

Ich wartete sogar ab, bis Großmutter Annas Atemzüge ruhig und gleichmäßig wurden, ehe ich den Brief unter der Matratze hervorklaubte und die Kerze in dem Messingständer neben meinem Bett anzündete. Elektrizität gab es nur im Untergeschoss und auch da nur in der Küche und in der guten Stube.

So leise wie möglich öffnete ich das Kuvert und zog das gefaltete Papier heraus. Georges Handschrift war ordentlich, sofern er den Brief nicht jemand anderem diktiert hatte. Ich lächelte über mich selbst, weil ich mir eine solche Möglichkeit ausmalte.

Dann begann ich zu lesen.

Meine liebe Erika,
wann sehen wir uns wieder? Jeden Tag hoffe ich, dich zu treffen, sobald mein Dienst beendet ist und ich mir ein paar Stunden mit dir stehlen kann.
Die Zeit mit dir ist die schönste, seit ich nach Deutschland gekommen bin. Bei dir vergesse ich mein Heimweh für eine Weile. Ich weiß, dass unsere Freundschaft verboten ist, doch es wäre schrecklich, dich nicht mehr zu sehen. Du bist mir lieb und teuer geworden, meine Erika. So lieb, dass ich bereit bin, gegen alle Regeln zu verstoßen, die uns hier auferlegt sind.
Wenn du also erlaubst, werde ich weiter versuchen, dich zu treffen.
Wenn du das allerdings nicht möchtest, hinterlege deine Nachricht morgen am Wegkreuz hinter dem Dorf. Ich werde sie finden.
George

Mein Herz pochte wie wild, als ich den Brief an mich drückte und die Augen schloss. Das Lächeln auf meinem Gesicht zeigte sicher all die Glücksgefühle, die in meinem Innern tobten. Trotz allem wollte George immer noch bei mir sein. Sogar trotz des Fraternisierungsverbots, das ihn seinen Posten in der Armee kosten und ihm eine Gefängnisstrafe einbringen könnte. Mir standen bei meiner Beziehung zu George meine Familie und die Dorfgemeinschaft im Weg, doch George als Brite verstieß regelmäßig gegen ein Gesetz, wenn er sich mit mir traf. Britische Soldaten durften nicht privat mit Deutschen sprechen, durften von ihnen keine Geschenke annehmen oder ihnen welche geben, und natürlich durften sie auch keine Beziehungen oder gar Ehen mit Deutschen eingehen.

Dennoch wollte ich George weiterhin treffen. Noch nie hatte mir jemand so liebevolle Zeilen geschrieben, mir so offen seine Gefühle gestanden. Ja, wir spielten mit dem Feuer, aber ich wusste, dass ich es mir nie verzeihen würde, wenn ich diesen wunderbaren Mann fortschickte.

Trotzdem würde ich ihm einen Brief schreiben. Er sollte auch einen solchen Schatz aus Papier haben wie ich, auch wenn das natürlich gefährlich war.

Für meinen eigenen Brief musste ich noch ein sicheres Versteck finden. Ein Blick zu meiner Großmutter bestätigte mir, dass sie tief und fest schlief. Niemand bemerkte mich, als ich in die Stube huschte und das zusammengerollte Papier hinter die hölzerne Madonnenfigur an der Wand klemmte. Ich vertraute das Wertvollste, das ich nun besaß, der Heiligen Mutter Gottes an. Kurz schaute ich in ihr fein geschnitztes und bemaltes Gesicht, dann bekreuzigte ich mich. Maria würde mich verstehen.

In der Küche trennte ich sorgsam ein Blatt aus Mutters Haushaltsbuch heraus und setzte mich mit Kerze, Bleistift und Papier an den Tisch. Hoffentlich konnte George mein Sütterlin überhaupt lesen. Die lateinische Schrift, die Berta in der Schule lernte, hatte ich mir noch nicht angeeignet.

Mein lieber George,
dass du mir schreibst, bedeutet mir sehr viel. Daher schreibe ich dir auch, also erschrecke nicht.
Ich möchte dich weiterhin treffen. Wenn ich dich sehe, wenn du bei mir bist, denke ich nicht daran, dass ich für immer an diesen Bauernhof und an dieses Dorf gefesselt bin. Dank dir glaube ich, dass es mehr für mich gibt. Seit du gekommen bist, wage ich es wieder zu träumen. Du bist ein Freund und Vertrauter geworden, jemand, dem ich alles erzählen

kann. Um nichts in der Welt will ich darauf verzichten. Also danke ich dir, dass du so viel auf dich nimmst, um mit mir zusammen zu sein.
Ich hoffe, dich bald wiederzusehen, und denke an dich!
Deine Erika

Mit roten Wangen faltete ich den Brief zweimal. Vergebens suchte ich nach einem Kuvert, bis mir einfiel, dass ich das von George benutzen konnte. So musste ich es nicht im Misthaufen vergraben.

So aufgeregt, wie ich war, würde ich ohnehin nicht einschlafen können, deshalb beschloss ich, mich noch heute Nacht mit meiner verbotenen Post zum Wegkreuz zu schleichen. Es erschien mir auch sicherer, als bei Tage ohne Grund dorthin zu laufen. Auf diese Weise ging ich lästigen Fragen aus dem Weg – obwohl ich natürlich auch ein paar Blumen dort niederlegen und beten könnte, wenn ich das Kreuz als Briefkasten nutzte.

Noch im Nachthemd fiel mir das eigentliche Hindernis ein, das mich dazu zwang, erst am nächsten Morgen mit frisch gepflückten Blumen das Wegkreuz aufzusuchen: Es galt eine nächtliche Ausgangssperre, die auf dem Land nicht immer, aber doch ab und zu von den Besatzern kontrolliert wurde. Ich durfte meinen Eltern keinen Ärger machen, nicht auf diese Weise. Die Sache mit George verursachte mir ohnehin ständig ein schlechtes Gewissen. Ich musste vorsichtig bleiben, um ihn und mich nicht in die Bredouille zu bringen. Also legte ich den gerade geschriebenen Brief sorgfältig unter mein Kopfkissen, blies die Kerze aus und legte mich mit Herzklopfen schlafen.

Irgendwie würde es mir schon gelingen, zwischen dem Melken und dem Frühstück die Straße hinunter zum Wegkreuz zu laufen. Und dann würde George meinen Brief lesen und genauso lächeln wie ich in diesem Moment.

6

Den ganzen Morgen saß ich wie auf heißen Kohlen. Meine Hände taten brav ihre tägliche Arbeit, doch mein Kopf war nur bei George und seiner möglichen Reaktion auf meinen Brief. Als ich ihn schließlich abgelegt hatte, grübelte ich ununterbrochen darüber nach.

Auch beim Frühstück war ich mit meinen Gedanken woanders, doch das fiel nicht weiter auf. Mein Vater wechselte, wie üblich, nur wenige Sätze mit uns, in denen er den heutigen Arbeitsplan verkündete. Ein bisschen erinnerte mich die Situation an die morgendlichen Dienstbesprechungen im Schwesternzimmer. Im Krankenhaus hatte ich mich danach gerne in die Arbeit gestürzt, doch hier war das anders. Heute würden wir wieder Heu einfahren und das vor Tagen gemähte Gras wenden. Eine eintönige Tätigkeit, bei der ich viel zu gut über meinen verbotenen Freund nachdenken konnte.

Ich trank meine Milch aus und hoffte, dass niemand meine Gedanken lesen konnte. Es kam mir so vor, als müsste es auf meiner Stirn stehen, in leuchtenden Lettern: *Erika trifft sich heimlich mit dem Feind. Mit einem Tommy. Und sie mag ihn viel zu sehr.* Doch zum Glück sprach mich niemand auf meine geröteten Wangen an.

Erleichtert lief ich kurz danach in den Kuhstall, um die Ochsen zu striegeln und zum Anspannen nach draußen zu führen, wo mein Vater und Großmutter Anna sie in Empfang nahmen. Wie immer ließ ich anschließend die Kühe und ihre Kälber auf die Weide. Aufgeregtes Muhen und Schnaufen begrüßte mich, und das Heu wurde links liegen gelassen, als ich das Doppeltor öffnete, das den Stall mit den angrenzenden Viehweiden verband.

Brutus, unser Stier, durfte als Letzter den Stall verlassen. Er war beinahe so brav wie unsere Ochsen, andernfalls hätte ich mich nicht in seine Nähe getraut und ihn hinter den Ohren gekrault.

Vater züchtete, ebenso wie bereits mein Großvater, Rotbunte, eine rot-weiß gescheckte Rinderrasse, die sowohl eine gute Milchleistung erbrachte als auch genügend Fleisch ansetzte. Die Rinder, die Hühner, die zwei Schweine, unser Obstgarten und die Felder ernährten uns und einen Teil des Dorfes. Die Städter hatten kaum noch etwas, doch uns ging es gut. Das musste ich mir immer wieder vor Augen halten, wenn ich mich nach Bonn wünschte.

Trotzdem verdüsterte sich einen Augenblick mein Gesicht. In Bonn hätten George und ich mehr Gelegenheiten gehabt, uns zu treffen. Die Anonymität der Stadt bot mehr Schlupflöcher als dieses Dorf, in dem jeder jeden kannte und über ihn redete. Wie sollte ich ihn heute sehen, wenn ich wieder den ganzen Vormittag mit der Familie Heu machen und später den Kuhstall ausmisten musste?

Es kam genau so, wie ich es vorausgesehen hatte: An diesem Tag begegneten George und ich uns nicht. Doch nach dem Abendessen ging ich mit einem Strauß frisch gepflückter Glockenblumen und Margeriten zum Wegkreuz, getragen von der vagen Hoffnung, dort eine Antwort von George vorzufinden – oder wenigstens zu sehen, dass mein Brief abgeholt worden war. Vielleicht hatte ich ihn auch zu gut zwischen den bepflanzten Blumentöpfen am Sockel versteckt ...

Die letzten Meter musste ich mich davon abhalten zu rennen. Artig legte ich erst die Blumen nieder und bekreuzigte mich, dann bückte ich mich und hielt Ausschau nach meinem Brief. Er war weg. Kurz fürchtete ich, jemand anders als George könnte ihn an sich genommen und gelesen haben, doch ich beruhigte mich rasch: Mein Vater hätte sicher sofort Kenntnis davon erhalten und ein Riesendonnerwetter veranstaltet. Nein, es konnte nur George gewesen sein, der den Brief gefunden hatte.

Und dann entdeckte ich etwas, was meinen Puls in die Höhe schnellen ließ: Unter einem der Blumentöpfe lag ein neuer Brief. Lächelnd hob ich ihn auf und steckte ihn in meine Schürzentasche. Ich würde ihn gleich lesen, unter den Apfelbäumen hinter dem Kuhstall, wo mich so schnell niemand erwischte. So weit war es schon: Ich versteckte mich vor meiner eigenen Familie.

Meine liebe Erika,
einen Augenblick lang blieb mir das Herz stehen, als ich
deinen Brief fand. Aber du hast nicht geantwortet, um
mir einen Korb zu geben, sondern um mir eine Freude zu
machen. Das ist dir gelungen. Vielen Dank für deinen Brief!
Ich werde ihn gut aufbewahren. Ich danke dir auch für dein
Vertrauen und dafür, dass du mich weiterhin treffen willst.
Dein George

Oh, George. Wann würde ich ihn endlich wiedersehen?

Seufzend rappelte ich mich auf und spazierte durch den lauen Juniabend in Richtung Wohnhaus.

7

Erst am Sonntag nach dem Kirchgang schaffte ich es wieder, mich von meiner Familie loszueisen. Natürlichen mussten die Tiere mit dem Nötigsten versorgt werden, aber davon abgesehen arbeitete bei uns niemand am Sonntag, anders als im Krankenhaus, wo ich an den unterschiedlichsten Tagen frei bekommen hatte. Ich musste zugeben, dass ich diesen regelmäßigen Rhythmus zu Hause genoss.

Noch mehr genoss ich es, dass mein Vater es Berta und mir erlaubte, mit dem Fahrrad nach Bad Godesberg zu fahren, um Tante Luise – Vaters jüngerer, verwitweter Schwester – ein Paket mit Brot, Eiern, Butter und Räucherschinken zu bringen. Ich mochte Tante Luise. Sie hatte dem Landleben den Rücken gekehrt, als sie ihren Mann Klaus Müller kennengelernt hatte. Seit mein Onkel gefallen war, lebte sie allein mit meiner Cousine Elisabeth in einer kleinen Wohnung und bezog eine Kriegerwitwenrente. Als gelernte Hebamme betreute sie außerdem Schwangere und Gebärende, was sie sich mit Lebensmitteln bezahlen ließ.

Mein Vater hatte einen ziemlichen Aufstand gemacht, als sie uns gebeichtet hatte, dass vor wenigen Wochen zwei britische Soldaten bei ihr einquartiert worden waren. Dennoch hatte sich Luise geweigert, zu uns zu ziehen, bis die beiden wieder gingen. Anscheinend waren sie höflich und machten nicht viel zusätzliche Arbeit. Obendrein profitierten Luise und Elisabeth insofern von ihren Untermietern, als sie nun großzügigere Nahrungsmittelrationen erhielten. Offenbar teilten die Soldaten mit ihnen.

Im Übrigen mussten diese Soldaten nett sein, denn eigentlich hätten sie meine Tante und Elisabeth aus ihrer Wohnung werfen sollen, anstatt sie dort bleiben zu lassen. Vermutlich riskierten sie eine empfindliche Strafe, indem sie sich diesem Befehl widersetzten. Schlechte Menschen würden das nicht auf sich nehmen, Besatzer hin oder her.

Die Sonne lachte auf Berta und mich herunter, als wir uns nach dem Mittagessen auf den kurzen Weg machten. Wir trugen saubere Kleider und hatten die Schürzen weggelassen, die wir an Werktagen gewöhnlich umbanden.

»Ich freue mich auf Lisbeth«, sagte Berta, nachdem wir eine Weile still nebeneinander geradelt waren.

Unsere Cousine war über vier Jahre älter als Berta. Meine Schwester bewunderte Elisabeth und genoss es immer sehr, wenn die sich mit ihr beschäftigte.

»Sie freut sich sicher auch, dass wir kommen«, entgegnete ich, doch mit meinen Gedanken war ich ganz woanders. Vielleicht war Luise durch ihre guten Erfahrungen mit den Besatzern jemand, dem ich von George erzählen konnte.

Meiner Mutter könnte ich mich nie anvertrauen, denn sie stand immer kompromisslos zu allem, was mein Vater sagte. Luise hingegen hatte selten etwas getan, was meiner Großmutter gefiel. Immerhin hatte sie sogar einen armen Büroangestellten geheiratet, der nie aus Russland zurückgekehrt war. Klaus war bei einer Stadt namens Stalingrad gefallen, und Luise hatte ihn nicht einmal begraben können. Ihr war nichts von ihrem Mann geblieben als ein offizieller Brief des Deutschen Reichs, ein paar Hochzeitsfotos und ihre Erinnerungen. Natürlich auch Elisabeth, ihr ganzer Stolz.

Mir tat es leid um Onkel Klaus. Er war stets ruhig und freundlich gewesen, ganz anders als mein leicht cholerischer Vater.

Tante Luise, wie immer ordentlich in grauem Rock und Bluse, bat uns gleich in die kleine Wohnküche, wo es Zichorienkaffee und Sandkuchen gab. Ohne die regelmäßigen Eier-, Butter- und Milchlieferungen durch Großmutter Anna, meinen Vater oder mich hätten wir sicher keinen Kuchen bekommen.

»Wie geht es euch?«, erkundigte sie sich, nachdem wir uns hingesetzt hatten.

Sie trug ihre hellblonden Haare in einem ordentlichen Knoten, der sie trotz der Strenge so jung wirken ließ, wie sie war, nämlich fast siebenunddreißig. Ihre großen blauen Augen erinnerten mich oft an meine eigenen. Überhaupt sagten alle, ich könne Tante Luises Tochter sein.

Mit den feinen Gesichtszügen und der geraden, etwas langen Nase kam Elisabeth mehr nach ihrem Vater. Sie lächelte mich über den Tisch hinweg an, ganz so, als wüsste sie, was mir im Kopf herumging.

»Gut«, beantwortete ich die Frage meiner Tante. »Du weißt ja, dass wir über Langeweile nicht klagen können.«

»Wir machen Heu. Schon seit vier Tagen«, ergänzte Berta.

»Ich beneide euch nicht darum. Elisabeth und ich räumen hier und in Bonn Trümmer weg, solange die Schulen noch geschlossen sind. Dafür bekommen wir höhere Rationen. Natürlich auch wegen der Einquartierten, die uns verbotenerweise nicht nur weiter in der Wohnung bleiben lassen, sondern auch noch ihr Essen mit uns teilen. So nette junge Männer. Einer spricht sehr gut Deutsch und übersetzt alles für den anderen. Zu Beginn hatte ich durchaus Sorge, vor allem wegen Elisabeth, aber sie sind beide sehr anständig und machen mir keinen Ärger.«

Ich horchte auf, und mit einem Mal schlug mir das Herz bis zum Hals. Einer sprach gut Deutsch! Das konnte natürlich Zufall sein, aber vielleicht hatte ich auch Glück.

»Wie heißen die beiden denn? Haben sie sich dir vorgestellt?«

»Aber sicher«, sagte Elisabeth mit ihrer hellen Stimme. »Sie heißen Brian und George.«

George. Das war in Großbritannien kein allzu seltener Name, aber in Bad Godesberg sicher.

Zum Glück bemerkte niemand meinen inneren Aufruhr.

»Vielleicht seht ihr sie noch«, sagte Tante Luise, nachdem sie ungerührt von ihrem Muckefuck getrunken hatte. »Sonntags haben sie frei und treiben sich am Rheinufer herum oder treffen sich in Bonn.«

Ich hätte nach den Nachnamen fragen können, dann hätte ich meine Antwort gehabt, aber ich traute mich nicht. Immerhin wäre ich damit ein nicht unerhebliches Risiko eingegangen, dass Luise meinem Vater von meinem Kontakt zu einem britischen Soldaten erzählte.

Nach dem Kaffee gingen Elisabeth und Berta nach draußen in den Hinterhof, um zu plaudern und Blumenkränze zu flechten. Luise und ich machten den Abwasch und setzten uns anschließend in der guten Stube aufs Sofa. Dazu legte meine Tante eine Platte mit klassischer Musik auf. Während wir von unserem Alltag erzählten – ich auch von Otto, dessen Rückkehr auch Luise erhoffte –, betonte sie immer wieder, wie viel Glück sie und Elisabeth gehabt hatten, weil sie nicht ausgebombt worden waren.

Als ich endlich all meinen Mut zusammennahm und Luise gerade von George erzählen wollte, klopfte es an der Wohnungstür. Obwohl ich noch gar nichts Verwerfliches gesagt hatte, fuhr ich erschrocken zusammen.

Meine Tante stand auf und öffnete.

»Guten Tag, Madam«, ertönte eine tiefe Stimme mit unverkennbarem englischem Akzent, die ich allerdings nicht kannte. Die zweite Stimme hingegen kannte ich viel zu gut …

Beide Männer betraten das Wohnzimmer, ehe ich mir darüber im Klaren war, ob ich mich verstecken oder den Dingen ihren Lauf lassen sollte. Hinter seinem Kameraden Brian kam mein George herein. Seine verblüffte Miene brachte mich trotz meiner Furcht zum Lächeln. Ein fragender Blick ging zwischen den Soldaten hin und her, dann zwischen George und mir.

Leider hatte Tante Luise den stummen Austausch bemerkt. Leugnen war zwecklos.

»Ihr scheint euch zu kennen«, stellte sie treffend fest. Ich wand mich mit hochrotem Gesicht auf der Sofakante. Vivaldis »Vier Jahreszeiten« im Hintergrund untermalten die Szene auf groteske Weise. Eine schicksalhafte Melodie als »Der Herbst« wäre passender gewesen.

George biss sich unschlüssig auf die Unterlippe. Noch könnten wir lügen, unsere Bekanntschaft herunterspielen, als ich Brian den Kopf schütteln sah. Mir sank das Herz.

Tante Luise wies auf den Sessel und den Sofaplatz neben mir.

»Kindchen, deine Wangen glühen ja förmlich!«, sagte sie amüsiert. »Was auch immer du mir beichtest, ich werde kein Sterbenswörtchen verraten. Versprochen.«

Ich erinnerte mich daran, dass sie mit Klaus durchgebrannt war, weil Großmutter ihn nicht als Schwiegersohn akzeptieren wollte. Lange Zeit hatten sich die beiden vor der Familie versteckt und sich immer nur heimlich getroffen. Aber sie begingen damals keinen Gesetzesbruch, wie George und ich es taten – und sogar Brian, der offensichtlich eingeweiht war.

Auf einmal fühlte ich mich in die Enge getrieben.

»Es ist in Ordnung, Erika«, ergriff George das Wort. »Luise ist eine gute Frau. Sie behandelt uns wie Gäste, nicht wie Feinde.« Er warf meiner Tante einen freundlichen Blick zu. »Ich denke, sie wird nichts verraten.«

Brian, der sich gar nicht erst gesetzt hatte, verließ mit einem Nicken in unsere Richtung den Raum. Georges Blick ruhte auf mir.

Kurz starrte ich auf meine Hände, die das hellbraune Polster umklammerten, doch dann straffte ich mich und wagte den Sprung ins kalte Wasser.

»George und ich sind befreundet«, erklärte ich. »Ich mag ihn sehr. Wir gehen oft spazieren und schreiben uns Briefe.«

Etwas anderes hatten wir uns nicht zuschulden kommen lassen. George hatte mich weder geküsst noch mich unsittlich berührt. Man hätte unsere Beziehung zueinander als unschuldig bezeichnen können, wären da nicht das Fraternisierungsverbot und mein Vater gewesen.

George lächelte mich aus dem Sessel aufmunternd an.

»Es ist ein schöner Zufall, dass wir uns hier treffen. Seid ihr verwandt, du und Luise?«

Ich nickte. »Sie ist meine Tante, die Schwester meines Vaters.«

Dann schaute ich zu Luise. Sie grinste in sich hinein. War sie wirklich so verständnisvoll? Wollte sie uns tatsächlich helfen? Es würde mir schon reichen, wenn sie uns zumindest nicht auffliegen ließ.

»Warum bist du nicht böse auf mich? Papa würde durchdrehen, wenn er von George wüsste. Selbst Großmutter würde es missbilligen.«

»Ich weiß, wie es ist, nicht bei dem Menschen sein zu dürfen, den man liebt.« Ein Schatten legte sich über ihr Gesicht. »Ich bereue keine Sekunde, die ich mit Klaus verbracht habe. Wenn es euch ernst miteinander ist, dann bin ich die Letzte, die euch Steine in den Weg legt. Steine gibt es genug dort draußen. Aber ich dulde keine Unsittlichkeit unter meinem Dach. Auch für Deutsche gilt das Verkupplungsverbot. Solange ihr nicht verheiratet seid, müsst ihr euch woanders näherkommen, wenn ihr das wollt.«

Nun lief George genauso rot an wie ich. Himmel! Tante Luise hatte noch nie ein Blatt vor den Mund genommen. Das war sicher einer der Gründe dafür, dass sie sich so oft Ärger mit Großmutter eingehandelt hatte.

Natürlich wäre ich George gerne *nähergekommen*, wie Luise es so schön ausdrückte, aber doch nicht sofort und schon gar nicht hier. Ich schämte mich allein bei dem Gedanken daran.

»Aber wir dürften uns bei dir treffen? Immerhin wohnen George und Brian hier. Es ist ja nichts dabei, wenn ich zufällig vorbeikomme, so wie heute.«

»Du erinnerst mich sehr an mich selbst.« Tante Luise lachte

leise. »Du gehörst nicht aufs Land, nicht auf diesen Hof. Du hast einmal Stadtluft geschnuppert und willst nicht mehr zurück. Du sehnst dich nach einem anderen Leben. Was deine Mutter und deine Großmutter haben, ist dir nicht genug. Das wirfst du dir vor, weil dein Vater es dir vorwirft. Tu das nicht. Es ist *dein* Leben. Du musst es so gestalten, wie *du* es für richtig hältst. Ich habe lange gebraucht, um das zu verstehen. Aber Klaus hat mir dabei sehr geholfen.«

Ich nickte. Luise fand kluge Worte. Ich wollte jedes davon unterstreichen.

»Danke, dass du mich nicht verurteilst. Und für alles andere«, erwiderte ich.

Luises Zuspruch bedeutete mir sehr viel. Grenzenlose Erleichterung kroch in mir hoch, als ich begriff, dass ich jemanden hatte, der mich unterstützte. Bei meiner möglichen Rückkehr nach Bonn, in der Sache mit George.

Meine Tante lehnte sich zu mir herüber und küsste mich auf die Wange. Dann stand sie auf.

»Ich sehe mal unten nach der Wäsche. Sie müsste jetzt trocken sein.«

Auf einmal saßen George und ich ganz alleine im Wohnzimmer zwischen der wuchtigen Anrichte aus dunklem Holz, der Sitzgruppe und dem Plattenspieler.

Erneut fühlte ich mich unsicher. Was mochte er von alldem halten?

Er erhob sich aus dem Sessel, um sich neben mir auf dem Sofa niederzulassen. Seine plötzliche Nähe und die von ihm ausgehende Körperwärme waren ungewohnt, aber ich mochte den Duft seines Rasierwassers.

Als George nach meiner Hand griff, setzte mein Herzschlag kurz aus, nur um anschließend dreimal so schnell wieder loszuhämmern. Verlegen lächelnd sah ich zu George hinauf, der auch im Sitzen ein gutes Stück größer war als ich.

»Manchmal muss man auch Glück haben, Erika«, sagte er leise.

»Wir haben unverschämtes Glück.«

»Danke für deinen Brief. Brian hat ihn für mich abgeholt, damit man mich nicht zu oft in deinem Dorf sieht. Einerseits hatte ich Angst davor, dass er mir einen Brief bringt, andererseits habe ich gehofft, du würdest mir etwas Nettes schreiben.«

»Und? War es etwas Nettes?«, fragte ich neckend.

»Etwas sehr Nettes. So einen schönen Brief habe ich noch nie bekommen. Ich werde ihn aufheben.«

»Deinen Brief habe ich unserer Marienstatue anvertraut. Ich hoffe, dort findet ihn niemand.«

»Du musst ihn nicht aufbewahren, wenn es dir zu gefährlich ist. Es reicht mir zu wissen, dass du ihn gelesen hast.«

»Es war der schönste Brief, den ich jemals bekommen habe. Vielen Dank, George.«

Hier saß ich nun und säuselte diesem viel zu hübschen Mann liebe Worte zu. Doch nirgendwo wäre ich jetzt lieber gewesen.

Da ließ George meine Hand los, um seinen Arm um meine Schultern zu legen. Es fühlte sich großartig an. Verzückt lehnte ich mich gegen ihn. Niemand sagte ein Wort, beide hatten wir Angst, den Bann zu brechen. Versonnen streichelte George von Zeit zu Zeit mein Knie. Mehr passierte nicht, bis die anderen zurückkamen, und es war wunderbar.

8

Bad Godesberg, Juli 1945

Die letzten vier Lieferungen an Tante Luise hatte ich überbringen dürfen. Ich freute mich sehr über diese kleine Freiheit, die mein Vater mir zugestand, nun, da die Heuernte eingefahren war und die Getreideernte noch nicht begonnen hatte.

Der Sommer hatte Einzug gehalten und mit ihm Hitze und viel Sonnenschein. Auch an diesem Sonntag schwang ich mich aufs Fahrrad, in meinem Korb ein Dutzend Eier und ein riesiger Laib von dem Brot, das ich gestern mit meiner Mutter und meiner Urgroßmutter Frieda gebacken hatte. Nächsten Sonntag würden Luise und Elisabeth uns anlässlich von Vaters Geburtstag besuchen und ihr Essen selbst nach Hause transportieren, weshalb ich diesen Tag heute unbedingt nutzen wollte.

Nicht jede Woche schafften George und ich es, uns am Waldrand zu treffen – manchmal hatte er zu viel zu tun, manchmal war ich nicht alleine unterwegs –, aber die Sonntagnachmittage in Tante Luises Wohnung entschädigten uns für das Warten.

Doch an diesem Tag kam ich nicht bis zu Tante Luises Wohnung. Eine Querstraße davor lungerte eine Handvoll britischer Soldaten an und auf den Mauerresten eines ehemaligen Wohnhauses herum. Mein Puls beschleunigte sich, als ich an die Gruppe heranfuhr. Leider gab es keinen anderen Weg zu meiner Tante. Ich wollte einfach vorbeifahren, ihre anzüglichen Blicke und ihre Rufe ignorieren, doch ein Soldat sprang mir vors Fahrrad und zwang mich zum Abbremsen.

Oh nein. Er hielt meinen Lenker fest, um mich am Weiterfahren zu hindern. Sein Grinsen verursachte mir eine Gänsehaut.

Da war sie, die Situation, vor der mein Vater mich gewarnt hatte. Ich hoffte inständig, dass der Soldat nur an meinem Rad und den Lebensmitteln interessiert war, aber so, wie die anderen johlten, wollte er vermutlich etwas anderes von mir.

Nackte Panik kroch in mir empor, und meine Knie begannen ebenso zu zittern wie meine Hände, die die ledernen Griffe des Lenkers zusammendrückten. Wie sollte ich mit diesen Beinen weglaufen, wenn sie sich so schwach anfühlten?

Starr vor Schreck wie ein in seiner Sasse überraschter Feldhase blickte ich dem Soldaten ins Gesicht. Er hätte nett aussehen können, doch er machte mir einfach nur Angst.

Ein zweiter Mann kam hinzu und sagte irgendetwas zu seinem Kameraden, der mein Fahrrad festhielt, dann lachten beide.

»Lassen Sie mich bitte weiterfahren«, piepste ich und hasste mich dafür, dass selbst meine Stimme zitterte.

Mit Nachdruck zog ich an meinem Fahrradlenker, leider ohne Erfolg. Plötzlich standen sie zu viert um mich herum, und der Schreck fuhr mir in alle Glieder.

Ich wusste nur noch eines: Einem würde ich wehtun, wenigstens einem. Ich ließ den Lenker los und stieg ab. Die Männer rochen nach Zigaretten, Schweiß und Rasierwasser. Vor allem rochen sie fremd.

Verzweifelt schaute ich mich nach einer Fluchtmöglichkeit um, nach jemandem, der mir helfen könnte, doch ich war völlig allein auf der Straße. Tränen schossen mir in die Augen. Ich blinzelte sie fort, aber die Soldaten lachten mich trotzdem aus. Ein fünfter Mann klaubte das Brot und die Eier aus dem Korb und machte sich damit davon, doch die anderen vier fanden Gefallen daran, mir Angst einzujagen.

Ich schlug mehrere Hände weg, die sich an meinem Kleid zu schaffen machten und meinen Arm packen wollten. Doch ich konnte nicht abhauen. Die riesigen Körper rahmten mich ein, nahmen mir die Luft zum Atmen.

Ein Schluchzer entfuhr mir. In meiner Panik schubste ich einen der Männer weg und boxte einem anderen gegen die Brust. Sie lachten. Natürlich lachten sie. Ich machte mich lächerlich, wenn ich mich zur Wehr setzte. Aber machte ich mich nicht schuldig, wenn ich mich nicht wehrte? Egal, ob ich zitterte und mich zu Tode fürchtete, ich durfte nicht einfach aufgeben.

Fauchend griff ich erneut nach meinem Fahrrad.

»Ich will gehen!«, rief ich, in der Hoffnung, dass mich doch noch jemand hörte.

Einer der Soldaten griff mir an den Hintern. Ich rammte ihm meinen Ellbogen in den Magen, was ihn allerdings leider nicht davon abhielt, gleich wieder zuzupacken. Er schlang die Arme um mich und versuchte, mich hochzuheben.

»Nein!«

Schreiend klammerte ich mich an meinem Rad fest, damit er mich nicht forttrug.

Lieber Gott, wenn du mich hörst, dann mach, dass sie verschwinden, betete ich stumm, auch wenn ich tief in meinem Innern nicht daran glaubte, dass Gott mir helfen würde.

Doch meine Gebete wurden trotzdem erhört.

Auf einmal flog einer der Männer auf den Hosenboden, und der Klammergriff um meinen Bauch löste sich.

Aufgebrachtes englisches Stimmengewirr prasselte auf mich ein, und ich atmete auf. Vor mir stand George, hinter ihm Brian, und beide wirkten mehr als nur wütend über das Verhalten ihrer Kameraden.

Sie halfen mir! Ich zitterte immer noch, aber die Angst ebbte ab. George beschützte mich.

Kurz darauf zogen die Männer schimpfend ab. Erst nachdem auch der Letzte außer Sicht war, wandten Brian und George sich mir zu.

»Danke«, sagte ich zu beiden. Brian nickte nur und nahm mir das Fahrrad ab.

»Alles in Ordnung?«, erkundigte sich George und musterte mich mit sorgenvoller Miene.

»Alles in Ordnung. Ich habe mich nur erschreckt.« Wären die beiden nicht aufgetaucht, es wäre wesentlich schlimmer ausgegangen.

»Wir bringen dich jetzt zu Luise. Geh einfach hinter uns her. Wahrscheinlich haben wir schon gegen das Gesetz verstoßen, weil wir dir geholfen haben, wenn das als Kontaktaufnahme gewertet wird. Aber das ist mir egal, schließlich haben wir eine Straftat vereitelt.«

Brian sagte etwas, was George mit einem Nicken kommentierte.

Ich ging wie in tiefem Morast, meine Glieder fühlten sich bleischwer an.

Im Hausflur, wo wir vor den neugierigen Blicken anderer Menschen geschützt waren, nahm George mich noch einmal in Augenschein.

»Du bist ganz bleich, Erika. Geht es dir wirklich gut?«

Seine Stimme hörte sich seltsam gedämpft an, und schwarze Punkte tanzten vor meinen Augen. Dann wurde es dunkel.

9

Auf Tante Luises Sofa kam ich wieder zu mir. Mir war etwas schwindlig, aber davon abgesehen fühlte ich mich normal.

Meine Cousine saß neben meinen Beinen und blickte auf mich herab. Ihre hellblonden Haare waren wie immer hübsch geflochten. Wie meine Haare aussahen, wollte ich lieber nicht wissen.

»Erika! Gott sei Dank bist du wieder aufgewacht!«

»Alles in Ordnung.« Ich räusperte mich. Das war es zwar nicht, aber ich lebte noch, und niemand hatte sich ernstlich an mir vergriffen. Etwas anderes spielte keine Rolle.

»George hat erzählt, dass du von Soldaten angegriffen wurdest.«

»Sie haben mir euer Brot und die Eier geklaut.«

George trat in mein Blickfeld.

»Sie hätten noch mehr getan, als dich nur zu bestehlen, Erika! Wenn wir nur früher gekommen wären …« Er klang wütend. Er sah auch wütend aus. So hatte ich ihn noch nie erlebt. Erst raufte er sich die kurzen Haare, dann kniete er sich neben das Sofa und nahm meine Hand.

Ich hatte das Gefühl, ihn besänftigen zu müssen.

»Du kannst nichts dafür, dass manche deiner Kameraden einen so miesen Charakter haben. Gib dir nicht die Schuld an dem, was sie tun wollten!«

Er schüttelte nur mit dem Kopf.

Elisabeth legte ihre Hand auf meine Stirn, als wolle sie meine Temperatur prüfen.

»Ich habe kein Fieber«, wies ich sie zurecht. »Versprich mir, dass du dich von den Soldaten fernhältst!«

Wie recht mein Vater doch hatte! George und Brian waren nett, aber es gab auch Soldaten wie den Eierdieb und seine Freunde.

»Versprochen. Und du hältst dich von allen anderen fern, außer unseren Mitbewohnern.«

»Ebenfalls versprochen.« Das musste mir nach der Erfahrung von heute niemand mehr sagen!

»Ich lass euch mal alleine. So ein Mist, dass das Brot weg ist«, sagte Elisabeth und erhob sich.

Als sie in dem Schlafzimmer verschwunden war, das sie sich mit ihrer Mutter teilte, weil das andere die Engländer beanspruchten, setzte ich mich langsam auf. Kein Schwindel mehr, keine schwarzen Punkte. Bloß Georges besorgtes Gesicht. Es tat mir leid, dass er sich solche Sorgen um mich machte. War das womöglich meine Schuld? Hatte ich etwas zu der Situation beigetragen?

Als wüsste er, was in mir vorging, schüttelte er mit dem Kopf.

»Du hast nichts falsch gemacht«, versicherte er leise.

Objektiv betrachtet stimmte das. Ich war in normaler Kleidung mit dem Rad die Straße entlanggefahren und hatte nicht einmal Blickkontakt zu den Soldaten aufgenommen. Alles war von ihnen ausgegangen. Meine Eltern, meine Großmutter, ja, alle Erwachsenen, die ich kannte, hatten uns Mädchen von klein auf eingebläut, nie einem Mann Anlass zu geben, so über uns herzufallen, wie die Soldaten es versucht hatten. Unauffällig bleiben, sich vorsehen, nicht im Dunkeln herumlaufen – so hatten ihre Ratschläge gelautet.

An all das hatte ich mich gehalten, und doch hatte man mich am helllichten Tag angegriffen. Erst im Nachhinein kamen Schock und Erschütterung. Wie sollte ich mich denn schützen, wenn ich mich an alle Regeln hielt und sich solche Männer trotzdem nahmen, was sie wollten?

Die Tränen, die ich zunächst so erfolgreich zurückgehalten hatte, bahnten sich nun doch ihren Weg nach draußen. George schreckte zusammen, ließ sich dann aber neben mir nieder und zog mich in seine Arme. Weil ich immer weiter weinte, nahm er mich schließlich auf den Schoß und hielt mich fest. Während er meine zerzausten Haare streichelte, wartete er geduldig ab.

Seine Nähe tröstete mich. Meine Tränen ruinierten sein sandfarbenes Hemd, aber es tat gut, meiner Verwirrung und meinem Kummer Luft zu machen – und auch meiner Scham darüber, dass mir trotz aller Warnungen genau das passiert war, was mein Vater prophezeit hatte.

Irgendwann schniefte ich nur noch. Ich machte mich los, um ein Stofftaschentuch aus der Tasche meines Kleids zu nehmen. Außerdem musste ich mir auch dringend das Gesicht waschen ...

Ich ging in die Küche und wusch mir am Waschbecken die Tränen ab. Gierig trank ich ein paar Schlucke von dem eiskalten Wasser. Die Rohrleitungen waren in Bad Godesberg an einigen Stellen noch intakt. Dennoch konnte man nicht immer sicher sein, wann und ob es Wasser gab – und vor allem, dass das Wasser nicht mit Krankheitserregern verunreinigt war. Ich ging das Risiko ein, ungekochtes Wasser zu trinken, weil ich großen Durst hatte.

Zu Hause hatten wir einen Brunnen für das Vieh, die Bewässerung des Gartens, zum Waschen und Putzen. Außerdem befand sich oben im Wald eine Quelle, von der wir gutes Trinkwasser bekamen. In der Stadt gab es zwar keine Quellen, dafür aber richtige Bäder in vielen Häusern.

Küche und Badezimmer waren bei Tante Luise in einem Raum. Auf der einen Seite befand sich eine Küchenzeile mit Kohleofen, Spülstein und Schränken. In der Mitte des Raums, aber nahe am Fenster, stand der Esstisch. Hinter einem weißen Vorhang verbarg sich eine Badewanne, und an der Wand daneben war ein ebenso weißes Porzellanwaschbecken mit einem Spiegel darüber befestigt. Aus diesem Spiegel blickte mich jetzt eine verheulte junge Frau mit derangierter Frisur und roten Augen an.

Mit wenigen Handgriffen richtete ich mein Haar wieder her und putzte mir die Nase. Besser würde ich es nicht hinkriegen, also ging ich ein wenig unsicher zu George zurück.

Was mochte er jetzt von mir denken? Gab er mir wirklich keine Schuld an dem Vorfall, wie es mein Vater zweifellos getan hätte?

»Geht es dir besser?«, fragte George.

»Ja. Ich bin sehr froh, dass du und Brian rechtzeitig gekommen seid. Ich will nicht mehr darüber nachdenken, was hätte passieren können.«

In diesem Moment kamen Brian und Elisabeth aus dem Schlafzimmer. Auf dem Weg in die Küche winkten sie uns zu. Beide lachten über irgendetwas. Meine Augen wurden kugelrund. Er war mit ihr dort drin gewesen?

George gab ein amüsiertes Glucksen von sich.

»Sie bringen sich gegenseitig ihre Muttersprachen bei … und vermutlich auch noch andere Dinge. Luise geht nicht oft weg, sie ist schließlich nicht blind.« Er senkte die Stimme. »Brian ist ganz vernarrt in Elisabeth. Sie war von Anfang an freundlich zu uns. Und hübsch ist sie auch.«

Ich brachte zumindest ein halbes Lächeln zustande. Über mangelnde Schönheit konnte meine Cousine sich tatsächlich nicht beklagen.

»Ist Brian nicht zu alt für sie?« Ganz abgesehen davon, dass er sich genauso in Teufels Küche brachte, wie George es tat.

»Er ist letzte Woche neunzehn geworden. Deine Cousine ist sechzehn, oder etwa nicht?«

»Ist sie. Ich hätte Brian älter geschätzt.«

»Nur weil er so ein Riese ist und vor Fremden nicht viel spricht. Er ist mein bester Freund, und ich kenne ihn gut. Er wird deiner Cousine kein Haar krümmen.«

»Das habe ich auch nicht angenommen.«

Aus der Küche hörte ich Lachen, ein deutsch-englisches Gespräch und das Klappern von Geschirr. Ich blickte auf die hohe Standuhr in der Ecke neben dem Doppelfenster. Mist, schon so spät!

»Oh, nein, ich muss gehen, sonst bin ich bis zur Sperrstunde nicht wieder in Berkum!« Hastig stand ich auf und eilte in die Küche, um mich von Brian und Elisabeth zu verabschieden.

»Zum Glück ist dir nichts passiert«, sagte meine Cousine und umarmte mich fest. »Am liebsten würde ich dich hierbehalten.«

Ich wäre auch am liebsten geblieben.

»Die Familie macht sich Sorgen, wenn ich nicht zurückkomme. Es wird mich schon niemand behelligen. Nicht zweimal am selben Tag. Aber sag niemandem was, auch Luise nicht, ja?«

»Natürlich. Sonst darf ich auch nicht mehr alleine auf die Straße gehen.«

»Wir begleiten dich«, ließ sich George von der Küchentür her vernehmen. »Wir fahren mit Abstand hinter dir her. So kann niemand sehen, dass wir zusammengehören.«

Er übersetzte für Brian, der nickte und die Teller, die er in den Händen hielt, auf dem Tisch abstellte.

Ich kicherte, als er meine Cousine zum Abschied auf die Wange küsste und sie puterrot anlief.

Ich wagte nicht, daran zu denken, wie es Elisabeth und mir ergehen würde, wenn die beiden abgezogen wurden. Hoffentlich blieben sie noch eine Weile.

Auf der Heimfahrt beschloss ich, niemandem etwas von dem Angriff zu erzählen. Warum schlafende Hunde wecken? Mein Vater würde mich nicht mehr nach Bad Godesberg zu Tante Luise schicken, und meine Sonntage mit George wären gezählt. Und die wollte ich mir auf keinen Fall nehmen lassen.

Am Ortseingang legte ich mein Rad ins Gras und huschte zwischen die Birken, die dort an einem kleinen Weiher standen. Ich wollte George auf Wiedersehen sagen.

Kurz darauf stieß er zu mir.

»Was machst du hier?«, fragte er erstaunt. »Ich dachte, du winkst und fährst einfach weiter.«

Nachdem er sich nach allen Seiten umgeschaut hatte, legte er mir die Arme um die Taille und zog mich näher an sich heran. Lächelnd erwiderte ich seine Umarmung.

Mein Herz schlug doppelt so schnell, als George mich auf die Stirn küsste. Ein kaum hörbares Seufzen entwich mir, und ich schloss die Augen. Mit so viel Umsicht und Zärtlichkeit behandelt zu werden fühlte sich mehr als gut an. Auf einmal wünschte ich mir, dass er mich küsste. Aber es war nicht schicklich, dass ein Mädchen so etwas fragte oder gar von sich aus tat, also verharrte ich abwartend in Georges Armen, bis er endlich verstand.

Ganz sanft drückte er seine weichen Lippen auf meine. Als ich mich an ihn schmiegte, umfing er mich fester und küsste mich mutiger. Ein Hitzeschub überrollte mich, und mein ganzer Körper kribbelte. Begierig grub ich meine Hand in seinen Nacken und presste mich noch enger an ihn. Das hier war nicht mein erster Kuss, aber er war so viel besser als alle Küsse zuvor. So viel besser, dass meine Knie sich ganz schwach anfühlten und ich unwillkürlich bis über beide Ohren grinste, als wir uns voneinander lösten. Himmel, ich wollte mehr davon!

George grinste auch. Wieder kribbelte es in meinem Bauch, allein, weil er mich so ansah. Und so beschloss ich, auf Schicklichkeit zu pfeifen. Lächelnd stellte ich mich auf die Zehenspitzen und küsste George. Küsste seinen hübschen Mund, seine erhitzten Wangen, sein leicht stoppeliges Kinn, alles, was ich erreichte. Er sollte spüren, wie gern ich ihn hatte, wie sehr ich mochte, was er mit mir tat.

Schließlich wand er sich langsam aus meiner Umarmung.

»Ich muss gehen«, sagte er. »Und du solltest das auch tun.«

Er legte seine großen, warmen Hände an die Seiten meines flammend roten Gesichts, blickte mir lächelnd in die Augen und küsste mich noch einmal kurz und fest auf die Lippen. Das Herz wollte mir aus der Brust springen.

Spätestens in diesem Moment verliebte ich mich rettungslos in George Wright.

10

Die Weizenernte war seit Tagen in vollem Gange. Wie für die Mahd der Wiesen holte mein Vater auch dazu den Traktor aus der Scheune. Den ganzen Tag arbeiteten wir in der sengenden Hitze auf den drei weitläufigen Feldern, die durch eine Streuobstwiese voneinander getrennt waren. In unseren Pausen hielten wir im Schatten der Apfel- und Birnbäume eine kurze Mittagsruhe.

Schon vormittags waren meine Kleider und mein Kopftuch durchgeschwitzt. Abends wusch ich mir den Schweiß vom Körper und legte mich mit schmerzenden Muskeln ins Bett. Niemals würde ich das bis an mein Lebensende machen wie all die anderen Erwachsenen in meiner Familie, schwor ich mir jedes Mal, doch dann dachte ich nur noch an George. Eigentlich dachte ich den ganzen Tag an ihn und sehnte den übernächsten Sonntag herbei, wenn ich ihn spätestens wiedersehen würde.

»Weißt du, dass dein Vater einen Mann für dich sucht?«, fragte meine Großmutter Anna in meine schönen Gedanken hinein.

Trotz meiner schmerzenden Arme und dem halb steifen Rücken saß ich in der nächsten Sekunde aufrecht im Bett.

»Was? Hier gibt es doch gar keine Männer mehr in meinem Alter. Außer Wilhelm mit seinem Klumpfuß.«

Wilhelm kannte ich von Kindesbeinen an. Er war nett und half trotz seiner Behinderung auf dem Bauernhof seiner Eltern, so gut er konnte, aber eine gute Partie war er nicht. Wir besaßen mehr Land und mehr Vieh als seine Familie. Im Übrigen interessierte mich das alles nicht, weil ich ohnehin nicht vorhatte, ewig hier zu leben.

»Wilhelm ist ein feiner Junge, aber keiner zum Heiraten«, sagte sie. »Am Ende vererbt er diesen schrecklichen Klumpfuß noch an seine Kinder. Nein, dein Vater wartet auf die Heimkehrer, auf Männer, die unserem Land gedient haben. Du sollst einen wehrtauglichen Mann bekommen, keinen Wilhelm.«

Es ärgerte mich, wie abfällig sie das sagte. Wilhelm hatte sich geschämt, nicht wie seine Freunde zur Wehrmacht gehen zu können, immer als Last angesehen zu werden, als halber Mann. Meine Freundschaft zu ihm hatte das nicht aufgewogen.

Aber dass mein Vater mich verheiraten wollte, ärgerte mich. Wir lebten doch nicht mehr im Mittelalter!

»Papa und ich haben wohl unterschiedliche Vorstellungen, was meine Zukunft angeht«, entgegnete ich. »Mir ist es völlig egal, ob jemand im Krieg gekämpft hat oder nicht. Im Gegenteil, wenn es nach mir ginge, hätte niemand gekämpft. Aber das darf man ja nur ganz leise hier im Dunkeln aussprechen.«

Vielleicht durfte man es auch bald wieder draußen von den Dächern rufen, ohne als Volksfeind dazustehen. Die Nonnen hatten nur im Stillen widersprochen, aber sie hatten mir erklärt, dass Gott keinen Krieg wollte. Jesus Christus war für Frieden und Mitmenschlichkeit eingetreten, so wie jeder gute Christ es auch tun sollte. So wie ich es immer halten wollte. Für Frauen war das natürlich leichter als für Männer. Mir hatte niemand einen Einberufungsbescheid unter die Nase gehalten wie meinem Bruder Otto.

Großmutter Anna brummte.

»Du warst lange bei den Nonnen. Sie hatten großen Einfluss auf dich. Das ist gar nicht schlecht. Aber jetzt musst du dich den weltlichen Dingen zuwenden. Du hängst immer noch einem Traum nach, Erika. Es ist, als würdest du hier nur deine Zeit absitzen, bis du wieder nach Bonn kannst.«

Sie hatte den Nagel auf den Kopf getroffen. In mir stieg ein Ärger auf, der alle Müdigkeit zurückdrängte.

»Ich will auch zurück nach Bonn, zurück ins Krankenhaus. Das Landleben ist nichts für mich. Die nie endende Arbeit, dieses Eingesperrtsein zwischen Kuhstall und Küche … Aber niemand hat Verständnis dafür. Jetzt versucht Papa auch noch, mich mit einem Mann an diesen Hof zu fesseln. Das kann er vergessen, hörst du?«

»Beruhige dich, Kind!«, grummelte sie. »Niemand zwingt dich, irgendjemanden zu heiraten. Dein Vater findet bloß, dass es langsam an der Zeit für dich wäre.«

»So, findet er das?« Den Einzigen, den ich möglicherweise heiraten wollte, würde er mit Schimpf und Schande vom Hof jagen. Und mich gleich mit.

»Er hat Angst, den Hof zu verlieren, wenn Otto nicht zurückkehrt und du zu starrsinnig bist, um deine Pflicht zu tun. Krankenschwestern findet man überall, aber Bäuerinnen mit einem eigenen Hof nicht.«

»Was ist mit Berta? Wenn Papa irgendwann nicht mehr alles machen kann, wird sie alt genug sein, um den Hof zu übernehmen. Warum glaubt er, dass nur ich eine geeignete Nachfolgerin bin, falls Otto nicht mehr zurückkommt?«

Was natürlich niemand hoffte. Doch allein, dass Großmutter es so offen aussprach, zeigte mir, wie wenig Hoffnung sie hatte.

Vor meinen Eltern behielt sie ihre Bedenken für sich, aber vor mir musste sie das nicht. Sie war oft streng und unnahbar, aber sie hatte das Herz am rechten Fleck und durchschaute alles und jeden – zu meinem Leidwesen auch mich. Immerhin glaubte sie, ich würde nur von Bonn und der Arbeit im Krankenhaus träumen. Von dem gut aussehenden Engländer ahnte sie nichts.

»Vielleicht hat Berta auch einmal andere Träume, genau wie du. Aber wenn sie das nicht hat, könntest du doch bis dahin das tun, was dein Vater von dir erwartet.«

»Neun Jahre soll ich warten, ja?« Ich lachte ungläubig auf. »Da kann ich auch gleich für immer hierbleiben. Warum mich widersetzen, wenn es doch sowieso keinen Ausweg gibt?«

»Das habe ich nicht gesagt. Ich finde bloß, dass du einen sinnlosen Kampf kämpfst. Du bist deiner Familie etwas schuldig. Wir alle haben dich aufgezogen, und jetzt ist es an dir, uns etwas dafür zurückzugeben. Du hättest in dem Moment aus deinem Traum erwachen müssen, als dein Bruder nach Frankreich musste.«

So wie sie es darstellte, kam ich mir wie eine egoistische Ziege vor, die sich an einer realitätsfernen Wunschvorstellung festgebissen hatte. Andererseits: Ich hatte nur dieses eine Leben. Und wenn mich die Jahre des Krieges eines gelehrt hatten, dann, dass es schnell vorbei sein konnte. Ich hatte zu viele Schwerverletzte, zu viele tote Menschen gesehen, als Bonn bombardiert worden war. Mein Onkel war gefallen. Großmutter hatte zwar recht, aber ich würde trotzdem nicht mein Leben lang unglücklich sein, nur um meine Pflicht als Tochter zu erfüllen.

Böse starrte ich in der Finsternis unserer Kammer an die Decke hinauf, ohne etwas zu erkennen. Ein Glück nur, dass meine Großmutter mein störrisches Gesicht nicht sah.

»Ich glaube fest daran, dass Otto heimkehrt.«

»Der Optimismus der Jugend.« Sie seufzte. »Schlaf gut, Erika.«

»Gute Nacht, Großmutter.«

Diesen Sonntag feierten wir Vaters vierundvierzigsten Geburtstag. Meine Mutter war zutiefst dankbar, dass er bei uns war und nie an die Front gemusst hatte. Im Gegensatz zu seinem Sohn hatte er auch nur eine Kurzausbildung bei der Wehrmacht erhalten, weil er zu den sogenannten »Weißen Jahrgängen« gehörte, den zwischen 1901 und 1913 Geborenen, für die es keine Wehrpflicht gegeben hatte. Durch sein Alter hatte er zur Landwehr gehört und nur in den letzten Kriegstagen fortgemusst. Dieser Einberufungsbescheid war aber nie gekommen. Zum Glück. Zum Zeitpunkt seiner eigentlich möglichen Einberufung führte er unseren Hof, und der landwirtschaftliche Betrieb diente der Ernährung des Volkes, wie uns ein Regierungsgesandter damals mitteilte, als sie Otto abholten.

Das war 1942, kurz nachdem uns die Nachricht vom Tod meines Onkels Klaus erreicht hatte. Otto war einundzwanzig gewesen und hatte sich mit einem Lachen von uns verabschiedet. Bis heute hatte ihn keiner von uns mehr gesehen. Seine Abwesenheit lag wie ein Schatten über der kleinen Feier, die wir im Garten vor dem Wohnhaus abhielten.

Die Sonne schien durch die Blätter der alten Apfelbäume, und eine angenehme, warme Brise umschmeichelte meine Arme und mein Gesicht, während ich die nackten Füße im kühleren Gras vergrub.

Elisabeth und Berta spielten mit den jüngeren Kindern Ball; die Erwachsenen saßen am Tisch, aßen Erdbeerkuchen und tranken Wein aus unserem kleinen Wingert. Kaffee gab es schon lange nicht mehr, abgesehen von dem fürchterlichen Gebräu aus Zichorie.

Tante Luise saß neben mir und machte einen fröhlichen Eindruck – auch noch, als mein Vater sich wieder einmal abfällig über die bei ihr einquartierten Briten äußerte.

»Machst du dir wirklich keine Sorgen um deine Tochter?«, fragte meine Mutter wesentlich behutsamer, während mein Vater sich knurrend über das zweite Stück Kuchen hermachte. Dieses seltene Vergnügen wollte niemand durch unangenehme Gesprächsthemen verderben.

Luise lächelte meiner Mutter zu.

»Am Anfang war ich nicht erfreut«, gestand sie. »Aber bis jetzt haben sich die jungen Männer stets als hilfsbereite und freundliche Untermieter gezeigt. Sie haben mir keinen Anlass gegeben, um Elisabeths Tugend besorgt zu sein – oder um meine eigene, was mein Bruder ja auch fürchtet. Als trauernde Witwe bin ich schließlich ein gefundenes Fressen, nicht wahr?« Sie warf meinem Vater einen bösen Blick zu, ehe sie sich wieder meiner Mutter zuwandte. »Also nein, wir fühlen uns nicht mehr unwohl mit der Situation. Man arrangiert sich eben. Vor allem jetzt, wo das Essen immer knapper wird. Ohne die Soldaten und ohne euch hätten Lisbeth und ich noch mehr Gewicht verloren.«

Meine Tante hatte bereits beträchtlich abgenommen, als Klaus gefallen war, weil sie vor lauter Trauer wochenlang kaum etwas gegessen hatte. Neben meiner wohlgenährten Mutter wirkte sie beinahe eingefallen.

»Außerdem sind sie viel unterwegs«, fügte ich hinzu, um die entstandene Stille zu füllen. »Dank ihnen sind Luise und Elisabeth auch von Plünderungen verschont geblieben.«

»Es gefällt mir trotzdem nicht, dass meine Schwester sich die Wohnung mit den Besatzern teilen muss«, brummte mein Vater, ließ das Thema aber endlich fallen.

Großmutter Anna lenkte das Gespräch auf die bevorstehende Fronleichnamsprozession und erzählte, dass sie sich bereits darauf freue, am diesjährigen Blumenteppich mitzuwirken. Berta, Emmi und Urgroßmutter Frieda würden auch dabei sein. Ich hatte keine Zeit. Ich musste ja meinen Bruder ersetzen.

Nach dem Abwasch ging Tante Luise mit mir zwischen den Obstbäumen an der Kuhweide spazieren.

»Ich bewundere es, dass du Vatis Gemecker so geduldig erträgst«, begann ich das Gespräch, als wir weit genug von den Gebäuden entfernt waren und nur die Rinder uns hörten. »Die Hälfte der Zeit bin ich wütend auf ihn.«

Luise lachte leise.

»Dein Vater verschleiert seine Sorge mit Zorn und Gepolter, aber er meint es nur gut. Er hätte Lisbeth und mich gerne hier aufgenommen, aber ich wollte nicht so recht, und ihr hattet nicht genug Platz. Seit deine Urgroßmutter auch noch hier lebt, gibt es kein freies Zimmer mehr.«

Frieda wohnte in Ottos Kammer. Wenn mein Bruder heimkehrte, würde es in meinem Zimmer noch enger werden, oder ich würde zu Berta, Emmi und Liesel ziehen. Keine schöne Vorstellung. Andererseits könnten auch die Großmütter zusammenrücken, oder Otto und ich teilten uns die Kammer. Dorthin ging man ohnehin nur zum Schlafen.

»Er könnte trotzdem etwas weniger poltern.« Ich seufzte und schaute auf die Gänseblümchen und Grashalme hinunter, die mich beim Laufen zwischen den Zehen kitzelten. »Wie geht es George und Brian?«

»Gut. Als wir fort sind, haben sie den Plattenspieler im Wohnzimmer eingeschaltet. Wahrscheinlich lassen sie sich am geöffneten Fenster die Sonne auf die Nase scheinen und hören eine ihrer Platten.«

Das würde mir auch gefallen.

»George wird dich heute Abend gegen halb zwölf besuchen, am Waldrand«, fuhr Luise mit einem Lächeln fort. »Du wüsstest schon, wo, hat er gemeint.«

»Wirklich?« Meine Miene hellte sich auf.

Natürlich würden wir damit gegen die Ausgangssperre verstoßen, doch die Aussicht, nicht noch eine Woche abwarten zu müssen, ließ mich meine Bedenken beiseiteschieben. Schon in ein paar Stunden würden wir uns wieder in die Arme schließen können!

Vor Aufregung vollführte ich ein paar Hüpfer und lächelte über das ganze Gesicht.

George würde herkommen!

11

In dieser Nacht überprüfte ich viermal, ob Großmutter eingeschlafen und auch der Rest des Hauses still war, bevor ich mich, leise wie ein Mäuschen, davonschlich.

Der Vollmond beschien den Feldweg, der zum Wald führte. Ich rannte fast den gesamten Weg, konnte es kaum erwarten, George zu treffen. Angst hatte ich keine. Hier draußen sagten sich Fuchs und Hase Gute Nacht. Nur einer Wildschweinrotte wollte ich nicht begegnen. Im Sommer, wenn sie Frischlinge hatten, waren sie besonders angriffslustig.

Die ganze Zeit lauschte ich auf Motorengeräusche, doch abgesehen von einem leisen Rauschen des Windes in den Bäumen und dem gelegentlichen Rascheln von kleinen Tieren in der Nähe hörte ich nichts. Vielleicht wartete George auch bereits auf mich ...

Als mich eine Hand aus einem Busch heraus berührte, sprang ich mit einem Quieken rückwärts.

Georges Lachen war viel zu laut, doch nach einem kurzen Schreckmoment stimmte ich mit ein – etwas atemlos zwar, aber dennoch erleichtert.

»Tut mir leid, Erika, ich konnte nicht widerstehen!«

Wahrscheinlich hätte ich ihn genauso erschreckt, wäre ich als Erste hier gewesen.

Unvermittelt zog er mich an sich. In der Wärme seiner festen Umarmung beruhigte sich mein rasendes Herz ein wenig, nur um gleich darauf zu neuen Rekorden loszupreschen, weil George meine Wange küsste.

Ich lächelte in sein Hemd und umfasste seinen Rücken. Es gefiel mir, wie gut er sich anfühlte; warm, fest, stark. Bei ihm war ich sicher und geborgen. Zu niemand anderem wäre ich mitten in der Nacht aus dem Haus geschlichen, um mich schutzlos in den Wald zu begeben.

Wie von selbst fanden sich unsere Lippen. Wir brauchten jetzt nicht zu reden. Als George mich mit sich ins trockene Laub zog, folgte ich ihm, ohne zu zögern.

Erst als der Morgen anbrach und uns kalt wurde, lief ich zurück nach Hause, das Herz voll bis zum Überlaufen, das Gesicht viel zu strahlend nach dieser schlaflosen Nacht, der bis dahin schönsten meines Lebens.

Am Nachmittag war auch das letzte Fünkchen Hochgefühl verschwunden und bleierner Müdigkeit gewichen. Als mir vom einlullenden Rütteln des Holzwagens immer wieder die Augen zufielen, erkundigte sich sogar mein unsensibler Vater, ob ich etwas ausbrütete. Ich schüttelte den Kopf und behauptete, schlecht geschlafen zu haben.

Das war durchaus glaubwürdig, denn dass Großmutter zuweilen schnarchte, war kein Geheimnis. Jeder im oberen Stockwerk, der nicht taub war oder einen extrem festen Schlaf hatte, hörte sie nachts. Kein Wunder, dass niemand mit ihr das Schlafzimmer teilen wollte. Schließlich hatte es mich getroffen, weil ich zwei Jahre nicht zu Hause gewesen war, sondern bei den Nonnen gelebt hatte.

Mein Vater schien ähnliche Gedankengänge zu haben, denn er sagte: »Wenn dein Bruder heimkehrt, werden wir uns etwas überlegen müssen. Die Großmütter sollen sich dann einen Raum teilen, Otto wird sein altes Zimmer bekommen. Allerdings ist eure Kammer zu klein für drei Betten. Du könntest zu deinem Bruder ziehen, wenigstens vorübergehend. Ihr seid beide erwachsen und vernünftig genug, um das hinzubekommen, oder?«

»Natürlich. Otto schnarcht vermutlich nicht.«

Ich erfuhr erst viel später, dass andere Dinge Otto – und den meisten anderen im Haus – den Schlaf rauben würden, sonst hätte ich nicht so leichtfertig zugestimmt.

An einem Sonntag Mitte August holen Brian und George mich bei leichtem Nieselregen am eher sporadisch besetzten Wachposten des Ortseingangs von Bad Godesberg ab. Ich winkte ihnen zur Begrüßung zu, weil ich noch zu weit weg war, um zu rufen. Als ich ihnen Guten Tag sagte, grüßte mich zu meiner Verblüffung auch der bewaffnete Soldat neben dem Wachhäuschen. Das war ja nett!

George wedelte fröhlich mit einem Blatt Papier, das er mir nach einem Kuss auf die Wange unter die Nase hielt.

»Das darf ich jetzt ganz offiziell tun, wo es jeder sehen kann«, erklärte er mir, weil ich aus dem kurzen englischen Text nicht schlau wurde.

Brian lachte über mein verwirrtes Gesicht.

»Die britische Regierung hat es aufgegeben, Freundschaften und Beziehungen zwischen Soldaten und Deutschen zu verbieten«, erklärte George. »Kein Fraternisierungsverbot mehr!«

»Ju-hu«, machte der Wachposten und grinste.

George boxte ihm gegen die Schulter, und sie sprachen kurz auf Englisch miteinander.

Brian schaute mich an. Er wollte etwas sagen und sortierte offenbar die Worte in seinem Kopf.

»Kann mit Lizzy ausgehen«, erklärte er unbeholfen, aber lächelnd.

Was für ein süßer Spitzname! Ob er Elisabeth gefiel?

»Wenn Luise dich lässt«, entgegnete ich und lächelte ebenfalls.

Das war eine wundervolle Nachricht. Endlich brauchte ich kein schlechtes Gewissen mehr zu haben, weil ich George – und indirekt auch Brian – dazu gebracht hatte, gegen die Regeln ihrer Regierung zu verstoßen.

»Besuche in deutschen Wohnungen sind noch verboten, aber

das gilt selbstverständlich nicht für Wohnungen, in denen man einquartiert ist«, schaltete sich George wieder ein. »So kann Brian seine Lizzy ganz legal nach Hause begleiten, wenn er mit ihr tanzen war. Jedenfalls solange keiner merkt, dass sie in derselben Wohnung leben. Offiziell sind nur Brian und ich dort. Zum Glück gibt es keine Kontrollen.«

Sie verabschiedeten sich von dem diensthabenden Soldaten und gingen neben mir her zu Tante Luise, wo meine beiden Verwandten schon sehnsüchtig auf die zwei riesigen, runden Brotlaibe, das Dutzend Eier und die Himbeeren aus dem Garten warteten, die ich in Fahrradkorb und Rucksack transportiert hatte. Die Eier in ihrem mit Stroh ausgelegten Körbchen heil in die Stadt zu bringen erwies sich jedes Mal als Herausforderung. Doch auch diesmal war es mir gelungen.

»Zum Abendessen seid ihr zurück! Und keine Dummheiten«, ermahnte sie Brian und Elisabeth, als sie sich gleich nach der Begrüßung wieder verabschiedeten.

»Fürchtest du dich nicht vor übler Nachrede, wenn du deine Tochter mit einem Besatzer ausgehen lässt?«, fragte ich ernsthaft.

Die Briten hatten sich vielleicht der Situation angepasst, doch mein Vater würde es ganz sicher nicht tun. Und von der Dorfgemeinschaft wollte ich gar nicht erst anfangen.

Luise ließ sich seufzend auf einen Küchenstuhl fallen. George räumte unaufgefordert die Eier und einen der Brotlaibe in die Speisekammer. Kein Zweifel, meine Tante hatte die jungen Männer wirklich im Griff.

»Genau das ist der Grund, warum ich aus Berkum wegmusste, Erika. Hier bekomme ich es fast nicht mit, wenn sich jemand über uns das Maul zerreißt – zumal die meisten Menschen im Moment völlig andere Sorgen haben. Brian ist ein lieber Junge. Manchmal wünschte ich, ich hätte einen Sohn wie ihn bekommen. Aber du weißt ja, dass mir nach meiner Lisbeth weitere Kinder verwehrt geblieben sind.«

Ich nickte. Auch dieser Umstand hatte dafür gesorgt, dass Luise sich ständig unangenehme Fragen gefallen lassen musste, jedenfalls bis Klaus in den Krieg gezogen war. Großmutter Anna hatte bei jeder sich bietenden Gelegenheit erklärt, dass unfruchtbare Frauen Gott erzürnt hätten und auf diese Weise bestraft würden. Daran glaubte ich nicht, traute mich aber nie, Großmutter zu widersprechen. Luise tat es ja auch nicht – höchstwahrscheinlich, weil es sinnlos war.

»Ich bin froh, dass du so denkst«, meinte ich. »Zu Hause kann ich nicht damit rechnen, dass man George willkommen heißt.«

»Es hilft nichts, verbohrt zu sein. Wenn wir die Vergangenheit hinter uns lassen wollen, müssen wir uns auf neue Dinge einlassen. Wir sollten uns an den Gedanken gewöhnen, dass die Briten früher zwar Feinde waren, uns in Wirklichkeit aber befreit haben. Wie viele Männer hätten wir noch opfern müssen, wenn der Krieg weitergegangen wäre? Daran sollten alle denken, wenn sie auf die Besatzer schimpfen. Ich habe mir nichts mehr gewünscht als das Ende dieses furchtbaren Krieges, das Ende der Bombardierungen, der ganzen Zerstörung. Natürlich wäre ich lieber frei, aber ohne Besatzung scheint es nicht zu gehen. Und es hätten auch andere herkommen können.« Sie schauderte.

Ich wusste, dass sie – ebenso wie ich – an die Russen dachte, die weit weniger zimperlich mit den Deutschen umsprangen als die anderen Besatzungsmächte. Davon wussten wir freilich nur, weil Luise noch regelmäßig Briefe von zwei guten Kameraden ihres Mannes bekam. Mittlerweile waren sie in Sibirien und die letzte Nachricht von ihnen Monate her. Gut erging es ihnen nicht, auch wenn sie nicht explizit schrieben, was ihnen dort widerfuhr. Vielleicht lebten sie schon nicht mehr ...

Ich nickte abermals. Dass uns als ehemalige Feinde niemand in die Arme schloss, verstand sich von selbst.

»Du bist eine freundliche Frau mit einem guten Herzen, Luise«, sagte George. »Brian und ich sind sehr glücklich, hier zu sein.«

Ein kleines Lächeln stahl sich auf Luises Gesicht.

»Du bist vor allem glücklich, weil du Erika gefunden hast«, kommentierte sie augenzwinkernd.

George streckte seine Hand auf dem Tisch nach mir aus, und ich ließ mich von ihm auf seinen Schoß ziehen, wo er mich von der Seite umarmte und seine Wange gegen meine Schulter drückte. Er war so süß – und ich so schrecklich verliebt!

12

In der letzten Augustwoche sollte ich Tante Luise an mehreren Tagen nach Bonn begleiten, wo sie Tauschgeschäften nachging. Dafür traf sie in einem halb zerstörten Hinterhof eine gute Bekannte, der sie abgezweigte Lebensmittel und Zigaretten brachte und im Gegenzug zwei goldene Armbänder und anderen Schmuck erhielt. Mich brauchte sie als Tragehilfe und zum Schmierestehen, da solche Tauschgeschäfte offiziell nicht erlaubt waren, vielen aber das Überleben sicherten. Weil die Schulen wieder geöffnet waren, konnte sie Elisabeth nicht mehr mitnehmen. Vati hatte sie erzählt, sie brauchte mich für die Haushaltsführung. Sonst kam ich immer tagsüber nach Bad Godesberg, doch seit ich auch die Nächte hier verbrachte, wusste ich unser intaktes Haus mehr zu schätzen. Strom gab es hier in der Stadt schon länger keinen mehr, und auch das Wasser wurde immer wieder abgestellt. Weil man ständig neue Löcher in den Versorgungsleitungen entdeckte, zapften wir unser Wasser an einer Ausgabestelle ein paar Straßen weiter. Es handelte sich um ein von Briten besetztes Haus, in dem die Leitungen weitgehend funktionierten. Trotzdem war die Wasserversorgung nicht immer gewährleistet, schließlich lag es nicht direkt neben dem Wasserwerk.

Ich war es gewohnt, Wasser holen zu müssen, und murrte daher nicht. Elisabeth hingegen machte ein saures Gesicht, wenn sie zur Sicherheit noch vor dem Unterricht mit Luise und mir Wasser holen musste, während George und Brian noch früher am Tag ihren Aufgaben bei der Armee nachgingen.

Trotz dieser Unannehmlichkeiten fühlte es sich an wie ein Urlaub, fast eine ganze Woche von Berkum fort zu sein und in der Stadt zu leben. In die Nähe des Krankenhauses kamen wir nicht, was gut war. Es wäre mir schwergefallen, einfach daran vorbeizugehen, ohne ein paar ehemalige Kolleginnen zu grüßen. Wie viel schwerer würde mir danach der Abschied fallen, wenn ich doch wusste, dass ich in wenigen Tagen wieder im Kuhstall stehen musste?

Das Schönste aber war, dass ich jeden Morgen und jeden Abend mit George verbringen konnte! Dabei setzte sich allerdings niemand über die von Luise aufgestellte Regel hinweg, dass die Nächte in getrennten Betten verbracht werden mussten. Das Sofa war nicht unbequemer als meine durchgelegene Matratze zu Hause, dennoch stellte ich mir jede Nacht vor, in Georges Armen zu liegen.

Ich musste mich sehr beherrschen, um nicht die wenige Meter entfernte Tür zu seinem und Brians Zimmer zu öffnen und mich zu ihm zu legen. Stattdessen lauschte ich meinem pochenden Herzen in der Dunkelheit, während ich die Sehnsucht niederkämpfte und einzuschlafen versuchte.

In der Nacht zum Freitag – der letzten Nacht, bevor ich wieder nach Berkum zurückmusste – übernachtete meine Tante bei einer Freundin, die am Vortag ein Kind bekommen hatte und Unterstützung benötigte. Ich freute mich darauf, am nächsten Tag hinzugehen und das Neugeborene anzuschauen.

Noch mehr freuten sich allerdings Brian und Elisabeth darüber, dass niemand frühzeitig den fröhlichen Abend beendete und sie zwang, sich voneinander zu trennen. Nachdem wir eine Weile im schwachen Schein von Petroleumlampen und Kerzen Karten gespielt hatten, fand Brian, dass es an der Zeit sei, ein wenig zu tanzen.

Er legte eine Platte mit Swingmusik auf und kurbelte das Grammofon an. Gleich darauf wirbelte er meine lachende Cousine durchs Wohnzimmer. Lächelnd schaute ich ihnen zu und lauschte der fremdartigen, aber eingängigen Musik. Bei dem flotten, von Gitarren, Schlagzeug und Trompeten untermalten Rhythmus bekam ich selbst Lust zu tanzen.

George stand vom Sofa auf, um eine dicke Stumpenkerze in Sicherheit zu bringen. Bei der Gelegenheit schloss er auch die Fenster, damit die Nachbarn nicht gestört wurden.

Erst als er sich mit roten Wangen und einem verlegenen Gesichtsausdruck wieder neben mich setzte und die Karten ordentlich in ihre Schachtel einsortierte, begriff ich, dass er nicht tanzen wollte. Oder zumindest nicht sofort.

Ich hatte selbst keine Ahnung, wie man sich zu dieser Musik bewegte, doch als meine Cousine, völlig außer Atem, um eine Pause bat und in den Sessel plumpste, forderte der unermüdliche Brian mich zum Tanzen auf. Ich ließ mich bei den Händen nehmen und mir die Schritte zeigen. Bald hatte ich den Dreh raus.

In diesen Minuten vergaß ich alles, was mich bedrückte: meine geheime Liebe, die ich nicht mit meiner Familie teilen durfte, meine festgefahrene Zukunft, meine Sorge um Otto. Alles flog davon, löste sich auf und ließ mich genauso lächelnd zurück wie meine Cousine.

Dann war auch dieses Lied vorbei, und ein langsames Stück begann. George raffte sich auf, zog mich sanft von seinem Freund fort und hielt mich fest. Ebenso wie Elisabeth und Brian wiegten auch wir uns im Takt der Musik. Das war schön. So schön, dass ich nicht wollte, dass dieser Moment jemals endete.

Ich bemerkte erst nicht, dass die anderen uns alleine ließen, so vertieft war ich in meinen Tanz mit George. Wir tanzten miteinander, bis kein Ton mehr aus dem Trichter des Grammofons kam und die Kerzen halb heruntergebrannt waren.

In stummem Einverständnis löschten wir alle Lichter, öffneten die Fenster zum Lüften und machten uns fertig für die Nacht. Während ich, bereits im Nachthemd, in der Küche meine Zähne putzte, horchte ich auf die Geräusche aus Elisabeths Schlafzimmer. Ich hörte leises Lachen, sowohl von Brian als auch von meiner Cousine, dann nichts mehr.

Ich rang mit mir. Meine Tante sollte wegen unbedarfter Jugendlicher, denn nichts anderes waren die beiden, keinen Ärger bekommen. Luise leistete durch ihre Abwesenheit Minderjährigen, was außer George alle in dieser Wohnung waren, »Vorschub zur Unzucht«, wie es in dem Paragrafen hieß, den sie uns beim Abendessen vorgelesen hatte. George hatte für Brian übersetzt, bis dessen Ohren so rot gewesen waren wie die Himbeeren in der Schale auf dem Esstisch. Allerdings hatte sie hinzugefügt, dass es vor allem um Eigennutz oder gewerbliche Unzucht ging, also Prostitution, was hier ja kein Thema war. Wenn wir alle hübsch leise blieben, würde also niemand etwas zu melden haben. Falls es überhaupt irgendwen interessierte.

Meiner Meinung nach machte Tante Luise sich zu viele Gedanken. Daher unterließ ich es letztlich auch, an Elisabeths Tür zu klopfen und sie zu ermahnen oder Brian herauszuzerren. Aber Gute Nacht wünschen könnte ich doch …

George machte meinen Überlegungen ein Ende, indem er sich ohne Hemd, aber in Unterhemd und langer Hose zu mir ans Waschbecken gesellte und sich das Gesicht wusch, als machten wir das jeden Abend so. Ich spülte meinen Mund aus, dann wartete ich auf einem Küchenstuhl, bis George seine Zähne fertig geputzt hatte. Aus Elisabeths Zimmer drang kein Laut mehr. Stumm betete ich, dass sie vernünftig blieb und auch Brian sich daran erinnerte, wo die Babys herkamen. Damit es keine Babys gab.

»Würdest du heute Nacht bei mir schlafen?«, fragte George flüsternd. »Ich weiß, es gehört sich nicht, dich das zu fragen, aber ich denke ständig daran. Jede Nacht muss ich mich davon abhalten, dich auf dem Sofa zu besuchen oder zu mir zu holen.«

Durch das Mondlicht, das durch das Fenster hineinschien, war es gerade hell genug, um zu sehen, wie George sich vor Verlegenheit den Nacken rieb.

Ein zärtliches Gefühl wallte in mir auf.

»Ich möchte bei dir schlafen, George. Das wünsche ich mir schon lange«, gab ich zu. Hier in der Dunkelheit traute ich mich, solche Worte auszusprechen.

Da nahm George meine Hand und hielt sie einfach nur fest. Damit überließ er mir die Wahl, ob ich aufstand und mit ihm ging oder einen Rückzieher machte.

Doch nicht im Traum hätte ich darauf verzichtet! Schon gar nicht, wenn die freche Elisabeth sich nicht um Paragrafen oder mögliche Risiken scherte. Ich war kaum älter als Brian. Ich musste eben aufpassen, dass ich niemanden in Teufels Küche brachte. Vor allem nicht mich selbst.

Kurz entschlossen schluckte ich alle Bedenken hinunter, ignorierte mein wild pochendes Herz und stand auf.

In Georges Zimmer setzte ich mich auf die Kante von seinem Bett, das unter dem Fenster stand. Brians verwaistes Nachtlager befand sich an der Tür. Im Mondschein betrachtete ich scheu meinen Freund, der sich Hose und Strümpfe auszog und mich vorsichtig anlächelte, bevor er sich neben mir niederließ.

»Möchtest du lieber wieder gehen? Ich wäre dir nicht böse.«

Ich schüttelte den Kopf. Mein Hals fühlte sich wie ausgetrocknet an. George war so hübsch. Ich wollte nicht zurück aufs Sofa. Ich wollte ihn berühren. Seine nackten Arme, sein Gesicht, seine Brust. Ich wollte, dass er mich unter der Bettdecke im Arm hielt und mich küsste, bis mir schwindlig war. Aber ich wusste nicht, wie man den ersten Schritt machte, ob ich überhaupt den ersten Schritt machen durfte oder ob ich George damit kränkte.

Die Aufregung kroch mir in alle Knochen, machte mich nervös und merkwürdig steif. Plötzlich stürzten Großmutters Predigten von fleischlicher Sünde auf mich ein, die sie mir oft vor dem Schlafengehen zu halten pflegte. War etwas, was ich so sehr ersehnte, eine Sünde? Alles, was George und ich bisher miteinander geteilt hatten, hatte mir nur eines gezeigt: dass wir echte

Gefühle füreinander hegten. Wie konnte etwas, was aus Liebe geschah und zwei Liebende einander näherbrachte, etwas Schlechtes sein?

Nein, so wollte ich nicht denken. So hatte ich noch nie denken können. Daran, dass ich als Jungfrau in die Ehe gehen sollte, dachte ich genauso wenig wie ans Heiraten selbst. Viel lieber wollte ich bald wieder im Dienste der kranken Menschen bei den Schwestern leben. Ohne Mann und ohne Kinder. Neben dem Dasein als Lehrerin die einzig akzeptierte Lebensform für eine ehelose Frau. Also konnte ich auch mit George tun und lassen, was ich wollte. Ich war frei.

Wie als Antwort auf meine sprudelnden Gedanken legte George einen Arm um meine Schultern und küsste mich auf die Schläfe. Nein, es war nichts Schlechtes daran.

Deshalb hörte ich nun auch mit der Grübelei auf und kroch unter die Bettdecke. Es gefiel mir, dass sie nicht nur nach Kernseife roch, sondern mehr noch nach George.

Als er sich neben mich legte und die Arme um mich schlang, schmiegte ich mich eng an ihn, meine Stirn unter seinem Kinn. Nichts durchbrach die Stille bis auf unsere Atemzüge.

Kein Mann war mir je so nahe gekommen wie George. Sicher, es hatte verschämte Küsse hinter der Kirche gegeben, Händchen halten und bewundernde Blicke, aber noch nie hatte mich ein Mann mit in sein Bett genommen.

Ich wollte nie mehr von hier fort.

Er begann mit sachten Küssen an meinem Haaransatz, fuhr fort mit streichelnden Händen an meinem Rücken, erst über dem Stoff, dann unter meinem Nachthemd. Ich erzitterte unter einem wohligen Schauer, als ich Georges warme Hände an meiner Haut fühlte.

Jede Berührung schien die Frage zu beinhalten, ob ich mich wohlfühlte, ob alles in Ordnung war. Erst wenn ich sie stumm bejahte, durch ein Wispern, ein Nicken, ein Streicheln meiner

Hände an seiner Wange, ging George weiter. Ich fühlte mich geschätzt, aufgehoben. Mit langsamen Bewegungen strich er über mein Kreuz, über meine Hüfte, meine nackten Oberschenkel.

»Deine Haut ist so weich«, flüsterte er, und sein Atem an meinem Ohr sandte den nächsten Schauer mein Rückgrat hinab. »Ich würde dich am liebsten immer berühren.«

Von mir aus durfte er das gerne tun. Ich hielt still, während seine Hände meinen Körper erkundeten, über jede Rundung fuhren, während mir immer wärmer wurde.

Doch allmählich siegten mein Mut und meine Neugier über die Unsicherheit.

Ich reckte George meinen Mund entgegen, fing seine Lippen ein und schickte nun meinerseits die Hände auf Wanderschaft. Immer mehr schwand meine Scheu, bis ich meinem Freund das Unterhemd hochschob, damit er es auszog. Auffordernd legte ich seine Hand an den Saum meines Nachthemds.

»Ich wünsche mir, dass nichts mehr zwischen uns ist«, flüsterte ich und setzte mich auf.

George folgte mir, zog mir das Nachthemd langsam über den Kopf und warf es ans Fußende des Betts.

Ich spürte die kühle Brise kaum, die über mich hinwegstrich, als ich völlig entblößt vor George saß und sein Lächeln erwiderte. Ohne meinen Blick von seinem Gesicht abzuwenden, streichelte ich über seine muskulöse Brust. Seine Augen weiteten sich, ehe er sich vorbeugte, um mich zu küssen.

George hatte sich mein Vertrauen verdient, mit allem, was er gesagt und getan hatte. Er hatte es verdient, mein Erster zu sein. Es war keine Sünde, wenn es aus Liebe geschah.

Dann war er über mir, drückte mich auf die Matratze und raubte mir auf die beste Art den Atem, die ich mir vorstellen konnte. Es gab nur noch weiche Küsse, sanfte Berührungen, geflüsterte Worte.

Schließlich kam der Moment, den ich zugleich herbeisehnte

und fürchtete. Ich machte mich steif und brachte George damit aus dem Konzept.

»Geht es dir zu schnell?«

»Nein, das nicht«, sagte ich leise. »Ich hab nur ein bisschen Angst.«

»Möchtest du lieber aufhören?«

Ich schüttelte so heftig den Kopf, dass er lachte. Dann küsste er mich so lange und intensiv, dass meine Angst verflog. Als ich mir sicher genug war, ließ er mich kurz los, um ein Kondom überzurollen. Die Armee hatte da sehr strikte Anweisungen, und ich war froh darüber, mir keine allzu großen Sorgen um eine ungewollte Schwangerschaft machen zu müssen.

Trotz meiner Aufregung begrüßte ich George in meinen Armen, begrüßte den winzigen Schmerz, als er in mich eindrang, begrüßte die wachsende Lust, als wir uns miteinander bewegten.

Wir machten uns gegenseitig ein wundervolles Geschenk.

Am Ende glaubte ich, gemeinsam mit George davonzuschweben, an einen Ort, der nur uns beiden gehörte.

13

Nachdem die beiden Männer am nächsten Morgen zum Dienst aufgebrochen waren, saß ich mit Elisabeth am Frühstückstisch. Die fehlende Nachtruhe machte sich kaum bemerkbar. Ich schwebte wie auf Wolken und lächelte pausenlos.

Während ich meinen Muckefuck trank, ließ ich meinen Blick auf meiner ebenso lächelnden Cousine verweilen.

»Wie hat das mit dir und Brian eigentlich angefangen? Magst du es mir erzählen?«

Es tat meinem schlechten Gewissen mehr als gut, jemanden zu haben, der im gleichen Boot saß. Der verträumte Blick meiner Cousine war herzerwärmend. Ob ich wohl genauso guckte? Nach der letzten Nacht bestimmt.

Nicht eine Sekunde bereute ich es, meine Jungfräulichkeit an George verloren zu haben. Mir wurde ganz warm, wenn ich nur daran dachte, wie liebevoll er mich im Arm gehalten hatte, wie er Gefühle in mir geweckt hatte, die ich gar nicht in Worte fassen konnte.

»Ich wollte keinen Kontakt zu ihm aufbauen, neutral bleiben. Du weißt schon, es gehört sich nicht für ein deutsches Mädchen. Aber als er dann zum ersten Mal in unsere Küche kam, mit verlegenem Gesicht und roten Ohren, waren alle Vorsätze zum Teufel. Ich konnte mir einfach nicht vorstellen, dass dieser süße Junge mein Feind sein soll.«

»Brian kann auch anders, aber zu uns und Luise ist er wirklich lieb.« Schaudernd dachte ich an den Tag, an dem die fremden Soldaten mich belästigt hatten. Damals war Brian genauso dazwischengegangen wie George.

»Er ist ein sanfter Riese«, unterbrach Elisabeth meine Gedanken. »Er schlägt sich nur, wenn er andere dadurch beschützen kann. Vor allem, wenn es um George geht. Wenn er von ihm redet, höre ich jedes Mal heraus, wie nahe sich die beiden stehen.«

»Meinst du, dein Vater hätte ihn gemocht?«

»Schwer zu sagen.« Sie schürzte die Lippen und stützte das Kinn auf die Hände. »Wenn er Deutscher wäre, auf jeden Fall. Vielleicht hätte er auch wie Mama über seine Herkunft hinweggesehen. Sie hat George und Brian richtig gern, obwohl sie es nicht sollte. Genau wie ich.«

»Und wie ich.« Die Sommersonne schien durchs Fenster herein und wärmte mir den Rücken. Ich hatte gar keine Lust, später nach Hause zu radeln und meine Familie wieder anzulügen, nicht offen sprechen zu können.

Elisabeth wirkte nachdenklich.

»Ich habe Angst vor dem Tag, an dem die beiden zurück nach England müssen«, bekannte sie.

Mir graute ebenfalls davor. Genauso sehr wie vor dem Tag, an dem alles auffliegen würde. Denn dass Lügen kurze Beine haben, wusste ich schon immer.

»Daran will ich gar nicht denken. Manchmal wünsche ich mir, George würde mich mitnehmen, dann denke ich wieder, dass ich mich doch nicht trauen würde, euch alle zu verlassen und in ein fremdes Land zu ziehen.«

»Hat er mit dir darüber gesprochen?«

»Letzte Nacht. Wir kennen uns noch nicht lange, und unsere Liebe steht unter denkbar schlechten Vorzeichen, aber er scheint es wirklich ernst mit mir zu meinen. Das ist wunderbar.«

Das war es – und beängstigend zugleich. Ich spürte tief in meinem Innern, dass George der Erste war, der mir das Herz brechen könnte.

»Ich würde Brian heiraten, wenn er mich fragt. Es stört mich nicht, was andere darüber denken oder sagen.«

Ich lächelte nachsichtig. Elisabeth war ein süßer Backfisch, der die Welt selbst jetzt rosarot sehen konnte. Meine Tante war eine tolerante Frau, aber sie würde ihre einzige Tochter nicht mit einem jungen Schotten ziehen lassen – einem Mann, der als Feind und Besatzer ins Land gekommen war.

Aber das sprach ich nicht aus. Die harte Realität würde Elisabeth – und auch mich – noch früh genug einholen.

Von diesem Tag an bewahrte ich mein Tagebuch zu Hause in Berkum nicht mehr im Nachtkästchen auf, sondern versteckte es unter losen Brettern auf dem Heuboden. Besonders viel hineinschreiben konnte ich ohnehin nicht, denn ich arbeitete von morgens bis abends und fiel dann wie tot ins Bett.

Jeden Tag ernteten wir – Brombeeren, Bohnen, Himbeeren und die ersten Äpfel –, holten Holz und bereiteten den Acker für die nächste Aussaat vor. Bald waren auch die Kartoffeln erntereif.

Meine Mutter werkelte von früh bis spät in ihrem Gemüsegarten und ging nur zum Kochen ins Haus. Jeder von uns war mittlerweile braun gebrannt, doch trotz der vielen Arbeit war der Spätsommer, der August, für mich neben dem Frühling die schönste Zeit im Jahr.

Großmutter und Urgroßmutter verarbeiteten zusammen mit den jüngeren Kindern die vielen Früchte zu Kompott und Marmelade, außerdem weckten sie Gemüse ein, über das wir uns dann im Winter freuen würden. Dank der Fülle unserer Bäume und Sträucher konnte ich Tante Luise und Elisabeth sonntags nicht nur Butter, Brot, Milch und Eier bringen, sondern auch Obst, Bohnen und Kartoffeln. Bald würden auch die Steckrüben reif sein. Zusammen mit den Kartoffeln, dem eingemachten Kohl, den eingelagerten Äpfeln und den Getreidevorräten würden sie uns über den Winter bringen. Wie viel dann noch für meine Tante abfiel, konnte niemand sagen.

Beim Holzholen im Herbst nahmen Vater und ich immer Berta und Emmi mit, die am Waldrand Haselnüsse sammelten, im Herbst dann auch Bucheckern für uns und Eicheln für die Schweine sowie für den Muckefuck, den Ersatzkaffee. Großmutter Anna kannte sich mit Pilzen aus und brachte in der Saison etwas Abwechslung in den bald schon eintöniger werdenden Winterspeiseplan.

Bei all der Arbeit freute ich mich umso mehr auf die Sonntage, an denen ich keine Bäuerin sein musste, sondern ein ganz normales junges Mädchen sein konnte, das mit seinem Freund in Bad Godesberg oder im Wald spazieren ging und mit ihm Motorrad fuhr. Zweimal hatten wir uns auch in die Büsche geschlagen und miteinander geschlafen. Es war jedes Mal der Himmel auf Erden gewesen. Ich bedauerte zutiefst, dass George und ich unsere Gefühle nur in der Heimlichkeit des Waldes ausleben konnten.

An diesem letzten Sonntag im August genossen wir bei einem Spaziergang im Kottenforst, aber weit weg vom Waldstück meiner Familie, die Spätsommersonne.

Hand in Hand liefen wir den Waldweg entlang. Georges Nähe stimmte mich froh, mehr noch als die Sonne und die gute Luft, in der immer ein Hauch von Beerenduft schwebte.

»Schade, dass der Sommer bald vorbei ist«, sagte ich ins Blaue hinein.

»Das finde ich auch. Ich werde bald heimkehren und Brian auch.« Er sah mir tief in die Augen. »Hast du darüber nachgedacht, ob du mich begleiten möchtest?«

»Ja, das habe ich, aber ich kann mich nicht dazu entschließen«, antwortete ich traurig. »Wir dürften weder hier noch in England heiraten, ich spreche deine Sprache nicht, und möglicherweise würde man mich sofort wieder zurückschicken. Ich fürchte, dass es nicht klappen wird, George.«

Er nickte, und Enttäuschung zeichnete sich auf seinem Gesicht ab. Seine Hand umfasste meine fester.

»Vielleicht gibt es doch eine Möglichkeit, dass du mitkommen kannst, wenn ich fortmuss. Vorausgesetzt, du willst es wirklich.«

»Ich weiß es noch nicht. Es wird furchtbar, von dir getrennt zu sein. Aber alles hinter mir zu lassen, um woanders ganz neu anzufangen, macht mir Angst.«

Er zog mich näher zu sich heran und küsste mich auf die Wange. Dann blieb er stehen und legte zärtlich die Arme um mich.

»Ich wünsche mir, dass du und ich zusammenbleiben.« Er küsste mich auf die Stirn, bevor er fortfuhr: »Aber ich werde dich zu nichts überreden.«

Ich lehnte mich gegen ihn, barg mein Gesicht an seinem Hemd und seufzte.

»Ich liebe dich«, murmelte ich.

Ich liebte ihn mit meinem ganzen Herzen, meiner ganzen Seele. Gesagt hatte ich es ihm noch nie.

»Ich liebe dich auch«, antwortete er leise.

Der Abschied würde auf jeden Fall schmerzhaft werden, egal ob wir unsere Gefühle laut aussprachen oder sie für uns behielten.

14

Ende September verabschiedeten George und Brian sich von uns, um nach Calais in Nordfrankreich zu fahren, von wo aus sie nach England übersetzen sollten.

Dieser Sonntag kam nahe an den heran, an dem der Gedenkgottesdienst für Onkel Klaus abgehalten worden war. Damals waren wir alle an der Kaffeetafel in Tränen ausgebrochen.

So ähnlich ging es Elisabeth und mir nun, als wir Arm in Arm auf ihrem Bett saßen und unseren Freunden nachtrauerten. Als würde mein Herz noch nicht genug schmerzen, lief der Abschied in meinem Kopf wieder und wieder ab, wie ein Film ...

Am Hauptbahnhof von Bonn standen George und ich ineinander verschlungen am Bahnsteig, ignorierten alle Menschen und Geräusche um uns herum und küssten uns ein letztes Mal. George kämpfte ebenso mit den Tränen wie ich, doch er blieb stark. Stark genug, um den schluchzenden Brian von Elisabeth fort- und in den wartenden Zug hineinzuziehen, in dem bereits ihre Kameraden warteten.

Nicht wenige der britischen Soldaten hingen mit traurigen Gesichtern am Fenster und drückten sich Hände und Nasen an der Scheibe platt, den Blick starr auf weinende und winkende Frauen auf dem Bahnsteig gerichtet. George und ich waren nicht allein mit unserem Schmerz. Manch einer hatte hier sein Herz verloren und musste jetzt ohne seine Liebe wegfahren.

George und ich nahmen die vage Hoffnung mit, dass wir uns eines Tages wiedersehen würden, wenn es mir gelingen würde, auszureisen und nach Großbritannien überzusiedeln. Ein Fünkchen Hoffnung, das allzu leicht erlöschen könnte.

Den ganzen langen Weg zurück hatten Elisabeth und ich

weinend auf unseren Fahrrädern gesessen und kein Wort gesprochen.

Das taten wir auch jetzt nicht. Stattdessen ließen wir unseren Tränen freien Lauf. Ich musste diese Trauerzeit nutzen, denn zu Hause konnte ich schlecht erklären, dass ich meinem heimlichen Besatzerfreund hinterherweinte.

Irgendwann betrat Tante Luise den Raum. Die Matratze senkte sich, als sie sich neben Elisabeth setzte. Sanft streichelte sie zuerst meinen Rücken, dann den ihrer Tochter.

»Mir tut es auch leid, dass Brian und George schon fortmüssen, aber früher oder später wären sie ohnehin abberufen worden. Das wusstet ihr beide von Anfang an.«

»Sie wollten uns mitnehmen, Mama«, schluchzte Elisabeth. »Aber wir haben beide abgelehnt. Wir sind so dumm!«

»Ihr seid nicht dumm, ihr seid vernünftig. Du musst deine Schule abschließen, Lisbeth, und Erika kann ihre Familie nicht im Stich lassen, solange Otto in Frankreich ist. Ihr habt euch ganz richtig entschieden. Zumal ihr nicht glauben dürft, dass deutsche Frauen in England freundlich aufgenommen werden. Eure Freunde mögen euch sehr gernhaben, aber das gilt vermutlich nicht für deren Familien. Ich weiß, es tut weh, aber glaubt mir, es ist besser so.«

»Ich hasse es, vernünftig zu sein«, kommentierte meine Cousine die Rede ihrer Mutter.

Da war ich ganz ihrer Meinung. Ich schniefte viel zu laut.

»Ich muss jetzt aufhören zu heulen. Meine Eltern dürfen mich nicht so sehen«, sagte ich schließlich und stemmte mich hoch, um auf etwas wackligen Beinen in die Küche zu gehen, wo ich mir gründlich das Gesicht wusch.

Meine roten, verquollenen Augen boten keinen schönen Anblick, aber das würde sich hoffentlich auf dem Heimweg geben. Mir tat nicht nur das Herz weh, sondern auch mein Bauch. Übelkeit stieg in mir auf. Ich hatte den ganzen Tag noch nichts gegessen.

Plötzlich wurde mir schwarz vor Augen. Ich griff nach dem Waschbecken, aber meine Muskeln entzogen sich meinem Willen.

Tante Luise erschien hinter mir und fing mich auf, als ich zu Boden sank. Schwarze Punkte tanzten vor meinen Augen, und meine Ohren fühlten sich an wie mit Watte verstopft.

»Ganz ruhig liegen bleiben, es wird gleich besser«, sagte Luise. »Elisabeth!«, rief sie dann.

Nach einem Löffel Zucker, einem Becher Wasser und einem harten Brotkanten war ich so weit wiederhergestellt, dass ich beschloss, aufzustehen und nach Hause zu fahren. Doch zu meiner Verwunderung hielt Luise mich auf, als ich nach der Verabschiedung die Wohnung verlassen wollte.

»Elisabeth, setz bitte die Kartoffeln auf.« Sobald meine Cousine außer Hörweite war, senkte sie die Stimme. »Und jetzt zu dir, meine Liebe. Kann es sein, dass George dir ein Andenken dagelassen hat?«

Irritiert schaute ich sie an. Wovon sprach sie da?

»Was für ein Andenken?«

»Bauchschmerzen, Übelkeit, Ohnmachtsanfälle und Stimmungsschwankungen deuten auf eine Schwangerschaft hin, Erika.«

Ich war wie vor den Kopf gestoßen. Ich war doch nicht schwanger! George hatte immer ein Kondom benutzt, und ich hatte darauf vertraut, dass nichts passiert war.

»Ich habe bloß zu lange nichts gegessen und dazu furchtbaren Liebeskummer. Erschreck mich doch nicht so, Luise!«

Sie schüttelte den Kopf.

»Beobachte dich selbst, und heb nicht so schwer, soweit das auf dem Hof möglich ist. Iss regelmäßig, aber nichts, wovon dir schlecht wird. Ich habe eine Ausbildung zur Hebamme gemacht, vergiss das nicht. Normalerweise erkenne ich eine Schwangere, wenn ich eine sehe. Bitte komm zu mir, wenn du dich sehr unwohl fühlst oder Fragen hast.«

Erschlagen von ihren Worten lehnte ich mich gegen die Wand. Meine Beine zitterten ebenso wie meine Hände.

»Oh Gott, Luise, ich kann doch kein Kind bekommen! Mein Vater verstößt mich, wenn er erfährt, dass es von einem Engländer ist! Ganz zu schweigen von Großmutter Anna, die mich und das Kind direkt zur Hölle fahren sehen wird.«

»Vergiss mal für einen Moment deinen Vater«, sagte Luise und legte mir einen Arm um die Schultern. »Würdest du denn ein Kind von George behalten wollen?«

Ich nickte, die Lippen fest zusammengepresst, weil der Kloß in meinem Hals schmerzhaft anschwoll. Ohne Zweifel, ja. Selbst wenn ich ihn niemals wiedersehen würde, hätte ich immer etwas Lebendiges, das mich an ihn erinnerte. Daran, dass dieser Sommer kein schöner Traum, sondern Wirklichkeit gewesen war. Unvermittelt schossen mir wieder die Tränen in die Augen.

»Ich hoffe trotzdem, es ist nur Einbildung! Ich kann doch kein Kind großziehen ohne meine Familie. Die werden mich rauswerfen.«

»Dann kommst du eben hierher«, bot Luise an. Sie war die gütigste Person, die ich kannte.

»Aber man braucht meine Hilfe auf dem Hof. Wenn ich bald ausfalle und nicht mehr alle Arbeiten ausführen kann, wird Papa durchdrehen. Hoffentlich kommt Otto endlich heim!«

»Das hoffe ich auch. Wie gesagt, wenn du wegmusst oder wegwillst, komm zu uns. Ich verrate niemandem, wer der Vater deines Kindes ist. Wir behaupten, es wäre jemand aus Bonn. Ein Deutscher.«

»Noch muss ich es ja keinem sagen. Und vielleicht ist es auch gar nichts.«

15

Berkum, Dezember 1945

Aber der Instinkt meiner Tante hatte sie nicht getrogen. Um Weihnachten herum, als die Nahrung in den Städten noch knapper wurde und auch wir mit unseren Vorräten haushalten mussten, wuchs mein Bauch, bis nicht einmal mehr die lockeren Arbeitskleider und Schürzen ihn verbergen konnten. Ich vermisste George nach wie vor, doch zugleich regte sich eine zarte Freude auf das kommende Leben in mir.

Am ersten Weihnachtstag nahm mich meine Mutter auf dem Weg in die Kirche beiseite. Wir fielen hinter die anderen zurück, die vor uns durch den frischen Schnee stapften.

»Erika, ich muss mit dir reden.«

Unhörbar seufzend nickte ich. Ich ahnte, was jetzt kam.

»Du hast abgenommen, Liebes«, sagte sie. »Aber an anderen Stellen hast du zugenommen. Du musst mir natürlich nicht sagen, von wem das Kleine ist, das in deinem Bauch heranwächst, aber warum hast du nicht einmal mir erzählt, dass du schwanger bist?«

»Es tut mir leid, ich wollte euch keinen Ärger machen. Vati und Großmutter werden es nicht gut aufnehmen. Schließlich gibt es keinen Ehemann.«

»Du hast in Bad Godesberg jemanden kennengelernt, nicht wahr? Als du bei Luise warst.«

»Ja«, erwiderte ich schlicht. Sie brauchte nicht zu wissen, dass ich George auf unserem Getreidefeld zum ersten Mal begegnet war. »Ich konnte euch nichts davon erzählen.«

Ich schrak zusammen, als es meiner Mutter wie Schuppen von

den Augen fiel. Sie packte meinen Unterarm und zwang mich zum Anhalten.

»Es war einer von Luises einquartierten Soldaten, hab ich recht, Erika?« Sie fasste sich an die Stirn. »Oh, Kind! Ist das wahr? Du hast mit einem Besatzer angebandelt?«

»Pst, bitte verrate es keinem!«, flehte ich. »Vati würde mich sofort vor die Tür setzen.«

Ich wappnete mich für das Donnerwetter, das gleich über mich hereinbrechen würde, doch stattdessen zog mich meine Mutter in die Arme und an ihren weichen Körper. Sie roch nach Holzfeuer, Kartoffeln und Kernseife.

»Er weiß nichts davon, nehme ich an? War er gut zu dir?«

»Er war der liebste Mann, dem ich je begegnet bin.« Tränen traten mir in die Augen, als ich ihre Umarmung erwiderte. »Er hat mich sogar vor anderen Soldaten beschützt. Wir haben uns geliebt, obwohl es verboten war.«

»Es tut mir leid, mein Kind, aber ihr hättet nie eine Zukunft gehabt. Ohne das Kleine hätte niemand je davon erfahren, aber so wirst du bald reinen Tisch machen müssen. Ich will dir nichts vormachen, dein Vater wird toben. Aber keine Angst, ich werde mich dafür einsetzen, dass du bei uns bleiben kannst. Wobei ich nicht glaube, dass dein Vater so herzlos wäre, seine schwangere Tochter im tiefsten Winter auf die Straße zu setzen.«

»Luise würde mich aufnehmen, wenn er und Großmutter es nicht länger ertragen, mich um sich zu haben.«

»Wie denkst du denn über deine Familie? Du hast einen großen Fehler begangen, aber ich war selbst einmal jung und verliebt. Natürlich kann ich es nicht gutheißen, dass du dich mit einem Fremden – nein, dem Feind! – eingelassen hast, aber ich werde mich für dich verwenden.«

»Danke, Mama.« Ich wischte mir die Tränen ab und ging etwas gefasster zur Weihnachtsmesse.

Ich wartete mit der Verkündigung der »frohen Botschaft« bis nach dem Weihnachtsessen, dem wohl vorerst letzten Schweinebraten für die nächsten Monate. Den sollten alle genießen dürfen, bevor ich ihnen das Weihnachtsfest verdarb, zumal alle bester Stimmung waren, weil Ottos Weihnachtspostkarte aus Frankreich gekommen war und seine voraussichtliche Rückkehr für das Frühjahr ankündigte. Niemand wollte es beschreien, aber wir alle hofften sehr, dass er nicht noch länger fortbleiben musste.

Meine Urgroßmutter und Berta spielten nebenan in der guten Stube mit Emmi und Liesel. Dort war es, dank des Kachelofens, genauso warm wie in der Küche. Alle anderen Räume wurden nicht beheizt. An dem zugigen Fenster meiner Kammer blühten seit Tagen Eisblumen. Gerade wünschte ich mir dennoch, in der eisigen, aber stillen Schlafkammer zu sitzen.

»Wie lange verheimlichst du das schon vor uns?«, fragte mein Vater wutschnaubend.

»Ich habe nicht geplant, ein Kind zu bekommen«, verteidigte ich mich schwach.

Das Gesicht meines Vaters verfinsterte sich noch weiter. Seine buschigen Augenbrauen beschatteten die schmalen Augen, und ich schrumpfte unter seinem Blick auf dem harten Holzstuhl zusammen.

»Wer ist der Vater?«, bellte er.

Natürlich wäre es mir möglich gewesen, zu schweigen oder zu lügen – zum Beispiel hätte ich eine Vergewaltigung oder eine gelöste Verlobung erfinden können –, aber das brachte ich einfach nicht übers Herz. Der Schaden war angerichtet. Ich durfte es nicht noch schlimmer machen, indem ich log. Das hatte ich lange genug getan. Außerdem erschien er mir unfair, dass niemand erfuhr, wer der Vater war. Schlimm genug, dass George selbst es nie wissen würde. Er hätte mich nie im Stich gelassen, wenn er von dem Kind gewusst hätte.

Meine Mutter warf mir einen warnenden Blick zu, den ich

jedoch ignorierte. Mein Vater war bereits stocksauer, und ich würde bald im Mittelpunkt des Dorftratschs stehen. Die Gnadenfrist war vorbei.

Also richtete ich mich auf und schaute meinen Vater stoisch an.

»Sein Name ist George Wright«, sagte ich mit fester Stimme. »Er ist wieder in England. Wenn er von meiner Schwangerschaft wüsste, wäre ich sicher auch dort.«

Noch nie hatte ich mich derart gegen meinen Vater behauptet. Ich beobachtete, wie er die Hände zu Fäusten ballte und vor Wut zitterte. Früher hatte er manchmal die Hand gegen uns Kinder erhoben, wenn andere Strafen nicht mehr geholfen hatten, aber seit ich bei den Schwestern gewesen war, galt ich für ihn als erwachsene Frau, die er nicht mehr zu erziehen brauchte. Vermutlich bereute er diese Haltung nun.

»Meine Tochter, eine Soldatenhure? Eine Britenschlampe?« Sein rotes Gesicht verzerrte sich so sehr vor Wut, dass nicht nur ich zurückwich. »Du hast die deutsche Ehre verletzt! Alles, wofür dein Bruder und dein Onkel gekämpft haben! Wie konntest du nur!«

»Erwin!«, rief meine Mutter mit zitternder Stimme.

Mühsam bezähmte er sich und stieß einen abgrundtiefen Seufzer aus.

»Dieser verfluchte Name wird niemals mehr ausgesprochen, hörst du?«, presste er dann zwischen halb zusammengebissenen Zähnen hervor. »Du hast unserer Familie genug Schande gemacht mit deinem unehelichen Balg!« Kurz bedeckte er die Augen mit der Hand, dann fasste er sich wieder. »Wir werden behaupten, dass du mit einem Deutschen verlobt gewesen bist, wir aber nicht damit einverstanden waren. Du warst so oft in Bonn, dass man der Geschichte Glauben schenken wird. Aber der Hof geht vor. Ich hätte vielleicht sogar einen Fremden, einen Städter als Miterben akzeptiert! Aber einen dreckigen Engländer? Am liebsten würde ich dich hinauswerfen, Erika, damit du deine Dummheit am eigenen Leib zu spüren bekommst!«

Wutschnaubend hieb er mit der Faust auf den Tisch, sodass alle Anwesenden zusammenzuckten. Zu sagen, dass ich mich unwohl fühlte, wäre noch arg untertrieben gewesen. Der Festtagsbraten lag wie ein Felsbrocken in meinem Magen, und mein Herz pochte viel zu hart gegen den Brustkorb. Ich wollte etwas erwidern, George und mich verteidigen, aber ich sah ein, dass es keinen Sinn hatte.

Würde mein Vater allen Ernstes von mir verlangen, dass ich im tiefsten Winter das Haus verließ?

Plötzlich redeten alle wild durcheinander. Großmutter Anna betete lautstark für mein Seelenheil, nachdem ich diese unverzeihliche Sünde begangen hatte, und meine Eltern stritten über die Ankündigung meines Vaters. Einzig meine Urgroßmutter, die inzwischen zu uns getreten war, blickte mich an und schüttelte in stummem Vorwurf den Kopf, ehe sie, auf ihren Stock gestützt, langsam in die Stube zurückhumpelte. Sie so zu sehen, traf mich mehr als das Gebrüll meines Vaters. Frieda hatte immer Großmutters Strenge ausgeglichen, doch nun war sie genauso enttäuscht von mir wie die anderen.

Zum Glück blieb mein Vater nicht lange unerbittlich, auch wenn ich ganz genau wusste, dass er dabei nicht an mein Wohl dachte oder an das meines ungeborenen Kindes, sondern allein an das des Hofes. Solange Otto nicht wieder zu Hause war, würde er mich notgedrungen hier dulden.

Meine Mutter lieferte ihm einen Vorwand, sodass er sein Gesicht wahren konnte, indem sie ihn an seine Pflichten als guter Christ erinnerte. Zumal an Weihnachten.

Großmutter betete jetzt den Rosenkranz. Schließlich waren ihre leisen Worte und das Knacken des Herdfeuers die einzigen Geräusche in der Küche.

Unter dem Tisch griff meine Mutter nach meiner Hand und

drückte sie kurz. Mehr Beistand erlaubte sie sich nicht. Ich hatte sie in einen Loyalitätskonflikt zwischen ihrer Tochter und ihrem Ehemann gebracht, und sie sollte nicht unter meiner mangelnden Vorsicht leiden – ebenso wenig, wie ich George das Leben schwermachen wollte. Schon einige Male hatte ich darüber nachgedacht, meine guten Vorsätze über Bord zu werfen und ihm zu schreiben, ihm von dem kleinen Wesen zu erzählen, das in mir heranwuchs. Aber dann hatte ich es doch nicht getan, sondern den Zettel mit seiner Londoner Anschrift ganz hinten in mein Tagebuch gelegt.

Jeden Tag vermisste ich George, fragte mich hundertmal, ob alles leichter wäre, wenn er noch bei mir wäre. Wenn ich mich überwunden hätte und mit ihm gegangen wäre.

Aber ich war hiergeblieben und musste zusehen, wie ich damit fertigwurde. Wie meine Familie mit alldem fertigwurde.

Zwar ließ mein Vater mich weiterhin im Haus wohnen, aber von diesem Tag an sprach er kein Wort mehr mit mir. Stumm arbeiteten wir nebeneinanderher und schauten uns kaum an. Mehrmals spielte ich mit dem Gedanken, meine Sachen zu packen und zu Luise und Elisabeth zu ziehen, aber jedes Mal trug mein Pflichtgefühl – mein Versprechen, Otto zu vertreten – den Sieg davon. Mein schlechtes Gewissen wog schwerer als meine Freiheitsliebe. Schließlich war es meine Schuld, dass das ganze Dorf über uns redete, dass in jeder Messe um uns herum getuschelt wurde. Dass niemand kam, um mir seine Aufwartung zu machen.

Nicht dass ich darauf Wert gelegt hätte. Ich hätte ohnehin abgelehnt. Ich brauchte keinen anderen Mann, ich wollte nur George. Dennoch schaffte ich es nicht, ihm einen Brief zu schreiben und ihm meinen Fehler einzugestehen.

Eine kleine Stimme in meinem Innern flüsterte mir zwar zu, dass der Mann genauso seinen Anteil daran hatte, wenn ein Kind entstand, wie die Frau, aber das Sündengeheul meiner Großmutter und die Verachtung meines Umfelds ließen diese Stimme rasch wieder verstummen. Ich hätte auf meine Unschuld achten müssen und hatte es nicht getan. Jetzt musste ich mit den Konsequenzen dieser Entscheidung leben.

Ohne die Aussicht auf den Hof würde mir gar nichts bleiben, also hatte ich keine andere Wahl, als mein Leben weiterhin als Bäuerin zu fristen. Das Kind hatte meinen Traum von der Stadt endgültig zunichtegemacht.

Manchmal hasste ich das kleine Wesen, wenn es gegen meine Bauchdecke trat und mein Rücken nach dem Ausmisten schmerzte. Aber ein paar Augenblicke später erinnerte ich mich daran, dass es das Einzige war, was mich mit George verband. Allein deshalb wollte ich es lieben und gegen meine Großmutter und meinen Vater verteidigen.

London, November 1945

George

Meine liebe Erika,
vermutlich wirst du diesen Brief niemals in den Händen halten, denn ich habe nicht vor, ihn abzuschicken. Aber ich muss meine Gedanken und Gefühle niederschreiben, bevor sie mich auffressen.
Morgen werde ich heiraten. Bereits vor dem Krieg hatten meine Eltern und die Eltern meiner zukünftigen Frau Mary vereinbart, dass wir gut genug befreundet sind, um Eheleute zu werden. Doch das sind wir nicht. Ich liebe Mary nicht, und sie liebt mich nicht. Wir beugen uns den Wünschen unserer Familien, die das gut versorgt wissen wollen, was ihnen das Wichtigste auf der Welt ist. Nicht uns, sondern ihr Geld und ihre Ländereien.
Ich habe dir erzählt, dass ich früh zum Militär gegangen bin, weil mein Vater es von mir erwartet hat. Nun, das ist nur ein Teil der Wahrheit. Vor allem bin ich gegangen, um so viel Abstand wie möglich zwischen meinen Vater und mich zu bringen. Er ist herrisch, zuweilen tyrannisch und hält seinen einzigen Sohn für zu weich. Wenn ich Mary heirate, wird ihn das vielleicht endlich zufriedenstellen. Selbst wenn es meine Freundschaft zu Mary zerstört, gibt es keinen anderen Weg für uns. Ich hasse es, ihr das anzutun. Hasse es, dass ich sie und mich in eine Ehe zwinge, die niemand will. Du solltest morgen an meiner

Seite stehen, nicht Mary, sondern einzig und allein du. Du fehlst mir so sehr!
Für immer dein
George

16

Berkum, März 1946

Erika

»Erika!«

Ich blickte von meiner ebenso mühseligen wie langweiligen Gartenarbeit auf. Die Frühbeete mussten geharkt werden, was mit meinem dicken Bauch weniger kräftezehrend war, als mit meinem Vater im Wald Holz zu holen und Äste abzusägen. Unsere Nachbarin Frau Gutgsell stand am Gartenzaun, einen Korb unter dem Arm.

Seufzend legte ich die Harke hin und stapfte durch das feuchte Gras zu ihr herüber. Die letzten Tage hatte es ständig geregnet. Auch jetzt versteckte sich die Frühlingssonne hinter einer hartnäckigen grauen Wolkendecke.

»Guten Morgen, Frau Gutgsell«, begrüßte ich sie höflich, während ich insgeheim hoffte, dass sie schnell wieder verschwand. Die Schwester des Pfarrers gehörte zu den schlimmsten Klatschweibern im Dorf.

»Ist ja bald so weit, was?«, erkundigte sie sich, nachdem sie meinen Bauch einen Moment intensiv begutachtet hatte.

»Noch nicht. Meine Tante meint, erst im Mai. Sie ist Hebamme, wie Sie sicher wissen«, erklärte ich widerwillig.

Meine Schwangerschaft ging sie gar nichts an, doch das interessierte hier niemanden. In der Messe saß ich mittlerweile alleine ganz hinten, damit meine Familie nicht ständig von ebenso neugierigen wie abfälligen Kommentaren belästigt wurde. Es reichte, wenn sie mir zuteilwurden.

»Was ist mit dem Vater?«

»Er wird nicht zurückkommen.« Ich ballte die Hände zu Fäusten und erzählte das, was wir alle erzählten, seit mein wachsender Leibesumfang nicht mehr zu verstecken war. »Er hat die Verlobung gelöst und ist nach Hamburg gezogen, um auf einem Schiff anzuheuern.«

»Hättest du dir mal lieber jemanden aus Berkum angelacht. Dann wärst du nicht allein, und dein Kind müsste nicht in Schande leben.« Sie bekreuzigte sich.

Nur mühsam beherrschte ich meinen aufwallenden Zorn. Mein Kind würde nicht in Schande aufwachsen, sondern bei einer liebenden Mutter im Kreise einer großen Familie.

»Viele Kinder wachsen in diesen Zeiten ohne Vater auf.«

Warum diskutierte ich überhaupt mit ihr? Diese Frau war wie alle anderen. Sie hatte eine feste Meinung, von der sie niemals abweichen würde, ganz egal, was ich auch sagte.

Aber es wurmte mich so sehr, dass man schlecht über meine Familie redete!

»Weil ihre Väter für Volk und Heimat gefallen sind, nicht weil sie sich davongemacht haben.« Ihr falsches Lächeln ließ mich kurz bedauern, die Harke weggelegt zu haben.

»Ich habe noch zu arbeiten«, versuchte ich sie loszuwerden. »Soll ich meiner Mutter etwas ausrichten?«

»Ich habe hier ein paar Einmachgläser, die deine Mutter mir im letzten Herbst geliehen hat.« Frau Gutgsell hob das blaue Tuch von ihrem Korb und reichte mir vier aufeinandergestapelte Weckgläser. »Gib sie ihr doch bitte mit meinem herzlichsten Dank zurück.«

»Mache ich.«

»Auf Wiedersehen!«

»Auf Wiedersehen.« Es war mehr ein Brummen als ein aufrichtiger Gruß, aber mehr brachte ich einfach nicht zustande. Es kostete mich bereits all meine Selbstbeherrschung, ihr die Gläser nicht hinterherzuwerfen, als sie sich umdrehte und die Dorfstraße hinabging.

Kochend vor Wut stellte ich die Gläser auf die Gartenbank meiner Mutter, ehe ich weiter die Beete harkte. Die Furchen wurden tiefer als gewollt, aber wenn ich meinen Ärger nicht an der Erde ausließ, würde ich noch platzen.

Ein uneheliches Kind war in diesem Dorf beinahe das Schlimmste, was einer rechtschaffenen Frau passieren konnte. Wenn unsere Nachbarn gewusst hätten, dass der Vater ein britischer Soldat war, hätte man mich vermutlich längst weggejagt.

Mehr als einmal dachte ich an diesem Vormittag darüber nach, zu Tante Luise und Elisabeth nach Bonn zu ziehen, um dieses elende Gerede und die mitleidigen oder vorwurfsvollen Blicke nicht mehr ertragen zu müssen. Aber jedes Mal sagte ich mir, dass meine Familie mich brauchte.

Also biss ich die Zähne zusammen und harkte weiter.

London, Mai 1946

George

Meine liebe Erika,
jeder Tag ohne dich ist schwer, doch ich stehe aufrecht und erfülle meine Pflichten. Das bin ich nicht nur Mary und meinen Kameraden schuldig, sondern auch mir selbst.
Im August oder September bekommen wir ein Kind. Mary hofft auf einen Sohn, mir ist es gleich. Oft wünschte ich, es wäre dein Kind. Ich wünschte, du wärst hier. Jeden Tag wünsche ich mir das. Manchmal bin ich drauf und dran, mich zurück nach Deutschland versetzen zu lassen, nur um dich noch einmal zu sehen. Dir zu schreiben hält mich davon ab, es tatsächlich zu tun. Du hast jetzt dein eigenes Leben, und ich habe keinen Platz mehr darin. In meinem Leben gibt es ja auch keinen Platz mehr für dich, sosehr ich mir das auch erträume.
Wie es dir wohl ergeht? Hast du einen Mann gefunden, der dich so liebt, wie du es verdienst? Bist du ins Krankenhaus zurückgekehrt und hast den Bauernhof hinter dir gelassen? Es schmerzt mich, dass ich das wohl nie erfahren werde. Ich weiß nur eins: Wenn du einmal Mutter wirst, wirst du eine wunderbare Mutter sein. Ich will versuchen, ein guter Vater zu sein. Mein Kind kann nichts dafür, dass seine Eltern nur aus Kalkül zusammenleben. Es soll ein schönes Zuhause haben und Eltern, die es lieben.

Ich vermisse dich.
Für immer dein
George

17

Berkum, Mai 1946

Erika

Ein eiskalter, langer Winter lag hinter uns, als Mitte Mai an einem strahlenden Frühlingstag die kleine Anneliese auf die Welt kam. Während der ersten Wehen hatte ich morgens noch die Kühe gemolken und die Wäsche gewaschen. Keinen Moment konnte ich stillsitzen. Ich hatte während meiner Ausbildung schon einige Geburten miterlebt, aber selbst ein Kind zur Welt zu bringen war doch eine ganz neue Erfahrung. Neben meiner Mutter war auch Tante Luise gekommen, um mir mit ihrem Wissen als Hebamme beizustehen.

Für eine Erstgeburt ging es überraschend schnell, bis der gellende Schrei eines Neugeborenen, meines Kindes, die Schlafkammer erfüllte.

Als Anneliese und ich sauber und mit Essen und Trinken versorgt in meinem Bett lagen, blieb nur meine Tante bei mir. Die anderen gingen wieder ihren gewohnten Aufgaben nach. Warmes Sonnenlicht fiel durch das geöffnete Fenster auf mein Bett.

»Erwin wird auch noch seine Enkelin begrüßen«, meinte Tante Luise nach einer Weile des einträchtigen Schweigens.

»Daran glaubst du? Er redet seit Weihnachten nicht mehr mit mir. Mit Anneliese will er nichts zu tun haben.«

Zärtlich strich ich meinem Neugeborenen über den zarten blonden Haarflaum. Anneliese war der hübscheste Säugling, den ich je gesehen hatte. Wenn ich ehrlich war, tat mir nicht nur die mehr als schlechte Stimmung zu Hause weh, sondern auch der

Umstand, dass George Anneliese nicht sehen konnte. Er würde sie lieben, dessen war ich mir sicher.

Ich blinzelte die Tränen weg, die sich in meinen Augen sammelten, und schluckte den Kloß herunter, der sich in meinem Hals gebildet hatte. Doch meiner Tante konnte ich nichts vormachen.

»Warum bist du überhaupt noch hier? Du hättest auch zu mir kommen können, das weißt du.«

»Jetzt, wo Anneliese da ist, kann ich nicht mehr im Krankenhaus arbeiten. Der Hof ist meine einzige Zukunft.«

Sie schnaubte verächtlich. »Du bleibst aus Pflichtgefühl hier, nicht aus Mangel an Alternativen. Du kannst wieder im Krankenhaus arbeiten, sobald Anneliese etwas größer ist. Du brauchst nur jemanden, der auf sie aufpasst.«

»Und wer wird das sein? Großmutter sicher nicht, Mama genauso wenig. Berta kann ich sie genauso wenig aufbürden wie Urgroßmutter. Es wird schon schwer genug, Anneliese mit auf den Acker zu schleppen, in den Stall, in den Forst. Aber in ein Krankenhaus kann ich sie erst recht nicht mitnehmen.«

Luise nickte verstehend. »Ich würde sie ja nehmen, aber ich habe wieder eine Stelle als Hebamme angenommen, in Bonn-Beuel. Man hat mich nach dir gefragt.«

Was gäbe ich dafür, wieder dort zu arbeiten!

»Bestell allen schöne Grüße«, erwiderte ich resigniert. »Aber ich kann nicht mehr zurück.«

»Warte erst mal ab, Erika. Möchtest du etwas schlafen?«

»Gern, ich bin doch sehr müde. Legst du Anneliese in ihren Korb?«

Vier Wochen nach Annelieses Geburt stand Otto vor der Tür. Dünn und mit zu langem Haar, aber, zumindest auf den ersten Blick, gesund und munter. Am frühen Abend stand die Sonne noch recht hoch am Himmel und beschien seine unverwechselbare Gestalt. Ich war die Erste, die ihn sah.

»Otto!«, jubelte ich und ließ alles fallen, um aus dem Gemüsegarten und auf die Straße zu rennen, wo ich ihm um den Hals fiel.

»Erika!«

Mein großer Bruder war nicht nur älter, sondern auch über einen Kopf größer als ich. Er roch nach Kohle und Staub. Überhaupt hatte er dringend ein Bad nötig.

»Es ist so schön, dass du wieder da bist!«, rief ich und konnte unser Glück kaum fassen. Doch gleich darauf fiel mir meine Tochter ein, die ich schlafend in ihrem Korb im Garten zurückgelassen hatte. »Komm mit, ich will dir jemanden vorstellen.«

Das erledigte ich besser, bevor der Rest der Familie den Neuankömmling bemerkte.

Ungläubig schaute Otto in den Korb.

»Das ist deine Nichte Anneliese. Sie ist einen Monat alt.«

»Da verbringt man eine halbe Ewigkeit bei den Franzmännern, und die kleine Schwester bekommt Kinder.« Er lächelte auf die Kleine hinunter. »Niedlich ist sie.«

»Ich warne dich schon mal vor: Papa straft mich mit Schweigen. Es gibt keinen Mann mehr an meiner Seite, was aber besser ist, denn ihr Vater ist ein englischer Soldat.«

»Erika!« Mein Bruder wich zurück und schüttelte den Kopf. »Ich hätte dich für klüger gehalten. Oder hat dir jemand Gewalt angetan?«

Es rührte mich, dass er – im Gegensatz zu meinem Vater – danach fragte.

»Ihr Vater heißt George und wollte mich mit nach England nehmen. Als seine Frau. Aber bei seiner Abreise wussten wir beide nichts von Anneliese. Vielleicht wäre ich dann mitgegangen.«

»Ein Besatzerkind in Berkum. Wer weiß noch davon?«

»Nur die Familie, Tante Luise und Elisabeth eingeschlossen. Es ist schon schlimm genug, dass ich unverheiratet bin.«

»Puh, das ist in der Tat schwere Kost.« Otto stieß geräuschvoll die Luft aus. »Nun, Papa kriegt sich schon wieder ein, jetzt, wo ich wieder da bin. Glaubst du nicht?«

»Nein, das glaube ich leider nicht. Er wird sich aber unheimlich freuen, dass sein Bauernhof nicht an die Tochter gehen wird, die Schande über die Familie gebracht hat.«

»Ach was, die Leute reden doch immer. Es wird schon irgendwann aufhören.«

»Dein Wort in Gottes Ohr. Die Messe am Sonntag ist jedes Mal furchtbar. An diesem Wochenende soll Anneliese getauft werden. Immerhin verweigert man ihr nicht das Sakrament.«

»Das Kind kann ja nichts dafür, dass es in Sünde geboren wurde«, entgegnete er und lachte leise. »Großmutter Anna ist durchgedreht, oder?«

»Sie betet ständig. Oder sie verwünscht uns. Ich will es gar nicht wissen.«

In diesem Moment kamen Berta, Emmi, Liesel und Urgroßmutter um das Wohnhaus herum in den Garten. Das Freudengeschrei von Emmi und Berta lockte schließlich auch meine Eltern und Großmutter an.

»Otto!«, rief meine Mutter über den Hof, und da wusste auch die Nachbarschaft Bescheid. Nach und nach kamen alle über die Straße zu unserem Grundstück, begrüßten Otto und freuten sich mit uns. Er war einer der Ersten, die überhaupt heimgekehrt waren.

Das war Ottos Stunde. Ich nahm den Korb mit meiner Tochter und schlich mich ins Haus. Diesen freudigen Empfang durfte ich ihm nicht kaputtmachen.

Dieses Abendessen war anders als die anderen. Alle waren fröhlich, und selbst mein Vater vergaß seinen Groll auf mich für ein paar Stunden. Er redete zwar nach wie vor nicht mit mir, aber er schaute mich immerhin an und nahm mich wahr, sodass in mir die Hoffnung aufkeimte, dass er mir eines Tages verzeihen würde.

Heute Abend war es mir jedoch sehr recht, dass Otto alle Aufmerksamkeit auf sich lenkte und uns von Frankreich erzählte. Manchmal flackerte jedoch etwas in seinem Blick auf, was ich nicht genau benennen konnte, und er beantwortete Fragen ausweichend. Er hatte es überstanden und hatte sogar auch Schönes im Ausland erlebt, dennoch hatten die Franzosen ihn und seine Kameraden sicher spüren lassen, dass sie Feinde waren und das auch bleiben würden.

Nach dem Essen gingen Otto und ich allein nach draußen hinter den Kuhstall. Anneliese schlief bereits bei Großmutter in der Kammer, was diese widerwillig akzeptiert hatte. Schließlich war jedes Kind ein Geschöpf Gottes, selbst wenn es aus einer solch unmoralischen Liaison stammte. Lieben würde sie Anneliese nie, aber das erwartete ich auch gar nicht. Otto hatte bereits versprochen, heute Nacht in der guten Stube oder auf dem Heuboden zu schlafen.

»Was hast du jetzt vor, Erika?«, fragte mein Bruder leise, während er in Richtung der Felder neben mir herstapfte. »Irgendwie verstehe ich Papa, aber schlimm finde ich es trotzdem, wie er dich behandelt. Du bist schließlich immer noch seine Tochter.«

»Wie findest du es denn, dass ich mich mit einem Besatzer eingelassen habe?«, fragte ich zurück.

Er seufzte schwer und schwieg einen Moment.

»Immerhin war es kein Franzose«, sagte er dann. »Das hätte ich schwerer verzeihen können, aber auch das hätte ich dir verziehen.«

Unsere Schritte waren in der Wiese kaum zu hören, als wir zwischen Obstbäumen dahinschlenderten.

Ich hatte meinen Bruder so sehr vermisst. Zwischen uns hatte nie Rivalität oder Neid geherrscht, er war mein bester Freund. Es tat gut zu spüren, dass auch die lange Trennung, der Krieg und mein Fehltritt nichts daran geändert hatten.

»Ohne meine kleine Anneliese hätte nie jemand davon erfahren. Papa und die anderen müssten sich nicht schämen und pausenlos wütend auf mich sein, und du brauchtest nichts zu verzeihen.« Mein Tonfall war mehr resigniert als ärgerlich.

In stillem Einvernehmen setzten wir uns unter einen Apfelbaum ins fedrige Gras. Otto schwieg und schien auf seiner Zunge herumzukauen, bis er sich endlich dazu durchrang, etwas zu sagen.

»Ich will dir etwas erzählen«, brachte er schließlich mühsam hervor. »Etwas, was ich beim Abendbrot aus gutem Grund verschwiegen habe.«

Dann räusperte er sich und blickte unbehaglich auf die Grashalme, die sich in der leichten Frühlingsbrise wiegten.

Ich ahnte, worauf das hinauslief. Mein Bruder war der George eines anderen Mädchens geworden, da ging ich jede Wette ein, so, wie er sich neben mir wand.

»Du hattest ein Mädchen in Frankreich?«

»Claire.« Er räusperte sich erneut.

»Erzähl mir von ihr.«

»Sie lebt in einem kleinen Dorf bei Bordeaux an der französischen Atlantikküste. Man konnte dort immer das Meer riechen, selbst wenn es bei Ebbe verschwunden war. In Friedenszeiten wäre ich gerne mal dorthin gefahren. Ihr Vater war Austernzüchter und Fischer. Inzwischen führt Claire die Zucht weiter, zusammen mit ihrer Schwester.«

Er presste die Lippen zusammen, und Bitterkeit ließ seine Gesichtszüge hart werden. Er sah aus wie eine jüngere, weniger bärbeißige Ausgabe unseres Vaters. Ich wagte kaum zu fragen, was mit Claires Vater passiert war, aber schließlich tat ich es doch.

»Ist er ... Ist ihr Vater im Krieg gefallen?«

»Nein.« Otto schüttelte den Kopf. »Er hat in seinem Bootshaus Mitglieder der Résistance versteckt – also der französischen Widerstandsbewegung gegen die deutsche Besatzung. Dafür hat man ihn standrechtlich erschossen. Ich konnte es nicht verhindern.«

Er verstummte und wandte sich ab. Mitleid wallte in mir auf und ließ mich die Hand zaghaft auf seinen Unterarm legen.

»Du bist nur ein einfacher Soldat, Otto«, erinnerte ich ihn flüsternd.

»Das ist keine Entschuldigung. Ich habe die Katastrophe kommen sehen und nichts getan, außer die Menschen im Bootshaus nicht zu verraten. Ein Kamerad hat sie entdeckt und gemeldet, ehe ich ihn davon abhalten konnte. Claire hat mich mit Fug und Recht zum Teufel gejagt. Das Einzige, was ich noch für sie tun konnte, war, ein anständiges Begräbnis für ihren Vater auszuhandeln.«

Wie schrecklich! Meinen Bruder traf sicher keine direkte Schuld daran, dass man den Vater seiner Freundin erschossen hatte, aber ich verstand vollkommen, dass er sich Vorwürfe machte.

»Erbfeind hin oder her, diesmal sind wir die Verbrecher gewesen, Erika. Nicht die Bauern und Fischer, die wir überfallen haben. Wir sind in ihr Land einmarschiert und haben ihnen ihre Freiheit genommen. Ich hatte mir das nicht so vorgestellt. Alles war leichter, bevor die Franzosen Namen und Gesichter bekommen hatten.«

»Sie war dir wichtig?«, fragte ich leise nach.

»Claire wird mir immer wichtig bleiben. Sie war freundlich zu mir, obwohl ich zu den Feinden gehörte. In Friedenszeiten hätte ich sie gefragt, ob sie mit mir nach Hause kommen will, als meine Frau. Ich wünsche ihr, dass sie glücklich wird. Trotz allem.«

»Es tut mir leid, Otto. Wirklich. Ich hätte sie gerne kennengelernt.«

»Heinrich, einer meiner Kameraden, hat ein Foto von uns geschossen. Er hatte einen eigenen Fotoapparat.«

Mein Bruder kramte in seiner braunen Hose, holte eine ramponierte Lederbrieftasche hervor und hielt mir eine mitgenommene Schwarz-Weiß-Aufnahme unter die Nase. Auf dem Foto hatte Otto einen Arm um ein zierliches dunkelhaariges Mädchen mit feinem, beinahe puppenhaftem Gesicht gelegt. Beide lächelten in die Kamera.

Wehmut überkam mich. George und ich hatten auch so gelächelt, als Brian uns fotografiert hatte. Als wir für einen kurzen Moment an eine gemeinsame Zukunft glauben wollten.

»Sie ist sehr hübsch. Ich kann mir vorstellen, dass sie ein freundliches Mädchen ist.«

»Das ist sie«, bestätigte er und schob das Bild zurück in die Brieftasche. »Es wird schwer, noch einmal jemanden wie sie zu finden.«

Genauso erging es mir mit George. Ich war mir sicher, dass ich irgendwann jemandem begegnen würde, der Anneliese und mich ins Herz schloss. Aber er wäre nicht George.

»Ich habe auch ein Foto. Magst du es sehen?«

»Natürlich.«

»Es steckt hinter der Madonnenfigur in der guten Stube. Erst hatte ich Angst, dass es jemand finden könnte, jetzt fürchte ich, dass Papa es verbrennt, wenn er es in die Finger bekommt.«

»Ich fürchte, das ist nicht mal ein abwegiger Gedanke.« Mit einem Seufzen verschränkte er die Arme hinter dem Kopf und lehnte sich an den Baumstamm.

»In Frankreich läuft ein Kind von mir herum.«

»War Claire denn schwanger?«

»Ja. Sie stand kurz vor der Geburt, als sie unsere heimliche Liaison beendete. Sie hat behauptet, das Kind wäre von ihrem Nachbarn, der etwa in unserem Alter ist, sogar vor mir, aber wir wissen beide, dass es nicht stimmt. Michel hat sie nicht einmal angefasst, bis ich fortmusste. Nicht dass ich das herumerzählt hätte. Claire soll nicht von ihren Landsleuten geächtet werden, weil sie das Kind eines Deutschen bekommen hat. Ganz zu schweigen von den Schwierigkeiten, in die mich eine Beziehung zu einer Französin gebracht hätte. Ich musste das akzeptieren.«

»George durfte anfangs auch nicht mit mir befreundet sein, eigentlich nicht einmal ein Gespräch führen. Als das Verbot aufgehoben wurde, mussten wir uns trotzdem verstecken. Leider hat es nichts genutzt.«

»Da sind wir wieder bei meiner ursprünglichen Frage, Erika. Was fängst du jetzt an?«

»Wirfst du mich denn raus, sobald du den Hof übernimmst?«

»Wie kommst du denn darauf? Das würde ich nie tun! Aber du bist doch unglücklich hier. Das warst du im Übrigen früher schon, sonst wärst du doch nie nach Bonn gegangen.«

»Du hast recht. Am liebsten will ich wieder im Krankenhaus arbeiten, aber mit einem kleinen Kind wird das schwer, wenn nicht unmöglich. Hier kann ich Anneliese mit aufs Feld nehmen … oder in den Stall. Ich sollte mir wohl einfach einen Mann suchen, der nicht nur ein fremdes Kind aufnimmt, sondern es auch in Ordnung findet, dass seine Frau arbeiten möchte. Ich will keine Hausfrau sein, nicht mehr, seit ich etwas anderes kennengelernt habe.«

Mein Vater hätte mich die Ausbildung nie antreten lassen, wenn er gewusst hätte, dass Otto eines Tages eingezogen wird.

»Meine Frau wird einmal arbeiten müssen. Das ist das Los einer Bäuerin.«

»Da hast du hier bessere Karten als in der Stadt. Beim nächsten Kirchweihfest kannst du dich nach einer Braut umsehen.«

»Das hat Mama auch gesagt. Gleich nachdem sie ihre Freudentränen getrocknet hat.«

Wir lachten, und mit einem Mal war mir leichter ums Herz. Mein Freund und Verbündeter war endlich zurück an meiner Seite.

»Ich bin so froh, dass du wieder hier bist, Otto.«

»Das bin ich auch.«

18

Berkum, Juli 1946

Die Heuernte war gut verlaufen, das Getreide reifte.

Anneliese trug ich die meiste Zeit des Tages in einem Tuch vor den Bauch gebunden oder ließ sie unter der Aufsicht meiner Urgroßmutter im Schatten auf dem Tragetuch liegen.

Sie war ein braves Kind, das wenig schrie und gut trank. Alle fanden sie niedlich, kitzelten ihre kleinen Füße oder sprachen mit ihr, besonders Otto, Berta und Emmi. Meine Mutter hielt sich aus Rücksicht auf ihren sturen Mann zurück, und sowohl meine Großmutter als auch mein Vater taten die meiste Zeit so, als existiere Anneliese gar nicht. Ich versuchte jeden Tag, den dumpfen Schmerz darüber zu verdrängen, aber es gelang mir immer schlechter.

Jetzt, wo ich mir mit meinem Bruder den Schlafraum teilte, musste Großmutter Anna nichts mehr mit ihr zu tun haben, und sie versuchte es auch gar nicht.

Wenn Anneliese nachts quäkte und gestillt werden wollte, wachte Otto zum Glück meist nicht auf. Doch ich schreckte jedes Mal auf, wenn er im Schlaf redete oder sogar schrie. Er wollte nicht darüber sprechen, was ihn in seinen Träumen verfolgte, und niemand fragte ihn danach. Frankreich war ein Tabuthema.

Tagsüber arbeitete Otto so hart, als wollte er die Jahre wettmachen, die er gefehlt hatte. Allmählich keimte in mir aber der Verdacht, dass er bis zur Erschöpfung schuftete, um später ruhig schlafen zu können.

Eines Nachts Ende Juli wachte er wieder einmal plötzlich auf, als ich Anneliese stillte. Orientierungslos blickte er sich im Zimmer um, bis sein Blick auf mich fiel.

»Du bist zu Hause in Berkum, Otto.«

Seufzend sank er zurück in sein Kissen und rieb sich mit beiden Händen übers Gesicht. Es war trotz des weit offen stehenden Fensters sehr warm in unserer Kammer, doch die dicken Federbetten hatten wir längst gegen luftige Laken eingetauscht. Es lag also nicht an der stickigen Wärme, dass mein Bruder aufgewacht war.

»Jede Nacht sehe ich sie, Erika«, flüsterte er.

»Wen siehst du?«

»All die Menschen, die ich erschossen habe. Die Menschen im Bootshaus, ich sehe sie. Sie sterben jede Nacht wieder. Ich bin ein Mörder! Ein dreckiger Mörder!«

In dem Moment, in dem er das sagte, löste sich Anneliese von meiner Brust. Sie war eingeschlafen. Ich zog mein Nachthemd zurecht und legte sie vorsichtig in ihren Korb zurück, dann schlich ich zum Bett meines Bruders hinüber und setzte mich auf die Bettkante.

»Du hattest Befehle, Otto. Du bist nicht allein schuld an ihrem Tod, sondern vor allem diejenigen, die diesen Krieg begonnen haben. Es tut mir so leid, dass du all diese schrecklichen Dinge erleben musstest.«

»Ich hätte desertieren können, mein Gewissen erleichtern. Aber ich war zu feige! Ich hatte zu viel Angst um meine eigene Haut. Diese Schuld ist meine Strafe, Erika. Dafür werde ich in der Hölle schmoren.«

»Gott ist gnädig mit Sündern«, sagte ich und nahm seine Hand in meine. Dieser Gedanke war es, an dem auch ich mich festhielt.

»Ich habe seine Gnade nicht verdient.« Er atmete erstickt ein. Mir blieb nichts, als seine Hand zu halten.

»Doch, das hast du. Allein schon, weil dir die Toten nicht einerlei sind. Weil du deine Schuld annimmst. Du bist trotz allem ein guter Mensch geblieben.«

»Manchmal ist in mir drin alles schwarz, Erika. Aber wir Soldaten dürfen nicht darüber sprechen. Niemand darf erfahren, dass ich nachts wach liege und Albträume habe. Soldaten sind hart und unerschütterlich.«

»Aber du bist kein Soldat mehr«, erinnerte ich ihn sanft. »Du bist ein Bauer, ein Bruder, ein Sohn, ein Onkel. Halte dich an diesen neuen Aufgaben fest.«

Hilflosigkeit machte sich in mir breit. Ich hatte keine Ahnung, was ich tun sollte. Otto musste dem Unaussprechlichen ins Auge blicken. Ich verstand, warum er nicht darüber reden wollte, sonst müsste er sich noch öfter damit auseinandersetzen.

Ich machte mir Sorgen um meinen Bruder. Was, wenn er irgendwann keine Kraft mehr hatte, sich gegen die dunklen Erinnerungen zu behaupten? Wenn sie ihn verschlangen und langsam von innen auffraßen?

»Das versuche ich doch. Aber dann überfällt es mich aus dem Nichts. Im Stall, in unserer Kammer, im Wald. Dann bin ich wieder auf dem Schlachtfeld, auf dem Marktplatz bei den öffentlichen Hinrichtungen …«

Er verstummte. Als er sich aufrichtete, nahm ich ihn fest in den Arm, wohl wissend, dass ich ihm keinen Trost spenden konnte.

Sein ganzes Leben lang sprach er nie wieder über den Krieg.

19

Berkum, August 1946

Als wir uns an diesem Samstag schweißgebadet zum Mittagessen versammelten, wollte Anneliese nicht einschlafen. Ich trug sie auf dem Arm durch die angrenzende Stube, schaukelte sie, sang ihr Schlaflieder vor und stillte sie, doch nichts hielt sie länger als einige Sekunden vom Schreien ab. Ich war drauf und dran mitzuweinen. Ich war hungrig, mir war heiß, und meine Arme schmerzten von der Ernte.

Anneliese schrie in einem fort, ihr kleiner Kopf war bereits ganz rot vor Anstrengung.

»Sch«, machte ich zum tausendsten Mal beruhigend, jedoch ohne Erfolg.

Da kam mein Vater hereingepoltert, Otto auf dem Fuß.

»Ist denn bald Ruhe hier?«, brüllte er.

Anneliese verstummte für einen Augenblick, nur um gleich darauf weiterzuschreien.

»Schaff dieses verdammte Balg endlich aus meinem Haus, Erika!«

Oh, mein Vater richtete das Wort an mich! Das war lange nicht mehr vorgekommen.

Als ich ihn böse anschaute, kam er auf mich zu. Seine Körperhaltung wirkte bedrohlich. Argwöhnisch drückte ich Anneliese enger an mich und wich zurück.

»Sie hört sicher gleich auf! Du kannst die Küchentür schließen, oder ich gehe mit ihr hinaus.«

»Du gehst jetzt sofort raus mit ihr! Am besten kommst du gar nicht mehr zurück!«

»Du wirfst mich raus? Weil du meinen und Annelieses Anblick nicht mehr erträgst?«

»Weil ihr eine Schande für die Familie seid!«

Mein Bruder schaute hinter ihm Hilfe suchend nach oben.

»Iss jetzt fertig, wir müssen gleich wieder raus aufs Feld«, sagte Otto dann und fügte, an mich gewandt, hinzu: »Los, gib sie mir. Du musst auch etwas essen. Ich bin schon satt.«

Ohne den Blick von meinem Vater zu nehmen, reichte ich Otto das schreiende Bündel und ging in die Küche.

»Erika!«, donnerte mein Vater, noch ehe ich den Tisch erreicht hatte. »Mach, dass du nach oben gehst und deine Sachen packst! Du und dein kleiner Bastard verschwindet heute endlich von meinem Hof! Hier ist kein Platz mehr für euch.«

Diesmal schien er es ernst zu meinen. Schmerz durchzuckte mich, und ich schloss die Augen. Er warf mich hinaus. Seine eigene Tochter und seine Enkelin.

Während ich die Treppe hinaufstieg, anstatt mich an den Küchentisch zu setzen, unterdrückte ich ein Schluchzen. Meine Mutter und auch Otto kamen hinter mir her.

»Du willst doch nicht wirklich fortgehen?«, rief Otto mir hinterher. Als ob mir etwas anderes übrig bliebe!

Ich antwortete nicht.

Heiße Tränen sammelten sich in meinen Augen. Mühsam schluckte ich gegen den dicken Kloß im Hals an, während ich über die knarzenden Dielenbretter zu meiner Kammer eilte.

Mein Vater ertrug es nicht mehr. Ich ertrug es auch nicht mehr. Seine Ablehnung, seine unterdrückte, ständig schwelende Wut auf mich und Anneliese. Ich brauchte nicht mehr hierzubleiben. Otto war wieder da, Vaters sehnlichster Wunsch in Erfüllung gegangen. Meine Tochter und ich waren nun nicht mehr als Ballast, unnötige Mäuler, die zu stopfen waren. Die Tränen liefen über und raubten mir die Sicht, als ich meinen unförmigen Koffer unter dem Bett hervorzerrte und aufklappte. Viel besaß ich nicht, auch keinen Kinderwagen oder andere sperrige Gegenstände. Es würde alles hineinpassen; Annelieses Kleider und Windeln kämen in den Rucksack.

Plötzlich spürte ich eine schwere Hand auf meiner Schulter. Otto zog mich in seine Arme. An meinen Bruder gedrückt schluchzte ich die Trauer, aber auch den Zorn auf meinen Vater heraus. Dabei nahm ich nur am Rande wahr, dass meine Mutter Anneliese durchs Zimmer trug.

Auf einmal füllte sich die enge Kammer. Meine jüngeren Schwestern kamen hereingestürzt, hinter ihnen Urgroßmutter und Großmutter Anna. Letztere freute sich bestimmt diebisch, dass das liederliche Frauenzimmer, das sie zur Enkelin hatte, endlich verschwand.

Berta half mir, meine wenigen Kleider, Röcke und Blusen ordentlich in den Koffer zu legen, die älteren Frauen sahen von Ottos Bett aus zu.

»Gehst du weg, Erika?«, fragte die kleine Emmi und machte große Augen. Ihre Lippe bebte.

Ich nickte bloß, ehe ich sie fest in den Arm nahm. Wer wusste schon, wann ich hier wieder erwünscht sein würde?

In diesem Moment wurde mir das ganze Ausmaß der Katastrophe bewusst. Ich würde wahrscheinlich nicht sehen, wie Otto heiratete, würde nicht miterleben, wie aus Berta eine Frau und aus Emmi ein Schulkind wurde, würde Urgroßmutter nicht in ihren letzten Tagen begleiten. Meine Mutter würde ihr einziges Enkelkind nicht aufwachsen sehen.

Neue Tränen stürzten aus meinen Augen. Ich gab mir keine Mühe, sie vor den anderen zu verbergen. Wehklagen erfüllte das winzige Zimmer, als auch meine Mutter, die wieder aufgewachte Anneliese und meine Schwestern mit einfielen. Wir waren der fürchterlichste Chor aus Heulsusen, den Berkum jemals gesehen hatte. Als Otto das laut aussprach, entfuhr mir ein schluchzendes Kichern, doch gegen den tiefen Kummer half es nicht.

Als ich fertig gepackt und mich schweren Herzens von allen verabschiedet hatte, die mir und meiner Tochter wohlgesonnen waren, überraschte Großmutter Anna mich, indem sie vor mich trat und Anneliese über den Haarflaum strich.

»Es ist besser so, Kind«, sagte sie und tätschelte meine Wange. »Du wolltest nie zurückkommen und warst die ganze Zeit über unglücklich. Erwin hat dir einen Gefallen getan, obwohl er das sicher nicht wollte. Pack diese Gelegenheit beim Schopf, Erika. Du bist keine Bäuerin und wirst auch nie eine sein. Dein Herz war nie ganz hier auf diesem Hof. Alles Gute.« Sie umarmte mich, soweit das Kind auf meinem Arm das zuließ.

Der Reihe nach blickte ich allen noch einmal in die Augen.

»Ihr könnt mich bei Tante Luise erreichen. Ich bleibe bei ihr, bis ich eine Arbeit habe.«

Meine Mutter umarmte mich erneut und küsste Anneliese auf die Stirn. Sie hörte als Einzige nicht auf zu weinen. Ich wusste, sie würde meinen Vater spüren lassen, dass er ihre älteste Tochter hinausgeworfen hatte. Es nützte mir nichts, aber der Gedanke war mir trotzdem ein Trost.

Alle begleiteten mich nach unten in die Diele, doch etwas fehlte noch …

Vor aller Augen marschierte ich in die Stube, wo mein Vater mit saurer Miene im Lehnstuhl saß. Ich rauschte an ihm vorbei zur Madonna, hob ihren Wolkenfuß an und zog Georges Brief und das gemeinsame Foto dahinter hervor, um beides in die Schürzentasche zu stecken.

»Hinter der Muttergottes?«, fuhr mein Vater auf.

»Sie hält schützend die Hand über alle Frauen. Auch über mich, ob es dir passt oder nicht. Leb wohl, Vater.«

Dies waren für viele Jahre die letzten Worte, die ich an ihn richtete.

Seine Antwort bestand aus einem Knurren, doch niemand achtete auf ihn.

Meine Mutter zog mich in die Küche, wo sie mir ein Essenspaket zusammenstellte.

»Wenn Luise dich aufnimmt, solltest du nicht mit leeren Händen kommen«, sagte sie dazu und ignorierte den Protest ihres Mannes.

»Du musst dir wegen uns keinen Ärger mit Papa einhandeln«, flüsterte ich ihr über dem Korb voller Kartoffeln, Brot und Speck zu.

»Den Ärger hat er sich ganz alleine eingehandelt. Wir Frauen müssen zusammenhalten. Selbst deine verbohrte Großmutter wollte nicht im Streit Abschied nehmen.« Sie packte eine Schüssel mit Stroh und Eiern in den Korb. »Außerdem gebe ich ihr recht: Du bist keine Bäuerin. Für dich ist es das Beste, dass Otto wieder da ist.«

»Es ist für uns alle das Beste. Danke, Mama. Ich schreibe dir, wenn ich weiß, wie es weitergeht.«

Sie küsste meine Wange. »Viel Glück, Erika.«

Das konnte ich gut gebrauchen.

Vor dem Hoftor wartete Otto mit dem Ochsenwagen auf mich.

»Du fährst uns nach Bad Godesberg?«

»Meinst du etwa, ich lasse dich mit der Kleinen und dem ganzen Gepäck zu Fuß gehen? Fahrrad fahren kannst du so ja auch nicht. Aber du solltest dein Rad mitnehmen. Halt mal die Ochsen, ich hole es aus dem Schuppen.« Er sprang vom Kutschbock und lief zurück auf den Hof.

Derweil hievte ich meinen schweren Koffer und den Rucksack auf den Wagen. Solange die Ochsen am Wegrand Gras fressen konnten, machten sie keine Anstalten loszulaufen.

Anschließend nahm ich auf dem Kutschbock Platz und ergriff die Fahrleinen. Hoffentlich würden mein Bruder und mein Vater nicht streiten, weil mein Bruder den Chauffeur für mich spielte.

Nachdem Otto mein Fahrrad auf den Wagen gelegt hatte, setzte er sich lächelnd neben mich.

»Fahr du ruhig«, sagte er, als hätte er meine Gedanken erraten, und reichte mir die Peitsche. »Papa wird böse auf mich sein, aber das ist mir egal. Er weiß ganz genau, dass er mich im Gegensatz zu dir nicht so einfach vor die Tür setzen kann. Sein Hof geht ihm über alles. Also mach dir keine Sorgen.«

»Du wirst mir fehlen«, erwiderte ich, und mir kamen erneut die Tränen. »Was soll ich nur ohne euch alle anfangen?«

Ich schnalzte mit der Zunge und trieb die Ochsen an, die sich gemächlich in Bewegung setzten.

»Du bist zwei Jahre ohne uns ausgekommen. Ich schreibe dir, und das wird Mama auch. Du hast echt Glück, Erika.«

»Weil ich mehr oder weniger obdachlos bin und keine Ahnung habe, wie ich mich selbst und meine Tochter durchbringen soll?«

»Nein, das ist kein Glück. Aber du verpasst die Weizenernte und den Schlachttag.« Er klopfte mir leicht auf die Schulter, was ich allerdings wegen des dicken Tragetuchs kaum spürte. »Außerdem hast du eine gute Ausbildung und wirst leicht Arbeit finden. Jemand wird schon auf Anneliese aufpassen. Du kennst doch den Spruch: Wenn Gott eine Tür zuschlägt, macht er ein Fenster auf.«

»Hoffentlich ist es ein Fenster, durch das wir beide passen.«

»Ganz sicher«, sagte Otto, und mit einem Mal war alle Leichtherzigkeit aus seinem Gesicht verschwunden. »Erika, ich dachte, ich sterbe in Frankreich. Aber ich habe es irgendwie geschafft, heil zurückzukommen. Wenn ich so viel Glück hatte, dann hast du das auch. Hab ein bisschen Gottvertrauen.«

Gottvertrauen.

Ja, das sollte ich haben.

20

Bad Godesberg, August 1946

Anneliese und ich wohnten zusammen mit Elisabeth in dem Zimmer, in dem George und Brian geschlafen hatten. Dass ich hier jede Nacht an George dachte und viel zu oft weinte, hätte ich voraussehen müssen.

Gleich am Tag nach meinem unfreiwilligen Auszug aus Berkum war es mir dank Luises Kinderbetreuung möglich, mit dem Rad nach Bonn zu fahren, um bei den Schwestern nach Arbeit zu fragen. Das Ergebnis war ernüchternd. Auch ohne Kind hätten sie leider nichts für mich gehabt, versprachen aber, sich in anderen Krankenhäusern umzuhören. Eigentlich sollten Mütter nach den gängigen Vorstellungen nicht arbeiten, sondern sich um den Haushalt kümmern. Doch da ich weder verheiratet noch verwitwet war, galt diese Regel für mich nicht.

Umso erstaunter war ich, als am Abend des elften Tages meines Exils Schwester Marianne vor der Tür stand. Sie war ein paar Jahre älter als ich, und ihre ewige Profess stand kurz bevor. Während meiner Ausbildung hatte ich viel Zeit mit ihr verbracht.

»Schwester Marianne!« Wir begrüßten uns mit einer kurzen Umarmung.

»Erika!« Die Nonne lächelte mich freundlich an. »Geht es dir gut?«

»Den Umständen entsprechend. Und dir?«

»Ich bin ein bisschen aufgeregt wegen des Gelübdes, aber ich fühle, dass es der richtige Lebensweg für mich ist. Deshalb bin ich auch hergekommen.«

Ich trat einen Schritt zurück und bat sie mit einem Handzeichen herein.

»Ich werde nicht in den Orden eintreten. Auch nicht, wenn Anneliese größer ist.« Und bei Tante Luise oder in einer fremden Familie leben würde. Nein, das wollte ich nicht für uns beide.

Marianne schüttelte den Kopf. »Das weiß ich doch. Ich bin nicht gekommen, um dich zu überreden, Nonne zu werden, sondern um dir eine Stelle anzubieten.«

»In Bonn?«, fragte ich hoffnungsvoll, als ein leises Krähen aus meinem und Elisabeths Schlafzimmer zu hören war. Offenbar war Anneliese noch einmal aufgewacht. »Moment. Setz dich doch aufs Sofa.«

Ich flitzte ins Zimmer und holte Anneliese aus ihrem Korb. Sie hatte keinen Hunger. Anscheinend wollte sie bloß ein bisschen gehalten werden.

»Da ist ja die kleine Anneliese«, sagte Marianne.

»Möchtest du sie mal nehmen?«

»Sehr gern.« Ich überreichte ihr das strampelnde Kind und freute mich über das Lächeln, das die Nonne meiner Tochter schenkte.

In diesem Augenblick kamen Elisabeth und Tante Luise von einem Besuch bei ihrer Nachbarin zurück.

»Guten Abend«, begrüßte meine Cousine den Gast höflich.

»Das ist meine Cousine Elisabeth. Elisabeth, das ist Schwester Marianne«, stellte ich sie einander vor.

Luise übernahm das selbst und reichte meiner ehemaligen Kollegin die Hand.

»Ich bin Luise, Erikas Tante. Kann ich Ihnen etwas Wasser oder Tee anbieten?«

»Vielen Dank, ein Glas Wasser wäre schön. Ich bin mit dem Fahrrad gekommen, und es ist doch recht warm im Habit.«

Vor lauter Fragen hatte ich es versäumt, ihr etwas anzubieten. Eine gute Gastgeberin war ich nicht.

Elisabeth setzte sich neben Marianne auf das Sofa und betrachtete Anneliese. Wie es aussah, hatte sie einen Narren an meinem Kind gefressen und beschäftigte sich gerne mit der Kleinen.

»Ich bin hergekommen, um dir eine Stelle als Krankenschwester am Universitätsklinikum Heidelberg anzubieten«, nahm Marianne den Gesprächsfaden wieder auf. »Der Chefarzt der Chirurgie, Herr Professor Dr. Böhm, ist für eine Vorlesung in unser Krankenhaus gekommen. Als er sich danach mit ein paar Ärzten unterhielt, hat er erwähnt, dass ihm Krankenschwestern fehlen. Ich habe dich ihm empfohlen. Leider fährt er bereits in diesem Moment zurück nach Heidelberg. Du musst also dorthin, um dich vorzustellen.«

Mir schwirrte der Kopf. Nach Heidelberg? Das lag irgendwo südlich von Bad Godesberg in der amerikanischen Besatzungszone, die sich über Bayern, Baden, Hessen und Württemberg erstreckte.

»Ich würde mich gerne vorstellen, aber was mache ich denn mit Anneliese? Und wie teuer wird die Zugfahrt sein? Ich habe so gut wie kein Geld.« Wofür ich mich schämte. Es widerstrebte mir, auf Kosten meiner Tante zu leben.

Schwester Marianne gab Elisabeth das mittlerweile schlafende Kind, dann schenkte sie mir ihre volle Aufmerksamkeit.

»Das Geld ist kaum noch etwas wert. Du kommst auch mit Naturalien an Zugfahrkarten. Ein Laib Brot, ein kleiner Sack Kartoffeln … Aber du brauchst dir darüber keine Gedanken zu machen, die Universitätsklinik wird die Fahrtkosten übernehmen. Nur eine eventuelle Rückfahrt müsstest du selbst bezahlen. Anneliese kannst du mitnehmen. Sogar im Schwesternwohnheim darfst du übernachten. Allerdings kannst du nicht dauerhaft dort wohnen, solltest du eingestellt werden.«

»Wegen Anneliese.«

»Wegen Anneliese. Aber du bekommst vielleicht eine kleine Wohnung und vor allem jemanden, der dein Kind betreut, wenn du arbeitest. Aber das wird sich finden. Viele Frauen suchen eine Arbeit als Kinderbetreuerin und verlangen nicht viel dafür.«

»Vielen Dank, dass du mir diese Möglichkeit verschafft hast. Vermutlich nehmen sie mich nicht, ich habe ja kaum Erfahrung. Und ein Kind. Aber versuchen muss ich es.«

»Das ist die richtige Einstellung. Sollten sie sich gegen dich entscheiden, scheu dich nicht, bei den Besatzern nach Arbeit zu fragen. Die Amerikaner stellen auch Deutsche ein, zum Beispiel in ihren Offizierskasinos oder Kantinen.«

In dem Moment kam Luise mit einem Glas Wasser und einer Kanne Hagebuttentee zurück, die Ernte stammte aus unserem Garten in Berkum.

Ich schluckte tapfer. Vielleicht würde ich Arbeit bekommen, die Chance auf einen echten Neuanfang in einer anderen Stadt. Da war kein Platz für Tränen.

»Ich habe in der Küche nur die Hälfte mitbekommen«, sagte Luise. »Wo sollst du arbeiten, Erika?«

»In Heidelberg. Jedenfalls darf ich mich dort vorstellen.«

»Ich helfe dir packen«, bot Elisabeth an. »Und natürlich begleiten wir dich zum Bahnhof.«

»Hier ist der Fahrschein.« Marianne zog einen Umschlag aus ihrer Gewandtasche.

»Und wenn ich nicht gefahren wäre?«

»Dann wäre eine unserer Schülerinnen hingefahren, um sich vorzustellen. Aber diese Mädchen können erst nach ihrem Examen in zwei Monaten beginnen, du sofort.«

»Danke! Vielen lieben Dank, Marianne! Dich schickt der Himmel.« Ich umarmte sie.

»Gott ist bei uns. Trotz allem.« Sie bekreuzigte sich. »Schreib mir, wenn du in Heidelberg bleibst«, bat sie.

»Das mache ich.«

Mit einem Mal war ich schrecklich aufgeregt. Schon morgen würde ich nach Heidelberg fahren – so weit weg von meinem Elternhaus war ich noch nie gewesen. Jetzt war wirklich ein guter Zeitpunkt für ein bisschen Gottvertrauen …

21

Heidelberg, August 1946

Die Fahrt nach Heidelberg war die zweite Zugfahrt in meinem Leben. Die Dampflok schnaufte und ratterte genauso beruhigend wie damals, als ich mit den Ordensschwestern und den anderen Schülerinnen zu einem Wandertag in die Eifel gefahren war. Mit einem Umstieg in Koblenz dauerte die Fahrt etwa vier Stunden, doch es kam mir vor wie eine halbe Weltreise.

Zum Glück schlief Anneliese die meiste Zeit über. Da die ältere Dame, die ab Koblenz in meinem Abteil gesessen hatte, bald ausstieg, konnte ich meine Tochter füttern, ohne mich dafür auf die Zugtoilette zurückziehen zu müssen.

Das Vorstellungsgespräch fand erst am Nachmittag statt, sodass ich dank des frühen Aufbruchs noch genügend Zeit hatte, meine Unterkunft im Schwesternwohnheim zu beziehen und mit Anneliese einen Spaziergang zu machen.

Am Abend lag ich nachdenklich in meinem Zimmer auf dem Bett und starrte an die weiß getünchte Decke. Anneliese quakte und gurrte in ihrem Korb zufrieden vor sich hin und war kurz davor einzuschlafen.

Ich hatte die Stelle. Eigentlich hätte mich jeder vernünftige Mensch ablehnen müssen, aber es war nicht passiert. Mein Zeugnis und das Empfehlungsschreiben aus Bonn hatten mich gerettet. In ein paar Tagen würde ich anfangen, der nagelneue Schwesternkittel hing schon am Schrank. Sogar das Zimmer durfte ich behalten, bis ich eine Wohnung gefunden hatte.

Meine Zimmergenossin Edeltraud, eine Schülerin, hatte mir

angeboten, ab und zu auf mein Kind aufzupassen, aber sie würde genauso viel arbeiten müssen wie ich. Lieb war ihr Angebot trotzdem.

Würde ich das schaffen? Meine Arbeit gut machen und für Anneliese da sein? Als alleinerziehende Mutter eine kleine Wohnung finden? Eine Betreuung für Anneliese?

Trotz all der Zweifel war ich von tiefer Dankbarkeit erfüllt. Ich umfasste das Kreuz an der Goldkette um meinen Hals. Maria behütete mich, davon war ich überzeugt. Sie kam in unterschiedlichster Gestalt zu mir und in mein Leben. Zuletzt hatte sie es vielleicht als Schwester Marianne getan.

Ich lächelte über meine Gedanken, doch dann fielen mir die Augen zu, und ich schlief nach diesem langen und ereignisreichen Tag ein.

Am nächsten Tag musste ich meinen Dienstplan abholen und mir noch einige Dinge zeigen lassen, damit ich möglichst bald anfangen konnte. Außerdem hatte ich noch meine Arbeitserlaubnis und die Übersiedlung in die amerikanische Besatzungszone zu beantragen. Das Schwierigste würde aber sein, eine vertrauenswürdige Person zu finden, die sich um Anneliese kümmerte. Sie die meiste Zeit über alleine im Schwesternzimmer zu lassen kam nicht infrage.

Als ich über den Steinboden der Eingangshalle lief, Anneliese im Tragetuch vor der Brust, fiel mir ein einsam wartender Mann auf einer der Bänke auf. Sein linkes Bein war verbunden, und Krücken lehnten neben ihm an der Bank.

Ich blieb stehen und schaute zu ihm hinüber. Auf den ersten Blick erinnerte er mich an George, was sicher an seiner Statur und seinen kurzen dunkelblonden Haaren lag. Auf den zweiten Blick jedoch stellte ich fest, dass sein Gesicht härter war. Kummerfalten ließen ihn älter wirken, als er vermutlich war, und sein Körper wirkte abgezehrt.

Wie bei Otto, schoss es mir durch den Kopf.

Ohne groß darüber nachzudenken, änderte ich meine Laufrichtung und ging auf ihn zu.

»Guten Tag. Kann ich Ihnen helfen?«, fragte ich und lächelte freundlich. Immerhin war ich nun eine Angestellte des Krankenhauses.

Seine Augen waren überraschend dunkel, nicht blau, wie ich erwartet hatte. Seine ernste Miene erhellte sich auf, als er meinen Blick erwiderte.

»Guten Tag. Nett, dass Sie fragen, aber ich warte hier nur auf meinen Termin.«

»Dann sind Sie bereits angemeldet?«

»Ja, bin ich.«

»Oh ... äh, gut.« Und schon kam ich mir blöd vor, weil ich ihn einfach so angesprochen hatte.

»Ich nehme an, Sie arbeiten hier?«, erkundigte er sich, warf aber gleichzeitig einen misstrauischen Blick auf das Bündel vor meiner Brust. Dann breitete sich ein zaghaftes Lächeln auf seinem Gesicht aus. Es wirkte, als hätte er schon lange nicht mehr gelächelt.

»Ich fange in ein paar Tagen an. Wenn alle Formalitäten geklärt sind und ich eine Betreuungsmöglichkeit für meine Tochter gefunden habe. Tut mir leid, dass ich Sie gestört habe. Das war etwas übereifrig.«

Ich machte Anstalten, mich zu entfernen, doch er klopfte neben sich auf die Bank.

»Nicht doch! Wenn Sie kurz Zeit haben, setzen Sie sich gerne zu mir.«

Ich errötete bis zu den Haarwurzeln. Ein fremder Mann bat mich, mich zu ihm zu setzen. Verwirrt und erfreut zugleich kam ich seiner Bitte nach.

»Wie heißen Sie?«, fragte ich, nun etwas mutiger.

»Rudolf. Rudolf Reuter. Und Sie?«

»Erika Knies. Freut mich!« Wir schüttelten uns die Hände.

»Und das Kleine da? Hat es auch einen Namen?«

Ich schob das Tuch beiseite und zeigte ihm die schlafende Anneliese.

»Das ist meine Tochter Anneliese. Leider hat ihr Vater vor unserer Hochzeit auf einem Hochseedampfer angeheuert.«

Es war mir ein Bedürfnis, diese einstudierte Lüge sofort loszuwerden. Die Wahrheit würde ich nie jemandem anvertrauen können. Der Fremde würde aufstehen und gehen, vielleicht sogar etwas Verächtliches sagen.

Doch erneut lächelte er. »Sie lassen sich nicht unterkriegen. Das finde ich gut.«

Ich errötete wieder über das unerwartete Lob.

»Woher kommen Sie? Man hört gleich, dass Sie keine Kurpfälzerin sind.«

»Aus Berkum, das liegt in der Nähe von Bonn. Ich bin erst gestern hergezogen, um hier in der Chirurgie meine neue Stelle anzutreten.«

»Berkum muss ein kleiner Ort sein, davon habe ich noch nie gehört. Hat es Ihnen dort nicht gefallen, oder warum sind Sie hier?«

Eine solche Frage hatte ich nicht erwartet.

»Doch, es hat mir gefallen. Aber dort gibt es kein Krankenhaus, und in Bonn hatte man keine freie Stelle mehr.« Von meinem zornigen Vater brauchte Rudolf erst einmal nichts zu wissen.

»Verstehe. Ich bin auch gerade auf Arbeitssuche. Es wird aber nicht so leicht werden, etwas zu finden.« Er zeigte auf sein Bein.

»Haben Sie eine Kriegsverletzung?«

»Granatsplitter. Das Bein haben sie gerettet, aber es ist taub und zu nichts mehr zu gebrauchen. Ich war Busfahrer bei der ›Heidelberger Straßen- und Bergbahn‹. Vielleicht kann ich auf Straßenbahn umsatteln. Da braucht man nur einen Fuß. Zum Glück sind seit Herbst wieder alle Linien in Betrieb. Schaffner werden auch gerade gesucht.«

Er grinste jetzt. Irgendwie fand ich ihn sympathisch, also lächelte ich zurück.

»Ich drücke Ihnen die Daumen«, versprach ich.

Wir schauten uns an, und ich sah freundliches Interesse in seinen Augen. Rudolf sah nicht so gut aus wie George, aber vielleicht hatte er etwas von dessen Güte in sich. Das würde mir schon genügen. Selbst wenn ich nicht auf Anhieb einen Mann fürs Leben fand, einen Freund könnte ich gebrauchen. Ich kannte noch niemanden in dieser Stadt.

»Herr Reuter, bitte«, ertönte eine Stimme neben uns.

Ich fuhr zusammen, als ich eine meiner neuen Kolleginnen entdeckte, die Rudolf mitnehmen wollte.

»Hallo, Erika. Einen guten Start übermorgen!«

»Danke!« Verflixt, ich hatte ihren Namen vergessen. Sie sah es mir nach und ging lächelnd davon.

Mühsam stemmte Rudolf sich mit den Armen hoch.

»Auch wenn es gerade nicht so aussieht, ich bin erst siebenundzwanzig.«

Geistesgegenwärtig reichte ich ihm seine Krücken.

»Ich bin einundzwanzig. So ein großer Unterschied ist das nicht.«

»Es war sehr schön, Sie kennenzulernen, Erika«, sagte er. »Darf ich Sie wiedersehen?«

Warum nicht? »Gerne.«

»Ich werde am Freitag nach Ihrem Dienst hier auf Sie warten, wenn Sie möchten.«

»In Ordnung. Ich habe Frühdienst und gegen dreizehn Uhr Feierabend.«

»Bis bald, Erika.«

»Bis bald, Rudolf.«

Ein paar Schritte entfernt blieb er stehen und drehte sich zu mir um.

»Warten Sie, ich habe vielleicht die Lösung für eines Ihrer Probleme.«

Ich trat näher.

Rudolf zog einen Zettel und einen winzigen Bleistift aus seiner Hemdtasche.

»Hier, schreiben Sie folgende Adresse auf: Friedrich-Ebert-Anlage 46, Familie Reuter. Meine Mutter hütet sicher gerne Ihre Tochter, wenn Sie eine Gegenleistung erbringen. Reden Sie mit ihr.«

Er beschrieb mir den Weg von der Meldebehörde aus.

»Vielen Dank!«

Es war wirklich ein Segen, dass ich einen so hilfsbereiten Einheimischen getroffen hatte! Zwar rechnete ich nicht damit, dass seine Mutter wirklich Ja sagen würde, aber ich griff nach jedem Strohhalm, den man mir reichte. Außerdem war Rudolfs Angebot mehr als freundlich. Ich hatte eher Schmähungen erwartet.

Vor mich hin lächelnd verließ ich die Eingangshalle. Draußen strahlte mir die Sommersonne entgegen.

Wenn Elisabeth wüsste, dass ich so schnell eine Verabredung mit einem Mann hatte! Aber ich hatte George lange genug nachgeweint. Es schadete nicht, auch in dieser Hinsicht einen Neuanfang zu wagen. George hatte mir nicht geschrieben, und ich hatte ebenfalls den Kontakt abreißen lassen. Meine Zukunft lag hier, nicht in Großbritannien. Ich musste ihm und mir nicht unnötig wehtun, indem ich ihm schrieb, dass wir uns niemals wiedersehen würden. Vermutlich empfand er umgekehrt genauso.

Hier musste ich mich einrichten, in Heidelberg. Meine Träume mussten fortan bleiben, was sie waren: Träume.

Die Meldebehörde war ein deutsches Amt. Ebenso wie die meisten Gebäude, die ich bisher auf meinem Fußmarsch durch die Stadt gesehen hatte, war auch dieses im Krieg unversehrt geblieben. Amerikanische Soldaten standen bewaffnet an den Eingängen, und überhaupt bestimmten sie das Bild in der Stadt. Sie waren einfach überall.

Die Amerikaner machten Quartier in deutschen Wohnungen

und Häusern wie die Briten in Bonn, aber das kleine Schwesternwohnheim und das Klinikgelände ließen sie in Ruhe. Zu schade, dass ich dort nicht weiterhin wohnen konnte.

Ich war froh darüber, mich nicht mit einem amerikanischen Soldaten über meine Papiere unterhalten zu müssen, sondern von einem netten älteren Herrn am Schalter empfangen zu werden.

Weil ich kein Geld für die anfallende Bearbeitungsgebühr hatte, griff ich in meinen Rucksack und förderte einen kleinen Beutel mit Brot und einer meiner letzten Hartwürste aus Berkum zutage.

»Geht das für Sie in Ordnung?«, fragte ich unsicher.

Zu meiner Erleichterung nickte der Mann und nahm den Beutel entgegen.

Er senkte die Stimme. »Essen ist mir willkommen. Damit kann ich mehr anfangen als mit wertlosen Reichsmarkscheinen. Ich werde ein Auge zudrücken.«

»Vielen Dank. Ich wünschte, ich hätte noch mehr, aber das muss ich mir selbst einteilen, bis mein erster Lohn kommt.«

»Natürlich. Aber machen Sie sich keine allzu großen Hoffnungen, eine Wohnung oder ein Zimmer zu finden. Die Amerikaner haben alles in Beschlag genommen, und bei vielen Menschen ist zudem ausgebombte Verwandtschaft aus Mannheim untergekommen, oder sie haben Geflüchtete aus dem Osten aufgenommen. Die melden sich alle hier bei mir und meinen Kollegen an. Es werden einfach nicht weniger.«

Er schob seine Brille nach oben, und mich verließ der Mut. Dabei hatte ich so sehr gehofft, dass es in Heidelberg nicht so schwierig sein würde, eine Bleibe zu finden, wie im zerstörten Bonn.

»Ich sag Ihnen was, junge Dame. Tun Sie sich mit jemandem zusammen. Mit einer Familie, einem netten Mann. Alleine wird es beinahe unmöglich für Sie. Ich wünsche Ihnen alles Gute!«

»Danke. Das wünsche ich Ihnen auch.«

Er nickte erneut, dann sah er an mir vorbei. »Der Nächste, bitte!«

Draußen holte ich den Zettel mit der Anschrift der Familie Reuter in der Altstadt heraus. Ein Stück zu laufen hatte ich noch. Wie gut, dass ich das gewohnt war.

Auf dem Weg fuhren viele Kastenwägen voller Soldaten an mir vorbei. Nicht wenige riefen mir etwas zu und winkten, aber ich verstand nicht, was sie sagten. Außerdem war es mir unangenehm. So eine schreckliche Begegnung wie mit den Briten in Bonn, die George und Brian vertrieben hatten, wünschte ich mir nicht noch einmal, doch zum Glück ließ man mich in Frieden.

London, August 1946

George

*Meine liebe Erika,
heute Nacht kam mein Sohn auf die Welt. Mary hat ihn James genannt, nach ihrem Vater, doch sein zweiter Name ist Brian, nach seinem Patenonkel. Er hat sich genauso sehr über die Geburt gefreut wie ich.
Meiner Frau geht es gut, anscheinend ist die Geburt reibungslos verlaufen. Männer haben ja keinen Zutritt zum Kreißsaal, um sich selbst davon zu überzeugen.
Der kleine James ist wie ein Friedensengel. Mary und ich werden ihn nicht spüren lassen, dass wir beide anderen Menschen nachtrauern. Erst vor ein paar Tagen hat sie mir gebeichtet, dass sie vor unserer Hochzeit mit ihrem heimlichen Freund Brad Harper, einem ehemaligen Mitschüler von uns, durchbrennen wollte. Allein ihr Pflichtgefühl hat sie davon abgehalten. Ich wünsche mir, sie hätte darauf gepfiffen und wäre mit Harper gegangen. Ich habe es nicht geschafft, ihr von dir zu erzählen. Es ist auch so schwer genug, mich von einem Leben an deiner Seite zu verabschieden.
Aber nun bin ich Vater und muss eine neue Aufgabe erfüllen. Ich will nur noch an dich denken, wenn ich dir einen dieser sinnlosen Briefe schreibe. Wenn du nur hier wärst, Erika. Du fehlst mir.
Für immer dein
George*

22

Um das Haus Nummer 46 zu erreichen, musste man mehrere enge, steile Treppen erklimmen. Falls Rudolf noch hier wohnte, war das mit seinem schlimmen Bein sicher kein Vergnügen. Das Gebäude war am Hang gebaut und umfasste mindestens drei Stockwerke mit mehreren Wohnungen.

Aufgeregt läutete ich an der hölzernen Wohnungstür.

Eine Frau mittleren Alters in Kleid und Schürze öffnete mir. Ihr halblanges, dunkles Haar war ordentlich frisiert, der Ausdruck ihrer ebenso dunklen Augen streng. Mit gerunzelter Stirn musterte sie mich und Anneliese.

»Guten Tag. Sind Sie Frau Reuter?«, brachte ich heraus.

»Guten Tag. Richtig. Und wer sind Sie?« Ihre Stimme klang weniger barsch, als ihr Gesicht es vermuten ließ. Ich verkniff es mir, von einem Bein auf das andere zu treten.

»Erika Knies. Rudolf Reuter schickt mich. Er hat gemeint, Sie würden vielleicht meine Tochter betreuen, wenn ich Sie dafür bezahle.«

»Mein Sohn schickt eine fremde Frau her?«

»Wir sind uns heute Vormittag in der Chirurgie begegnet. Ich arbeite dort. Er gab mir diese Adresse.«

Mit skeptischem Blick begutachtete sie den Zettel, dann wieder mich.

»Kommen Sie herein«, erlöste sie mich schließlich.

Ich trat hinter ihr in einen nach Bohnerwachs riechenden Flur. Direkt gegenüber dem Eingang führte eine Holztreppe nach oben, doch wir hielten uns rechts und durchschritten eine verglaste Tür.

»Rudolf und ich leben hier, außerdem meine Mutter.«

Die hübsche Wohnung bestand aus zwei Zimmern und einer großen Wohnküche. Durch das Fenster blickte man in einen Nutzgarten und auf den Wald, durch das kleine Fenster im Flur auf die Häuser der Altstadt.

Am Küchentisch saß eine gebeugte, alte Frau mit schlohweißem Haar auf einer Bank, vor sich eine Schüssel mit Kartoffeln, die sie so langsam schälte, dass ich nach einem kurzen Gruß schnell wegsah. Ich konnte sie ihr schließlich schlecht wegnehmen und selbst schälen.

Wir besichtigten die ganze Wohnung. Ich fragte mich, warum Frau Reuter mir alles zeigte. Um zu beweisen, dass sie keinen Platz für Anneliese hatte? Doch ich wagte es nicht, danach zu fragen. Damit hätte ich sie vermutlich erst recht vergrault.

»Mutter und ich schlafen im Wohnzimmer, wo der Ofen steht, mein Rudolf hat ein eigenes Zimmer hier drüben. Wir haben so wenig Platz, aber die Amerikaner wollen uns noch mehr Leute aufs Auge drücken, genau wie sie es bei unseren Nachbarn oben und unten getan haben. Dabei ist das ganze Haus bereits überbelegt. Immerhin haben sie uns bisher nicht rausgeworfen, sondern nur Flüchtlinge hier einquartiert.«

»Das tut mir leid für Sie, Frau Reuter.«

»Was ist mit Ihnen? Haben Sie eine Bleibe?«

Ich schüttelte den Kopf. »Wegen Anneliese darf ich nicht im Schwesternwohnheim bleiben. Aber ein Schritt nach dem anderen. Jetzt habe ich zumindest eine Stelle und eine Arbeitserlaubnis, nun fehlt mir noch jemand, dem ich vormittags und manchmal auch nachmittags meine Tochter anvertrauen kann.«

Alle Räume waren sehr ordentlich und sauber, und Frau Reuter selbst machte einen resoluten, aber freundlichen Eindruck. Meine Tochter in fremde Hände zu geben würde mir trotzdem schwerfallen – falls Rudolfs Mutter sich überhaupt dazu bereit erklärte.

Wir gingen zurück in die Küche. Die Großmutter lächelte auf Anneliese herab. Die Kleine wurde wach und zappelte, weshalb ich sie aus dem Tuch nahm. Offenbar hatte sie Hunger.

»Kann ich meine Tochter bei Ihnen füttern, oder soll ich lieber nach draußen gehen?«

»Hier sind keine Männer«, sagte die alte Frau. »Gib dem Mäuschen seine Milch.«

»Danke.«

Die beiden Frauen schienen nicht verkehrt zu sein.

»Erzählen Sie mir ein bisschen von sich, Erika«, forderte Frau Reuter mich auf, während Anneliese trank.

»Ursprünglich komme ich aus Berkum in der Nähe von Bonn. Eine frühere Kollegin aus dem Klinikum in Bonn hat mich für eine Stelle als Krankenschwester in der Chirurgie in Heidelberg vorgeschlagen. Gestern habe ich die Zusage erhalten. Ohne Annelieses Vater muss ich arbeiten, um uns über die Runden zu bringen.«

Beide Frauen schälten nun gemeinsam Kartoffeln. Es war mir unangenehm, dass ich tatenlos danebensaß.

»Was ist mit Ihrer Familie?«

Unwillkürlich verzog ich das Gesicht. Meine Familie war ein Thema, das ich eigentlich lieber ausgespart hätte. Doch ich ahnte, dass ich den beiden Fremden gegenüber so offen wie möglich sein sollte.

»Auf unserem Hof wurde es nach der Heimkehr meines Bruders zu eng, also bin ich für ein paar Wochen nach Bad Godesberg zu meiner Tante und ihrer Tochter gezogen. Doch auch dort war es zu eng, und ich fand keine Arbeit. Zumindest war mein Vater froh, mich und Anneliese los zu sein. In seinen Augen hatte die uneheliche Geburt Schande über die Familie gebracht.« So, jetzt war es raus.

»Wo ist Annelieses Vater?«

In England.

»Auf See. Wir waren verlobt, doch als er von der Schwangerschaft erfuhr, hat er mich verlassen und in Hamburg angeheuert. Nun, mein Vater hätte ihn ohnehin nicht als Ehemann akzeptiert.«

»Armes Mädchen«, sagte die Großmutter. »Warum bleibst du nicht hier bei uns mit deiner Kleinen?«

Frau Reuter und ich liefen beide rot an.

»Mutter! Du kannst doch nicht jeden einladen, der vor unserer Tür steht!«

»Ich will keine Amerikaner und keine Sudetendeutschen im Haus! Keine Ostpreußen, keine anderen Fremden!«

»Sie ist auch fremd.« Sie wandte sich mir zu. »Entschuldigen Sie bitte. Meiner Mutter kommen im Alter die seltsamsten Ideen.«

Peinlich berührt nickte ich.

»Meine Tochter hält mich für senil«, brummte die Alte. »Ich heiße übrigens Marie.«

»Erika. Und das ist Anneliese.«

Frau Reuter seufzte. »Sie können mich Margot nennen und mich duzen. Ich hoffe, wir finden eine Lösung für unsere Probleme. Möchtest du ein Glas Wasser?«

»Das wäre nett, vielen Dank.« Schon auf dem Amt hatte ich mich wie ausgedörrt gefühlt, mich aber nicht getraut, um ein Getränk zu bitten. Jetzt trank ich in großen Schlucken das kühle Wasser aus dem Hahn. Anneliese war inzwischen satt, sodass ich mich wieder bedecken konnte.

Die Wohnungstür wurde aufgeschlossen. Schwere, etwas schleppende Schritte näherten sich. Das musste Rudolf sein.

»Erika!«, entfuhr es ihm überrascht. »So schnell sehen wir uns wieder.«

Da gab seine Mutter den letzten Rest Reserviertheit auf.

»Wie wäre es, wenn du zum Abendessen bleibst, Erika? Dann können wir alles Wichtige besprechen.«

»Ich will mich nicht aufdrängen …«

»Ach was, Erika!«, ging Rudolf dazwischen. »Sie essen uns schon nichts weg.«

»Vielen Dank!«, sagte ich wieder und schaute nacheinander alle an, Marie, Margot und Rudolf.

Rudolf bot mir das Du an und schilderte anschließend, wie wir uns im Krankenhaus getroffen hatten, dann erklärte er noch einmal mein Betreuungsproblem. Die zuvor bereits angenehme Stimmung wurde immer familiärer. Ich erkannte, dass diese drei Menschen sich liebten, aber ihre Herzen und Türen auch für andere öffneten. Wenn schon nicht für Amerikaner und Sudetendeutsche, dann doch für eine bald obdachlose Mutter mit ihrem Säugling.

»Wir Frauen müssen zusammenhalten«, ließ sich Marie vernehmen. »Gerade in diesen Zeiten! Margot und ich passen gerne auf deine Anneliese auf, wenn du uns ebenso hilfst.«

»Wirklich? Das würde mir eine große Sorge nehmen!« Voller Dankbarkeit schaute ich die Alte an. Sicher, ich kannte sie kaum, aber ich hoffte darauf, dass mein Bauchgefühl mich nicht trog, und das sagte mir, dass ich auf ein paar gute Menschen gestoßen war.

Margot nickte. »Ein paar Essensrationen mehr würden uns nicht schaden. Du bekommst in der Klinik etwas zu essen, zumindest war es bei meiner Schwester in Mannheim so. Davon bringst du uns etwas mit.«

»Mein Bruder hat versprochen, Pakete mit Äpfeln, Wurst und Brot zu schicken, sobald die Postämter wieder arbeiten.«

»Das klingt gut«, befand Rudolf. Er schien sich zu freuen, dass ich auf sein Angebot eingegangen war.

Anneliese war längst wieder eingeschlafen. Später wäre sie vermutlich noch einmal etwas länger wach, aber dann würden wir uns wieder auf dem Weg ins Schwesternwohnheim befinden.

Da meine Hilfe beim Kochen abgelehnt wurde, nahm Rudolf mich mit hinaus, um mir den Garten zu zeigen, in dem es verschiedene Gemüsesorten und Kräuter sowie zwei Birnen- und drei Kirschbäume gab.

»Ohne den Garten würden wir schlechter dastehen«, erklärte Rudolf. »Er gehört uns allein, weiter den Hang hoch gibt es noch mehr Gärten.«

Da hatte er sicher recht. In der Stadt gab es nicht so viele Möglichkeiten, Nahrung anzubauen, und dieser Garten hatte eine größere Fläche, als ich gedacht hätte. In einem abgetrennten Teil weiter hinten an den Brombeerhecken hörte ich Hühner gackern, ehe ich sie sah.

»Hühner habt ihr auch!«

»Zehn Stück. Und einen Hahn.«

Als ich mich umdrehte, sah ich drei Soldaten die Treppen hinaufkommen. Zielstrebig steuerten sie die offen stehende Haustür an.

»Oh, bitte nicht«, entfuhr es Rudolf. Schnell humpelte er ihnen nach. Ich folgte ihm.

Im Hausflur hielten sie Margot ein Papier unter die Nase.

»Quartier bei Reuter«, erklärte einer der Soldaten mit starkem Akzent. Er klang ähnlich wie der von George, fiel mir auf, doch gleich darauf verbat ich mir jeden Gedanken an ihn.

»Hier kein Quartier! Wohnung ist voll!«, versuchte Margot es in einfachen Worten.

»Nix voll! Only three persons!« Er hielt drei Finger hoch.

»Nein«, rief Rudolf. »Five persons!« Er zeigte die ganze Hand.

Hinter Margot erschien Marie, die sich auf ihren Gehstock stützte.

Er log den Besatzern dreist ins Gesicht! Meine Tochter würde sich ab jetzt öfter hier aufhalten, aber deshalb wohnten wir noch lange nicht in dieser Wohnung.

»Zeig ihnen deine Anmeldung bei der Stadt!«, forderte Rudolf mich auf.

Ich übergab Margot das schlafende Kind, um das Blatt aus meiner Rocktasche zu ziehen.

»Quartier bei Reuter«, sagte ich mit zittriger Stimme.

Die großen Männer in ihren grünen Uniformen schüchterten mich ein. Sie erinnerten mich an die Briten, die mich bedrängt hatten, und ich suchte Zuflucht neben Rudolf. Tatsächlich ließ mich seine Anwesenheit ruhiger atmen.

»Wir sehen!« Der Sprecher der Gruppe betrat die Wohnung. Nach kurzer Zeit kam er wieder heraus und schüttelte den Kopf. »Not enough space.« Es hörte sich an wie »Not inaf späis«. Er wandte sich an uns und sagte: »Good evening.« *Guten Abend.* Das verstand ich sogar. Dann gingen alle hintereinander die Treppe hinunter.

Aufatmend lehnte Margot sich an den Türrahmen.

»Das war frech, Rudolf, aber schlau. Dennoch werden sie wiederkommen – oder andere, die eine Wohnung brauchen.« Sie schaute mich fest an. »Ich biete dir ein Zimmer, Erika, sofern du bereit bist, alles mit uns zu teilen, was du an Essen bekommst, und ein wenig Miete zu zahlen. Rudolf kann bei uns im Wohnzimmer oder auf der Küchenbank schlafen.«

Ich dankte den Amerikanern stumm für ihren Besuch.

Marie lächelte.

»Lieber dich und das Kind als diese Besatzer.«

»Willkommen in unserer bescheidenen Unterkunft«, sagte Rudolf grinsend.

Mir schnürte sich die Kehle zu. Mit einem Mal fiel all der Druck der letzten Monate von mir ab. Ich hatte unverschämtes Glück. Insgeheim wartete ich immer noch auf die göttlichen Strafen, die Großmutter Anna mir wegen meiner Beziehung zum Feind und dem unehelichen Kind prophezeit hatte, aber abgesehen von Georges Verschwinden und dem Rausschmiss in Berkum hatte ich bisher mehr Gutes als Schlechtes erlebt. Es kam mir so vor, als sollten Anneliese und ich hier sein. Als wäre dies ein guter Ort für einen Neubeginn.

»Ich danke euch! Ihr kennt mich nicht und seid dennoch so großherzig!«

Und dann fing ich an zu weinen.

23

Heidelberg, September 1946

Erika

Die nächsten Wochen gingen Rudolf und ich zusammen ins Café, saßen am Neckarufer oder unter einem der Bäume auf dem Außengelände des Klinikums im Neuenheimer Feld, wo er sich wegen seines Beins beinahe so oft aufhalten musste wie ich. Hier draußen gab es nur wenig Bebauung, dafür viele landwirtschaftlich genutzte Flächen und kleine Waldstücke. Es erinnerte mich ein wenig an zu Hause.

An die allgegenwärtigen amerikanischen Soldaten gewöhnte ich mich ebenso rasch wie an den einkehrenden Alltag. Als junge Mutter musste ich keinen Nachtdienst übernehmen, sondern nur Früh- und Spätdienste. Eine Vollzeitstelle hatte ich auch noch nicht, doch bald würde ich aufstocken, damit das Geld reichte. Es war mir etwas unangenehm, wie sehr mir die Klinik entgegenkam, auch wenn ich niemandem Grund zur Klage gab.

Hier lastete das Stigma des unehelichen Kindes nicht so stark auf mir wie in unserem kleinen Dorf. Überhaupt schienen die Menschen in Heidelberg viel weltoffener und toleranter zu sein als die in Berkum. Meine Kolleginnen waren größtenteils nett, und ich begann mich bald heimisch zu fühlen.

Vor allem aber lag es an Rudolf, dass ich allmählich glaubte, länger in Heidelberg bleiben zu wollen. Genau wie ich wollte er etwas aus den Scherben machen, die uns das Leben hingeworfen hatte.

Er hatte Annelieses Existenz recht gut aufgenommen und störte sich nicht daran, dass er für den Kindsvater gehalten wurde, wenn wir gemeinsam unterwegs waren. Ich wusste, er tat das vor allem, um mich glücklich zu machen und seinen guten Ruf zu wahren, aber mir war es recht.

Auch mit Margot und Marie verstand ich mich gut. Die beiden Frauen behandelten besonders meine Tochter sehr liebevoll.

»Kinder bedeuten Hoffnung«, sagte Marie oft.

An einem schönen Herbstnachmittag saßen Rudolf und ich nach meiner Schicht wieder einmal im Garten auf einer Bank unter den Kirschbäumen und unterhielten uns, Anneliese lag auf einer Decke im Gras.

»Bei meiner Mutter zu wohnen sollte eigentlich eine Übergangslösung sein, doch jetzt lebe ich bereits seit meiner Rückkehr aus Russland hier. Mittlerweile ist es sehr beengt.« Er rieb sich mit den Händen über die Knie. »Wir sollten uns zusammen bei Vermietern vorstellen. Ich habe als alleinstehender Mann auch das Nachsehen, wenn eine Familie sich um eine der wenigen Wohnungen bewirbt.«

»Aber wir sind nicht verheiratet.«

Genau genommen waren wir nicht einmal ein Paar, auch wenn ich nichts dagegen gehabt hätte, enger mit Rudolf befreundet zu sein.

Aus seinen braunen Augen blickte er mich einen Moment forschend an.

»Den Trauschein wollen Vermieter erst sehen, wenn sie eine Zusage geben«, sagte er dann.

»Du meinst, wir geben uns als Ehepaar aus?« Ich wusste nicht, wie ich das finden sollte. Einerseits gefiel es mir, dass Rudolf sich mit mir und Anneliese auch in Zukunft eine Wohnung teilen wollte. Damit würde sich für mich auch die Frage erübrigen, wie ich die Miete für eine eigene Wohnung bezahlen sollte, denn Rudolf hatte inzwischen als Schaffner bei der Städtischen Verkehrsgesellschaft ein geregeltes Einkommen. Außerdem kannte ich ihn mittlerweile gut genug, um ihm zu vertrauen.

»Du bist meine Freundin, Erika. Die beste Freundin, die ich jemals hatte. Ich mag dich sehr gern. Ich würde dich auch heiraten, aber ich kann dir nicht viel bieten.«

Ich legte meine Hand auf seine.

»Ich mag dich auch sehr gern, Rudolf, aber ich bringe das Kind eines anderen Mannes mit. Für die meisten wäre das Grund genug, mich zu meiden.«

Da küsste er mich erst auf die Wange, dann sanft auf den Mund. Erschüttert spürte ich dem leisen Kribbeln nach, das sich in meinem Bauch ausbreitete. Ich konnte es noch fühlen. Es war nicht mit George verschwunden.

Trotzdem wallte Schmerz in mir auf. Eigentlich sollte George hier mit mir sitzen und um meine Hand anhalten. Er sollte bei seiner Tochter sein.

Ich schüttelte den Schmerz ab und lächelte tapfer. In Rudolfs Augen war keine Lüge zu sehen, nur Zuneigung.

Meine Wangen brannten, als er meine Hände in seine nahm und mir fest in die Augen schaute.

»Ich habe keinen Ring, noch keine Wohnung und ein gelähmtes Bein. Willst du trotzdem meine Frau werden, Erika Knies?«

Was für ein Antrag! Er kam nicht nur aus reinem Gefühlsüberschwang, sondern Rudolf und ich brauchten einander. Aber ich sah auch, dass er mich wollte, und spürte, dass ich ihn wollte – nun, so sehr ich einen anderen Mann als George eben wollen konnte.

Also tat ich das Vernünftigste, was eine Frau in dieser Situation tun konnte.

»Ja«, sagte ich. »Ich will deine Frau werden.«

Für einen Moment fühlte es sich wie Verrat an, diese Worte zu Rudolf zu sagen, doch dann straffte ich mich. George war ohne mich nach England aufgebrochen und hatte mir keinen einzigen Brief geschrieben. Wahrscheinlich hatte er mich bereits vergessen. Welche Wahl hatte ich also? Ich würde den Teufel tun und einen guten Mann wegstoßen, der bereit war, mich und Anneliese in sein Leben zu lassen, und der mir aufrichtige Gefühle entgegenbrachte. Ich würde ihn so behandeln, wie er es verdiente.

Er sprach nur zögerlich und selten davon, was er während des Krieges, besonders auf dem Russlandfeldzug, erlebt hatte, aber ich drängte ihn nie und versuchte stattdessen, ihm eine Stütze zu sein. Er hatte wohl gedacht, dass er nie eine Frau finden würde, die einen Krüppel heiraten wollte, so wie ich gedacht hatte, dass mich niemand mehr als Ehefrau haben wollte.

Ich ließ Rudolfs Hände nicht los, als ich kurz nach oben in den blauen Himmel blickte und Maria meinen stummen Dank schickte.

»Danke, dass du meinen Antrag angenommen hast«, erklärte Rudolf beinahe förmlich.

Anstelle einer Antwort umarmte ich ihn. Hoffnung und Trauer vermischten sich und trieben mir die Tränen in die Augen. Das hier war mein endgültiger Abschied von George Wright, doch die Hoffnung blieb zurück. Die Hoffnung auf ein neues, ein gutes Leben.

Ich würde George nie vergessen, und ich würde auch nie aufhören, ihn zu lieben, aber ich musste vernünftig sein.

Für Anneliese. Und für mich.

Zweiter Teil

1967–1968

1

Heidelberg, September 1967

Anneliese

Nach einem Telefonat mit meiner Großcousine Elisabeth bin ich im Besitz der Adresse ihres Freundes Brian MacDougal, der in Schottland lebt und noch immer mit meinem leiblichen Vater befreundet ist. Kurz war es mir unangenehm, Elisabeth darauf anzusprechen, zumal ich nur aus Mamas Tagebuch von ihrer früheren Beziehung zu Brian weiß. Doch sie reagiert positiv und offener als gedacht.

Schon im Spätsommer antwortet er mir auf meinen Brief und schickt mir eine aktuelle Adresse von George Wright in London sowie den Namen seines ältesten Sohnes James Wright. Mit so viel Hilfsbereitschaft habe ich nicht gerechnet. Ich will erst am liebsten beiden schreiben, doch am Ende entscheide ich mich aus Feigheit für den anderen Kontakt, den Brian mir gegeben hat: Paul Morgan, ein Freund von James, der ebenfalls in London lebt. Es ist, als würde ich mich langsam an meinen Vater herantasten, was mir leichterfällt, als direkt Kontakt zu ihm aufzunehmen. Brian ist auch der Meinung, dass ich das selbst und in meinem Tempo machen muss. Er hat mir gerne geholfen, und ich darf mich jederzeit an ihn wenden, aber die erste Kontaktaufnahme soll ich selbst schaffen. Da bin ich ganz seiner Meinung.

Elisabeths Freundschaft mit Brian erspart mir eine lange Suche mithilfe des Internationalen Roten Kreuzes oder sogar vor Ort. Ich hatte keine Ahnung, dass meine Großcousine all die

Jahre Kontakte nach Großbritannien gepflegt hat; weder Mama noch Tante Luise haben je ein Wort darüber verloren.

Ich schreibe also Paul Morgan und schildere meine Situation, außerdem lege ich ein Foto von mir und eine Kopie der Aufnahme bei, auf der meine Eltern zu sehen sind. Wenn er an meiner Stelle das Gespräch mit meinem Halbbruder oder sogar meinem Vater suchen würde, müsste ich nicht persönlich hingehen und eventuell eine schmerzhafte Abfuhr ertragen. Aber darum geht es mir eigentlich nicht, als ich ihm schreibe. Ich will erst einmal mehr über diese beiden fremden Verwandten erfahren, sie ein wenig kennenlernen, bevor ich direkt mit ihnen in Kontakt trete. So weit jedenfalls die Theorie. Trotz Elisabeths gutem Zureden glaube ich nicht daran, dass mein Vater – oder jemand anders aus seiner Familie – Interesse daran hat, mich kennenzulernen.

Doch während ich hoffe und warte, reift in mir der Entschluss, meinem Vater doch gegenüberzutreten und von Angesicht zu Angesicht mit ihm sprechen zu wollen. Vermutlich ist es eine Schnapsidee, ganz allein nach England zu reisen und ihn mit meiner Person zu konfrontieren, aber ich habe sowieso schon länger das Gefühl, einfach mal rauszumüssen aus meinem Alltag, nein, aus meinem ganzen Leben. Mamas Offenbarung hat mich nur darin bestärkt.

Anfang September erreicht mich Pauls Antwort. Er will ein Treffen zwischen James und mir arrangieren. Er hat ihm erzählt, dass es jemanden gibt, der ihn kennenlernen möchte. Eine bisher unbekannte Verwandte aus Deutschland. Ich verstehe, dass er ihn nicht überfallen wollte, indem er ihm eröffnet, dass er im Briefkontakt mit seiner Halbschwester steht. Das würde James vielleicht überfordern. Jedenfalls soll ich zu diesem Treffen nach London kommen.

Als ich ein Visum habe, verabreden wir uns am Bahnhof St. Pancras in London. Ich werde mich mit einem fremden Mann in einem fremden Land treffen – so etwas habe ich noch nie gemacht. Deshalb rufe ich noch einmal Elisabeth an, als mein Stiefvater einkaufen ist. Rudolf soll dieses Gespräch nicht mitanhören. Ich habe ja nicht einmal Brians und Pauls Briefe zu uns nach Hause senden lassen, sondern zu Frau Bierbaum, die mir die Ausrede mit den englischen Brieffreunden und Rudolfs Abneigung gegen diese abgekauft hat. Auf keinen Fall will ich meine Mutter in Erklärungsnöte bringen, warum ihre Tochter plötzlich Kontakte nach Großbritannien pflegt. Rudolf sind schon die Amerikaner in unserer Stadt ein Dorn im Auge.

»Müller?«

»Hallo, Luise, hier ist Anne. Ist Lisbeth zu Hause?«

»Das ist sie. Warte kurz, Liebes.« Ich höre sie nach Elisabeth rufen, die kurz darauf den Hörer entgegennimmt.

»Anne! Hat deine Kontaktaufnahme geklappt? Brian hat mir erzählt, dass du dich bei ihm gemeldet hast.«

»Ja, vielen Dank! Nächste Woche will ich mich mit Paul Morgan in London treffen. Kennst du ihn?«

»Ein bisschen. Er kam mir immer wie ein netter Junge vor, auch wenn er und James früher viel Unsinn angestellt haben. Mach dir keine Sorgen, Brian lässt nur gute Menschen in sein Haus. Hast du schon eine Unterkunft gebucht?«

»Ein Hotelzimmer kann ich mir nicht leisten, aber es gibt in England auch so etwas wie Jugendherbergen oder eine private Zimmervermietung. Da werde ich Paul fragen, und falls er doch nicht auftaucht, die Touristeninformation am Bahnhof.«

»Er wird kommen, da bin ich mir ganz sicher. James wird dich auch nicht verjagen, glaub mir. Wenn du dennoch von den Wrights abgewiesen wirst, ruf Brian an. Er kann dir weiterhelfen. So bist du nicht völlig auf dich alleingestellt. Aber ich denke, dass zumindest Paul dich nicht im Regen stehen lässt.« Darauf vertraue ich auch nach seinem freundlichen Brief.

»Ich habe Angst, dass sie mich hassen und nichts mit mir zu

tun haben wollen. Ich denke dauernd, dass es eine bescheuerte Idee ist, nach England zu reisen.«

»Warte einfach ab. So oder so ist es sicher gut für dich, das Land deiner Vorfahren kennenzulernen. Ich drücke dir ganz fest die Daumen, dass alles gut geht!«

»Danke – auch noch mal für deine Hilfe!«

An einem Sonntagnachmittag packe ich schließlich meinen Koffer und einen abgetragenen Lederrucksack für meinen »Sprachkurs«, den Mama und ich als Grund für meine Londonreise erfinden. Am Abend verabschiede ich mich dann von meinen Schwestern und meiner Mutter, denn sie werden noch schlafen, wenn ich in aller Herrgottsfrühe mit der Straßenbahn zum Hauptbahnhof fahre.

»Es ist so mutig von dir, dorthin zu fahren«, sagt Mama und nimmt mich ganz fest in den Arm. »Pass aber gut auf dich auf, so weit fort von zu Hause, hörst du?«

»Na klar, Mama. In ein paar Tagen bin ich wieder da, länger reicht das Geld ohnehin nicht. Vielleicht gefällt es mir auch gar nicht, dann komme ich noch schneller wieder.«

Doch daran glaube ich selbst nicht. Mein abenteuerlustiges Herz sehnt sich nach neuen Orten, neuen Eindrücken, neuen Menschen.

Als mein Stiefvater in der Zimmertür erscheint, würde ich die Reise am liebsten sofort antreten. Er trägt ein weißes Unterhemd, Bundfaltenhosen und Cordpantoffeln. Selbst zu Hause sind seine kurzen dunkelblonden Haare akkurat gescheitelt. Wahrscheinlich sollte ich mich geehrt fühlen, dass er seinen Platz im Fernsehsessel verlässt, um mir auf Wiedersehen zu sagen. Freundlichkeit zu erwarten ist wohl ein bisschen zu viel verlangt.

In den letzten Jahren hat unser Verhältnis weiter gelitten. Vielleicht liegt das auch ein wenig an mir. Ich war eine kratzbürstige

Heranwachsende, jedenfalls sagt Mama das immer. Aber ich habe auch das Gefühl, dass er immer griesgrämiger wird. Sicher, er hat oft Schmerzen in seinem gelähmten Bein, aber an meinen Schwestern lässt er das nie aus, nur an mir. Es ist gut, dass ich hier erst einmal rauskomme.

»Mach's gut, Anneliese. Vielleicht gefällt es dir ja so gut, dass du ganz dortbleiben willst.«

Ich schaue genau hin, doch da blitzt kein Lächeln unter seinem dicken Schnurrbart hervor.

Ich verziehe das Gesicht.

»Das würde dir wohl gut in den Kram passen, was?«

»He, werd mal nicht frech. Es wird ohnehin Zeit, dass du dir eine eigene Bleibe suchst. Wir wohnen seit Jahren beengt, und du solltest die Erste sein, die auszieht.«

Wie nett.

Ohne den flehentlichen Blick meiner Mutter hätte ich ihm die Meinung gesagt, doch so schlucke ich alle Erwiderungen, die mir auf der Zunge liegen, herunter.

»Hast du alles, was du brauchst?«, grätscht Marlene dazwischen. »Soll ich dir noch einen schönen Roman für die Zugfahrt ausleihen?«

»Gerne«, erwidere ich.

»Na dann, gute Reise«, sagt mein Stiefvater und wendet sich zum Gehen. Zum Glück ist das dann auch das Letzte, was ich von ihm höre. Ausziehen! Wie stellt er sich das bitte vor?

»Hör nicht auf Papa«, sagt meine Schwester kopfschüttelnd.

»Er kann nur nicht zeigen, dass ihm der Abschied schwerfällt«, behauptet Clara.

Ich blinzle. Auf welchem Planeten leben meine Schwestern eigentlich?

Doch ich habe keine Lust, sie zu korrigieren. Meine Probleme mit meinem Stiefvater haben nichts mit ihnen zu tun.

Wieder nimmt mich meine Mutter in den Arm.

»Du wirst mir fehlen, Kind.«

»Weil dann die zwei Faulpelze hier für den Abwasch und die Wäsche verantwortlich sind?«

Sie lacht und lässt mich los.

Die Faulpelze und Mama werden mir auch fehlen.

»Wehe, du bringst uns nichts mit!« Clara hebt drohend den Zeigefinger, bevor sie mich fest umarmt.

Erst als mich der raue Seewind anfährt und ich mich wegen leichter Übelkeit nicht traue, das Oberdeck zu verlassen, realisiere ich, dass ich wirklich auf dem Weg nach Großbritannien bin. Ich bin noch nie verreist und bedaure es ein wenig, dass ich keine Zeit hatte, mir Calais anzusehen.

Die Fahrt über den Ärmelkanal dauert lediglich etwa zwei Stunden, aber ich kann es kaum erwarten, wieder festen Boden unter den Füßen zu haben. Die salzige, kühle Luft tut gut. Wenn ich stur auf den Horizont schaue, ist mir nicht so übel. Glücklicherweise habe ich auch einen sonnigen Tag mit ruhiger See erwischt. Ich will mir gar nicht ausmalen, wie es mir bei starkem Wellengang ergehen würde.

Plötzlich tritt ein junger Mann neben mich an die Reling. Er ist ganz schön blass um die Nase.

»Guten Tag, die Dame«, sagt er in einem mit deutlich britischem Akzent eingefärbten Deutsch.

»Hallo. Woher wissen Sie, dass ich aus Deutschland komme?«

»Ich stand hinter Ihnen, als Sie Ihr Ticket gekauft haben.«

Kurz erlaube ich mir, mein Gegenüber zu mustern. Ein wirklich gut aussehender Mann, mit kantigen Gesichtszügen und dunklen, halblangen Haaren, einem leichten Bartschatten und interessanten hellblauen Augen. Dazu ist er ein ganzes Stück größer als ich, was mir bei Männern immer gefällt.

Allerdings sind wir beide nicht in Flirtlaune, denn auch mein Magen rebelliert. Hoffentlich wirkt die Reisetablette bald, die ich vor einer Weile eingenommen habe. Eine Krankenschwester zur Mutter zu haben ist oft gar nicht so schlecht.

»Tut mir leid, dass Sie wegen mir länger anstehen mussten.« Mir sind leider sämtliche Münzen aus meinem Geldbeutel gefallen, als ich bezahlen wollte.

Er wechselt ins Englische, doch ich kann ihm gut folgen.

»Wir hätten ruhig noch länger anstehen können. Dann wäre die Fähre vielleicht ohne uns gefahren.«

Ich spreche jetzt ebenfalls Englisch und bete, dass ich keine allzu groben Fehler in meinen Satz einbaue.

»Sie fahren nicht gerne mit dem Schiff?« Eine rhetorische Frage. Sein Gesicht nimmt allmählich eine grünliche Färbung an.

Vorsichtig schüttelt er mit dem Kopf.

»Möchten Sie eine?« Ich hole die Reisetabletten aus meinem Rucksack und zeige sie ihm.

»Das wäre toll«, stimmt er zu und bückt sich, um eine Metallflasche aus seiner Reisetasche zu nehmen.

»Hoffentlich bleibt sie lange genug drin, um zu wirken«, sagt er, bevor er sich die Tablette in den Mund wirft und einen Schluck trinkt.

»Es hilft auch, stur auf den Horizont zu blicken.«

Er befolgt meinen Rat, und so stehen wir nebeneinander und blicken in die Ferne. Eine Weile herrscht einvernehmliches Schweigen, nur durchbrochen vom Blubbern des Schiffsmotors, den entfernten Stimmen der anderen Fahrgäste und dem Geräusch der Wellen, die das Schiff durchpflügt.

Langsam verfliegt die leichte Übelkeit. Dafür fühle ich mich etwas müde und würde mich gerne setzen, doch dann würde ich den Horizont nicht mehr sehen.

Schließlich blickt mich der Fremde wieder an.

»Ich habe mich Ihnen nicht vorgestellt, das war unhöflich. Bitte entschuldigen Sie«, sagt er auf Deutsch und streckt mir seine große, wohlgeformte Hand hin.

Lächelnd ergreife ich sie. Die britische Höflichkeit kenne ich nur vom Hörensagen. Es ist überraschend amüsant, das live zu erleben. Außerdem gefällt mir sein jungenhaftes Lächeln.

»Paul Morgan«, stellt er sich vor. »Sind Sie zufällig Anneliese Reuter?«

»Ja, die bin ich tatsächlich. Aber alle nennen mich Anne.«

Er hält meine Hand ein bisschen zu lang, bis ich mich etwas verlegen losmache.

»Wir können uns gerne duzen«, schlage ich dennoch vor. Es kommt mir albern vor, einen Gleichaltrigen zu siezen.

»Mit Vergnügen«, erwidert er, und ich muss lachen. Das hört sich so altmodisch an.

»Im Englischen merkt man ja gar nicht, ob jemand *Sie* oder *du* sagt. Aber es ist schön zu wissen, dass es *du* heißen soll.«

»Das finde ich auch«, stimmt er mir zu.

Er holt meinen Brief aus der Tasche und hält mit prüfendem Blick das Foto neben mein Gesicht.

»Ich kann gerne eine Schriftprobe abgeben«, scherze ich.

Er lächelt wieder. »Das brauchst du nicht. Man erkennt dich sofort.«

»Wie kommt es, dass wir uns hier treffen und nicht am Bahnhof in London?«

»Ich war in Frankreich. Der Aufenthalt hat etwas länger gedauert als geplant. Zum Glück haben wir uns nicht verpasst.«

Er macht einen wirklich sympathischen Eindruck. Hätte er mich nicht angesprochen, hätte mich sein gutes Aussehen zu sehr eingeschüchtert, um auf ihn zuzugehen – zumal ich bis vor wenigen Minuten gar nicht wusste, wie Paul Morgan überhaupt aussieht.

Wir setzen uns nebeneinander mit dem Rücken zur Reling auf den von der Sonne gewärmten Boden und erzählen uns voneinander, in einer ulkigen Mischung aus Englisch und Deutsch. Sein Deutsch ist ähnlich ausbaufähig wie mein Englisch, aber wir verstehen uns trotzdem, zumal Paul dank seiner aus Deutschland stammenden Mutter meine Muttersprache besser spricht als ich seine.

Ich bin froh, dass Rudolf nicht hört, dass Pauls Großeltern emigrierte, wenn auch zum Protestantismus konvertierte Juden sind. Auch zweiundzwanzig Jahre nach Kriegsende kann er eine leicht antisemitische Haltung nicht abschütteln. Mama hat mir erklärt, dass manche Dinge zu tief in den Menschen verwurzelt sind, um sie wieder herauszubekommen. Da sie selbst nie Kontakt zu Juden hatte, erschien ihr der damalige Hass auf diese Menschen immer als etwas, was sehr weit weg war. Am Ende beschäftigte sie sich einfach nicht damit, ebenso wie der Rest der Familie.

Ohnehin haben wir nie über den Krieg oder Hitlers Machtergreifung gesprochen, und auch der Geschichtsunterricht endete mit dem Ersten Weltkrieg. Rudolf, Mama und Otto hüllten sich über ihre Erlebnisse stets in Schweigen und sagten lapidar, Vergangenes sei vergangen.

Marlene passt das gar nicht. Sie interessiert sich sehr für Politik und hat sich kürzlich einer studentischen Gruppe angeschlossen, die für Aufklärung demonstriert. Nicht einmal Rudolfs Hausarrest hat sie bisher davon abgehalten, an den Demos teilzunehmen. Ich hingegen bin so unpolitisch wie Mama, doch Pauls Hintergrund weckt mein Interesse.

Er erzählt unter anderem, dass er gerade Verwandte in Rouen besucht hat und in London Anglistik studiert, ich vor allem das, was ich ihm bereits geschrieben habe, nämlich dass ich meinen leiblichen Vater treffen und mir seine Heimat anschauen will.

Als wir schließlich in Dover anlegen, hilft Paul mir mit dem Koffer beim Umsteigen auf den Zug nach London. Wir reden und reden. Noch nie habe ich jemanden getroffen, mit dem ich mich stundenlang unterhalten kann, ohne dass Langeweile aufkommt. Als wir nach etwa anderthalb Stunden Fahrt am Bahnhof London St. Pancras ankommen, will ich eigentlich gar nicht aussteigen, doch andererseits merke ich langsam, dass ich müde werde. Selbst die beeindruckende viktorianische Architektur des Bahnhofs kann ich kaum würdigen, denn inzwischen bin ich seit achtzehn Stunden auf den Beinen. Auch mein Reiseproviant aus belegten Broten, Äpfeln und Keksen ist fast aufgegessen, dennoch kann ich nur daran denken, dass Paul gleich im spätabendlichen London verschwinden und mich bis zum nächsten Tag alleine zurücklassen wird, nachdem wir unser erstes Treffen außerplanmäßig auf die Fähre verlegt haben. Es ist albern, doch ich komme nicht gegen die leise Traurigkeit an, die dieser Gedanke verursacht, obwohl wir uns bereits für den nächsten Tag verabredet haben.

»Hast du eine Unterkunft gebucht?«, fragt mich Paul auf dem Bahnsteig.

Im Gegensatz zu mir reist er mit leichtem Gepäck. Er trägt seine Reisetasche wie einen Rucksack auf dem Rücken. Ohne dass ich ihn darum gebeten hätte, nimmt er mir erneut wortlos den Koffer aus der Hand.

»Danke. Er ist viel zu schwer. Ich hätte weniger Bücher einpacken sollen.« Ich räuspere mich. »Ich suche mir jetzt ein Zimmer.«

»Es ist schon ziemlich spät. Willst du in meiner Wohngemeinschaft übernachten? Wir haben ein großes Sofa.«

»Ich weiß nicht …«

Meine Mutter hat mich ausdrücklich davor gewarnt, zu fremden Leuten nach Hause zu gehen. Ich kenne Paul noch nicht wirklich. Andererseits ist er nicht mehr so fremd wie noch zum Zeitpunkt meiner Abreise, und eine Nacht weniger für eine Unterkunft zu bezahlen klingt wirklich verlockend.

»Mein Mitbewohner und ich sind keine Mörder, versprochen«, entgegnet er, als hätte er meine Gedanken erraten. »Aber ich verstehe es, wenn das Angebot ein bisschen plötzlich kommt.«

Seine Ohren werden rot, das sieht süß aus. Ich gebe mir einen Ruck. Manchmal muss man mutig sein … oder töricht. Jetzt noch nach einem Hostel zu suchen, das brauche ich wirklich nicht.

»Ich kann mich doch nicht einfach in deiner Wohnung einnisten.«

»Mein Mitbewohner ist nicht da, besucht gerade seine Eltern. Aber ich verstehe es, wenn du lieber woanders übernachten willst. Komm einfach morgen früh vorbei, du hast ja unsere Adresse in Bloomsbury.«

»Das Viertel soll nicht gerade günstig sein ...«

»London ist fast überall teuer geworden, aber die Wohnung gehört der Familie von James. Die sind stinkreich – im Gegensatz zu meiner Mum und mir.« Er grinst.

Bloomsbury ist ein Künstler- und Literatenviertel, in dem es für Touristen wie mich unheimlich viel zu sehen gibt, beispielsweise das *British Museum*.

»Mit einer Reisetablette bin ich ja billig weggekommen für eine Übernachtung in Bloomsbury.« Ich lache.

»Deine Hilfe war mit Gold nicht aufzuwiegen.« Unvermittelt nimmt Paul meine Hand, lässt sie aber sofort wieder los, als fürchte er, zu weit gegangen zu sein. »Jetzt nimm schon meine Einladung an.«

»Na gut. Überredet.« Meine Gegenwehr war ohnehin allenfalls halbherzig.

»Prima.« Er lächelt mich an. »Komm, besorgen wir noch was zu essen.«

2

London, September 1967

Die Wohnung liegt im dritten Stock eines schönen, hellen Altbaus. Wie ein Gentleman trägt Paul meinen Koffer die Treppe hinauf.

Drinnen erwartet mich eine typische Junggesellenbude. Nicht dass ich schon viele gesehen hätte, aber die überfüllte Garderobe, die herumliegenden Handtücher im kleinen Badezimmer, über die ich zum Händewaschen steigen muss, und die Geschirrstapel neben der Spüle in der Küche bestätigen einige meiner Vorurteile.

»Tut mir leid, wir haben nicht mit Damenbesuch gerechnet«, entschuldigt sich Paul, als er meinem Blick in die Küche folgt. »Morgen räume ich auf.«

»Du musst wegen mir nicht aufräumen, ehrlich! Ich bin ein ganz genügsamer Gast. Lass uns doch die Sandwiches essen, ich sterbe vor Hunger.«

»Dafür brauchen wir auch keine Teller. Sehr praktisch.«

Wir setzen uns an den runden Esstisch, auf dem aufgeblätterte Ausgaben der »Times« liegen, die Paul einfach beiseiteschiebt. Das Gurken-Schinken-Sandwich vor mir riecht herrlich. Ich nehme einen großen Bissen. Lecker!

Zu Hause gibt es vor allem deutsche Hausmannskost. Bei meiner Familie passt der Name »Krauts« für die Deutschen wirklich. Kartoffeln und Kohl dominieren Mamas Küche. Es schmeckt mir jedes Mal, so ist es nicht, aber mal etwas Neues auszuprobieren traut sie sich kaum. Mein Stiefvater liebt ihre mit Hackfleisch gefüllten Krautwickel zu sehr, als dass sie ihm Spaghetti mit Dosentomaten vorsetzen würde. Die gibt es nur manchmal für uns Töchter.

»Schmeckt es dir?«, erkundigt sich Paul. Er muss sein Sandwich in einem Stück verschluckt haben, denn er greift bereits nach dem nächsten.

»Sehr lecker«, sage ich, und das meine ich auch so.

»Übrigens, die Wohnung gehört nicht nur James' Familie, er ist auch mein Mitbewohner. Das hätte ich dir vielleicht gleich sagen sollen.«

Jetzt ist es auch zu spät, um einen Rückzieher zu machen und eine andere Bleibe für die Nacht zu suchen. Ich lasse mein angebissenes Sandwich sinken.

»Glaubst du, James wird sauer sein, wenn er mich in eurer Wohnung vorfindet? Du hast ihn ja gar nicht gefragt, ob ich hier übernachten kann.«

Paul blickt mich mit vollem Mund konsterniert an.

»Ich zahle Miete, dann darf ich auch Gäste einladen«, erwidert er, als er zu Ende gekaut hat. »Mach dir keinen Kopf deswegen. James ist wirklich nett. Er wird dich nicht rauswerfen. Im Gegenteil, er freut sich darauf, dich kennenzulernen. Ob er das jetzt hier oder irgendwo in der Stadt tut, ist doch egal.«

»Ich bleibe auf keinen Fall länger als diese Nacht. Eigentlich hatte ich nicht geplant, mich bei einem netten Engländer durchzufuttern.«

»Nicht?«, fragt er grinsend. »Das hast du aber gut hinbekommen. Du findest mich also nett?«

Ich verdrehe die Augen. Sonst wäre ich ja wohl kaum mit ihm mitgegangen.

»Ich finde dich wirklich nett«, bestätige ich trotzdem. *Außerdem ziemlich attraktiv*, aber das sage ich natürlich nicht laut.

Seine hellen Augen blitzen schelmisch, als sein Grinsen noch breiter wird. Er hat sogar schöne Zähne!

Auf einmal wird er wieder ernst.

»Was würdest du dazu sagen, wenn ich dich bitten würde, länger als eine Nacht hierzubleiben? Vorausgesetzt, du und James kommt miteinander aus.«

Ich sollte ganz klar ablehnen, aber sein Hundeblick stellt mich auf eine harte Probe. Außerdem hat er meinen Opportunismus auf seiner Seite. Der sollte eigentlich nichts zu melden haben.

»Es wäre doch praktisch«, argumentiert Paul. »Du müsstest dir keine teure Unterkunft suchen und hättest gleich ein paar neue Bekannte in der Stadt, die dir sagen können, welche U-Bahn du nehmen musst und so weiter.«

Sein Lächeln bekommt etwas Verführerisches, das meine Alarmglocken schrillen lassen sollte. Immerhin könnte er doch ein Serienmörder sein, egal wie harmlos Elisabeth ihn einschätzt. Aber alles, was mein verräterischer Körper zustande bringt, ist ein Kribbeln in meinem Bauch und plötzliches Herzklopfen. Ich verschlucke mich fast an meinem letzten Bissen.

Offenbar ist er praktisch veranlagt, aber das ist mit Sicherheit nicht der einzige Grund, warum Paul mich hierbehalten möchte. Er flirtet mit mir.

Hitze schießt mir in die Wangen, als mir das bewusst wird, und ich verberge meine plötzlich zitternden Hände unter dem Tisch. Ich verstehe nicht, warum mich ein lächelnder Typ dermaßen aus der Fassung bringt. Schließlich hatte ich schon einen festen Freund, bin weder ungeküsst noch jungfräulich. Vielleicht ist es einfach zu lange her, dass jemand Interesse an mir gezeigt hat.

»Ähm«, bringe ich, wenig eloquent, hervor. »Also … Ein paar Tage bei euch zu wohnen … das wäre schon praktisch und günstiger als in der Jugendherberge. Aber ist es nicht ziemlich unverschämt, wenn ich mich hier einfach einquartiere? Du kennst mich doch kaum.«

Wieder lächelt er so, dass mir die Knie weich werden. Das scheint seine Geheimwaffe zu sein. Auch auf dem Schiff und im Zug ist mir sein Lächeln aufgefallen, aber da hat es mich nicht so umgehauen wie jetzt. Vielleicht bin ich bloß übermüdet.

»Überhaupt nicht. Außerdem kenne ich dich schon ein bisschen. Wir haben uns Briefe geschrieben, hatten ein sehr nettes

Kennenlerngespräch, und du bist mit hoher Wahrscheinlichkeit die Halbschwester meines besten Freundes. Überleg es dir. Sollte er dich wider Erwarten nicht ausstehen können, ist mein Angebot hinfällig, aber das wird nicht passieren.« Er grinst schelmisch. »Ist dir Frühstück gegen neun recht?«

Ich blinzle kurz, um den abrupten Themenwechsel zu verarbeiten. Dann nicke ich.

»Bringst du mir keinen Early Morning Tea ans Sofa? Das ist doch eine englische Sitte«, traue ich mich zu scherzen.

»Wenn ich vor dir wach werde, bekommst du Tee«, entgegnet er ganz ernsthaft.

Ich stehe auf und will die leeren Sandwichpapiere und Servietten wegwerfen, obwohl ich keine Ahnung habe, wohin damit, da schüttelt Paul den Kopf.

»Lass das erst mal liegen. Viel schlimmer wird es dadurch in dieser Küche auch nicht mehr.«

Mir entschlüpft ein Kichern, das sich gleich darauf in ein herzhaftes Gähnen verwandelt. Ich muss wirklich dringend schlafen.

3

Ich wache auf, als Pauls zerzauster Haarschopf über mir erscheint. Ich stelle den Blick scharf und entdecke eine dampfende Tasse Tee in seinen Händen.

»*Good morning, my dear*«, begrüßt er mich scherzhaft.

Ich richte mich lächelnd auf.

»Guten Morgen«, antworte ich auf Deutsch. »Das war doch nicht ernst gemeint, dass du mir Tee servieren sollst. Aber danke!«

Ich nehme die Tasse entgegen und ziehe die Füße an, weil Paul sich neben mich auf die dunkelbraune Sofakante setzt.

»Der gute Ruf meiner Landsleute steht auf dem Spiel. Natürlich serviere ich dafür auch Tee.«

Ich trinke einen Schluck. Hm. Kräftiger Schwarztee mit Zucker.

Paul wechselt ins Englische. Ich glaube, gerade am Morgen ist es für jeden leichter, sich in seiner Muttersprache zu unterhalten.

»Magst du Milch?«, erkundigt er sich.

»Nein, danke.«

Trotz der fremden Umgebung habe ich geschlafen wie ein Stein und fühle mich jetzt ausgeruht. Die Strapazen der Anreise sind wie weggeblasen.

Ich schaue Paul wieder an, der sich von einem Tablett, das er zuvor hereingetragen haben muss, einen Toast nimmt und ihn mit Butter bestreicht.

»Toast mit Marmelade?«, fragt er.

Ich schüttle den Kopf. »Erst mal nur Tee.«

Paul trägt einen langen blau-weiß gestreiften Pyjama. Er passt in seiner Spießigkeit gut zu dem Rüschennachthemd, das ich mangels Alternativen eingepackt habe.

»Hübscher Schlafanzug«, sage ich und hoffe im nächsten Moment, dass Paul nicht beleidigt ist. Doch er lacht.

»Den habe ich angezogen, damit du dich nicht unbehaglich fühlst. James und ich laufen morgens normalerweise nur in Unterhosen herum.«

»Oh. Wegen mir musst du dir keine Umstände machen.«

Noch bevor die Worte meinen Mund verlassen haben, laufe ich rot an. Wie hört sich das denn an?

Paul amüsiert sich köstlich über meine Verlegenheit.

»Du bist morgens viel besser gelaunt als James«, wechselt er dann galant das Thema. »Mit ihm kann man kein vernünftiges Wort wechseln, wenn er gerade aus dem Bett kommt.«

Ebenso wie gestern sauge ich auch heute jedes Wort über meinen Halbbruder auf. Ich will so gut wie möglich auf das Treffen mit ihm vorbereitet sein. Es erscheint mir wie die Generalprobe für das Treffen mit meinem Vater – was vermutlich nur zustande kommt, wenn ich James von meinen guten Absichten und meiner Person überzeugen kann.

Ich trinke einen Schluck Tee. »Wenn ich so freundlich geweckt werde und etwas Interessantes vorhabe, gibt es keinen Grund für mich, ein Morgenmuffel zu sein.«

»Morgenmuffel«, echot Paul halblaut. »Das ist ein lustiges Wort. So nenne ich James beim nächsten Mal, wenn er mich morgens anbrummt.«

Er steht auf, um das Kofferradio auf der Fensterbank anzuschalten. Fröhliche Popmusik erfüllt den Raum.

»Was ist das für ein Lied?«, frage ich.

»›I'm a Believer‹ von den *Monkees*.«

»Ich glaube, das habe ich schon mal gehört. Ein Bekannter von mir legt oft Platten in seinem Partykeller auf. Bei mir zu Hause gibt es nur deutsches Schlagerradio.«

»Vielleicht ist das ja auch nicht übel.«

»Das hier gefällt mir besser. Aber Udo Jürgens ist nicht schlecht. Das ist ein bekannter deutscher Sänger.«

»Den kenne ich nicht.«

Paul zuckt mit den Achseln, und ich tue es ihm gleich. Wir lächeln uns an.

Nach seinem Brief war Paul in meiner Vorstellung die erste Hürde, die zwischen mir und meinem leiblichen Vater steht. Ihm zu schreiben war der erste Schritt auf meine andere Familie zu. Nun bin ich froh, ihn als Türöffner zu haben, als Stütze, wenn ich mich den anderen stelle.

Nach meinem Tee bekomme ich Hunger. Ich nehme mir einen Toast und schmiere Butter und Orangenmarmelade darauf. Die ist überraschend bitter, aber mit noch mehr süßem Tee schmeckt es gut.

»Was hast du heute vor? Willst du gleich bei James vorbeischauen?«, will Paul wissen. »Wie gesagt, er ist bei seinen Eltern, aber die müssen wir nicht auch treffen, wenn dir das noch zu viel ist.«

»James reicht erst mal, glaube ich. Und je früher ich ihn treffe, desto eher weiß ich, was er von mir hält. Ich wollte es wie bei einem Pflaster machen: einfach schnell runterreißen.«

»Interessanter Vergleich«, meint Paul glucksend. »Wie wäre es, wenn ich dich begleite? Dann findest du hinterher auch leichter wieder zurück.«

»Möchtest du etwa Zeit mit mir verbringen?«, necke ich ihn.

»Wenn ich darf, würde ich das gerne tun. Man trifft nicht alle Tage eine deutsche Frau, die zur Hälfte Britin ist und gerne Tee trinkt.«

Ich fange wirklich an, Paul zu mögen. Ich sollte sein Angebot, mich zu begleiten, eigentlich aufdringlich finden, aber ich fühle mich eher geschmeichelt.

Mir fehlen soziale Kontakte, seit meine Ausbildung beendet

ist und meine wenigen Schulfreundinnen allesamt zum Studieren aus Heidelberg fort sind, weil sie mal etwas anderes sehen oder Fachrichtungen studieren wollten, die es an unserer Universität nicht gibt. Meine jüngeren Halbschwestern sind kein adäquater Ersatz, sosehr ich sie auch liebe, und meine Kolleginnen und Kollegen von der Ausbildung sind nie zu Freunden geworden. Also ja, ich würde auch gerne Zeit mit Paul verbringen, ob er mir jetzt schöne Augen macht oder nicht. Vielleicht interpretiere ich auch zu viel in sein Verhalten hinein, und er will nur ein guter Gastgeber sein.

»Du kannst gerne mitkommen. Ich weiß noch nicht einmal, wie ich die Adresse finde, die Mr. MacDougal mir geschickt hat.« Ich sage bewusst nicht »Brian«, weil ich nicht weiß, ob Paul Elisabeths Freund mit Vornamen anspricht.

Kurz schaue ich mich in dem hellen Wohnzimmer mit dem Holzfußboden um. Außer dem Sofa mit dem niedrigen Holztisch, das gegenüber der Wand mit den zwei hohen Sprossenfenstern steht, gibt es ein gut gefülltes, aber chaotisch eingeräumtes Bücherregal, einen Plattenspieler und einen Korb voller LPs, vor dem ein weicher, bunt gemusterter Teppich liegt. Weitere Sitzgelegenheiten sind zwei braune Poufs aus Leder und ein schwarzer aus Cord.

»Bist du aufgeregt?«, unterbricht Paul meine visuelle Besichtigungstour.

»Ziemlich.«

»Ich kann dir schon mal sagen, dass James ein feiner Kerl ist. Und George sowieso. Er hat mich immer willkommen geheißen. Bestimmt macht er das auch mit dir.«

»Du klingst so, als wäre er ein guter Mann.«

Paul nickt. »An einem Dienstagmorgen stehen die Chancen schlecht, dass wir George zu Hause antreffen, aber das ist ja in deinem Sinne.« Er zeigt in Richtung Flur. »Du kannst duschen, wenn du magst.«

Eine gute Stunde und eine spannende Fahrt mit der U-Bahn später stoppt Paul nach einem kurzen Fußmarsch durch das feine Londoner Viertel Mayfair vor einem mehrstöckigen, eleganten Stadthaus aus rotem Klinker mit weißen Stuckverzierungen. Rechts und links der Vortreppe stehen akkurat gestutzte Buchsbäume in großen Tonkübeln.

»Hier ist es«, sagt Paul.

Vor lauter Aufregung wird mein Mund ganz trocken, und mein Magen rumort. Jetzt wird es ernst. Kann ich das? Kann ich einfach hier klingeln und mich zu erkennen geben? Dass Paul die unbekannte Verwandte aus Deutschland angekündigt hat, ist das eine. Einfach vor der Tür zu stehen etwas ganz anderes. Meine Finger umklammern die Handtasche mit der Mappe mit den Kopien von Fotos, Brians Briefen und meiner Geburtsurkunde.

»Was, wenn James mich doch nicht sehen will?«, murmle ich.

»Du bist so weit gereist und willst auf einmal kneifen? Vielleicht ist er auch gar nicht dein Bruder, und du hast nur einen Studenten beim Frühstück gestört.« Er legt mir sanft eine Hand ins Kreuz und schiebt mich zur Treppe.

»Bleibst du bei mir?« Himmel, wie peinlich! Ich benehme mich gerade wie ein kleines Mädchen.

»Na klar. James wird sich wundern, dass wir herkommen.«

Es ist auch James, der auf unser Läuten hin die Tür öffnet. Er ist kaum kleiner als der mindestens eins neunzig große Paul und trägt einen dunkelgrünen Pullover zu braunen Cordhosen. Paul hat fast das Gleiche an, nur sind seine Cordhosen schwarz, und aus seinem marinefarbenen Pullover guckt der weiße Kragen eines Hemds heraus.

Was mich an James aber vor allem fasziniert, sind seine Haare und seine Augen. Er hat rotbraune, wellige Haare und grüne Augen, so wie ich.

Erst guckt er verwirrt, dann lächelt er.

Kann dieser junge Mann mein Halbbruder sein? In meinem

Bauch summt mittlerweile ein ganzer Schwarm Bienen. Meine Finger fangen an zu zittern.

»Hallo, Paul. Wen bringst du denn da mit?«, begrüßt er seinen Mitbewohner mit überraschend tiefer Stimme. Ob er auch Deutsch versteht?

»Guten Morgen, liebster James«, ulkt Paul. »Das fragst du sie am besten selbst.«

Erwartungsvoll schauen die beiden mich an. Kurz ist mir danach, auf dem Absatz kehrtzumachen und die Straße hinunterzurennen, aber dann reiße ich mich zusammen und versuche mich an einem Lächeln.

»Ich bin Anne. Paul hat mir freundlicherweise erlaubt, ein paar Tage bei euch auf dem Sofa zu schlafen«, erkläre ich. Bestimmt ist es besser, nicht gleich mit der Tür ins Haus zu fallen.

James und ich schütteln uns die Hände. Forschend sieht er mir ins Gesicht, als suche er etwas Bestimmtes.

»Die Verwandte aus Deutschland! Du siehst nicht aus wie eine Diebin, also kein Problem.« Er lächelt wieder. Er hat ein Grübchen in der rechten Wange. Da fällt ihm auf, dass wir immer noch auf der grauen Fußmatte stehen. »Kommt doch rein. Sehr Deutsch siehst du aber nicht aus.«

Ich muss lachen, und ein Teil meiner Anspannung verflüchtigt sich.

»Was verstehst du denn unter deutschem Aussehen?«

»Ich weiß nicht«, erwidert er achselzuckend. »Lederhosen und Dirndl?«

Paul lacht nun auch.

»Sie kommt aus Heidelberg, nicht aus einem Alpendorf.«

James wechselt das Thema. »Aber etwas Deutsches kochen könntest du für uns, solange du hier bist.«

Ich lächle. Er stellt nicht infrage, dass ich bei ihm wohne, obwohl er mich nicht kennt. Freude und Wärme breiten sich in meiner Brust aus.

»Schweinshaxe kann ich schon mal nicht. Aber Königsberger Klopse, wenn wir noch zum Metzger und in einen Einkaufsladen kommen.«

»Oh, gut! Wenn Paul dann noch das dreckige Geschirr spült, wird es ein schöner Abend.«

»Spül's doch selbst«, gibt der zurück.

Wir folgen James durch einen langen, mit rotem Steinzeug ausgelegten Flur bis in einen verglasten Wintergarten voller Palmen und anderer exotischer Pflanzen. Ich fühle mich, als wäre ich in einem Jugendstilgemälde gelandet. Fehlen nur noch ein Papagei in einem goldenen Sitzring und florale Muster am Fenster.

Ich staune nicht schlecht.

»Das ist ja wunderschön!«, entfährt es mir.

Paul lächelt nachsichtig, James gluckst in sich hinein.

»Habt ihr in Deutschland keine Wintergärten?«

Ich schnaube. »Meine Familie wohnt in einer winzigen Dreizimmerwohnung. Immerhin haben wir einen Balkon.«

Auf dem man kaum sitzen kann, weil meine Mutter ihn als Gartenersatz benutzt und dort verschiedene Kräuter und Strauchtomaten anbaut.

»Setzt euch, bitte.« James zeigt auf ein paar helle Korbstühle und eine gleichartige Bank, die um einen runden Glastisch gruppiert sind. Genug Geplänkel; der Augenblick der Wahrheit ist gekommen. Ich setze mich neben Paul auf die Bank und fummle umständlich die Kopie des Fotos von Mama und George aus meiner Handtasche, um es James unter die Nase zu halten.

»Ist das dein Vater, James?«

4

Eine ganze Weile betrachtet er schweigend das Foto und runzelt die Stirn.

Schließlich nickt er. Mir wird abwechselnd heiß und kalt.

»Dein Vater heißt George Wright und ist der Mann auf dem Bild? Ganz sicher?«

»Zumindest heißt er so und sieht dem Mann hier sehr ähnlich. Ist das deine Mutter?«

Ich nicke mit staubtrockener Kehle.

»Warte kurz, ich hole etwas zum Vergleich. Und meine Mutter.«

James kommt zusammen mit einer adrett gekleideten Frau mit blonden, ondulierten Haaren und einem hellblauen Kleid zurück. Sie lächelt Paul an und sagt ihm Hallo, dann nimmt sie mich ins Visier.

»Guten Tag, ich bin Mary Wright.« Sie reicht mir ihre zarte Hand. Ich schüttle sie sanfter als die von James.

»Anne Reuter. Ich bin nur zu Besuch hier.« Paul stupst mich mit dem Knie auffordernd an. »Und ich, äh … würde gerne während meines Aufenthaltes in London noch mit George Wright sprechen. Ist er in den nächsten Tagen zu Hause?«

Ihre Miene verschließt sich ein wenig. Ihr fein geschnittenes und dezent geschminktes Gesicht verdunkelt sich kaum wahrnehmbar. Aber ich sehe es, spüre, wie sie in eine Abwehrhaltung geht.

»Er ist heute Morgen abberufen worden. Sein Einsatz wird einige Wochen dauern. Was wollen Sie von ihm?«

Oh Gott, hält sie mich etwa für seine junge Geliebte?

James erspart mir fürs Erste eine Antwort, indem er seiner

Mutter das aufgeschlagene Fotoalbum zusammen mit meiner mitgebrachten Kopie zeigt.

»Das ist Dad, oder? Ganz sicher bin ich mir nicht. Wollen wir Brian das Foto zeigen?«

»Sprichst du von Brian MacDougal?«, vergewissere ich mich. »Er hat mir den Kontakt zu Paul vermittelt und mir diese Adresse geschickt.«

»Ihre Großcousine ist seit Jahren mit ihm befreundet«, springt Paul mir bei. »Sie kennt wohl auch deinen Vater.«

Steif lässt sich Mary Wright neben ihrem Sohn nieder. Sie sitzt auf der Stuhlkante, als hätte sie einen Besenstiel verschluckt. Allerdings sitze ich genauso da und wage kaum zu atmen.

»Eine unglaubliche Ähnlichkeit«, sagt sie leise, ohne den Blick von den Fotos abzuwenden. Ich zucke zusammen, als ihr Kopf zu mir herumschnellt. »Was haben Sie mit George zu schaffen?«

Ich schlucke trocken, dann nehme ich meinen ganzen Mut zusammen.

»Ich glaube, George Wright ist mein Vater.«

Mrs. Wright zieht die perfekt gezupften Augenbrauen zusammen. »Warum sollte George ein deutsches Kind haben?«

»Dad war doch in Deutschland stationiert.«

»Wie alt sind Sie?« Mrs. Wrights Frage knallt wie ein Gewehrschuss. Die Temperatur im Raum scheint trotz des warmen Sonnenscheins, der durch die Glasscheiben dringt, zu sinken. In meinem Bauch rumort es.

»Einundzwanzig. Ich habe auch eine Kopie meiner Geburtsurkunde dabei, falls Sie mir nicht glauben.« Ich hasse es, dass meine Stimme bebt, aber alles an Mrs. Wright signalisiert Ablehnung.

Paul rückt ein wenig näher an mich heran. Es fühlt sich an, als wolle er mich stumm unterstützen. Seine Körperwärme verdrängt einen Teil der Kälte, die von mir Besitz ergreift. In diesem Moment bin ich unglaublich froh, dass ich das hier nicht alleine durchstehen muss.

James rechnet kurz nach. »Dann bist du 1946 geboren. Wann genau?«

»Am 15. Mai 1946. Nach dem, was meine Mutter erzählt hat, musste mein Vater Ende September 1945 zurück nach Großbritannien. Er weiß nicht, dass es mich gibt.« Ich sehe Mary Wright an. »Ich bin nicht gekommen, um mir eine Erbschaft zu erschleichen oder Unterhaltszahlungen oder sonst etwas. Ich möchte nur wissen, ob George Wright tatsächlich mein Vater ist, und wenigstens einmal von Angesicht zu Angesicht mit ihm sprechen. Ich muss wissen, woher ich komme.«

Ihre Nasenflügel blähen sich, als sie die Lippen zusammenkneift und heftig ausatmet.

»Das wäre ja auch noch schöner, wenn Sie die Hand aufhalten würden. Aber wie gesagt, George ist nicht hier, und ich kann Ihnen nicht sagen, ob er bald wiederkommt. So ist das als Frau eines Offiziers.« Sie erhebt sich. »Ich wünsche, dass Sie jetzt gehen. Guten Tag.«

Na, wenn das kein Rauswurf ist, dann weiß ich es auch nicht. Mit einem dumpfen Druck auf der Brust stehe ich ebenfalls auf, um Mrs. Wright wenigstens noch die Hand zu geben, doch sie rauscht bereits aus dem Wintergarten und lässt uns verdattert zurück.

James läuft ihr nach.

»Warte, Mum!«

»Eine Deutsche! Wie konnte er es wagen!«, keift sie.

Ich schrumpfe auf meinem Platz zusammen.

»Dad wusste doch gar nichts von ihr!«, versucht James, sie zu besänftigen.

»Darum geht es nicht! Er hat sich mit einer Deutschen eingelassen. Mit dem Feind! Was für eine Schande!«

Auf einmal schäme ich mich, und Angst kriecht in mir hoch. Was, wenn mein Vater nun dasselbe erlebt wie damals meine Mutter? Dass seine Familie sich wegen mir von ihm abwendet? Das war die schlimmste Stelle in Mamas Tagebuch.

»Meine Güte, Mum!« Eine Tür knallt.

»Tut mir leid«, murmle ich. »Das habe ich nicht gewollt.«

James kommt zurück und setzt sich seufzend hin. Dann klappt er das Album zu und gibt mir meine Kopie zurück.

»Du hast nichts Schlimmes getan. Mum kriegt sich schon wieder ein. Deutsche sind ein rotes Tuch für sie. Aber das macht nur einen kleinen Teil ihrer Wut aus.« Er fährt sich gestresst durch die Haare. Er tut mir leid. Die ganze Situation tut mir leid. »Ihre Eltern wollten immer, dass sie und Dad heiraten. Aber dann kam der Krieg, und er musste das Land verlassen. Erst hat sie nichts von ihm gehört, und dann dachte er nicht daran, Deutschland den Rücken zu kehren. Mein Grandpa hat ihm schließlich den Marsch geblasen.«

»Soviel ich weiß, wollte er bei meiner Mutter bleiben, bis sie sich bereit erklärt, mit ihm ins Vereinigte Königreich zu ziehen – vorausgesetzt, er ist wirklich mein Vater.«

Es ist nicht das erste Mal, dass ich meiner Mutter im Stillen vorwerfe, es nicht getan zu haben. Was auch immer sie an Rudolf fand, George wäre womöglich eine bessere Partie gewesen.

Gleich nachdem ich das gedacht habe, habe ich ein schlechtes Gewissen. Ohne meine Schwestern würde mir etwas fehlen. Außerdem hat mich Rudolf nie schlecht behandelt, vor allem seine Mutter Margot war mir immer wie eine echte Großmutter. Natürlich hätte er freundlicher sein, mich vielleicht sogar lieben können, doch das tut er bis heute nicht.

Wir schweigen alle eine Weile, hängen unseren Gedanken nach. Paul spricht als Erster wieder.

»Wenn Brian MacDougal, sein bester Freund, dir die Adresse gegeben hat, die Fotos passen und deine Zeugung mit der Zeit seiner Stationierung in Deutschland zusammenfällt, ist es sehr wahrscheinlich, dass George Wright dein Vater ist«, fasst er zusammen.

James lächelt auf einmal.

»Stell dich mal vor mich«, bittet er mich. »Und jetzt lächeln.« Er grinst mich triumphierend an. »Ich dachte schon, als du auf der Türschwelle standst, dass du hier gut reinpasst. Wir haben dieselbe Haar- und dieselbe Augenfarbe, ja, du hast sogar das Grübchen an derselben Stelle wie ich.«

Paul klopft James auf die Schulter. »Wir waren am Londoner Hauptbahnhof verabredet, aber sie ist mir auf der Fähre schon aufgefallen. Ich habe sie angesprochen, weil sie aussah wie mein bester Freund.«

Ich achte kaum auf seine Worte. Viel zu aufwühlend ist die Erkenntnis, die langsam in mich hineinsickert: Das hier ist mein Halbbruder!

»Mehr Beweise brauche ich nicht. Der Typ auf dem Bild sieht exakt aus wie mein Vater. Du siehst ihm genauso ähnlich wie ich. Was für ein verrückter Tag!«

Unvermittelt schließt James mich in die Arme. Er riecht fremd, nach teurem Aftershave und Orange, nicht so seltsam vertraut nach Seife und frischer Wäsche wie Paul. Aber das hier ist mein Bruder. Mein Bruder, der genauso wenig von mir wusste wie ich von ihm.

Ich erwidere seine stürmische Umarmung. Plötzlich schießen mir die Tränen in die Augen, so sehr überwältigen mich meine Gefühle.

Als James mein unterdrücktes Schluchzen bemerkt, wird seine Umarmung lockerer, und er streichelt meinen Rücken über der dunkelblauen Bluse. Schniefend löse ich mich von ihm.

Paul reicht mir ein sauberes Stofftaschentuch.

»Kannst du behalten.«

»Danke.«

Langsam bewegen wir uns aus dem Wintergarten hinaus, bevor James' Mutter zurückkommt und merkt, dass ich immer noch in ihrem Haus bin.

»Hast du noch Geschwister?«, erkundigt James sich.

»Zwei. Marlene ist achtzehn und Clara sechzehn Jahre alt.

Vielleicht lernst du die beiden ja mal kennen. Bis zu meinem letzten Geburtstag wusste ich nicht, dass sie nur meine Halbschwestern sind.«

»Ich habe leider keine Geschwister. Und ich bin nicht so geraten, wie man sich das gewünscht hätte. Meine Eltern hätten mich gerne in Sandhurst auf der *Royal Military Academy* gesehen. Du glaubst nicht, was ich mir anhören durfte, weil ich lieber studieren und Lehrer werden will.«

»Von deinem Vater?«

»Nein, von Mum. Dad schreibt mir wenig vor, Hauptsache, ich lerne einen anständigen Beruf und mache etwas aus meinem Leben. Nur auf das Erbe warten und das Geld der Familie verschwenden kommt nicht infrage.«

»Gute Einstellung. Ich hoffe wirklich, dass ich ihn noch kennenlernen darf, bevor ich wieder zurück nach Deutschland muss.«

Das meine ich ernst. Allein durch Mamas Tagebuchaufzeichnungen und Erzählungen, durch das Wenige, was James über seinen Vater sagt, komme ich zu dem Schluss, dass George Wright ein ganz anderer, sympathischerer Mensch ist als mein Stiefvater. Ob er sich mir gegenüber auch so verhalten wird, weiß ich allerdings nicht. Vielleicht lehnt er mich genauso ab, wie Rudolf es tut ... oder gar wie Mary Wright.

»Ich kümmere mich darum«, verspricht James. »Aber ich schlage vor, wir fahren jetzt erst einmal zurück nach Bloomsbury und gehen einkaufen. Ich habe richtig Appetit auf diese Königsberger Klopse.« Er sagt mit breitem Akzent »Konigsbörger Klopse« und bringt mich damit zum Lächeln.

Als ich das vornehme Haus verlasse, Paul und James an meiner Seite, blicke ich voller Freude in den tiefblauen Himmel.

Mama hat recht. Wenn Gott eine Tür zuschlägt, macht er ein Fenster auf. Mein Fenster sind mein neuer Halbbruder und sein Freund, nachdem Mary Wright sich als verschlossene Tür entpuppt hat.

In der U-Bahn lehne ich meine Stirn an die Fensterscheibe und hänge meinen Gedanken nach. Ich kann es James' Mutter nicht verdenken, dass sie abwehrend auf mich reagiert hat. Es war menschlich, sich angegriffen zu fühlen, vielleicht auch böse auf den eigenen Mann zu sein, der wahrscheinlich nie etwas von seinem »German Frollein« erzählt hat.

Erst nach einer ganzen Weile sehe ich in der Spiegelung des Fensters Pauls Gesicht. Er beobachtet mich.

Er grinst, als er meinen Blick bemerkt.

James wühlt in seinem Rucksack.

»Kann ich Kate auch zum Essen einladen?«, fragt er vornübergebeugt.

»Das ist seine Freundin«, informiert mich Paul.

»Gar nicht wahr. Sie will nicht mit mir ausgehen, schon vergessen?«

»Weil du bei dieser Semesterfete ihre ältere Schwester angebaggert hast. Und nicht nur das ...«

»Halt die Klappe, Paul! Das ist doch Schnee von gestern.«

»Frauen sind sehr schlecht darin, so etwas zu vergessen.«

»Hör lieber auf Paul«, mische ich mich lächelnd ein. »Er scheint etwas von Frauen zu verstehen.«

James runzelt die Stirn und sieht seinen Mitbewohner böse an.

»Pass bloß gut auf, Anne. Das ist seine Masche. Erst entlockt er dir deine dunkelsten Geheimnisse, und dann hat er so viel Munition gegen dich in der Hand, dass du dir wünschst, ihm nie etwas erzählt zu haben.«

Ich werfe Paul einen amüsierten Blick zu.

»Ich denke, nach dem gestrigen Tag habe ich auch genügend Munition in der Hinterhand.«

Paul nickt mit einem frechen Grinsen. »Du darfst sie gerne einsetzen. Im Gegensatz zu James vertrage ich das.«

»Oh, sehr gut. Ich darf also herausposaunen, dass du den Pyjama deines Großvaters trägst?«

»Fies. Das gefällt mir!«, gibt er unbeeindruckt zurück. »Und der Pyjama gehörte meinem Vater.«

Oh. Er ist gestorben, das hat Paul mir gestern in knappen Worten erzählt. Ein Verkehrsunfall.

James lacht plötzlich auf. »Kate wird sie kennenlernen wollen. Die Deutsche, die Paul mit seinen eigenen Waffen schlägt.«

»Ich bin doch kein Tier im Zoo«, ereifere ich mich. »Und du musst nicht jedem gleich auf die Nase binden, dass ich aus Deutschland komme. Wir sind hier immer noch der Feind, behauptet jedenfalls meine Mutter.«

Paul tätschelt kurz mein Knie. In meinem Bauch wird es ganz warm. Na toll. Es sieht eher danach aus, als hätte Paul noch ganz andere Waffen zur Verfügung.

»Du musst nur den Mund aufmachen, und jeder hört, dass du aus Deutschland kommst. Aber keine Angst, ich mag es«, raunt er mir leise zu.

Ich rolle mit den Augen, erröte aber bei seinen Worten und der plötzlichen Nähe seines hübschen Mundes an meinem Ohr. Ich nehme mir James' Rat zu Herzen und werde Paul jetzt sicher nicht beichten, dass ich seinen Akzent liebe, wenn er Deutsch spricht. Noch mehr Munition braucht er wirklich nicht.

5

Ich weiß nicht, wie es passieren konnte, dass ich mich von einem Tag auf den anderen in einer harmonischen Männer-Wohngemeinschaft wiederfinde, aber ich beschließe, dieses Glück so lange wie möglich zu genießen.

Als ich am Herd stehe und die Königsberger Klopse in der hellen Soße, die Dosenmischung aus Erbsen und Möhren sowie den Reis beaufsichtige, klingelt es an der Tür.

Eine recht tiefe Frauenstimme ertönt im Flur. Das muss James' Freundin Kate sein, von der er und Paul in der U-Bahn gesprochen haben. Neugierig spitze ich die Ohren, aber die laufende Waschmaschine in der Küche übertönt mit ihrem Rumpeln und Spülen jedes Wort. Ich finde es interessant, dass Paul seine Wäsche und die seines Mitbewohners wäscht und dass sie beide zuvor das Geschirr gespült haben, damit mir genug Platz zum Kochen bleibt. Zu Hause erledigt meine Mutter – trotz ihrer Vollzeitstelle und ihres Schichtdienstes – den Großteil der Hausarbeit alleine. Rudolf arbeitet wegen seines schlimmen Beins und anderer Kriegsschäden seit fast zehn Jahren nicht mehr und übernimmt zu Hause höchstens leichte Tätigkeiten wie Kaffeekochen oder Kinderbetreuung. Letzteres ist vor allem deshalb so leicht, weil meine Schwestern und ich schon längst nicht mehr beaufsichtigt werden müssen.

Seit ich denken kann, haben wir Schwestern im Haushalt mitgearbeitet – ich als Älteste natürlich viel mehr als die anderen. Es hat mich oft gestört, dass ich meine Schwestern an der Backe hatte, das Bad putzen oder einkaufen gehen musste, wenn meine Klassenkameradinnen sich miteinander trafen, doch für meine Mitbewohner auf Zeit etwas zu kochen ist für mich etwas ganz anderes. Es ist eine Geste der Dankbarkeit, weil sie mich bei sich wohnen lassen, obwohl wir uns kaum kennen. Solche Menschen zu treffen ist unglaublich viel wert und etwas, womit ich in der Fremde nicht gerechnet habe.

Paul betritt noch vor den anderen die Küche und stellt sich neben mich. Interessiert schaut er in die drei Töpfe.

»Es ist gleich fertig«, versichere ich ihm angesichts seines hungrigen Blicks auf die Klopse.

»Dann decke ich mal den Tisch.« Klappernd nimmt er Teller und Besteck aus einem Küchenbuffet und verteilt es auf dem nun freien Tisch. »Dein Englisch ist ziemlich gut«, bemerkt er dabei.

»In der Schule war ich sehr gut in Englisch, aber weil das nicht ausreicht, habe ich noch einen dreimonatigen Intensivkurs an der Volkshochschule besucht.« Das Wort »Volkshochschule« sage ich auf Deutsch, denn eine englische Entsprechung fällt mir nicht ein.

»Was ist eine Volkshochschule?«, fragt er auch prompt.

»Es ist ein Ort, an dem Erwachsene lernen können. Sprachen, Sport, Handarbeiten ... alles Mögliche.«

»So ähnlich wie in unseren Community Centers.«

Ich schalte gerade den Herd aus, als James mit einer hübschen Brünetten hereinkommt.

»Kate, das ist unsere Mitbewohnerin auf Zeit, Anne aus Deutschland.«

Kate ist ein gutes Stück kleiner als ich und trägt einen ausgeflippten, bunt gestreiften Wollpullover zu Jeans. Ihre Lippen sind knallrot geschminkt, und sie grinst mich an. Dabei wirkt sie so offen und freundlich, dass ich automatisch zurücklächle.

»Hallo, Anne! Du bist also James' Halbschwester?«

»Sieht ganz danach aus«, erwidere ich, wische die Finger an einem Küchenhandtuch ab und strecke ihr eine Hand entgegen. Innerlich atme ich auf, als sie danach greift und sie kurz drückt.

»Kate Montrose«, stellt sie sich vor.

»Anne Reuter.« Ich nehme zwei gehäkelte Topflappen von der Wand neben dem Herd.

»Mein Vater muss die ganze Sache noch bestätigen. Aber ich zweifle nicht daran, dass wir verwandt sind«, erklärt James, an seine Freundin gewandt, und lächelt mich dabei so freudig an, dass mir ganz warm wird.

Ich verstehe noch nicht wirklich, warum er sich so über meine Anwesenheit freut, zumal seine Mutter mich offensichtlich als Gefahr oder wenigstens als Störfaktor ansieht. Sollte er sich nicht auf ihre Seite schlagen statt auf die eines fremden Mädchens, das heute Vormittag überraschend bei ihm vor der Tür stand?

»Was sagt deine Mutter dazu?«, fragt Kate zielsicher, während sie sich einen Platz am Tisch sucht.

Ich beginne damit, das Essen aufzutragen. Auf einmal finde ich es heiß und stickig in der Küche. Zum Glück gibt es ein Fenster, das ich rasch öffne.

»Mum hat Anne fortgeschickt. Sie will nichts davon wissen, dass sie Dads Tochter ist, aber schau uns doch mal an«, meint James und zeigt erst auf mich, dann auf sich.

Kate schürzt die roten Lippen. »Ihr seht euch wirklich ähnlich. Verblüffend! Welche Anhaltspunkte habt ihr noch?«

Ich atme auf. Kein abfälliges Wort über die deutsche Erbschleicherin, als die ich Mrs. Wright erschienen sein muss.

Wir setzen uns. Paul nimmt die Schöpfkellen aus dem Schrank und verteilt gemeinsam mit mir das Essen auf die Teller. Es gefällt mir, wie selbstverständlich er mir zur Hand geht. Seine Eltern haben ihn anscheinend gut erzogen oder waren ihm ein tolles Vorbild.

In der Zwischenzeit erklärt James seiner Freundin, wie ich hergekommen bin und wie ähnlich der Mann auf meiner Fotokopie seinem Vater sieht, dass die Zeit der Stationierung in Deutschland mit meiner Zeugung zusammenfällt und so weiter. Er schließt damit, dass er hofft, bald ein Treffen zwischen unserem Vater und mir arrangieren zu können.

Es erleichtert mich, dass James mir vorbehaltlos vertraut. Ich würde auch nie auf die Idee kommen, Geld von dem Mann zu fordern, der mich gezeugt hat. Vermutlich stünde mir ohnehin kein Pfennig zu. Ich möchte ihn einfach kennenlernen und mehr über meine Herkunft erfahren. Will nicht jeder wissen, woher er kommt und wer seine Vorfahren sind? Es wäre schön, wenn Mrs. Wright das auch so sehen könnte. Bald werde ich wieder aus ihrem Leben verschwinden, und sie kann mich getrost vergessen. Vielleicht sollte ich ihr das sagen, wenn wir noch einmal aufeinandertreffen.

Paul stößt mich unter dem Tisch mit dem Fuß an.

»Dein Essen wird kalt«, raunt er. »Alles in Ordnung?«

Ich nicke und nehme die Gabel in die Hand.

»Ich war nur kurz in Gedanken.«

»Das schmeckt klasse, Anne«, lobt mich James. »Bitte sag, dass du jeden Tag kochst, solange du hier bist!«

»Das mache ich gerne, wenn ihr euch so darüber freut. Meine Schwestern sind richtig mäkelig und rümpfen meistens die Nase über mein Essen. Sie würden sich am liebsten nur von Marmeladenbroten und Kakao ernähren. Mama kocht aber besser als ich.«

Ich lächle in die Runde. Eigentlich müsste ich jetzt Heimweh bekommen und meine Familie vermissen, aber ich fühle mich gerade pudelwohl hier.

»Marmeladenbrote sind doch gut«, meint Paul. »Die esse ich öfter, als du denkst.«

»Ja, weil keiner von uns etwas außer Rührei und Würstchen zustande bringt«, gibt James zu.

»Vergiss nicht mein Irish Stew!«, ergänzt Paul.

»Das würden nicht mal die Iren freiwillig essen.«

Kate und ich lachen.

»Diese Klopse dagegen …« James leckt sich über die Lippen.

»Sie sind wirklich gut«, stimmt Paul ihm zu. »Reis gibt es bei uns auch viel zu selten.«

Natürlich bin ich froh darüber, dass das Essen gut ankommt.

Noch mehr freut es mich aber, dass mir kaum Vokabeln fehlen, wenn alle Englisch sprechen. Je länger ich die Sprache im Ohr habe, desto leichter geht sie mir selbst von den Lippen.

»Bei uns zu Hause auch. Meistens essen wir Kartoffeln. Das liegt aber auch daran, dass uns mein Onkel Otto mindestens einmal im Jahr besucht und uns Unmengen an Kartoffeln, Äpfeln und Walnüssen bringt.«

»Denkt er, ihr habt nicht genug zu essen?« Paul klingt amüsiert.

»Er vermisst meine Mutter. Sie schreiben sich oft oder telefonieren, aber besuchen können wir ihn nicht. Er schafft es auch nur ein- oder zweimal im Jahr. Er hat einen eigenen Bauernhof und immer sehr viel Arbeit.«

»Warum könnt ihr ihn nicht besuchen?«

Gerade James hilft es vielleicht, dass nicht alleine seine Mutter »die Böse« ist, die für jemanden wie mich keinen Platz in ihrer Familie einräumen würde. Es kann bestimmt nicht schaden, wenn ich ihnen ein bisschen von meiner Mutter erzähle.

Ich beginne mit ihrer heimlichen Beziehung zu James' Vater, George Wright, erzähle dann vom Streit mit meinem Großvater, den sie nach all der Zeit noch nicht beilegen konnte, und von dem Riss, der sich seit meiner Geburt durch die Familie zieht. Gut, dass ich bereits aufgegessen habe, denn jedes Mal, wenn ich daran denke, fühle ich mich schuldig, und mein Magen krampft sich zusammen. Mein Verstand sagt mir immer wieder, dass ich nicht wählen konnte, wer meine Eltern sind oder ob ich überhaupt geboren werde. Aber meine Gefühlswelt interessiert das wenig. Ich hoffe inständig, dass es mich von meinen Schuldgefühlen befreien wird, meinen leiblichen Vater zu treffen und seine Version der Geschichte zu hören. Ich muss diesen Teil meiner Lebensgeschichte aktiv verarbeiten. Endlich Bescheid zu wissen und darüber zu sprechen ist ein erster Schritt, hierherzukommen der zweite. Aber es wird noch viele Schritte geben müssen, bis ich mich mit alldem ausgesöhnt habe und endlich weiß, wo ich eigentlich hingehöre.

»Manchmal kommt meine Tante Luise zu Besuch, oft zusammen mit meiner Cousine Elisabeth. Sie sind aus Mamas Familie neben Otto die Einzigen, die mich akzeptieren.« Ich greife nach dem Wasserglas und trinke einen Schluck. Am Tisch herrscht betretenes Schweigen. Mist, jetzt habe ich die Stimmung verdorben. »Genug von dem Gejammer«, sage ich daher. »Erzähl doch mal von dir, Kate. Studierst du auch?«

Sie nickt, während sie sich die letzte Gabel Reis mit Karotten in den Mund schiebt und schnell kaut.

»Auch Anglistik wie diese beiden hier«, antwortet sie dann.

»Und willst du auch Lehrerin werden?«

»Das weiß ich noch nicht. Nicht jeder ist so ein Idealist wie James.« Sie knufft ihn sanft in die Seite, als er sie beleidigt ansieht.

»Seit ich mein Studium begonnen habe, streiten Mum und ich darüber, dass sie mich lieber bei der Army sehen würde. Es geht mir unendlich auf die Nerven! Sie muss einsehen, dass ich meine eigenen Pläne habe. Sie hat meinen Dad deshalb auch schon oft genug angeschrien. Ihrer Meinung nach greift er nicht hart genug durch, aber ich bin ihm dankbar, dass er mich machen lässt, was ich will.«

Kurz ist es still am Tisch, dann räuspert sich Paul.

»Ich weiß noch nicht, ob ich wirklich Lehrer werden soll, aber ich kann es mir gut vorstellen«, lenkt er das Gespräch auf sich und kratzt entspannt die Reste in seinem Teller zusammen.

Ich sehe ihm wohl ein bisschen zu aufmerksam dabei zu, denn James gluckst plötzlich, und Kate kichert. Meine Wangen fühlen sich auf einmal heiß an. Paul hingegen kneift die Augen zusammen.

»Was gibt's hier zu kichern?«

»Ihr guckt euch die ganze Zeit an. Sollen wir vielleicht rausgehen?«, ulkt Kate und wackelt dabei mit den fein gezupften Augenbrauen.

Oh Gott, wie peinlich! Mein Gesicht brennt nun förmlich.

»Wir überlassen euch gerne die Küche«, entgegnet Paul ungerührt. »Dann könnt ihr beim Flirten gleichzeitig aufräumen.«

»Wir flirten nicht«, entrüstet sich James wenig glaubhaft.

»Ich glaube, Anne und ich überlassen euch beiden die Küche und unterhalten uns ein wenig im Wohnzimmer. Ich bin hier zu Gast, und Anne hat gekocht. Viel Spaß, ihr zwei!« Kate steht auf, nimmt ihr Trinkglas und winkt mir, ihr zu folgen.

Ich werde mich bestimmt nicht von ihr über Paul und mich ausquetschen lassen, da gibt es nämlich nichts Interessantes zu erzählen.

Und da ich in spätestens zwei Wochen wieder wegfahre, sollte das am besten auch so bleiben.

6

Damit das Sofa genutzt werden kann, habe ich heute früh bereits meine Decke zusammengelegt und zusammen mit dem Kissen und meinem Koffer in Pauls Zimmer deponiert. Genauer gesagt hat er das übernommen, obwohl ich gerne einen Blick in sein Reich geworfen hätte.

Kate setzt sich aufs Sofa und schlägt die Beine unter.

»Setz dich, ich beiße nicht!«, fordert sie mich auf, weil ich einen Augenblick unschlüssig in der Tür stehe.

»Sollen wir den beiden wirklich nicht in der Küche helfen?«

»Das sind große Jungs. Die können auch ohne uns aufräumen und Geschirr spülen.«

Bevor es albern wird, lasse ich mich im Schneidersitz neben ihr auf dem Sofa nieder.

»Kennst du James und Paul aus der Schule?«

Sie nickt. »Wir haben uns irgendwie angefreundet. Allerdings habe ich keine Ahnung, warum ich James nicht zum Teufel gejagt habe, nachdem er meiner Schwester an die Wäsche wollte.«

Ihre direkte Art gefällt mir. Ich spreche nicht alles aus, was mir im Kopf herumgeht, schon gar nicht vor Unbekannten, aber Kate scheint da nicht so zimperlich zu sein.

»Du magst ihn eben«, spreche ich das Offensichtliche aus.

Sie trinkt einen Schluck Wasser, dann legt sie das Kinn auf die nun angezogenen Knie.

»Ja, ich mag ihn«, bestätigt sie und errötet leicht.

Sofort fühle ich mich sicherer. Ich wollte ihr auf keinen Fall auf den Schlips treten.

»Ich glaube, er mag dich auch.«

»Machst du Witze? James ist total in mich verschossen. Aber

wenn ich mich ihm auch nur einen winzigen Schritt nähere, wird unsere Freundschaft in die Brüche gehen. Dann verliere ich nicht nur ihn, sondern auch Paul.«

Ich schaue sie an, ihre vorwitzige Stupsnase, ihre großen blauen Augen.

»Wieso erzählst du mir so etwas Vertrauliches?«, frage ich sie verwundert. »Du kennst mich doch überhaupt nicht.«

Ich sollte es einfach genießen, jemand Nettes kennenzulernen, und meinen Mund halten, aber das will mir nicht so recht gelingen, denn Kate ist das genaue Gegenteil von mir. Paul war der Erste, bei dem ich mein grundsätzliches Misstrauen gegenüber Fremden ausgeknipst habe. Mehr noch: Ich habe mich schutzlos in seine Hände begeben. Nicht einmal meinem damaligen Freund bin ich so bereitwillig nach Hause gefolgt wie Paul.

Nun, Kate ist vielleicht offenherzig, aber nicht auf den Kopf gefallen.

»Normalerweise spüre ich ganz gut, wem ich etwas erzählen kann und wem nicht«, erklärt sie lächelnd und kontert dann: »Wieso schläfst du bei zwei fremden Männern und erzählst uns so viel von dir?«

Ich schrecke zurück. Verdammt, sie hat recht!

Aus der Küche höre ich das Plätschern von Wasser und das Klappern von Porzellan, außerdem dringen die Stimmen von Paul und James zu uns herüber. Ob sie über uns reden?

Kate und ich sollten uns eigentlich nicht über die beiden unterhalten. Überhaupt fühlt sich unser Gespräch für meinen Geschmack viel zu intim an, fast als wären wir Freundinnen. Doch das werden wir in der kurzen Zeit, die mir in England bleibt, sicher nicht werden.

Bedauern wallt in mir auf. Eigentlich könnte ich mir eine solche Freundschaft sehr gut vorstellen. Kate erinnert mich in ihrer Selbstsicherheit ein bisschen an Marlene, die längst nicht so einzelgängerisch veranlagt ist wie ich.

»Tut mir leid. In Deutschland habe ich so etwas noch nie gemacht. Aber Paul war die ganze Zeit so nett zu mir, ich kann mir einfach nicht vorstellen, dass er etwas Böses im Schilde führt. Außerdem habe ich dringend eine Unterkunft gebraucht.«

Das zuzugeben ist mir unangenehm. Ich winde mich ein wenig.

»Sei lieb zu Paul«, bittet mich Kate mit einem schiefen Grinsen. »Er lädt nicht oft Mädchen zu sich nach Hause ein, von mir und meiner Schwester mal abgesehen. Du scheinst ihm zu gefallen.«

Ich schüttle den Kopf. »Das bildest du dir ein. Er ist nur hilfsbereit.«

»Wie du meinst. Aber sei nicht zu hart zu ihm, ja?«

Ich lache leise. Auf was für Ideen sie kommt! Paul ist nett und ein zugewandter Typ, aber mehr auch nicht.

»Wirst du irgendwann mit James ausgehen?«, lenke ich das Gespräch wieder auf sie.

»Hat er dir schon erzählt, dass er mich ständig fragt?«

»Nicht freiwillig.«

Sie lacht leise. »Manchmal hätte ich wirklich Lust dazu. Aber dann denke ich an unsere Freundschaft und lehne ab.«

Sie hat eindeutig Gefühle für James. Ein wenig tut sie mir leid, weil sie sich selbst im Weg steht.

»Denkst du nicht, dass James sich der Konsequenzen auch bewusst ist? Und trotzdem will er mit dir ausgehen.«

»Er denkt nicht weit genug. Er lebt einfach drauflos, stürzt sich kopfüber in Beziehungen, Freundschaften, in alles eigentlich. Das war schon immer sein Problem.«

Das ernüchtert mich etwas. Kein Wunder, dass James mich gleich hereingebeten hat. Wahrscheinlich macht er das mit jedem so.

»Deshalb der Zwischenfall mit deiner Schwester?«

»Zum Beispiel.«

»Und Paul? Ist er auch so ein hoffnungsloser Fall?«

»Der findet schon noch eine nette Frau. Sein Problem ist eher, dass er kaum jemanden an sich heranlässt. Lächeln und quatschen fällt ihm leicht, aber sobald Gefühle ins Spiel kommen, zieht er sich zurück. Du glaubst nicht, wie viele Mädchen ich in den letzten Jahren trösten musste, weil er sich verkrochen hat wie eine Muschel im Meeresboden.«

Ich starre auf den hellen Holzfußboden. Meine lockere Stimmung verflüchtigt sich. Wie gut, dass ich nicht allzu viel in Pauls Zuwendungen hineininterpretiert habe. Oder auch in James' Freude darüber, dass er seine unbekannte Halbschwester gefunden hat. Noch bin ich neu und interessant, aber nach einiger Zeit würden beide mich fallen lassen, wenn auch aus unterschiedlichen Motiven. Noch ein Grund mehr, nicht mit Paul zu flirten.

Kate sieht mein enttäuschtes Gesicht, bevor ich es hinter einem Lächeln verstecken kann. Sie beugt sich zu mir herüber und legt mir ihre kleine Hand aufs Knie.

»Ich wollte dir nicht deinen Aufenthalt verderben, ich wollte dich nur warnen. Genieß die Zeit mit den beiden, aber trauere ihnen um Gottes willen nicht nach. Man kann viel Spaß mit ihnen haben, aber die Liebe fürs Leben wirst du bei keinem von beiden finden.«

Konsterniert schaue ich sie an.

»James wäre sowieso tabu für mich«, erinnere ich sie.

»Versteh mich nicht falsch! Für etwas Lockeres ohne Verpflichtungen ist Paul bestimmt zu haben. Lass nur sein Herz in Ruhe. Das hat er irgendwo eingemauert.« Es geht mich nichts an, und ich sollte nicht so entsetzlich neugierig sein, aber ich frage dennoch: »Weißt du, warum das so ist?«

»Kurz nachdem wir auf die Uni kamen, hat ihn seine Freundin mit einem Kommilitonen betrogen. Auf einer großen Party. Wochenlang waren die beiden *das* Thema auf dem Campus. Es war furchtbar für Paul. Das wird ihm nicht noch einmal passieren, verstehst du?«

Ich nicke. Das hört sich übel an. Paul tut mir leid. Aber vielleicht hat er sich auch einfach nicht genügend in die Beziehung eingebracht. Schließlich gibt es immer zwei Seiten.

Das sage ich Kate, und tatsächlich nickt sie.

»Er hat das Studium wichtiger genommen als Felicity. Das ist verständlich, denn er kann es sich nicht leisten, sein Stipendium zu verlieren. Sie hatte keine Geduld mit ihm. War aber ohnehin eine dumme Nuss. Ich konnte sie nie leiden.«

Sie dich vermutlich auch nicht, denke ich, lächle aber.

Kate will ihre Freunde beschützen. Sie ist lieb und nett, aber ihre Worte machen mir unmissverständlich klar, dass ich mich nicht mit ihr anlegen oder ihren »Jungs« Ärger bereiten sollte. Botschaft angekommen.

»Keine Sorge, das kann Paul mit mir nicht passieren. Ich bin nicht lange genug hier, um ihm das Herz zu brechen. Nicht dass ich das vorhätte.«

»Gut« ist alles, was Kate dazu sagt.

Im selben Moment kommen Paul und James ins Wohnzimmer.

»Habt ihr jetzt genug über uns getratscht?«, scherzt James. »Wer ist der Schönere von uns beiden?«

Ich tue so, als würde ich beide genau betrachten, und lache dabei. Dass ich einen klaren Favoriten habe, braucht niemand zu wissen.

Doch der Favorit zwinkert mir frech zu und setzt sich neben mich auf den Boden, da James den letzten freien Platz auf dem Sofa für sich beansprucht. Wie selbstverständlich legt er einen Arm um Kate, die sich genauso selbstverständlich an ihn lehnt. Vielleicht werden sie ja Freunde mit gewissen Vorzügen. Freunde, die behaupten, sich nicht zu lieben, aber trotzdem alles tun, was Pärchen so tun. Es würde spannend werden, die zwei noch ein wenig zu beobachten.

»Danke, dass ihr aufgeräumt habt«, sage ich, richte meine

Worte aber nur an Paul. James hört mir nämlich nicht zu. Er flüstert mit Kate und bringt sie sowohl zum Kichern als auch zum Erröten.

»Mein Zimmer habe ich auch aufgeräumt, während du gekocht hast. Magst du es jetzt besichtigen?«

Nichts lieber als das!

Das verhinderte Liebespaar unterhält sich immer noch auf so intime Art, dass Paul und ich die Flucht ergreifen.

7

Pauls Zimmer hat eine ebenso hohe Decke wie der Rest der Vierzimmerwohnung. Sein schmales, mit hellgrauer Wäsche bezogenes Bett steht gleich unter dem Fenster, sodass man den Himmel sehen kann, wenn man darin liegt. Auf seinem Schreibtisch an der Wand neben dem Kleiderschrank – beides ist, ebenso wie das Bett, aus dunklem Holz – türmen sich Bücher und Notizen, an der Wand darüber hängen noch mehr Zettel an einer Korkpinnwand.

Auch ein paar Poster gibt es, alles Drucke des surrealistischen Malers René Magritte. Ich lächele Paul begeistert zu, als ich am Kopfende des Bettes die Taube über dem Meer entdecke. Eigentlich heißt das Gemälde »La Grande Famille«, »Die große Familie«, aber das kann ich mir nie merken. Ohne die kleine Bildunterschrift wäre es mir wieder nicht eingefallen.

»Ich liebe dieses Bild. Meine Mutter hat es in unserem Flur aufgehängt, obwohl mein Stiefvater lieber einen röhrenden Hirsch dort haben wollte.«

»Ich mag es auch; überhaupt den Surrealismus. Bilder von Salvador Dalí und Max Ernst möchte ich auch noch kaufen. Natürlich nur als Posterdruck.«

Er hat Sinn für Kunst, er studiert ein geisteswissenschaftliches Fach. Paul ist nicht nur nett und sieht gut aus, er ist auch noch gebildet. Das finde ich immer anziehend.

Wir setzen uns auf das sorgfältig gemachte Bett.

»Was denkst du, wann können wir wieder rauskommen?«, frage ich, obwohl ich den Raum gar nicht verlassen möchte.

Paul streckt seine langen Beine aus.

»Ich habe schon einige Abende dieser Art erlebt und kann dir sagen, wie es ablaufen wird: James und Kate werden sich gegenseitig etwas ins Ohr säuseln, und irgendwann wird James sie entweder nach einer Verabredung fragen oder küssen. Dann hören wir die Wohnungstür knallen, und Kate wird die nächsten Tage in der Versenkung verschwinden, bis James zu Kreuze kriecht und beteuert, dass er sie als Freundin nicht verlieren will.« Er seufzt und richtet seine schönen Augen zur Zimmerdecke.

»Ich dachte immer, so benehmen sich nur Fünfzehnjährige. Wie hältst du das nur aus?«

»Indem ich mich hier verkrieche und lese oder lerne.«

»Du könntest ausgehen.«

Er lacht. »Oh, ich ahne, was Kate dir erzählt hat.«

»Dass du viel herumkommst, aber keine Freundin hast?«

»So ähnlich. Dabei braucht sie in Beziehungsfragen nicht den Mund aufzureißen. Der arme James betrinkt sich anschließend immer bei mir, nicht bei ihr.«

»Sagst du ihr das auch?«

»Jedes Mal.« Er seufzt. »Lange geht das sicher nicht mehr gut ...«

»Ich hoffe, eure Freundschaft zerbricht nicht daran.«

»Das hoffe ich auch. Aber du bist nicht Kate.«

»Eher eine der Damen, die mit dir ausgehen dürfen, bevor du dich wieder hierher zurückziehst?«

»Nein.« Er schüttelt den Kopf. »Für dich habe ich noch keine Kategorie gefunden.«

Paul legt seine Hand locker auf meine. Es wirkt, als wolle er mich zuerst fragen, ob er sie richtig halten darf. Ohne nachzudenken, verschränke ich meine Finger mit seinen. Ein warmer Schauer durchfährt mich, und mein Herz macht einen Hüpfer. Vielleicht sollte ich mich wieder losmachen. Es ist nicht gut, so zu fühlen. Es könnte mich dazu verleiten, mehr zu wollen, als möglich ist.

»Was geht dir im Kopf herum, Anne? Ich höre dich grübeln.«

Ich suche seinen Blick. Diese Augen! Unter seinen dunklen Haaren leuchten sie mir geradezu entgegen.

Ich will ihn küssen. Ich will wissen, ob sein Mund gut schmeckt.

Oh Gott, wo bin ich da nur hineingeraten?

Paul muss mir angesehen haben, was mit mir los ist, denn er streicht mir mit der freien Hand über die Haare. Seine Miene ist nachdenklich, beinahe verschlossen, und doch berührt er mich. Ich erbebe unter seinem Streicheln, halte seine Hand fester, damit er nicht aufhört.

»Das dürfen wir nicht, Paul«, flüstere ich dennoch heiser. Meine Stimme hat sich verabschiedet.

»Und warum nicht?«

»Ich muss wieder nach Deutschland zurück.« *Und du hast dein Herz eingemauert und wirst meines in tausend Teile brechen, wenn ich mich auf dich einlasse*, ergänze ich im Stillen.

Dankbar, dass er keine Gedanken lesen kann, schaue ich ihn einfach nur an.

Er nickt bedächtig.

»Das sollte uns nicht daran hindern, eine schöne Zeit miteinander zu verbringen, meinst du nicht auch?«

Ich kann nur hilflos mit dem Kopf schütteln.

»Weißt du was?«, fragt er und nimmt die Hand aus meinen Haaren. »Wir sollten ausgehen. Es ist Samstagabend, und du kannst nicht wieder nach Hause fahren, ohne das Londoner Nachtleben kennengelernt zu haben.«

Er springt auf und grinst mich unternehmungslustig an. Dazu kann und will ich nicht Nein sagen.

»Wir gehen in den *Marquee Club* in Soho. Dort gibt es Konzerte, und man kann tanzen. Heute spielen *The Dream*. Das ist Psychedelic oder Progressive Rock.«

»Sagt mir nichts, aber ich schau mir das gerne an. Ich war noch nie in einem Club oder habe ein Konzert gesehen.«

Vor Paul fällt es mir nicht schwer, das zuzugeben. In Heidelberg gibt es ein paar Studentenkneipen, in die meine Schulfreundin Emma und ich aber nie hineingekommen sind, und natürlich den Jazzkeller *Cave 54*. Jetzt hätte ich zwar das passende Alter, aber alleine gehe ich sicher nicht zu einem Konzert oder einem Tanzabend.

»Ich wünschte, die *Rolling Stones* würden noch in den Clubs spielen. Aber über dieses Stadium sind sie längst hinaus.«

»Von denen habe ich gehört!« Selbstverständlich nicht zu Hause.

»Dann besteht ja noch Hoffnung für dich«, erwidert Paul augenzwinkernd.

Ich strecke ihm die Zunge heraus.

»Was soll ich denn anziehen?«, will ich dann wissen.

»Was du willst. Es wird ziemlich warm, also einen Pullover für Hin- und Rückweg, was Nettes für drinnen.«

»Was Nettes«, echoe ich. »Na gut. Ich werde sehen, ob ich ›was Nettes‹ in meinem Koffer finde.«

Am Ende lasse ich die Bluse an, die ich schon den ganzen Tag trage. In einem verrauchten Club wird man kaum die Kochgerüche an mir wahrnehmen. Allerdings tausche ich die Bundfaltenhose gegen eine blickdichte gelbe Strumpfhose und einen knielangen Baumwollrock in Dunkelgrün.

Soho ist bunt und voller Menschen. Wir sehen nicht nur recht normal gekleidete junge Leute vor den Kneipen und Clubs herumstehen, sondern auch richtige Paradiesvögel, die ich erst auf den zweiten Blick als auffällig geschminkte Männer in Frauenkleidern identifiziere.

»Sind das Männer, die sich als Frauen verkleiden?«, frage ich Paul über das Stimmengewirr und die laute Musik hinweg, die aus den geöffneten Türen und Fenstern schallt.

»Man nennt sie Travestiekünstler. Sie treten in einigen Bars auf, singen und tanzen. Ziemlich interessant. Vor allem bewundere ich jeden, der auf so hohen Absätzen sicher laufen kann.«

Da kann ich ihm nur zustimmen. Ich trage lieber meine Lederballerinas.

Wahnsinn, wie viel hier los ist!

Vor dem *Marquee* hat sich eine lange Schlange gebildet.

»Was machen wir, wenn wir nicht reinkommen?« Angesichts der Menschenmassen scheint mir das eine durchaus realistische Möglichkeit zu sein.

»Dann gehen wir eben woandershin«, erwidert Paul schulterzuckend. »Eine Bar wäre ja fürs Erste auch ganz nett.«

Doch nach über einer halben Stunde Füße platt stehen werden wir hineingelassen. Der abgedunkelte Saal ist bereits voller Menschen, obwohl draußen noch immer Leute anstehen. Ich bin überwältigt von den Lichtern, der Musik, die aus unsichtbaren Boxen kommt, und den vielen Menschen. Aus Furcht, verloren zu gehen, greife ich nach Pauls Arm.

Er nimmt meine Hand und lächelt mich beruhigend an.

»Beeindruckend, was?«, ruft er mir zu. Es ist so laut, dass man sich nur mit erhobener Stimme unterhalten kann.

Ich nicke und sehe mich weiter um. Auf der Bühne richtet die Band ihre Instrumente und nimmt einen kurzen Soundcheck vor.

Paul zieht mich in die Mitte des großen Raums, von wo aus wir einen guten Blick auf die Bühne haben, aber nicht im Getümmel erdrückt werden.

Dann geht es los. Die Musik gefällt mir, obwohl sie ohrenbetäubend laut ist. Bald traue ich mich, mit den anderen Leuten mitzutanzen und zu klatschen. Es macht riesigen Spaß! Auch Paul scheint sich gut zu amüsieren. Ich nehme mir vor, mich hinterher bei ihm zu bedanken. Alleine wäre ich nie in diesen Club gegangen.

Als Paul lächelnd nach meinen Händen greift, durchfährt mich ein Schauer. Ich mag es so sehr, wenn er mich berührt.

»Macht es dir Spaß?«, fragt er laut.

»Und wie!«

Später kommt ein langsameres Lied. Bereitwillig lasse ich zu, dass Paul mich umarmt und ganz nahe an sich heranzieht. Seine Wange ruht an meiner. Jeden Zentimeter Haut, den er berührt, spüre ich überdeutlich, spüre seine Wärme, die winzigen Bartstoppeln.

Ich lehne mich näher an ihn. Er riecht so gut! In seiner Umarmung fühle ich mich geborgen und sicher, obwohl ich an einem fremden Ort unter lauten fremden Menschen bin. Bei Paul habe ich ein überwältigendes Gefühl von Sicherheit. Es ist beängstigend schön.

Erst nach Mitternacht verlassen wir, nass geschwitzt und strahlend, den Club. Die kühle Luft auf der Straße erschlägt mich fast. Nach dem Lärm in dem Club fühlen sich meine Ohren an wie mit Watte gefüllt. Dazu höre ich ein Dauer-Piepsen.

»Piepst es in deinen Ohren auch?«

Paul nickt. »Das hört wieder auf. Die Musik war zu laut. Vielleicht nimmst du das nächste Mal Ohrstöpsel mit.«

»Das nächste Mal?«

»Wenn du möchtest …«

»Aber sicher!«

»Dann habe ich ja alles richtig gemacht. Zu schade, dass du die Aufnahme von ›All You Need Is Love‹ in den Abbey Road Studios verpasst hast. Das war im Juni mit Live-Publikum und einer Live-Übertragung per Satellit. Seit letztem Jahr geben die Beatles ja keine Konzerte mehr. Leider hab ich es nicht ins Studio geschafft, aber auf der Straße davor war auch mächtig was los.«

»Das ist wirklich schade. Ich hatte gehofft, in London ein paar berühmte Leute zu sehen.«

»Was hältst du von ein bisschen Sightseeing die nächsten Tage?«

»Oh ja, bitte! Ich will unbedingt ins British Museum und zum Buckingham Palace. Außerdem wäre es toll, wenn du mir helfen könntest, einen Brief zu verschicken, vielleicht auch ein paar Postkarten. Ich weiß nämlich nicht, wo das nächste Postamt ist.«

»Klar. Sag einfach Bescheid, wenn du zur Post willst. Ein Glück für dich, dass das neue Semester noch nicht begonnen hat.«

»Danke, Paul. Es ist so schön, dass ich dich getroffen habe und nicht alleine in dieser riesigen Stadt umherirren muss.«

»Ich finde es auch schön, dass wir uns getroffen haben.«

Gelöst laufen wir nebeneinanderher in Richtung Underground. Von der Station Leicester Square fahren wir zur Russel Square Station. Für die späte Stunde ist auch in der Tube viel los. Ich bin froh, als ich sechs Minuten später wieder ins Freie hinaustrete.

Paul greift nach meiner Hand.

»Du bist also ein Kerl, der gerne die Hand eines Mädchens hält«, stelle ich fest.

»Du bist wohl eine Frau, die sich gerne an die Hand nehmen lässt«, kontert er lächelnd.

Touché. Ich liebe Händchenhalten, und mit Paul fühlt es sich gut und richtig an.

Je näher wir dem Haus kommen, desto stiller wird es. Ich genieße die Ruhe und freue mich auf das weiche Sofa.

Paul lässt mich los, um die schwere, hölzerne Haustür aufzuschließen. Dann schleichen wir die Treppe hinauf und bemühen uns, auch beim Betreten der Wohnung leise zu sein.

Nacheinander gehen wir ins Bad und machen uns ein wenig frisch. Ich habe so sehr geschwitzt, dass ich eigentlich duschen müsste, aber dazu ist es eindeutig zu spät.

Während Paul im Badezimmer ist, koche ich in der Küche Pfefferminztee für uns beide und schmiere mir gerade ein Butterbrot, als Paul den Raum betritt – er trägt weder Hemd noch Unterhemd.

Mir fällt fast das Buttermesser aus der Hand. Das Blut schießt mir zu Kopf, als ich meinen Blick an seiner schlanken, aber muskulösen Gestalt herabwandern lasse. Diesen tollen Oberkörper versteckt er also unter seinen Strickpullovern und Hemden …

»Ich habe eine schlechte Nachricht für dich«, raunt er und tut so, als würde er mein Starren nicht bemerken.

Ich schüttle den Kopf und schaffe es endlich, den Blick abzuwenden und das Brot fertig zu bestreichen.

Paul tritt dicht neben mich. Ich schließe kurz die Augen und atme unauffällig seinen wundervollen Duft ein.

»Was ist denn passiert?«, flüstere ich zurück.

»Dein Bett ist besetzt. Kate und James schlafen ineinander verknotet auf dem Sofa.«

»Wir wecken sie, dann können sie in James' Bett umziehen.«

»Kate wird sich nicht in James' Bett legen, da bleibt sie lieber bei dir.«

Ich verziehe das Gesicht. Ich mag Kate, aber gleich mit ihr in einem Bett schlafen? Das muss nun auch nicht sein.

»Würde es dir was ausmachen, in meinem Bett zu schlafen?«

»Mit dir?«, rutscht es mir heraus.

Oh nein, bitte nicht! Mit knallrotem Kopf beobachte ich Pauls Miene, die sich von schockiert zu amüsiert wandelt. Er gluckst in sich hinein. Was denkt er jetzt bloß von mir?

»Sagen wir mal so: Ich würde dich nicht von der Bettkante stoßen. Aber ich dachte eigentlich, dass ich bei James schlafe und du mein Bett für dich alleine haben kannst.«

Da ich nach diesem kleinen Adrenalinstoß langsam ernsthaft müde werde, stimme ich zu.

»Ist der Tee für mich?«, erkundigt sich Paul.

»Natürlich. Ich hatte nicht vor, aus zwei Tassen zu trinken.«

Wir setzen uns nebeneinander an den Tisch, und ich beiße in mein Brot.

Nach ein paar Minuten des Schweigens frage ich: »Willst du

dir nichts überziehen? So warm ist es nicht hier drin.« *Und ich kann mich kaum davon abhalten, dich ständig anzuglotzen,* füge ich im Stillen hinzu.

»Ich gehe ja gleich ins Bett«, erwidert er achselzuckend und trinkt einen großen Schluck. »Oder fühlst du dich dadurch belästigt?«

»Ähm ... Belästigt nun nicht gerade.«

»Dann ist es ja gut.« Er trinkt seinen Tee aus, stellt die Tasse in die Spüle und kommt zu mir zurück.

Mit angehaltenem Atem halte ich mich an meiner Teetasse fest, als Paul sich zu mir herunterbeugt und mich auf die Wange küsst. Ein Schauer rieselt über meinen Rücken.

»Gute Nacht, Anne.«

»Gute Nacht, Paul«, krächze ich.

Ich bleibe allein zurück; heillos verwirrt und den Magen bis zum Rand voll mit Schmetterlingen.

8

Den folgenden Tag verbringen wir von morgens bis abends im *British Museum*, das nur wenige Gehminuten von der Wohnung in Bloomsbury entfernt liegt. Schon das Gebäude an sich gefällt mir mit seinen Säulen und der antiken Optik richtig gut, und innen komme ich aus dem Staunen gar nicht mehr heraus. Die Sammlung des Museums bildet so viele kulturgeschichtliche Stationen der Menschheit ab! Die Exponate reichen von ägyptischen Mumien, Statuen und in Stein gemeißelten Inschriften aus dem alten Orient über einen Moai von der Osterinsel bis hin zu Skizzen der Maler Michelangelo, Raffael und Albrecht Dürer. Begeistert ziehe ich Paul von einem Ausstellungsstück zum anderen.

Als wir schließlich herauskommen, setzen wir uns ein wenig entfernt vom Haupteingang auf die Steintreppe und essen ein Sandwich. Obwohl sich die Sonne mittlerweile hinter grauen Wolken versteckt, ist es nicht kalt.

»Es hat noch kein einziges Mal geregnet, seit ich hier bin. Da stimmt doch etwas nicht«, stelle ich verwundert fest.

Mein Gurken-Schinken-Sandwich schmeckt sehr lecker. Bisher wurde ich also nicht nur vor dem englischen Dauerregen, sondern auch vor den Grässlichkeiten der hiesigen Küche verschont, vor denen Marlene mich gewarnt hat. Da sie ihr Wissen allein aus »Miss Marple«- und »Sherlock Holmes«-Romanen bezieht, hätte ich ihr wohl nicht so leichtfertig glauben dürfen.

Paul schnaubt. Er hat sein Sandwich in Rekordgeschwindigkeit aufgegessen. Ich halte ihm mein eigenes zum Abbeißen hin.

»Oh, danke. Ich hatte gehofft, die Dinger wären größer.« Er nimmt einen Bissen und schüttelt dann den Kopf. »Was das Wetter angeht, sind die ständigen Regenfälle ein fieses Gerücht vom

Festland. Sicher, es regnet schon öfter mal, aber selten tagelang. Heute könntest du allerdings Glück haben und deinen ersten englischen Regen erleben.« Er richtet den Blick gen Himmel und brummt: »Hm, das wird ja richtig schwarz da oben.«

»Haben wir einen Schirm dabei?«, erkundige ich mich in der vagen Hoffnung, Paul könnte einen aus seinem Lederrucksack zaubern.

»Nein. Bis nach Hause schaffen wir es aber sicher, ohne nass zu werden. Iss in Ruhe auf.«

Doch Pauls Gemütsruhe interessiert die Wolken nicht. Als ich den letzten Bissen in den Mund stecke, trifft mich der erste dicke Tropfen. Viele weitere folgen, und schon innerhalb weniger Sekunden prasselt der Regen eiskalt auf uns herab. Wir flüchten uns unter das Vordach des Museums.

Das kalte Wasser, das mir in den Blusenkragen läuft, lässt mich erschauern. Der Pullover, den ich um die Hüften gebunden habe, nützt mir da überhaupt nichts. Nach ein paar Minuten fange ich an zu frieren. Ich ziehe den Pullover über und schlinge die Arme um meinen Oberkörper.

»Was glaubst du, wie lange das anhält?«, frage ich Paul über das Prasseln und Rauschen des Regens hinweg.

»Schwer zu sagen. Es kann in ein paar Minuten vorbei sein, es kann aber auch den ganzen Nachmittag weiterregnen, wenn auch vermutlich nicht so heftig.«

»Wollen wir denn so lange warten, oder laufen wir los und werden eben nass?«

Pauls Blick ruht auf mir, und urplötzlich erhellt ein Lächeln sein Gesicht. Mit blitzenden Augen packt er meine Hand und zieht mich mit sich in den Wolkenbruch.

Lachend renne ich einen Schritt hinter ihm her durch den Regen. Das Wasser raubt mir die Sicht, aber ich vertraue darauf, dass er mich nicht vor ein Auto laufen lässt.

Paul lacht ebenfalls.

»Igitt, ist das eisig!«, ruft er.

Als wir zu Hause ankommen, sind wir durchnässt bis auf die Haut. Zitternd und tropfend gehen wir die Treppe hinauf. Ich wünsche mir trockene Kleidung und meine Bettdecke, um mich darunter zu verkriechen.

»James?«, fragt Paul in den Flur hinein. Keine Antwort.

»Er scheint nicht da zu sein«, sage ich und schiebe mich neben Paul über die Schwelle. Ich will die an meinem Körper klebende Kleidung loswerden. Meine Zähne klappern, so kalt ist mir.

»Um Himmels willen, zieh deine Sachen aus! Du holst dir ja noch den Tod«, kommentiert Paul mein Frösteln.

»G…gleich hier i…im Flur?«, versuche ich mich an einer schlagfertigen Antwort.

Pauls Grinsen vertreibt die Kälte aus meinen Knochen, doch er erwidert nichts darauf, sondern zieht sich in sein Zimmer zurück.

Ich gehe ins Bad und schäle mich aus der nassen Hose und den Oberteilen. Nicht einmal meine Unterwäsche ist trocken geblieben. Als ich nur in BH und Slip dastehe, wird mir plötzlich bewusst, dass die Ersatzkleidung im Wohnzimmer in meinem Koffer liegt.

Ich könnte mir ein Handtuch umwickeln … Suchend blicke ich mich im Bad um. Ein einzelnes kleines Handtuch hängt neben dem Waschbecken. Dann halt Augen zu und durch. Ich husche durch den kühlen Flur zu dem Sofa, neben dem mein Koffer steht.

»Du hast das mit dem Ausziehen im Flur ja ernst gemeint«, ertönt Pauls Stimme direkt hinter mir.

Ich fahre erschrocken zusammen.

»Hau ab!«, rufe ich.

»Ich drehe mich einfach um.«

Mit einem Blick über die Schulter vergewissere ich mich, dass er Wort hält. Dann klaube ich eine braune Stoffhose, ein frisches

Unterhemd und einen grün-weißen Ringelpullover aus dem Koffer.

In Rekordgeschwindigkeit ziehe ich mich an. Erst danach geht mir auf, dass ich mich nicht zu schämen brauche. Wenn ich ins Schwimmbad gehe und meinen Bikini trage, sehen die Leute genauso viel von meinem Körper, wie Paul vorhin gesehen hätte. Aber mich ihm so zu zeigen hat eine andere Qualität für mich.

»Darf ich mich jetzt wieder umdrehen?«

»Du darfst. Danke, dass du nicht geguckt hast.«

»Ich habe genug gesehen, keine Sorge«, feixt er.

Ich bewerfe ihn mit meiner nassen Bluse.

»He! Lass das!«, ruft er, doch er lacht nur über meinen armseligen Angriff.

»Kann ich die Sachen irgendwo zum Trocknen aufhängen?«

»Gib schon her.«

Paul verschwindet damit im Bad. Ich folge ihm, damit ich meine Kleidung später wiederfinde. Er hängt sie an einem ausziehbaren Gestell über der Badewanne auf, wo schon sein Pullover, sein Hemd und seine Bundfaltenhose hängen. Da hier der Ofen läuft, der auch das warme Wasser erzeugt, sollte alles bald trocken sein.

»Vielen Dank«, sage ich.

»Gerne. Wie wäre es mit Tee?«

»Vier-Uhr-Tee?«

»Eher Fünf-Uhr-Tee, aber ja. Earl Grey oder Darjeeling?«

»Den ersten kenne ich noch nicht, also nehme ich den.«

»Gute Wahl.« Seine blitzenden Augen scheuchen die Schmetterlinge in meinem Magen auf. Würde er mich küssen, ich würde mich nicht wehren.

Warum musste ich erst das Land verlassen, um jemanden wie Paul zu treffen?

9

Paul kocht eine Kanne Earl Grey für uns. Dann stellt er die Kanne, zwei Tassen, Zuckerdose und Löffel sowie eine kleine Schale Buttergebäck auf ein Tablett und trägt es ins Wohnzimmer.

»Setz dich, und schenk dir ein«, weist er mich an, als er das Tablett auf dem Sofatisch abstellt.

Draußen prasselt der Regen weiter ans Fenster. Ich beobachte die Tropfen, wie sie an der Fensterscheibe herabrinnen. Auf dem weichen Sofa ist es sehr gemütlich, und ich wärme mir die Hände an der Teetasse.

»*Beatles* oder *Kinks*?«, reißt mich Paul aus meiner Träumerei.

Ich kenne tatsächlich von beiden Bands ein paar Lieder.

»Überrasch mich«, entgegne ich daher.

Kurz darauf erklingt »Waterloo Sunset« von *The Kinks* aus den Lautsprechern. Was für ein schönes Lied!

Paul setzt sich mit seinem Tee neben mich und lächelt mich an. Ich komme mir vor wie in dem Text des Liedes. Ich brauche keine Freunde, nur diesen gemütlichen Ort hier. Und Paul. Mit ihm fühle ich mich richtig wohl. Wir sind heute wie Terry und Julie, wir genügen einander. Ich erwidere sein Lächeln und hebe meine Tasse.

»Earl Grey ist sehr lecker. Ich muss unbedingt welchen mit nach Deutschland nehmen.«

Pauls Lächeln verrutscht für den Bruchteil einer Sekunde.

»Ich gehe mit dir zu dem Laden, wo wir unseren Tee kaufen«, verspricht er dann.

Ich nicke, als das nächste Lied beginnt. Es ist ähnlich ruhig und eingängig wie das erste.

Ich trinke meine Tasse halb leer, obwohl der Tee noch recht heiß ist, so angenehm ist die Wärme, die mich dabei erfüllt.

Paul lehnt sich zurück und beobachtet mich.

»Was?«, frage ich.

»Wenn deine Haare nass sind, wirken deine Augen dunkler. Heute Morgen im Sonnenschein waren sie wie helles Blattgrün.« Seine Stimme klingt plötzlich rau. »Du hast sehr schöne Augen.«

Mein Magen vollführt einen kleinen Salto. Paul mag meine Augen!

Ich mag seine auch, sie sind faszinierend. Ich liebe ihr Strahlen, ihre Leuchtkraft, wenn Paul mich ansieht, so wie in diesem Moment. Allerdings spreche ich nichts davon aus, sondern lächle nur etwas unsicher.

Unvermittelt nimmt Paul mir meine Tasse ab und stellt sie zusammen mit seiner auf den Tisch. Dann rückt er ganz nahe an mich heran, sodass sich unsere Oberschenkel berühren und seine Körperwärme auf mich übergeht. Am liebsten würde ich auf seinen Schoß klettern, Paul umarmen und völlig in seiner Wärme versinken.

Meine eigenen Gedanken treiben mir die Röte ins Gesicht. Das wird nicht besser, als Paul nach meiner Hand greift und mit dem Daumen meinen Handrücken streichelt.

Mein Herz legt noch einmal an Tempo zu.

Wieder keimt der Wunsch in mir auf, Paul zu küssen, aber ich spüre schon jetzt, dass es sehr wehtun wird, ihn demnächst zu verlassen. Ich stoße den Atem aus. Erst jetzt wird mir bewusst, dass ich die ganze Zeit über die Luft angehalten habe.

Kopfschüttelnd entziehe ich Paul meine Hand. Sein enttäuschter Blick bricht mir fast das Herz.

»Paul«, flüstere ich.

»Anne«, wispert er zurück.

Sein intensiver Blick scheint mich zu durchbohren. Eine Gänsehaut überzieht meinen Körper.

Wieder nimmt er meine Hand. Mein vorauseilender Geist

stellt sich vor, wie ich in seinen Armen liege und er dann meinen Namen sagt. So bittend, beinahe flehend. Dieses Mal entziehe ich ihm meine Finger nicht.

»Wir dürfen das nicht. Auf etwas Lockeres hätte ich mich vielleicht eingelassen, aber das hier fühlt sich nach viel zu viel an.«

Mein Atem stockt, als Paul nickt, sich vorbeugt und seine freie Hand an meine Wange legt.

»Dann lass uns etwas Lockeres haben.«

Ich sollte nicht enttäuscht sein. Erstens hat Kate mich vorgewarnt, zweitens ist Pauls Vorschlag – abgesehen von meinem sofortigen Auszug – das Vernünftigste. Wir fühlen uns zueinander hingezogen, aber ich muss bald wieder fort. Wie würde ich mich fühlen, wenn ich abreise, ohne Paul wenigstens geküsst zu haben? Richtig. Ich würde mich ewig fragen, wie es hätte sein können. Ich sollte mir auch keine Beziehung mit einem Kerl ausmalen, den ich gerade mal zwei Tage kenne. Schon gar nicht mit jemandem wie Paul, der ohnehin nichts Festes will. Also nicke ich zaghaft.

Paul wirkt erleichtert. Er nimmt seine Hand nur von meiner Wange, um sie in meinen Nacken zu schieben. Ein winziger Stromstoß fährt durch mich hindurch. Im Hintergrund läuft leise »End of the Season«, als Paul mich näher an sich heranzieht. In mir kribbelt es vor Aufregung.

Kurz entschlossen überbrücke ich die letzten uns trennenden Zentimeter und drücke meine Lippen auf seine. Sie sind ganz weich und schmecken nach Earl Grey, Zucker und Paul.

Ehe ich michs versehe, sitze ich rittlings auf Pauls Beinen. Sofort sucht mein Mund wieder seinen. Es ist beinahe, als befänden sich Magnete in unseren Lippen. Ich schlinge die Arme um Pauls Nacken, er legt seine um meinen Rücken.

Mein Herz schlägt wie wild, und ich spüre Pauls Küsse bis in die Zehenspitzen. Noch nie hat sich ein Kuss so wundervoll angefühlt.

Etwas erwacht in mir. Begierde. Paul löst seinen Mund von meinem, um meinen Hals zu küssen. Ein leises Keuchen entfährt mir, so gut fühlt sich das an. Noch einmal finden sich unsere Münder zu einem nicht enden wollenden Kuss. Mutiger geworden, öffne ich leicht die Lippen. Augenblicklich kommt Paul mir entgegen, streift meine Zunge mit seiner. Sein Atem wird meiner, als ich sein unterdrücktes Stöhnen schlucke.

Als wir voneinander ablassen, müssen meine Lippen rot und geschwollen sein. Zumindest werden sie allmählich taub. In meinem Kopf dreht sich alles.

Atemlos lache ich Paul an. Seine Augen haben sich verdunkelt, die Pupillen sind riesig.

Die Musik ist aus, nur noch das Drehen der Schallplatte auf dem Plattenteller ist zu hören. Auch der Regen hat aufgehört. Ich kämpfe gegen ein dümmliches Grinsen an, das sich auf mein Gesicht legen will.

Paul streicht mir mit beiden Händen über die inzwischen getrockneten, aber sicher zerwühlten Haare.

»Wie ist das denn passiert?«, fragt er lächelnd.

»Viel wichtiger ist: Wird es noch einmal passieren?« Ich rechne nicht mit einer Abfuhr. Nicht nach allem, was eben zwischen uns war.

»So oft, wie du willst. Außer jetzt gleich. Du hast den anderen versprochen, das Abendessen zu machen«, erinnert er mich seufzend.

»Gut. Dann räumen wir mal hier auf.«

Mit wackligen Beinen stehe ich auf und schwanke kurz. Paul lacht, weil ich mich an der Sofalehne festhalte.

»Wenn du so selbstgefällig lachst, kannst du alleine kochen!«, drohe ich, muss aber selbst grinsen, während ich mir die Kissen schnappe, die auf den Boden gefallen sind.

»Brauchst du Hilfe?«, fragt Paul.

»Nein, danke. Ich kriege das schon hin.«

Ich schaue Paul nach, wie er mit dem Tablett in den Händen den Raum verlässt.

Mir wäre definitiv etwas Wunderbares entgangen, wenn ich ihn nicht geküsst hätte. Definitiv.

10

Die nächsten Tage verbringe ich mit Sightseeing. James sitzt an den letzten Seiten einer Semesterarbeit und hat keine Zeit für mich, verspricht allerdings, nach der Abgabe wieder voll dabei zu sein. Paul besucht dafür mit mir den Tower und die Tower Bridge, den Buckingham Palace und das Natural History Museum. In der berühmten Carnaby Street in Soho drücke ich mir die Nase an den Schaufenstern der Modegeschäfte platt. Hier sehe ich so viele interessant gekleidete Menschen, dass mir mein kleines Heidelberg inzwischen ziemlich provinziell und bieder vorkommt.

Paul überredet mich zum Kauf eines dunkelblauen Minirocks, der mir so gut gefällt, dass es nicht viel Überredungskunst braucht. Immerhin habe ich ja dank der kostenlosen Unterbringung bisher nicht so viel Geld ausgegeben wie befürchtet. Daher zieht es mich hinterher auch noch auf einen Flohmarkt, wo ich mich allerdings beherrsche.

Etwas weiter entfernt gibt es Stände der Friedensbewegung. Langhaarige junge Männer und Frauen informieren über den Vietnamkrieg, gegen den auch Marlene schon auf die Straße gegangen ist – natürlich ohne das Wissen meiner Mutter.

»Diese Hippies sind Mary und meiner Mum ein Dorn im Auge«, meint Paul und zieht mich rasch an den Ständen vorbei.

»Warum denn das? Es ist doch nichts Schlechtes, sich für den Frieden zu engagieren.«

»Mary sagt, diese jungen Leute seien faul und vergnügungssüchtig, außerdem undankbar gegenüber ihren Eltern, die nach dem Krieg das Land wiederaufgebaut haben.«

»Das sagt Rudolf auch, wenn er Friedensaktivisten sieht – oder einfach Männer, deren Haar länger als ein Streichholz ist.«

Ganz schön spießig und engstirnig. Ich verstehe Marlene und Clara, die sich an anderen Vorbildern orientieren wollen, sehr gut. Ich selbst habe bisher versucht, mich aus politischen Themen herauszuhalten. Mama hat mich dazu erzogen, wenig zu hinterfragen und fleißig zu sein, außerdem sparsam und pflichtbewusst. Bei meinen Schwestern war sie damit weniger erfolgreich.

Paul lacht. »Meine Haare sind auch länger als Streichhölzer. Hat er auch was gegen Studenten?«

»Ja, aber da meine ältere Schwester studieren will, wettert er nur noch gegen Langzeitstudenten.«

»Wolltest du nicht studieren?«

»Ich wollte einen Beruf lernen, in dem ich Menschen helfen kann, etwas Praktisches. Außerdem habe ich nur einen mittleren Schulabschluss.«

»Solange dir dein Beruf gefällt, ist doch alles gut. Meine Mum ist auch gerne Krankenschwester. Sie kann sich nicht vorstellen, in einem Büro zu sitzen oder in einer Küche zu arbeiten. Sie wünscht sich aber, dass ich studiere, so wie mein Dad. Bis jetzt mag ich es.«

Hand in Hand gehen wir weiter die Straße hinunter. Mir gefällt es hier.

Ich habe so viel gesehen und erlebt, dass ich eigentlich Material für einen zehnseitigen Brief an meine Familie hätte, doch ich beschränke mich auf zwei Seiten für Mama. Selbstverständlich erzähle ich ihr nur das Nötigste über Paul, schließlich soll sie sich keine Sorgen machen. Von James und seiner abweisenden Mutter berichte ich dafür ausführlicher. Schließlich stehe ich mit dem beschrifteten Umschlag in der Hand vom Küchentisch auf, um bei Paul zu klopfen.

Es ist fast elf Uhr. Das Duschen und Briefeschreiben nach dem Frühstück hat länger gedauert als gedacht.

James kommt aus seinem Zimmer, bevor ich Pauls Tür erreiche.

»Schreibst du nach Hause? Der Brief kommt vermutlich nach dir an, wenn du tatsächlich bald wieder abfährst, wie du geplant hattest.«

»Ich überlege mir, länger zu bleiben. Es sei denn, du hast neue Nachrichten von deinem Vater?« Es fällt mir schwer, George Wright als *meinen* Vater zu bezeichnen, selbst wenn ich nur noch wenige Zweifel an seiner Vaterschaft hege.

James schüttelt bedauernd den Kopf und fährt sich durch sein rotbraunes Haar.

»Tut mir leid. Er weiß noch nicht, wann sein Einsatz beendet ist. Es kann ein paar Wochen, schlimmstenfalls mehrere Monate dauern, bis er wieder heimkehrt.«

»Mehrere Monate kann ich nicht bleiben, so lange gilt meine Aufenthaltserlaubnis nicht.«

James schürzt nachdenklich die Lippen. »Meine Mutter kocht vor Wut, weil ich dich bei mir wohnen lasse. Sie will erst wieder mit mir reden, wenn ich vernünftig geworden bin und dich rausgeworfen habe. Aber das mit dir und unserem Vater betrifft auch mich. Mit mir hat noch nie jemand über die Vergangenheit gesprochen; niemand hat mir erzählt, dass ich noch eine andere Familie habe. Mum hat nicht das Recht, mir meine eigene Familiengeschichte zu verweigern – auch wenn ich verstehe, dass sie schwer gekränkt ist, weil sie nicht die einzige Frau in Dads Leben war und das so plötzlich erfahren musste.«

Ich verziehe das Gesicht. »Du sollst dich nicht wegen mir mit deiner Mutter streiten. Ich wollte keinen Unfrieden stiften! Vielleicht wäre ich doch lieber nicht gekommen.«

»Ich bin froh, dass du hier bist«, sagt James und legt mir eine Hand auf den Unterarm. »Und dir würde ein Stück von dir selbst fehlen, wenn du nicht hergekommen wärst. Du kannst mindestens so lange hier wohnen, bis Dad zurückkommt. Du wirst Essen und ein Dach über dem Kopf haben. Ich setze meine Halbschwester doch nicht auf die Straße! Mum braucht eben ein bisschen Zeit, um das alles zu verarbeiten. Mach dir wegen ihr keine Gedanken, hörst du? Und nächste Woche verlängern wir dein Visum. Du bist in einer Familienangelegenheit hier, da gelten andere Regeln. Ich werde Dad fragen, ob er uns dazu etwas schreibt. Er redet gerade mit seinen Vorgesetzten, dass er außerplanmäßig nach London kommen darf. Falls das nicht klappt, wird er sicher hier anrufen, um mit dir zu sprechen. Ich habe ihm erklärt, wie wichtig mir das ist. Bisher hat er sich noch nicht getraut, weil Mum ihm die Hölle heißmacht.«

James sieht so entschlossen aus, dass ich bloß nicken kann, obwohl es mir mehr als unangenehm ist, dass Mary Wright anscheinend um jeden Preis verhindern will, dass George und ich miteinander reden.

»Das ist sehr lieb von dir. Es ist trotzdem immer noch seltsam für mich, dass du dich so für mich einsetzt.«

»Ich mag dich eben«, sagt er achselzuckend. Das Grübchen erscheint auf seiner Wange, als er mich anlächelt.

»Gut, dass du es so siehst, du bist mir nämlich absolut nichts schuldig. Ich bin in dein geordnetes Leben gestolpert, nicht umgekehrt.«

»Nicht nur in mein Leben«, entgegnet er und nickt mit dem Kinn zu Pauls Zimmertür.

Leider kann ich nicht verhindern, dass ich rot anlaufe.

James lacht leise.

»Glaub ja nicht, dass ich in meiner Situation mit jemandem etwas anfange«, würge ich hervor und blicke zur Seite.

»Das sieht Paul möglicherweise anders.«

»Meinst du?«, rutscht es mir heraus. »Da habe ich aber etwas anderes gehört.«

»Kate hat mit dir gesprochen, richtig?«

»Genau. Sie kennt euch beide viel besser als ich, daher vertraue ich ihrem Urteil. Und, wie gesagt, wenn das mit diesem Familienvisum nicht klappt, bin ich in absehbarer Zeit auf dem Weg zurück nach Deutschland.«

»Dann versuche ich mal, meinen Vater auf dem Stützpunkt zu erreichen. Ich liebe ihn, aber er ist so harmoniebedürftig. Einmal muss er sich einfach über Mum hinwegsetzen. Hat bei meinem Studium ja auch funktioniert.« Er geht schnurstracks zu dem schwarzen, klobigen Wählscheibentelefon auf dem Flurtischchen neben der Garderobe. »Du kannst deine Familie übrigens auch gerne mal anrufen.«

»Ein Auslandsgespräch ist doch viel zu teuer«, wehre ich ab.

Selbst wenn ich James' Telefonnummer in meinen Brief geschrieben hätte, würden weder Mama noch Marlene oder Clara mich anrufen, nur um locker zu plaudern. Die einzigen Ferngespräche, die wir führen, gehen nach Bad Godesberg – und das auch nur zwei- oder dreimal im Jahr.

Eine plötzliche Erkenntnis durchzuckt mich: Wenn ich hier Erfolg habe mit meinem Vater, sollte ich es auch bei meiner Familie in Berkum versuchen. Einundzwanzig Jahre Zwist sind genug, finde ich.

Nachdem meine Urgroßmutter Anna letztes Jahr gestorben ist, stellt mein Großvater das letzte verbliebene Hindernis dar. Wenn er jetzt bereit wäre, mich zu akzeptieren, könnte Mama endlich wieder ihre Heimat besuchen. Ich weiß, dass sie ihre Geschwister, ihre Mutter und all die anderen vermisst. Sogar ihren grantigen Vater.

Vielleicht kann ich etwas tun.

Aber eins nach dem anderen.

11

James' Optimismus erleidet auf dem Amt eine ebenso harte Bruchlandung wie meine doch eher vage Zuversicht.

»Sie können vor Ablauf Ihres Visums kein neues, andersartiges Visum beantragen. Im Übrigen gilt dieses formlose Schreiben nicht als Nachweis einer Familienzugehörigkeit.«

Plötzlich fühlt es sich an, als hätte ich einen Felsbrocken im Magen. Gestern freute ich mich noch, dass George diesen Brief für mich geschrieben hat und er dank Militärpost so schnell angekommen ist, und jetzt das!

James stößt einen vernehmlichen Seufzer aus, doch die adrette Verwaltungsangestellte auf der anderen Seite des Schalters lässt sich davon nicht im Geringsten beeindrucken. Vermutlich enttäuscht sie täglich hoffnungsvolle Neubürger oder Menschen wie mich, die einfach noch ein bisschen Zeit in diesem Land brauchen. Die deutsche Bürokratie mag berühmt-berüchtigt sein, aber die englische steht ihr in nichts nach.

All die Sachen, die ich sicherheitshalber dabeihatte, um Georges Brief glaubhafter wirken zu lassen, nützen nichts. Meine vaterlose Geburtsurkunde ebenso wenig wie die Kopie des Fotos von Mama und George, das so gut zu der Aufnahme passt, die James aus dem Album stibitzt hat. Ja, nicht mal eine Kopie des Briefes, den George vor vielen Jahren an meine Mutter geschrieben hat und der dieselbe Handschrift zeigt wie der aktuelle an James. All das hat, so die Dame vom Amt, allenfalls sentimentalen Wert.

Vor lauter Frustration schießen mir die Tränen in die Augen. Mit brennendem Hals stolpere ich hinter James her zum Ausgang.

Draußen zündet er sich als Erstes eine Zigarette an.

»Seit wann rauchst du?«, frage ich, um mich von dem Desaster abzulenken.

James nimmt einen tiefen Zug und stößt den Rauch aus. Eine dichte, stinkende Wolke hüllt mich ein. Ich wedle mit der Hand, damit sie sich verzieht.

»Entschuldigung«, murmelt James und dreht sich etwas zur Seite. »Ich rauche selten. Eigentlich nur auf Partys – oder wenn ich gestresst bin«, erklärt er und zieht wieder an der Zigarette.

Leichter Regen setzt ein, doch dieses Mal bin ich gerüstet. Unter den schwarzen Schirm geduckt, machen wir uns auf den Weg zur Tube.

»Das ist ja richtig mies gelaufen«, ergreift James erneut das Wort.

»Das kannst du laut sagen«, pflichte ich ihm bei. »Das bedeutet dann wohl, dass ich fortmuss.«

»Du könntest auch gleich wieder einreisen.«

»Und was ist mit der Sperrfrist?«

»Vielleicht kann man die unter diesen besonderen Umständen umgehen …«

Ich finde es lieb, dass er sich so bemüht. Er wird mir fehlen, das spüre ich in diesem Moment ganz deutlich. Die ganze Zeit habe ich vor allem an Paul gedacht, aber auch mein Halbbruder, der gerade so fürsorglich den Schirm über mich hält, ist mir in der kurzen Zeit ans Herz gewachsen. Ich will dieses gerade erst entdeckte und lieb gewonnene Stück Familie nicht schon wieder aufgeben. Aber was bleibt mir anderes übrig? Gesetz ist Gesetz.

»Ach, James. Wie denn? Dein Vater muss einfach früher zurückkommen. Aber selbst wenn er das nicht schafft, war meine Reise nicht umsonst. Ich habe dich gefunden, außerdem Paul und Kate kennengelernt. Das war nicht geplant und ist deshalb umso schöner.«

Erfolgreich kämpfe ich die Tränen nieder. Ich kann heute Abend noch genug weinen, wenn ich alleine auf dem Sofa liege.

James brummt. Dann rammt er so abrupt die Füße in den Boden, dass ich nass werde, weil der Schirm plötzlich weg ist. Rasch flüchte ich mich zurück in seinen Schutz.

»Warum bleibst du stehen?«

Er zeigt auf das aus mehreren Teilen bestehende Gebäude, vor dem wir uns befinden. Ein verziertes, helles Portal markiert den Haupteingang.

»Du bist doch Hebamme, richtig?«

»Ja«, entgegne ich vorsichtig, weil ich keine Ahnung habe, worauf er hinauswill.

»Das hier ist das St. Bartholomew's Hospital. Wir werden alle Häuser mit Geburtsstationen abklappern und nach Jobs fragen, und beginnen werden wir mit diesem. Wenn du einen richtigen Job hast, kannst du ein Arbeitsvisum beantragen.«

»Die Frau vom Amt hat doch gemeint, das erlauben sie nur in Ausnahmefällen direkt im Anschluss an ein kurzfristiges Visum wie meines. Außerdem soll man das nicht eine Woche, sondern sechs Wochen vorher beantragen«, gebe ich zu bedenken, aber James lässt sich nicht beirren.

»Probieren können wir es. Vielleicht stellt dich auch keiner ein, weil sie deine Zeugnisse nicht anerkennen. Hast du die eigentlich dabei?«

»Ich bin in solchen Dingen sehr gründlich, insofern entspreche ich da dem Bild, das viele von den Deutschen haben. Natürlich habe ich alle wichtigen Unterlagen dabei«, erkläre ich lachend. »Allerdings dachte ich nicht, dass ich die Zeugnisse für eine Bewerbung brauche. Ich wollte sie nur George zeigen, damit er sieht, dass etwas aus mir geworden ist.«

James nickt. »Dad legt viel Wert auf eine anständige Ausbildung. Natürlich würde er sich noch mehr darüber freuen, wenn du studieren würdest oder schon einen Mann hättest.«

»Immerhin hat er nichts gegen gebildete Frauen. Aber mit einem Ehemann kann ich nicht dienen.«

»Wenn es nicht so kurzfristig wäre, hättest du es mit Paul versuchen können. Falls du eingebürgert werden willst, kann ein britischer Ehepartner nur von Vorteil sein.«

Ich hasse mich selbst dafür, dass ich ihm in Gedanken Beifall klatsche. Du liebe Güte, ich kann mir Paul doch nicht als meinen Bräutigam vorstellen!

»Bitte sag mir, dass das ein Witz ist.«

»In jedem Witz steckt ein Funken Wahrheit.« Er lacht. »Jetzt komm, rein mit dir. So leicht gebe ich nicht auf.«

»Bist du auf diese Weise um eine Karriere bei der Armee herumgekommen?«

»Durch Sturheit und mit einem guten Plan B.«

Wir betreten das Krankenhaus und steuern auf die Rezeption zu. Entgegen meiner Erwartung jagt man uns nicht sofort davon, sondern gibt uns eine Nummer, die wir anrufen sollen. Tatsächlich werden Hebammen und Krankenschwestern gesucht, allerdings gibt es bereits viele Bewerberinnen.

Als wir zurück in den Nieselregen laufen, muss ich wieder an Gott und das Fenster denken.

»Und jetzt weiter zum St. Mary's Hospital«, kommandiert James und zieht mich grinsend die Straße entlang.

Ich muss lächeln. Wahrscheinlich ist die ganze Mühe für die Katz, aber ich würde mich hinterher ärgern, wenn ich nicht alles versucht hätte, um mir mehr Zeit zu verschaffen.

Während ich neben dem vor sich hin pfeifenden James herlaufe, denke ich darüber nach, wie grotesk sich die Geschichte wiederholt.

Mama lernte einen Engländer kennen, verliebte sich in ihn und musste ihn aufgrund der äußeren Umstände verlassen. Nun habe auch ich einen Engländer kennengelernt, mich blöderweise in ihn verliebt und muss ihn bald verlassen, weil die Einwanderungsbehörde mich dazu zwingt.

Allerdings hatte ich von vorneherein nicht geplant, länger

hierzubleiben. Mein dummes Herz und mein übereifriger Halbbruder sollten mich also nicht davon abbringen, meine ursprünglichen Ziele weiterzuverfolgen.

Ich lasse James dennoch seinen Spaß und das gute Gefühl, nicht sofort aufgegeben zu haben. Allerdings bin ich mir sicher, dass ich spätestens Mitte Oktober auf der Fähre nach Calais an der Reling stehen und gegen die Seekrankheit kämpfen werde.

12

Ein Mitarbeiter des St. Mary's Hospital ruft mich noch am selben Abend bei James und Paul zu Hause an, um mich für den nächsten Tag zu einem Vorstellungsgespräch einzuladen.

James muss ein Hexer sein. Anders kann ich es mir nicht erklären, dass er mir einen solchen Termin besorgen konnte.

Völlig perplex lege ich den Hörer wieder auf die Gabel und schaue zu den beiden Jungs, die abwartend neben mir stehen.

»Und?«, fragt Paul als Erster. »Was hat er gesagt? Es war doch ein Mann, oder? Eine Frau mit einer so tiefen Stimme wäre mir unheimlich.«

Mir entfährt ein nervöses Kichern, aber Paul nickt mir aufmunternd zu.

»Man hat mich allen Ernstes zu einem Vorstellungsgespräch eingeladen«, platzt es da aus mir heraus. »Morgen schon. Das geht doch nicht mit rechten Dingen zu! Ich bin eine Deutsche!«

James lacht los, während Paul sich mühsam beherrscht.

»Vielleicht können sie jeden gebrauchen?«, witzelt er.

»Du kannst mir nicht erzählen, dass es in England keine jungen Hebammen gibt, die dort arbeiten wollen.«

Jetzt lacht auch Paul. Warum lachen die beiden? Plötzlich steigt Wut in mir auf. Die veräppeln mich doch alle! Paul, James und dieser Dr. Patterson! Erbost nehme ich Pauls Arm von meiner Schulter.

»Wenn ihr euch nur über mich lustig machen wollt, gehe ich spazieren, bis ihr wieder normal seid. Ich hoffe schwer für euch, dass das kein Scherzanruf war!«

Aufgebracht stemme ich die Hände in die Hüften, doch das bringt Paul und James nur dazu, noch lauter zu lachen. Wütend drehe ich auf dem Absatz um und nehme meinen Mantel vom Haken. Was soll das?

James hält mich auf. Immer noch grinsend wischt er sich die Lachtränen aus den Augen.

»Dein Gesicht«, fängt er an und prustet erneut.

»Wenn du nur über mich lachen willst, bin ich hier weg«, zische ich.

Dass sie so lachen, ist schlimm für mich. Ich verstehe nicht, was ich falsch gemacht habe.

»Entschuldige. Ich dachte nicht, dass du die Einladung so schlecht aufnimmst.«

»So ist es nicht. Ich kann es bloß nicht glauben. Was wollen die mit mir?«

»Jemand hat eine Empfehlung für dich abgegeben.«

»Wer denn? Du?«

»Natürlich nicht.« James schnaubt. »Es war Pauls Mutter, Edda.«

»Sie kennt mich doch gar nicht.« Ich runzle die Stirn. »Wieso um alles in der Welt empfiehlt sie mich der Klinik?«

»Sie arbeitet seit vielen Jahren auf der Entbindungsstation und hat mittlerweile die pflegerische Leitung inne. Eine deutsche Ausbildung in einem Universitätsklinikum zählt auch im Ausland einiges. Als ich gestern behauptet habe, auf die Toilette zu müssen, habe ich mir in Wirklichkeit die Freiheit genommen, ihr dein streberhaftes Zeugnis zu zeigen. Vielleicht habe ich auch fallenlassen, dass du Pauls Freundin bist.«

»Du hast *was*?«

Oh, Gott, Paul wollte sicher nicht, dass seine Mutter von mir erfährt. Ich suche seinen Blick, doch er lächelt mich bloß entspannt an.

»Ich bin doch nicht so unbrauchbar, wie du dachtest, oder?«, fragt er bloß.

Er soll ja nicht denken, dass ich mich ihm aus strategischen Gründen an den Hals geworfen habe. Das ist alles zu viel. Krampfhaft halte ich meinen Mantel vor dem Bauch fest.

James scheint nichts von meinem Stress zu bemerken. Er hört ja auch nicht mein Herz pochen und spürt nicht, wie schweißnass meine Hände sind.

»Ich habe die Dinge lediglich ins Rollen gebracht«, sagt er gut gelaunt.

»Aber wenn ich nicht ihren Ansprüchen genüge? Das ist ein renommiertes Krankenhaus! Wenn sich herumspricht, dass die komische Deutsche nur wegen der Oberschwester anfängt, wird mich jeder für eine Hochstaplerin halten!« Mit zitternden Händen wende ich mich an Paul. »Ich wusste nicht, dass deine Mutter dort arbeitet, das musst du mir glauben! Ich habe dich nicht benutzt, um an meine Familie oder an einen Job heranzukommen, ehrlich!«

Das Atmen fällt mir schwer. Ich reagiere total über, das weiß ich, aber ich bin es nicht wert, dass andere ein solches Risiko für mich eingehen, ihren Namen für mich verwenden. Was, wenn ich alle enttäusche?

Paul nimmt mir den Mantel ab und umarmt mich vorsichtig.

»Du musst nicht zu diesem Vorstellungsgespräch gehen, wenn du es nicht willst«, sagt er leise. »Und ich wäre im Traum nicht darauf gekommen, dass du mich als Karrieresprungbrett benutzt. Wir dachten, wir tun dir einen Gefallen. Ich wäre auch erst mal nicht auf die Idee gekommen, die Freundinnenkarte auszuspielen, weil Mum in der Hinsicht wie ein Bluthund ist. Aber sie findet wohl, jemand mit einem so guten Zeugnis verdient zumindest eine Einladung.«

So habe ich das noch nicht betrachtet. Hier gibt es Menschen, denen etwas an meinem Wohlergehen liegt, obwohl sie mich kaum kennen. Ganz langsam sickert die Erkenntnis in mein Bewusstsein.

»Seit meiner Geburt ist meine Familie in Deutschland zerstritten«, erkläre ich. »Ich war immer eine Last, unerwünscht, und auf einmal werde ich überschüttet mit Freundlichkeit. Das überfordert mich ziemlich.«

Da ist es wieder, das mir nur allzu vertraute Gefühl, es nicht wert zu sein. Ganz gleich, wie viele Menschen mir eine Chance geben wollen, wegen mir musste Mama ins Exil, wegen mir musste sie so lange kämpfen. Und auch Georges Frau hasst mich. Kein Zweifel: Ich bin ein Quell des Unfriedens.

Ich gebe mir für alles die Schuld. Für Streit zwischen Mama und Rudolf, zwischen meinen Eltern und meinen Schwestern, am Scheitern meiner einzigen bisherigen Beziehung. Wenn etwas schiefgeht, nehme ich es auf meine Kappe.

Ich war oft der Sündenbock, diese Rolle kenne ich. Sie abzustreifen und in eine neue zu schlüpfen fällt mir wahnsinnig schwer – ebenso, wie für mich selbst einzustehen.

Nicht zuletzt daran liegt es, dass ich noch immer zögere, mir nach meiner Ausbildung eine neue Stelle zu suchen. Über sechs Monate habe ich nichts gemacht, außer für Mama den Haushalt zu schmeißen, weil mich die Uniklinik nicht übernehmen konnte. Obwohl ich sehr gute Noten habe, glaube ich nicht daran, Menschen von mir überzeugen zu können. Also habe ich mich gar nicht erst woanders beworben, bis ich nach England kam.

Paul hält mich noch immer, obwohl meine Atmung und mein Puls sich wieder beruhigt haben.

»Würdest du gerne Brian kennenlernen?«, fragt James und legt mir sanft eine Hand auf den Arm. »Er ist ein paar Tage geschäftlich in London und besucht meine Mutter.«

»Deine Mutter lässt mich doch nicht in ihr Haus, schon vergessen?«

»Du musst dich nicht mit ihr auseinandersetzen.« Paul lockert seine Umarmung. »Brian kommt später hierher. James hat ihn darum gebeten.«

James nickt. »Tut mir leid, dass wir das alles hinter deinem

Rücken eingefädelt und dann auch noch über deine Verwirrung gelacht haben. Aber es erschien uns eben als der beste Weg, dir unter die Arme zu greifen. Ich wusste auch nicht, ob du Edda überhaupt überzeugen könntest, dich zum Vorstellungsgespräch einzuladen, oder dir passt es dort vielleicht gar nicht, deshalb sind wir zuerst in das andere Krankenhaus gegangen. So als Plan B.«

Ich beiße mir auf die Unterlippe. Dieser Anruf hat mich völlig überrumpelt und all die negativen Gefühle in meinem Innern an die Oberfläche geholt.

»Mir tut's leid, dass ich euch angemeckert habe«, entschuldige ich mich. »Es ist lieb von euch, dass ihr euch so für mich einsetzt. Ehrlich gesagt geht das aber alles ein bisschen schnell. Ich weiß noch gar nicht, ob ich in England bleiben will oder kann. Die Sprache ist nicht das Problem, aber ich konnte noch gar nicht mit meiner Mutter darüber sprechen.« Ich senke den Kopf. »Gesetzt den unwahrscheinlichen Fall, dass ich hier eine Stelle bekomme, muss ich auch noch ein paar Dinge in Deutschland klären.«

Plötzlich bin ich furchtbar erschöpft. Mit wackligen Beinen setze ich mich auf einen Küchenstuhl.

Paul kniet sich neben mich auf den Boden und nimmt meine Hand.

»Alles in Ordnung?«, fragt er besorgt. »Haben wir uns zu sehr eingemischt?«

»Ein bisschen.«

»James hat die fixe Idee, dass er seine Schwester in der Nähe haben will. Und ich habe die fixe Idee, dass ich meine Freundin in meiner Nähe haben will. Aber an dich und deine Wünsche haben wir nicht gedacht.«

Sein zerknirschter Blick lässt mich ganz weich werden. Ich drücke Pauls Hand, dann suche ich James' Blick.

»Was kostet ein Ferngespräch nach Deutschland?«

»So viel, dass wir nicht darüber sprechen wollen«, erwidert er. »Los, ruf deine Familie an. Sprich mit ihnen. Du würdest ja sowieso erst in einem halben Jahr anfangen, wenn die Stelle neu besetzt werden muss. Von der blöden Sperrfirst für Visa ganz abgesehen. Nimm dir also die Bedenkzeit, die du brauchst.«

»Danke, James. Danke euch beiden.«

Langsam stehe ich auf. Die Freunde gehen höflich in ihre Zimmer und schließen die Türen. Als ich alleine bin, nehme ich auf dem Telefonbänkchen Platz und beginne zu wählen.

13

»Marlene? Hallo, ich bin's, Anne.«

»Hallo! Das ist ja schön, dass du anrufst«, quietscht meine Schwester so laut, dass ich den Hörer ein Stück vom Ohr weghalte.

»Wie geht's euch?«

»Gut. Mama ist gerade von der Spätschicht nach Hause gekommen, wenn du sie auch sprechen willst.«

»Gleich. Was macht Clara?«

»Auf jeden Fall zu wenig im Haushalt.«

»Tja, ich bin jetzt weg und kann euch nicht mehr hinterherräumen.«

»Macht dich das nicht unglücklich?«, scherzt sie, aber ich kann hören, dass sie mich vermisst.

»Ihr fehlt mir auch«, sage ich deshalb. »Aber ich habe ein paar andere gefunden, denen ich hinterherräumen kann.«

»Erzähl!«

Und weil Marlene verschwiegen ist, berichte ich ihr alles über James und seine Mutter, besonders aber über Paul. Mama werde ich nämlich nur das Wichtigste erzählen.

»Du kannst diesen Kerl nicht sausen lassen, nur um wieder bei uns zu wohnen!«, bestimmt Marlene, als ich fertig bin.

»Du genießt es ja bloß, dass ihr ohne mich mehr Platz im Zimmer habt.«

»Natürlich genieße ich das. Aber ich werde ohnehin nicht mehr lange da sein. Benno und ich wollen zusammenziehen, wenn wir mit der Schule fertig sind und studieren. Wovor fürchtest du dich? Du kriegst vielleicht einen Job und musst dir nicht mehr Papas Gemecker anhören, dass du ihm seit dem Ende deiner Ausbildung auf der Tasche liegst. Mama hat uns erzählt, wer dein Vater ist und all das. Und jetzt hast du in der Ferne Freunde gefunden, sogar Familie. Das willst du wirklich gegen dein altes Leben eintauschen?«

»Ich kenne Paul aber noch nicht lange genug, um mein ganzes Leben für ihn umzukrempeln. Das ist ja verrückt! Ich kann doch nicht so mir nichts, dir nichts auswandern und alles hinter mir lassen!«

»Das tust du doch gar nicht. Deine Englandreise ist in erster Linie eine Reise in deine Vergangenheit. Dass sich dabei eine Zukunftsperspektive auftut, ist doch toll!«

»Es bleibt trotzdem verrückt«, beharre ich, obwohl die Worte meiner Schwester etwas in mir anstoßen. Es wäre möglich, wenn ich mutig wäre. Noch mutiger, als man es sein muss, um sich alleine auf eine Reise zu begeben …

»Hör mal, ich gebe dir Mama. Sie steht schon ganz ungeduldig neben mir. Bis bald … oder auch nicht!«

Es raschelt, als sie den Hörer weitergibt, bevor ich mich verabschieden kann.

»Anne? Alles in Ordnung mit dir?«

»Mama! Alles gut. Ich brauche nur deinen Rat. Sonst würde ich nicht dieses teure Ferngespräch führen.«

»Dann erzähl mal. Aber in aller Kürze, soweit das möglich ist, Marlenes Äußerungen haben sich nämlich verdächtig nach einer Männerbekanntschaft angehört.«

Ich laufe rot an und bin froh, dass Mama das nicht sieht.

»Eigentlich geht es erst einmal um ein Vorstellungsgespräch im St. Mary's Hospital in London.«

»Was? Wie bist du denn dazu gekommen?«

»James, also mein mutmaßlicher Halbbruder, hat der Mutter von seinem Freund Paul mein Abschlusszeugnis gezeigt, und der wiederum hat sie gebeten, mich als seine Freundin zum Vorstellungsgespräch einzuladen. Sie wäre meine Vorgesetzte.«

»Also über Beziehungen. Das ist nicht schlecht. Ich bin damals ja auch über eine Empfehlung der Nonnen nach Heidelberg gekommen. Du brauchst ohnehin eine Stelle, was hält dich also ab?«

»Hältst du es für eine gute Idee, in ein anderes Land zu gehen?«

Sie seufzt. »Ich habe so oft darüber nachgedacht, meine Heimat zu verlassen und George zu folgen, aber dann hat mich jedes Mal der Mut verlassen. Wenn du diese Gelegenheit bekommst, dann ergreif sie! Aber tu es für dich selbst, nicht für einen Mann.«

Ohne Paul funktioniert die Gleichung aber nicht. Wenn ich mir meine Zukunft in England vorstelle, sehe ich auch ihn. Allein schon, weil er der beste Freund meines Halbbruders ist.

»Danke, Mama. Ich denke noch einmal darüber nach und gehe auf jeden Fall morgen zu dem Gespräch. Vielleicht wollen sie mich ja auch gar nicht. Ich meine, ich bin eine Deutsche, dazu ohne viel Berufserfahrung.«

»Warte ab. Und jetzt will ich hören, was du noch alles erlebt hast.«

Viele Einheiten später lege ich auf und fühle mich erleichtert. Vor allem deshalb, weil meine Mutter anscheinend alle meine Entscheidungen mittragen wird.

Nachdenklich gehe ich zurück in die Küche, um das Abendessen vorzubereiten.

Beim Kartoffelschälen kommt Paul, um mir Gesellschaft zu leisten und mitzuhelfen.

»Mach ein bisschen mehr«, rät er mir. »Brian kommt doch nachher zu uns. Ich hoffe, das ist in Ordnung für dich. Falls nicht, gehe ich mit dir so lange spazieren oder etwas in der Art.«

»Ach, Quatsch! Ohne ihn wäre dich doch nicht hier. Ich bin schon sehr gespannt auf ihn.«

Und darauf, was er vielleicht über meine Großcousine und meine Tante erzählt, ergänze ich im Stillen.

»Bist du jetzt etwas schlauer?«

»Mama findet es gut, dass ich das Vorstellungsgespräch habe. Sie akzeptiert alles, ob ich eine Weile hierbleibe oder doch gleich zurückkomme.«

Paul lässt das Schälmesser sinken und sieht mich an. Wie immer sorgt der Blick aus seinen bezwingend blauen Augen dafür, dass mein Puls in die Höhe schnellt.

»Nimm bei deiner Entscheidung keine Rücksicht auf mich.«

»Warum?« *Weil du flatterhaft bist und dein Herz verschließt, sobald Gefühle im Spiel sind?*

»Ich will nicht, dass du später irgendetwas bereust.«

»Bislang hast du mir keinen Grund gegeben, etwas zu bereuen. Schon gar nicht, dass ich hergekommen bin.«

Der intensive Blickkontakt bricht ab, als Paul mich erst auf die Wange und danach auf den Mund küsst. Langsam und intensiv, bis mein Gehirn die Arbeit ruhen lässt und die Hormone das Ruder übernehmen. Sie feuern Wärme und kitzelndes Konfetti in meinen Bauch.

Ich lasse Kartoffel und Messer auf den Küchentisch fallen, um die Hände um Pauls Nacken zu legen. Ich will mehr von ihm spüren, also öffne ich die Lippen und dränge mich näher an ihn. Als seine weiche Zunge in meinen Mund eintaucht, unterdrücke ich ein Stöhnen. Sanft gleitet sie an meiner entlang, streichelt mich ebenso wie Pauls Hände.

»Das habe ich nicht unter Bedenkzeit verstanden«, sagt James hinter mir.

Erschrocken reiße ich die Augen auf und beende den Kuss.

Paul sieht seinen Freund über meinen Kopf hinweg böse an.

»Ist das der Dank dafür, dass wir dich und Kate neulich nicht geweckt haben? Dass wir uns jeden Kommentar über eure bescheuerte Beziehungskiste verkniffen haben?«

Ich will mich aus Pauls Armen lösen, aber er hält mich so fest, als wäre ich sein Lieblingsteddy. Ich drehe mich etwas mehr, damit ich James ansehen kann. Der grinst mich verschmitzt an.

»Falls ihr zu beschäftigt seid, um zu kochen, mache ich gerne weiter, wenn ich euch dafür nicht zugucken muss.«

Er nimmt sich meine angefangene Kartoffel und das Messer. Will er uns etwa tatsächlich sagen, dass wir uns in Pauls Zimmer zurückziehen sollen, um dort weiterzumachen?

»Du kannst uns gerne helfen«, sage ich, während Paul mich mit einem tiefen Seufzen loslässt.

»Zu dritt geht es schneller«, gibt er sich geschlagen.

In der Besteckschublade sucht er nach einem weiteren Schäler. Es klappert und klirrt.

»Hol lieber eine …« Mir fällt das Wort für »Reibe« nicht ein, weshalb ich pantomimisch darstelle, was ich meine.

»Sag es doch einfach auf Deutsch«, schlägt Paul vor.

»Reibe oder Raspel. Habt ihr so etwas?«

»Das Wort kenne ich leider nicht. Guck doch mal im Schrank.«

Dort finde ich tatsächlich das Gesuchte, halte es triumphierend in die Höhe und beginne gleich, die geschälten Kartoffeln in eine Schüssel zu reiben.

James nimmt sich die nächste Kartoffel vor.

»Was gibt es eigentlich?«

»Kartoffelpuffer mit Apfelmus. Paul hat gemeint, von dem Gericht hätte er noch nie gehört, also koche ich das heute.«

»Brian wird sich freuen. Wusstest du, dass er alle Rezepte aufgeschrieben hat, die deine Tante für ihn und George gekocht hat?«

»Nein. Er scheint sehr aufgeschlossen zu sein.«

»Das ist er. Du wirst ihn mögen.«

14

Ich brate gerade den vierten Puffer, als ich über das Brutzeln hinweg die Türglocke höre. Eilig nehme ich die fertigen drei Puffer heraus und gebe eine neue Fuhre Teig ins Fett.

Die Begrüßung findet direkt in der Küche statt, wo Paul meine Pfanne übernimmt, damit auch ich unserem Gast Hallo sagen kann.

Brian ist hochgewachsen und hat dunkle kurze Haare sowie ein attraktives Gesicht. Meine Mutter hat mir erzählt, dass er bei seiner Ankunft in Bad Godesberg etwas jünger gewesen ist als sie selbst, neunzehn. Das bedeutet, er ist jetzt einundvierzig oder zweiundvierzig Jahre alt, allerdings wirkt er deutlich jünger.

»Guten Tag, Anneliese«, begrüßt er mich in stark eingefärbtem Deutsch. Wir schütteln uns die Hände.

»Guten Tag, Mr. MacDougal.«

»Nenn mich bitte Brian.« Sein herzliches Lächeln lässt mich ansatzweise verstehen, wie Elisabeth sich Hals über Kopf in ihn verlieben konnte.

Lachfältchen bilden sich an seinen Augen.

»Benehmen sich die Jungs anständig?«, fragt er mich.

»Paul nicht«, ruft James von der Tür her, wo er Brians Mantel an die Garderobe hängt.

»Klappe, James«, ruft der zurück.

Meine Wangen erglühen, und Brian schaut mich nachsichtig an.

»Ich meinte, ob sie nett zu dir sind, nicht, ob Paul seine Finger bei sich behält«, erklärt er. »Wir alle wissen, dass ihm das schwerfällt.«

»Ihr seid richtig gemein, wisst ihr das?«, erwidert Paul und wendet die Puffer.

»Wir sind nur ehrlich«, sagt James. »Aber Spaß beiseite, Anne lässt sich nichts vormachen.«

Schön, dass er das glaubt. Was Paul angeht, bin ich noch nicht hundertprozentig sicher, ob er mir seine Zuneigung nicht doch größtenteils vorgaukelt, um mich ins Bett zu kriegen, bevor ich wieder abreise. Er gefällt mir nur viel zu gut, um ihn zurückzuweisen. Außerdem hatten wir uns auf etwas Lockeres geeinigt. Vorwerfen darf ich ihm also nichts, wenn er mir nicht die große Liebe verspricht. Trotzdem spüre ich, dass ich schon zu viel investiert habe. Ob ich es ihm zeige oder nicht, die Trennung, und sei sie auch nur vorläufig, wird schmerzhaft werden.

Doch nichts von all dem lasse ich durchscheinen, als ich James zum Tischdecken verdonnere und Paul am Herd ablöse. Der bleibt neben mir stehen und füllt zwei Gläser Apfelmus in eine Schüssel.

»Soll ich Englisch oder Deutsch mit dir sprechen, Brian?«, erkundige ich mich bei unserem Gast.

»Meine Deutschkenntnisse reichen nur für Small Talk. Wenn es dir also nichts ausmacht, fände ich es schön, wenn wir Englisch miteinander sprechen.«

Selbst auf dem Stuhl wirkt er noch riesig. Aber von Mama weiß ich, dass er ein ruhiger, freundlicher Zeitgenosse ist. Ich denke nicht, dass sich das seit seiner Jugend geändert hat.

»Wie viele nimmst du?«, frage ich und zeige auf den Teller mit den fertigen Kartoffelpuffern, weil ich die Vokabel dafür nicht kenne.

»Erst einmal einen zum Probieren. Wenn sie so gut sind wie die von Luise, gerne mehr.«

»Ich habe sie nach ihrem Rezept mit Ei, etwas Mehl, Petersilie, Zwiebeln, Salz und Pfeffer gemacht.«

»Dazu süßes Apfelkompott zu essen kommt mir irgendwie seltsam vor«, meint Paul, lädt sich aber beides auf den Teller, nachdem er den Herd ausgeschaltet und Platz genommen hat.

Kurz herrscht gefräßige Stille, die Brian durchbricht, während er sich Nachschlag holt. Innerlich atme ich auf. Es scheint ihm zu schmecken.

»Du siehst deiner Mutter sehr ähnlich, Anneliese. Aber die Augen und die Haarfarbe hast du von George. Man kann deutlich sehen, dass du und James verwandt seid.«

»Du glaubst es auch?«

»Ich weiß es. Sonst hätte ich dir nicht die Adressen gegeben, als du mir geschrieben hast. Aber die Bilder waren eindeutig. Elisabeth hat mir nie erzählt, dass Erika eine Tochter mit George hat, weil deine Mutter nicht wollte, dass George von dir erfuhr. Warte…«

Er steht auf und geht hinaus in den Flur. Dort wühlt er in seinen Manteltaschen und kommt mit ein paar Fotos in der Hand zurück.

Ich höre mittendrin auf zu kauen und schlucke mühsam, als ich meine Mutter mit mir auf dem Arm erkenne, Tante Luise, die mich hält, Elisabeth mit mir auf dem Schoß. Alle Bilder wurden in Luises Wohnung aufgenommen. Dieselben Fotos kleben in einem der wenigen Fotoalben, die Mama hütet wie ihren Augapfel.

»Hat Elisabeth dir diese Abzüge geschickt?«

Brian nickt. »Allerdings erst nachdem du Kontakt zu mir aufgenommen hattest. Sie wollte, dass ich einen handfesten Beweis habe, dass George dein Vater ist. Ich verstehe zum Teil, warum deine Mutter sich nie bei George gemeldet hat. Es war nicht einfach damals.«

»Hätte George denn gewollt, dass sie Kontakt zu ihm aufnimmt?«

»Ganz sicher. Anfangs hat er überlegt, sich wieder nach Deutschland versetzen zu lassen, um bei Erika zu sein, aber das hätte unweigerlich zum Bruch mit seinen Eltern und Mary geführt. Außerdem hatte er nichts mehr von Erika gehört.«

Ohne Zweifel hatten meine Mutter und George ein schlechtes

Timing, aber noch mehr haben sie die äußeren Einflüsse davon abgehalten, miteinander glücklich zu werden.

All das sage ich schließlich laut.

»Das stimmt.« Brian nickt. »Elisabeth war noch zu jung, um ihre eigenen Entscheidungen zu treffen, doch deine Mutter war es nicht. Sie wollte ihre Heimat nicht verlassen, und George hat sich zu sehr von seiner Familie beeinflussen lassen. Die wollten Mary als seine Frau, nicht eine ›dahergelaufene‹ Deutsche. Es wäre ein einziger Kampf geworden. Aber wenn zwei Menschen sich wirklich lieben, dann kämpfen sie.«

»Willst du damit sagen, ihre Liebe war nicht stark genug?«

»Ihr Mut war nicht groß genug. Das ist nicht dasselbe.«

»Und du und Elisabeth? Ihr seid Freunde geblieben. Was sagt deine Frau dazu?«

Da lächelt er. »Elisabeth zurückzulassen war schrecklich. Doch dann kam Patricia. Sie wollte heiraten, Kinder bekommen und ein Haus kaufen. Ich sagte zu allem Ja.« Sein Lächeln erstirbt, und er blickt auf seinen Teller. »Patricia liegt im Sterben. Ihr Herz ist durch eine Diphterie vorgeschädigt. Jetzt droht es endgültig zu versagen.«

Einem Instinkt folgend lege ich eine Hand auf seine Schulter.

»Was können wir tun?«

»Meine Tochter Penelope ist mit Mary bei ihrer Mutter, Georgie hat gerade seine Grundausbildung beim Militär angefangen und kann nicht nach Hause kommen. Er hat keine Ahnung, dass er seine Mutter vermutlich vor zwei Wochen zum letzten Mal gesehen hat …«

»Kann unser Vater nicht dafür sorgen, dass Georgie heimkommen kann?«

»Er ist schon dran.« Auf einmal ist die gute Stimmung dahin. Brian tut mir leid, und auch James macht auf einmal einen mehr als unglücklichen Eindruck.

»Tante Patricia ist viel lockerer als Mum. Bei ihr durfte ich früher abends noch Süßes essen und lange aufbleiben. Ich wollte, dass sie dich kennenlernt, Anne.« Auf einmal glitzern Tränen in seinen Augen. Ruckartig steht er auf. »Ich muss kurz raus. Entschuldigt mich.«

Auch Paul wirkt wie vom Donner gerührt.

»Das ging aber schnell«, sagt er leise. »An Marys Geburtstag vor zwei Wochen wirkte sie zwar ein bisschen müde, aber mehr auch nicht.«

Brian beißt die Zähne zusammen. »Sie hat sich zusammengerissen und ihre Blässe überschminkt. Sie wollte Mary nicht die Feier verderben. Vermutlich war ihr vor mir klar, dass es der letzte Geburtstag ihrer Freundin sein würde, den sie zusammen verbringen können. Die Ärzte geben ihr höchstens noch ein paar Wochen, vielleicht noch zwei bis drei Monate, wenn sie andere Medikamente und Sauerstoff bekommt. Es tut mir leid, dass ich euch mit solch schlechten Nachrichten besuchen komme.«

Mein eigener Kummer erscheint mir mit einem Mal vollkommen unwichtig, verglichen mit dem, was Brian gerade durchmachen muss.

»Mrs. Wright kann mich nicht ausstehen, aber ich würde trotzdem gerne irgendetwas für euch alle tun.«

Brian blickt wieder auf, er wirkt jetzt etwas gefasster.

»Sei für James da. Ich werde Elisabeth anrufen.« Schwerfällig erhebt er sich und schlurft in den Flur hinaus. Man sieht ihm deutlich an, dass auf seinen Schultern eine schwere Last ruht.

»Das tut mir unheimlich leid«, sage ich zu Paul.

»Mir auch. Ich hole Kate, und dann fahren wir zu den Wrights. James will sicher in seinem Elternhaus übernachten, aber ich komme wieder.«

»Ich werde in der Zwischenzeit hier aufräumen und die Stellung halten.«

Paul verschwindet in die Abenddämmerung hinaus, während ich schon mal das Spülwasser einlasse.

Kurz darauf beendet Brian sein Telefonat.

15

»Elisabeth reist noch heute Nacht an. George hat für sie ein Visum besorgt. Da wir alle in London sind, werde ich James bitten müssen, sie unterzubringen. Meinst du, ihr findet noch einen Platz für sie?«

»Wenn es ihr nichts ausmacht, überlasse ich ihr gerne das Sofa. Aber wenn sie ein richtiges Zimmer möchte, könnte sie doch auch zu Mrs. Wright gehen.«

»Mary mag Elisabeth nicht. Eigentlich beruht das auf Gegenseitigkeit. Die Deutschen sind und bleiben für Mary Feinde. Feinde, die das Haus ihrer Eltern zerstört und ihre halbe Familie ausgelöscht haben. Du hast nicht nur einen schweren Stand bei ihr, weil du Georges heimliches Kind bist.«

»Das tut mir sehr leid für sie. Aber ich habe doch keinen der Bomber geflogen.«

»Es reicht, dass du zu dem Volk gehörst, das zu diesen Dingen fähig war. Britische Bomben haben im Gegenzug bei euch viel zerstört und vielen Unschuldigen das Leben genommen. Und doch sitzt du hier ohne jeden Groll und erhoffst dir unsere Freundschaft.«

»Ich habe den Krieg nicht miterlebt, vielleicht bin ich deshalb so unbedarft. Jedenfalls freue ich mich darüber, dass es genug Menschen gibt, die sich auf die Zukunft konzentrieren, auf das Morgen, nicht auf die Vergangenheit.«

»Der Duft von morgen ist immer verlockender als der Mief von gestern. Die meisten sprechen nicht einmal über den Krieg oder über das, was sie erlebt haben. George und ich sind da große Ausnahmen. Das Schlimmste, was ich mir vorstellen kann, wäre, wenn es noch einmal zu einem solchen Krieg käme.«

Ich nicke. »Das wünscht sich niemand. Mein Stiefvater Rudolf erzählt auch nichts vom Krieg. Ich weiß aber, dass er in Russland war und dort fast sein Bein verloren hätte. Mein Onkel Otto ist genauso. Er will nicht mehr daran denken, sagt er immer, wenn ich ihn danach frage.«

»Das kann ich verstehen. Es ist aber nicht wirklich leichter, solche Erlebnisse zu verschweigen und zu verdrängen. Manchmal träume ich noch von dem Tag, an dem wir in der Normandie gelandet sind. Das sind schlimme Erinnerungen. Lieber denke ich daran, wie es war zu überleben, nach Deutschland zu dürfen und Frieden zu schaffen.«

Brians Einstellung gefällt mir. Er verurteilt niemanden, sondern akzeptiert, dass jeder seinen eigenen Weg finden muss, mit seinen dunklen Erinnerungen umzugehen.

»Wie kommt es, dass du Elisabeth holst?«, wechsle ich das Thema. Ich will Brian nicht weiter belasten. Nicht in seiner momentanen Situation.

Mit einem dankbaren Lächeln nimmt er den Themenwechsel an.

»Sie ist die Patentante von Penelope, meiner Tochter, und meiner Frau und mir eine gute Freundin. Patricia will sie noch einmal sehen.«

Patricia muss eine herzensgute Person sein, wenn sie die einstige Konkurrentin um das Herz ihres Mannes in ihrem Haus willkommen heißt. Elisabeth hat zudem keinen Mann, höchstens mal einen Freund, seit 1956 das Heiratsverbot für Lehrerinnen aufgehoben wurde.

»Deine Frau ist nicht eifersüchtig auf Elisabeth?«

»Dass die beiden sich so gut verstehen, ist ein unverdientes Geschenk.«

»Lenkt es dich etwas ab, wenn du mir von Elisabeth und dir erzählst? Ich kenne bisher nur Mamas Sicht der Dinge.«

»Warum nicht?«, fragt er und setzt sich wieder an den Küchentisch. »Die Besuchszeit im Krankenhaus ist schon vorbei, und ich darf erst morgen früh wieder zu Patricia. Ich bin für jede Ablenkung dankbar.« Er atmet tief ein. »Du weißt, dass George und ich bei deiner Tante Luise Quartier gemacht haben, nicht?«

»Ja. Dort hat Mama George wiedergetroffen. Was für ein glücklicher Zufall.«

»Das war es wirklich. Auch für mich. Wir handelten entgegen der Regel, die Bewohner aus dem beschlagnahmten Quartier zu werfen, indem wir Luise und Elisabeth heimlich weiter in ihrer Wohnung leben ließen. George widerstrebte es ebenso wie mir, diese Leute einfach auf die Straße zu setzen, Feinde hin oder her. Ich war ohnehin noch so jung, dass ich mich vor allem an George orientierte.«

»Mein Großvater hat das nicht gut aufgenommen. Er hatte wohl einige Diskussionen mit seiner Schwester darüber, dass sie zwei britische Soldaten bei sich wohnen ließ.«

»Unsere Führung hätte es auch nicht gut aufgenommen, um es milde auszudrücken, schließlich gab es das Fraternisierungsverbot, und wir hatten eindeutige Befehle missachtet. Aber es gab keine Kontrollen, und niemand erfuhr etwas davon.«

»Elisabeth war sechzehn, als ihr euch kennengelernt habt, richtig?«

»Ja. Sie war damals für mich das schönste Mädchen, das ich jemals gesehen hatte.« Er lächelt plötzlich. »Auch heute finde ich sie noch schön. Aber ich habe mich nicht allein deshalb in sie verliebt.«

Gebannt von seiner Erzählung lehnte ich mich ein Stück nach vorne.

»Es war ihr Wesen, ihre Freundlichkeit. Sie hat mir Brot angeboten, als ich, vor Hunger schon ganz zittrig, auf ihrem Küchenstuhl saß. Ohne viele Worte und ohne über unsere Hintergründe nachzudenken. Nach diesem Krieg ließ mich diese Geste, ihre Nächstenliebe wieder an das Gute glauben, an den Frieden. Es klingt vielleicht pathetisch, aber damals habe ich genau so empfunden.«

»Ich kenne Elisabeth schon mein ganzes Leben. Zu mir war sie auch immer freundlich und Mama eine Stütze, nachdem sie von daheim fortmusste.«

»Dank ihr zählt die Zeit in Bad Godesberg zu meinen glücklichsten Erinnerungen. Besonders schön war es, als sie auch später auf meine Briefe antwortete und Patricia und mich besuchte. Irgendwie schafften wir es trotz der Gefühle, die wir füreinander hatten, Freunde zu sein. Elisabeth ist meine engste Freundin, und das ist sie auch für Patricia, was Mary immer ein wenig wurmt.«

»Das ist jetzt ein wenig indiskret, und du musst nicht darauf antworten, aber die Frage drängt sich mir auf: Hast du auch jetzt noch Gefühle für Elisabeth, die über eine Freundschaft hinausgehen?«

Er nickt. »Lizzy war meine erste Liebe, und das wird sie immer bleiben. Manches verändert sich nie, ganz gleich, wie viel Zeit vergeht.«

Ich nicke ebenfalls, und wir versinken ein paar Atemzüge lang in unseren eigenen Gedanken. Ich frage mich, ob Georges Gefühle für meine Mutter auch geblieben sind – und umgekehrt. Allerdings werde ich keinen von beiden danach fragen, glaube ich.

Ich bemerke nur am Rand, dass Paul zurück ist und sich leise neben mich setzt, um Brians Erzählung nicht zu unterbrechen.

»Seit ich wieder auf der Insel bin, schreiben wir uns also. Elisabeth ist zu meiner und Patricias Hochzeit gekommen, ebenso zur Taufe unserer Kinder, und sie verbringt jeden Sommerurlaub bei uns in Schottland, manchmal auch Weihnachten.«

Er trinkt einen Schluck Wasser.

»War sie nie neidisch auf deine Familie?«

Brian schüttelt den Kopf. Sein Blick wird wehmütig.

»Sicher, sie hat sich immer Kinder gewünscht, aber sie wusste, dass das so gut wie unmöglich war, zumal sie auch nicht heiratete, als sie es von Staats wegen her durfte. Wir haben unsere Freundschaft. George und Elisabeth sind die beiden Menschen, die in meinen schönsten und in meinen schwersten Stunden bei mir sind.« Er muss nicht aussprechen, dass ihm eine schwere Zeit bevorsteht.

Paul streichelt meinen Handrücken, dann erhebt er sich, um Brian zu umarmen.

»Wir sind alle für euch da.«

Sie wirken so vertraut, wie es nur Menschen sind, die sich seit Jahren kennen. Auf einmal komme ich mir fehl am Platz vor. Einfach rauszugehen scheint mir aber unhöflich zu sein, also halte ich das Gefühl aus.

Paul setzt sich wieder hin und reibt sich über die Augen. Ich möchte ihn trösten, weiß aber nicht, wie er das aufnehmen würde. Doch dann überrascht mich Brian, indem er seine Hand auf meine legt.

»Ich bin sehr froh, dass du hier bist und dass wir uns treffen konnten. Du bist keine Fremde, du gehörst zu George, James und Elisabeth. Wir mögen aus verschiedenen Nationen stammen, zusammenhalten können wir trotzdem. Ich wollte, dass du weißt, wie ich das sehe.«

Seine Worte entlocken mir ein Lächeln. Sie nehmen sogar eine Last von meinen Schultern. Er duldet mich hier, nein, er will mich hierhaben, bei seinen Freunden und seiner Familie.

In diesem Moment begreife ich, dass man mich hier um meiner selbst willen aufnimmt, nicht, so wie Rudolf es getan hat, wegen meiner Mutter.

»Danke, Brian«, entgegne ich schlicht und drücke seine Hand. Jetzt sollte es um ihn gehen, nicht um mich.

Paul spricht praktischere Dinge an: »James und Kate kommen nachher wieder her. Du kannst morgen Nacht bei mir schlafen, wenn deine Großcousine da ist. Wir haben noch eine Luftmatratze, die nehme ich.«

»Ich kann auch auf der Luftmatratze schlafen«, fange ich an, aber er unterbricht mich.

»Wollen wir schon wieder darüber streiten, wo du schläfst?«

»Du hast recht. Jetzt ist nicht der passende Zeitpunkt. Wir klären das morgen.«

Ich unterdrücke ein herzhaftes Gähnen. So spät ist es noch gar nicht, aber ich könnte auf der Stelle einschlafen.

»Ich mache mich jetzt wieder auf den Weg«, sagt Brian und schenkt mir ein halbes Lächeln. »Möchtest du morgen mitkommen, wenn Elisabeth meine Frau besucht? Ich denke, Patricia würde sich freuen.«

»Natürlich.« Zwar habe ich etwas Angst davor, wie es sein wird, eine todkranke Frau zu besuchen, die ich nicht kenne, aber hier geht es nicht um meine Befindlichkeiten. Ich will auch Brian nicht enttäuschen.

Ich begleite ihn zur Tür und lasse mich bereitwillig von ihm umarmen. Dieser Mann ist zu eng mit mir und meiner Geschichte verbunden, als dass ich ihn wie einen Fremden behandeln könnte.

Als wir allein sind, schaut Paul mich für einen langen Moment an.

»Was hältst du davon, wenn du auf die Luftmatratze verzichtest und gleich in meinem Bett schläfst?«

»Mit dir zusammen?«

»Nein, ich schlafe in der Badewanne.« Er grinst. »Natürlich mit mir zusammen.«

Ich sträube mich eigentlich nur, weil meine Erziehung und die gesellschaftlichen Erwartungen das von mir verlangen. Ich wünsche mir gerade nichts mehr, als in Pauls Armen zur Ruhe zu kommen und meine Gedanken zu ordnen.

»Na gut«, erwidere ich. »Aber wehe, du schnarchst.«

Da zieht er mich glucksend an sich und küsst mich auf die Schläfe.

»Wehe, du schnarchst.«

16

Als wir in dem dunklen Zimmer eng aneinandergekuschelt daliegen, hören wir James und Kate nach Hause kommen. Ich finde es lieb von Kate, dass sie das, was unausgesprochen zwischen ihr und James steht, beiseiteschiebt und sich jetzt um ihn kümmert.

»Kate ziert sich nicht so wie du«, ulkt Paul.

»Haha. Bei ihr hast du ja auch keine Hintergedanken.«

»Aber James. Und mit dem wird sie sich gleich ins Bett legen, damit er nicht alleine ist.«

»Ich wette, er wird sie nicht befummeln.«

»Das würde er aber gerne.«

»Würdest *du mich* denn gerne befummeln?« In der Dunkelheit fallen mir solche Frotzeleien leichter als am helllichten Tag.

Er lacht leise, und seine Arme umschließen mich fester.

»Erst, wenn du es willst. Bist du aufgeregt wegen des Vorstellungsgesprächs morgen?«

»Ja. Aber auch, weil ich danach Patricia besuche. Was, wenn sie mich furchtbar findet und ebenso als Feind betrachtet wie Mrs. Wright?«

»Patricia MacDougal ist die gütigste Person, die ich kenne«, versichert Paul und küsst meine Stirn. »Sie wird froh sein, dass du hergekommen bist, um deine Familie kennenzulernen, und dass du dich sogar bei meiner Mutter und der Krankenhausleitung vorstellst. Keiner hält dich für einen schlechten Menschen, nur weil du ein deutsches Besatzerkind bist. Du hast doch gesehen, wie Brian sich über dich gefreut hat. Patricia wird genauso sein. Mach dir keine Sorgen deswegen.«

»Wirst du auch mitkommen?« Es hört sich bedürftig an, aber ich kann nicht anders.

»Wenn du möchtest, komme ich mit.«

Ich recke mich ein Stück, um ihn zu küssen. Meine Lippen streifen sein raues Kinn, bis ich seinen Mund gefunden habe.

Seufzend kommt er mir entgegen, greift in meinen Nacken, zieht mich näher. Eine ganze Weile sprechen wir nicht mehr.

Irgendwann geht uns die Luft aus, und wir lösen uns voneinander. In meinem Bauch brennt ein riesiges Feuer. Ich will gar nicht aufhören, doch Paul hält mich zurück.

»Möchtest du das alles wirklich?«

Er fragt mich auf Deutsch, doch ich antworte auf Englisch.

»Was meinst du?«

»Wünschst du dir, diese Stelle zu bekommen und in ein paar Monaten wiederzukommen, um bei uns zu leben? Willst du das?«

Er stellt dieselbe Frage, die ich mir seit Tagen stelle oder vielmehr seit Paul mich geküsst hat.

Ich habe noch immer keine Antwort darauf gefunden. Einerseits liebe ich diesen Neuanfang, diese unerwartete Wendung, die mein Leben genommen hat. Mich von Paul zu trennen wird wehtun. Wenn es nur auf Zeit wäre, könnte ich eher damit umgehen. Obwohl ich wahrscheinlich dämlich bin, weil ich hoffnungslos in ihn verknallt bin, während er gerade mal bereit für etwas Lockeres ist.

Andererseits habe ich Angst. Angst, nicht zu bestehen, im Job zu versagen, mich mit George nicht gut zu verstehen, mich mit Paul zu verkrachen – oder für immer sein lockeres Arrangement zu bleiben –, ewig Mary Wrights Abneigung ausgesetzt zu sein.

»Ich rechne nicht damit, dass ich diese Stelle bekommen werde«, antworte ich ausweichend.

»Und wenn du sie bekommst?«

»Ich weiß es nicht. Es ist eine wahnsinnige Veränderung. Und nicht jeder will mich hierhaben.«

»Ich will dich hierhaben.« Er küsst meine Stirn.

Seine Worte berühren mich, doch ich bleibe misstrauisch,

deshalb gehe ich nicht darauf ein. Ich muss nicht erneut hören, dass er die Sache mit mir locker angehen will.

»Das hilft nicht, wenn mich die Krankenhausleitung nicht haben will.«

»Warte mal ab. Ich glaube an dich. Es würde mir leichterfallen, dich gehen zu lassen, wenn ich wüsste, dass du zurückkommst.«

Ich verkneife mir ein Schnauben, verdrehe aber die Augen. Im Dunkeln sieht er es ja nicht. Auch wenn es die vertraute Stimmung zerstört, kann ich nicht länger schweigen.

»Du brauchst mich nicht anzulügen. Mir ist schon klar, dass du nicht monatelang auf mich warten wirst«, erwidere ich, und leider gelingt es mir nicht, die Bitterkeit aus meiner Stimme zu verbannen. »Bis ich vielleicht wiederkomme, hast du sicher Ersatz gefunden.«

Paul lässt mich los, und mir wird augenblicklich kalt.

»Schön, wie du von mir denkst.«

»Ich erwarte doch gar nichts von dir. Wir haben etwas Lockeres. Also würde ich nie von dir verlangen, fünf Monate wie ein Mönch zu leben.«

Ich höre ihn heftig ausatmen. Er hört sich an wie ein gereizter Stier.

»Meinst du wirklich, du bist nur eine Bettgeschichte für mich? Wohlgemerkt eine Bettgeschichte, die noch nicht einmal richtig stattgefunden hat?«

Offensichtlich ist er sauer. Aber was hat er denn gedacht? Dass ich alles vergesse, was Kate und James über ihn erzählt haben? Was Brian angedeutet hat? Was Paul selbst mit mir ausgemacht hat? Das kann er doch nicht von mir verlangen!

»Du hast einen gewissen Ruf«, erinnere ich ihn. »Außerdem hast du selbst gesagt, dass wir es locker halten sollten.«

»Weil du wieder fortgehen wirst! Aber dieses Stellenangebot ändert alles!«

»Nein, tut es nicht. Du bist immer noch derselbe.«

Böse brummend schwingt er die Beine aus dem Bett und setzt sich auf die Kante.

»Ich bin so, wie du mich kennengelernt hast. Aber da du mir das nicht glaubst, sondern lieber auf die Meinung anderer vertraust, weiß ich nicht, ob wir so weitermachen können.«

Es fühlt sich an, als würde eine kalte Hand nach meinem Herzen greifen.

»Du willst es beenden?«

Er beantwortet die Frage nicht.

»Du suchst krampfhaft nach einer Ausrede, um mich nicht zu nah an dich heranzulassen. Nicht ich habe Angst vor Nähe, sondern du. Es ist beinahe, als würdest du nicht daran glauben, dass dich jemand wie ich lieben kann. Ich weiß nicht, was für Erfahrungen du gemacht hast, aber nicht jeder Mann lässt dich fallen, wenn du etwas Festes willst. Nicht einmal jemand wie ich, dem dieser Ruf vorauseilt.«

Mist. Ich habe ihn gekränkt.

Während wir in angespanntem Schweigen versinken, denke ich über seine Worte nach.

17

Rudolf hat mich akzeptiert, aber nie geliebt. Ich kenne diese bedingungslose Liebe eines Vaters zu seinem Kind nur vom Hörensagen. Mein erster Freund, Bertold, wollte vor allem mit mir schlafen. Gesunde Beziehungen waren das nicht. Ich habe keine Ahnung, wie so etwas geht.

»Ja, ich habe Angst«, gebe ich leise zu. Angst davor, dass ich es nicht wert bin, geliebt zu werden. Angst, dass mein richtiger Vater mich nicht wollte, wie Rudolf manchmal behauptet hat. Angst, weil mein Großvater mich hasst, ohne mich zu kennen. Hat mich das so sehr verdorben? »Du hast genug Munition, um mir das Herz zu brechen«, füge ich hinzu.

»Umgekehrt genauso.«

Was? Ich kann kaum glauben, was ich da höre.

»Du hast echte Gefühle für mich? Trotz unseres Arrangements?«

»Wie kann man unechte Gefühle haben, Anne? Entweder mag man jemanden oder nicht. Ich spiele dir nichts vor. Nun, das war ja zugegebenermaßen auch nicht nötig, weil ich dachte, dass unsere Bekanntschaft ohnehin ein Ablaufdatum hat.«

»Ich wollte nicht zu viel investieren.«

»Ich auch nicht. Aber das hat nicht funktioniert. Es tut weh, dass du glaubst, ich will dich nur flachlegen. Aber selbst wenn es diese neue Zukunftsperspektive hier für dich nicht gäbe, wäre ich nicht anders mit dir umgegangen. Du bist mir wichtig.«

Ich schlucke. Er ist mir auch wichtig. Aber ich schaffe es nicht, ihm das zu sagen. Vielleicht bin tatsächlich ich der emotional eingeschränkte Part von uns beiden.

»Ich wünsche mir hierzubleiben, bei euch«, gestehe ich und

lege ihm vorsichtig eine Hand auf die Schulter. »Gleichzeitig habe ich auch Angst, das alles wieder zu verlieren.« *Dich zu verlieren.*

Paul zieht mich sanft neben sich. Dann lehnt er seinen Kopf seitlich an meinen.

»Was, wenn es nicht funktioniert?«, will ich wissen und greife nach seiner Hand. »Wenn wir uns etwas vormachen, weil wir so lange allein waren oder in der Vergangenheit verletzt wurden? Wenn wir die Dinge nicht realistisch betrachten können?«

»Wir sind beide schreckliche Kopfmenschen, weißt du das? Was sagt dein Bauch? Oder dein Herz?«

Ein Schauer läuft mir über den Rücken, als er meine Finger streichelt. Ich drehe den Kopf, um ihn auf die Wange zu küssen.

»Mein Herz und mein Bauch sagen mir, dass ich dich nicht verjagen soll. Weil … weil ich mir nicht mehr vorstellen kann, wie mein Leben ohne dich ist. Ich kann nicht mehr in den Zustand zurück, in dem ich dich nicht kannte, nicht einmal mehr in den, als ich dich für einen bindungsunfähigen Casanova gehalten habe. Du hast recht. Ich wollte dich wegstoßen, bevor du mir wehtun kannst. Aber diesen Zeitpunkt habe ich längst verpasst.«

Plötzlich schießen mir die Tränen in die Augen, und ich schluchze leise. Nun habe ich mein Innerstes vor ihm ausgebreitet. Paul könnte mein Herz zermalmen. Es liegt in seinen Händen.

Doch stattdessen legt er die Arme um mich und hebt mich auf seinen Schoß. Seine Haare kitzeln mich am Hals, als er seine Wange an meiner Brust bettet. Es fühlt sich so richtig an, ihn zu halten und von ihm gehalten zu werden. Ich darf ihn nicht verlieren. Wärme und schier grenzenlose Zuneigung fluten mich, fließen ebenso über wie meine Tränen.

»Ich habe auch Angst«, murmelt er an meiner Haut. »Du könntest mich ebenso hintergehen wie deine Vorgängerin. Du könntest mich verlassen, weil du einen passenderen Mann für dich findest. Die Gefahr besteht. Immerhin hast du den Erstbesten genommen, den du auf dem Weg nach England getroffen hast.«

Ich kichere unter Tränen. Das hier ist so groß. So überwältigend. Ich bin so schrecklich in Paul verliebt, dass mir das Herz aus der Brust zu springen droht.

Pauls warme Hände streicheln meinen Oberschenkel und meinen Nacken. Das erdet mich wieder ein Stück weit. Paul ist in der kurzen Zeit mein wichtigster Halt geworden.

»Sag so was nicht«, gebe ich zurück. »Dich zu treffen war mehr als nur ein Glücksfall.«

Er hebt den Kopf, um mich anzusehen, und seine Augen schimmern in der Dunkelheit. Ich spüre ihn mehr, als dass ich ihn sehe. Voller Zärtlichkeit streiche ich ihm über die zerzausten Haare.

Ich liebe dich, denke ich. Es ist unglaublich, aber wahr. Diese übersprudelnden Gefühle in mir sind nicht falsch zu deuten.

Paul küsst mich kurz auf den Mund.

»Ich hätte alles getan, um mit dir in Kontakt zu bleiben, nachdem du mir diese Reisetablette gegeben hast. Alles. Aber das war gar nicht nötig. Du bist hier, bei mir, und es fühlt sich an, als solltest du nirgendwo anders sein. Du weißt gar nicht, wie glücklich mich das macht.«

Ich küsse ihn zurück. »Es geht zu schnell, oder?«

»Viel zu schnell«, stimmt er mir zu.

Ich denke an Brians Geschichte. Er glaubt an die Liebe auf den ersten Blick, schließlich ist sie ihm in Gestalt meiner Großcousine begegnet. Aber ich bin zu rational veranlagt, als dass ich seine romantische Überzeugung teilen könnte.

»Brian hat sich keine Gedanken darüber gemacht. Er hatte andere Sorgen, als er damals Elisabeth begegnet ist. Irgendwie bewundere ich ihn dafür.«

»Dass er jedem sein Herz schenkt? Dafür bewundere ich ihn auch. Ich dachte immer, ich wäre nicht fähig dazu. Aber ich habe mich geirrt.« Wieder küsst er mich, länger diesmal.

Nach einer Weile löse ich mich von ihm. Ich bin jetzt so weit, ihm noch mehr zu gestehen.

»Paul?«, flüstere ich, weil meine Stimme versagt. »Ich hab mich in dich verliebt.«

Vermutlich weiß er das, aber er soll es von mir hören.

»Und ich hab mich in dich verliebt«, flüstert er zurück.

Ich lächle darüber, dass niemand es laut sagen kann. Es ist, als fürchteten wir beide, die fragilen Gefühle dadurch zu verscheuchen.

Ich horche in mich hinein. Alles ist gut. Mir ist kein Zacken aus der Krone gebrochen, weil ich Paul meine Zuneigung gestanden habe. Was auch immer mich morgen bei dem Gespräch erwartet, wenigstens diese Hürde habe ich gemeistert.

Ich habe Paul und mir die Chance gegeben, mehr zu werden als nur Freunde.

18

Soweit ich es beurteilen kann, verläuft das Vorstellungsgespräch gut. Ich suche nur wenige Male nach den passenden Vokabeln, und selbst meine nervöse Übelkeit lässt im Lauf der halben Stunde im Büro des Chefarztes Dr. Patterson nach.

Schneller als gedacht werde ich mit Handschlag verabschiedet und stehe etwas verloren auf dem hellen Krankenhausflur. Ich blinzle ein paar Mal in die Leuchtstoffröhren, als die Information bei mir ankommt: Meine Chancen stehen gut, und sie werden sich in den nächsten Tagen bei mir melden, um einen Termin zum Probearbeiten zu vereinbaren. Das ist wunderbar. Einerseits. Andererseits bin ich immer noch unsicher, ob ich das Stellenangebot überhaupt annehmen soll. In greifbarere Nähe gerückt ist es jetzt jedenfalls.

Leicht abwesend gehe ich den von Ärzten, Krankenschwestern und Patienten bevölkerten Flur entlang.

Brian und die anderen erwarten mich im Zimmer von Patricia MacDougal.

Der Flur, in dem ihr Zimmer liegt, ist stiller. Ich klopfe an. Mein Herz klopft auch.

»Herein«, höre ich Brians Stimme durch die geschlossene Tür.

Als ich den Raum betrete, fällt mein Blick zuerst auf die blasse, zierliche Person im Krankenbett, die sich ein Lächeln für mich abringt. Ich lächle zurück. Sie sieht sympathisch aus, wirkt aber sehr schwach. Mitleid erfüllt mich. Bis auf ein kurzes Hallo in die Runde beachte ich die übrigen Anwesenden nicht, weder Brian noch Paul und James, die leise meinen Gruß erwidern. Oder Mary, die von ihrem Stuhl neben dem Kopfende des Bettes aufspringt und aus dem Zimmer flüchtet. Nein, ich ignoriere den

Stich, den mir ihre offen zur Schau gestellte Abneigung versetzt, und konzentriere mich auf die einzige Person, die im Moment wichtig ist.

»Guten Tag, Mrs. MacDougal.« Langsam trete ich an ihr Bett und ergreife vorsichtig die knochige Hand, die sie mir entgegenstreckt. Ihre Finger sind kühl, ihr Griff schlaff. Doch ihre lebendigen, hellen Augen zeigen mir, dass sie sich noch ans Leben klammert, dass sie noch hier sein will.

»Nenn mich Patricia, Liebes«, sagt sie mit erstaunlich fester Stimme.

Wir lassen uns los.

»Danke, dass du mich kennenlernen möchtest, Patricia. Ich hätte es verstanden, wenn du darauf verzichtet hättest.«

Sie lächelt erneut, diesmal deutlicher. Doch dann wandert ihr Blick an mir vorbei.

»Lasst uns allein, bitte«, sagt sie, und die Männer verlassen das Zimmer.

Wird sie mir jetzt, wo Brian nicht mehr im Raum ist, den Kopf waschen? Wird sie mir sagen, was sie wirklich von mir hält?

Sie muss die Furcht vor Zurückweisung in meinen Augen sehen, denn sie schüttelt langsam den Kopf.

»Ich bin nicht Mary. Ich habe nichts gegen dich oder deine Nation. Im Gegenteil. Ich bin sicher, wenn Brian dich ins Herz geschlossen hat, kann ich dich guten Gewissens mögen.«

»Das ist sehr freundlich von dir.«

»Eigentlich wäre es jetzt Zeit für etwas Small Talk, aber den sparen wir uns. Ich muss dir einige Dinge erklären. Wenn ich nicht so krank wäre, würde ich dich nicht so ins kalte Wasser werfen, aber mir bleiben nur noch ein paar Tage, vielleicht einige Wochen.«

Ich nicke angespannt. Was wird sie mir erzählen?

Sie klopft sachte auf die Bettkante, und ich setze mich zu ihr.

»Auch wenn es dir anders vorkommen mag, du bist nur der

Tropfen, der das Fass zum Überlaufen gebracht hat. Gefüllt haben es George und Mary ganz ohne deine Hilfe.«

Ich spüre, wie meine Muskeln sich verkrampfen, und presse die Lippen zusammen. Ich will nicht einmal ein Tropfen sein.

»Was meinst du damit?«

»Dich trifft keine Schuld, wenn die Ehe meiner Freunde scheitert. Es liegt zu viel im Argen. Deine Existenz hat Mary bloß bestätigt, dass sie sich all die Jahre etwas vorgemacht hat. Das ist bitter, und sie fühlt sich hintergangen.«

Was ich ihr nicht verübeln kann. Ich verstehe Mary. Und auch die Frau, die da vor mir liegt, verstehe ich. Patricia möchte die Dinge regeln, ein letztes Mal Einfluss nehmen, bevor sie gezwungen ist, viel zu früh zu gehen. Sie muss ihre engsten Freunde in einer Krise verlassen, die ich mit meinem Erscheinen verschlimmert habe. Und Patricia kann kaum noch die Wogen glätten.

Obwohl ich sie erst ein paar Minuten kenne, glaube ich bereits zu wissen, wie sie tickt. Sie sorgt sich um andere. Brian hat es gestern erzählt, und hier sehe ich es vor mir.

Ich mag Patricia augenblicklich noch ein wenig mehr. Sie sollte nicht im Sterben liegen. Es ist so ungerecht!

Wieder überkommt mich eine Welle des Mitleids und schnürt mir den Hals zu. Also nicke ich nur und bedeute ihr fortzufahren.

»Die Ehe von Mary und George bestand immer nur auf dem Papier. Sie mochten sich, aber sie hätten nie geheiratet, wenn man es nicht von ihnen verlangt hätte.«

»Du meinst, sie haben sich nie geliebt? James meinte, ihre Ehe wäre arrangiert.«

»Mary hat damals für George geschwärmt, ehe sie jemand anderen kennenlernte, und er sah sie immer nur als gute Freundin. Aber die Eltern der beiden drängten auf eine baldige Verlobung. Es war eine gute Verbindung. Die Wrights und die Donahues haben Geld und gute Kontakte in die britische Oberschicht. Also beugte sich George dem Willen seines Vaters. Doch kurz vor der

Hochzeit begann der Krieg, und George wurde eingezogen. Du weißt sicher, dass er bei der Armee Brian kennengelernt hat. Später ist er dann deiner Mutter begegnet. Er wollte im Sommer 1945 die Verlobung lösen, hat seinem Vater und den Donahues das auch mitgeteilt. Doch als er wieder hier war, stellte man ihn vor vollendete Tatsachen. Die Verlobung musste weiterbestehen.«

»Mama hat mich ihr Tagebuch lesen lassen. Sie war sehr verliebt in George.«

»Und er in sie. Obwohl Mary eine meiner engsten Freundinnen ist, habe ich mir oft gewünscht, dass Erika Britin wäre. Dann hätten George und Mary nie diese unselige Beziehung eingehen müssen.«

»Meine Mutter hat meinen Stiefvater geheiratet, weil sie ihn mochte und eine Ehe für beide vorteilhaft war. Aber als ich ihr Tagebuch gelesen und ihre Erzählungen über sie und George gehört habe, wusste ich, dass sie meinen leiblichen Vater nie losgelassen hat. Sie liebt Rudolf nicht so, wie sie George geliebt hat.«

»Es ist traurig, nicht wahr? Ich wusste lange nicht, dass George so leidet. Seit seiner Rückkehr aus Deutschland hat er nie über Erika gesprochen. Bis auf einen Abend kurz nach Georges und Marys Hochzeit, an dem er mit Brian in unserem Kaminzimmer einen Whiskey nach dem anderen trank. Mary hat schon geschlafen, als ich noch einmal in die Küche hinunterkam. Ich habe die beiden über ihre Zeit in Deutschland reden hören und gelauscht. George sagte damals, dass er Erika niemals vergessen würde und dass er es nicht schaffte, Mary zu lieben. In seinem Herzen war nur Platz für deine Mutter. Er weinte, Anne. Er weinte darüber, dass er sie zurückgelassen hatte. Dass er keine Zukunft mit ihr haben durfte und ihr sicher viel Leid zugefügt hatte. Er hat sie damals vermisst, und ich bin sicher, ein Teil von ihm vermisst sie noch heute.«

Mit feuchten Augen sieht sie mich an.

Ich greife wieder nach ihrer zarten Hand und drücke sie leicht.

Ich zweifle keines ihrer Worte an. Man sieht sehr deutlich, dass das Mitgefühl in ihrem verschleierten Blick echt ist.

Sie schließt kurz die Augen, wie um sich zu sammeln.

»In den letzten zwanzig Jahren war er mehr mit seinen Kollegen bei der Army zusammen als mit seiner Familie, vor allem mit Mary«, fährt sie dann fort. »Er gibt sich Mühe, seinem Sohn ein guter Vater zu sein, aber ein guter Ehemann war er nie. Ich an Marys Stelle hätte ihn schon viel früher verlassen, sosehr ich ihn auch schätze.«

Puh, das ist starker Tobak.

»George hat all die Jahre an meine Mutter gedacht?«

Patricia nickt und runzelt die bleiche Stirn.

»Aus Solidarität zu meinem Mann habe ich Mary gegenüber nie einen Ton gesagt. Aber du sollst es wissen, damit du nicht zu schlecht über George denkst. Er dachte, er würde das Richtige tun, wenn er deine Mutter in Ruhe ihr Leben in Deutschland leben lässt und auch seine und Marys Familie zufriedenstellt.«

»Aber das hat nicht funktioniert.«

»Nein, nicht wirklich. Nach außen hin waren die Wrights immer eine Vorzeigefamilie, aber im Innern war die Ehe von Beginn an zerrüttet. Ich hoffe, George und Mary finden einen Weg, mit der neuen Situation umzugehen. Ich wünsche mir nur, dass sie glücklich sind, ganz gleich ob zusammen oder getrennt.«

Das muss ich kurz sacken lassen. Mein Blick wandert zu den dezent duftenden Blumensträußen auf dem Tisch am Fenster.

»Ich kann es Mary nicht verübeln, dass sie mich als Eindringling und Störenfried sieht. Sie wird mich niemals mögen, aber das verlange ich auch gar nicht von ihr. Danke, dass ich sie jetzt etwas besser verstehe.«

»Nicht immer treffen wir die richtigen Entscheidungen, auch Mary hat das nicht getan. Wir sollten alle viel öfter auf unser Herz hören anstatt auf unseren Kopf.«

»Brian und du habt auf eure Herzen gehört?«

Sie lächelt versonnen. Einen Augenblick schauen wir beide aus dem Fenster. Ein paar Sonnenstrahlen durchbrechen die grauen Regenwolken und bescheinen unsere Gesichter. Ich genieße die Wärme auf meiner Haut.

»Ja«, sagt Patricia dann. »Das haben wir. Als Brian mir von Elisabeth erzählt hat, wollte mein Herz sie kennenlernen, obwohl mein Kopf behauptet hat, es wäre eine schlechte Idee. Nun, ich habe nicht auf die Unkenrufe gehört. Elisabeth ist meine beste Freundin. Sie wird für meinen Brian da sein, wenn ich es nicht mehr kann.«

Die Wärme in ihrer Stimme macht dem Sonnenlicht Konkurrenz. Da ist keine Eifersucht, keine Antipathie, nur aufrichtige Liebe.

»Du magst meine Großcousine so gern?«

»Elisabeth gehört zu Brian und zu mir. Wir lieben sie, unsere Kinder lieben sie. Sie ist Teil unserer Familie. Vielleicht kannst du sie überreden, endlich hierherzuziehen.«

»Du bist nie eifersüchtig auf sie gewesen?«

»Natürlich hatte ich vor ihrem ersten Besuch ein bisschen Angst, dass Brian sie mir vorziehen würde. Doch diese Sorge war unbegründet. Ich mochte sie vom ersten Moment an. Sie müsste übrigens bald ankommen. Brian hat gemeint, George hätte ein Visum für sie. Ich muss unbedingt noch einmal mir ihr sprechen.«

»Ich wünschte, du würdest wieder gesund werden, Patrica«, entfährt es mir plötzlich. Diese liebevolle Frau hat es nicht verdient, so krank zu sein.

Ich streiche ihr über den Handrücken.

»Das wünschte ich auch. Aber das ist nun mal mein Schicksal. Ich muss zwar früher gehen als andere, aber ich hatte ein wundervolles Leben.«

Ich nicke. Verstohlen wische ich mir die Tränen ab, die auf einmal in meinen Augen brennen und über meine Wangen laufen.

Da klopft es an der Tür. Ich schniefe leise.

»Herein«, sagt Patricia.

Elisabeth steht in der Tür, das schöne Gesicht ernst und von Trauer umwölkt.

»Lizzy«, krächzt Patricia.

Stumm läuft meine Großcousine zum Krankenbett und beugt sich zu ihrer Freundin herunter, um ihr erst über die Haare zu streicheln und sie dann zu umarmen. Zu wissen, dass es wahrscheinlich ihre letzte Begegnung ist, treibt mir noch mehr Tränen in die Augen.

Oh Gott, das packe ich nicht. Elisabeth weint und ich gleich mit.

Die Tränen fließen noch immer, als sie mich in die Arme schließt.

»Sch, kleine Anne«, murmelt sie in meine Haare, wie früher, wenn ich mir wehgetan hatte.

Doch rasch befreie ich mich.

»Ihr habt euch sicher viel zu erzählen«, sage ich und stehe auf. »Wir sehen uns nachher.«

Ich schlucke und wende mich an Patricia.

»Vielen Dank, dass du so offen mit mir gesprochen hast.«

Ich weiß nicht, was ich ihr noch sagen soll. Überfordert schniefe ich.

Patricia lächelt mich an und winkt mich näher. Unbeholfen umarme ich sie.

»Hör auf dein Herz«, flüstert sie mir ins Ohr.

»Das werde ich«, verspreche ich heiser.

19

Bereits vier Tage später trete ich meinen Probedienst im Krankenhaus an. Pauls Mutter weist mich ein. Edda Morgan ist eine resolute, aber warmherzige Frau, die ihr von grauen Strähnen durchzogenes, dunkles Haar zu einem strengen Dutt zusammengebunden hat. Ich erkenne einige Ähnlichkeiten zu Paul, zum Beispiel hat sie die gleichen leuchtend blauen Augen.

»Kommen Sie, Miss Reuter. Wir haben eine Menge Geburten heute Morgen, alle Kreißsäle sind belegt. Sie dürfen mir zunächst im Säuglingszimmer beim Füttern helfen, danach teile ich Sie einer unserer diensthabenden Hebammen zu.«

»In Ordnung.«

Die weiße Krankenhauskluft passt mir besser als die geliehenen Lederschlappen, die ich im Treppenhaus gleich zweimal fast verliere. Doch ich will unbedingt eine gute Figur machen und zeigen, was ich kann.

Im Säuglingszimmer liegen mindestens vierzig Neugeborene, nicht wenige von ihnen melden lautstark Hunger oder anderen Ärger.

»Mit welchem soll ich beginnen?«, frage ich.

»Nehmen Sie irgendeinen aus der ersten Reihe. Die Mütter, die aufstehen können, kommen auch gleich und holen die Babys in der zweiten und dritten Reihe. Den anderen bringen wir sie nach dem Wickeln.«

Meine fortschrittliche Mutter ist eine Verfechterin des Stillens und vertritt die Ansicht, dass Babys zu ihren Müttern gehören, und zwar rund um die Uhr. Ich teile ihre Meinung, werde aber den Teufel tun und beim Probearbeiten etwas gegen die Methoden des Krankenhauses sagen. Also nehme ich den ersten Schreihals aus dem Gitterbett, stütze das Köpfchen ab und wiege ihn auf dem Weg zu der kleinen Küche, in der eine andere Schwester im Akkord Milchfläschchen zubereitet. Soweit ich das sehen kann, ist sie etwas jünger als ich.

»Guten Morgen, ich bin Eleanor Dampsey«, stellt sie sich vor, ohne das Befüllen der Flaschen mit heißem Wasser zu unterbrechen.

Ich nehme mir eine der fertigen Flaschen und schüttle sie, um das Pulver aufzulösen. Der winzige Junge auf meinem Arm quengelt ungeduldig.

»Ich heiße Anne Reuter. Ich bin zum Probearbeiten hier.«

»Freut mich.«

Als die Milch etwas abgekühlt ist, füttere ich den Säugling auf einem Stuhl in der Küche. Durch die Tür sehe ich noch mehr Personal zwischen den Bettchen herumwuseln, Fläschchen geben und Kinder herumtragen. Hier geht es zu wie in einem Taubenschlag.

»Bist du in der Ausbildung?«, erkundige ich mich bei Eleanor, solange ich hier ohnehin nicht fortkann. Ich möchte mich nicht als arbeitsscheue Plaudertasche zeigen.

»Ja. Ich will Kinderkrankenschwester werden. Ich habe erst vor knapp zwei Monaten hier angefangen.«

»Gefällt es dir?«

Sie nickt. »Die Kolleginnen sind nett und geduldig und erklären mir ganz viel. Bei den Babys arbeite ich am liebsten, aber ich muss auch in andere Abteilungen. Bist du Krankenschwester?«

»Hebamme.«

»Du kommst nicht von hier, oder?«

»Ich komme aus Deutschland, aber mein Vater ist Engländer.«

»Das ist ja interessant. Musst du wieder zurück?«

»Wenn ich diesen Job bekomme, erst einmal nicht.«

»Dann hoffe ich, dass du ihn bekommst und wir Kolleginnen werden.«

»Danke, das hoffe ich auch.«

Nach dem Bäuerchen lege ich den Kleinen zurück in sein Bett und nehme den nächsten hungrigen Kandidaten zum Füttern mit. Als dieser fertig ist, wickle ich den Ersten, und so geht es einige Zeit weiter. Mrs. Morgan schaut mir über die Schulter.

»Hier brauchst du keine Nachhilfe mehr. Das Füttern hat auch geklappt?«

»Alles prima.«

»Dann mal weiter so.« Sie schnappt sich zwei Kinderbetten und schiebt sie in den Gang hinaus.

Etwas später am Tag darf ich bei einer Geburt dabei sein. Ich gebe dem Arzt die richtigen Antworten und stehe nicht im Weg herum, sondern helfe sogar der werdenden Mutter, sich mithilfe von einigen Atemtechniken ein wenig zu entspannen. Die diensthabende Hebamme Mrs. Baker ermutigt mich, nicht nur zuzusehen. Ich darf zum Beispiel das Geburtsprotokoll ausfüllen, wenn auch nicht unterschreiben, schließlich habe ich noch keinen Arbeitsvertrag. Leider weiß ich nicht alle Fachbegriffe auf Englisch.

Dr. Scott, der grauhaarige Arzt, grinst mich an. Er sitzt gut gelaunt zwischen den Beinen der Schwangeren auf einem Hocker.

»Und so schnell haben wir richtig was zu tun, Miss Reuter. Ah, da kommt schon der Kopf.«

Ich lächle. Hier läuft alles gut. Komplikationen an meinem Probearbeitstag hätten mir sicher zugesetzt. Schließlich darf ich kaum etwas machen, solange ich nicht fest angestellt bin. Ich fühle mich wieder in die Zeit als Hebammenschülerin in der Universitätsklinik Heidelberg zurückversetzt.

»Atmen nicht vergessen«, sagt Mrs. Baker zu der Frau.

Ich mag es, wie zugewandt und freundlich sie mit der Patientin umgeht. Da habe ich auch schon ganz andere Hebammen und Schwestern erlebt.

»Sehr gut, Mrs. Preston. Der Kopf ist draußen«, lobt Dr. Scott, dann wendet er sich an mich: »Keine Angst, Sie müssen keinerlei Verantwortung übernehmen. Aber ich freue mich, dass Sie zur Not hier sind, falls Elaine in den anderen Kreißsaal muss.«

Noch vier Wehen, dann erfüllt das Schreien eines kleinen Mädchens den Raum.

»Holen Sie bitte die Schere für die Nabelschnur, Miss Reuter.«

Nach kurzem Suchen finde ich das Gewünschte.

»Gut gemacht, Mrs. Preston«, lobt Mrs. Baker. »Jetzt schauen wir mal, ob mit der Kleinen alles in Ordnung ist.«

Die Erstuntersuchung ergibt keine Auffälligkeiten. Mir fällt die Aufgabe zu, das Kind zu baden, zu wickeln und anzuziehen, bevor ich es der erschöpften, aber selig lächelnden Mrs. Preston in die Arme lege. Mrs. Baker und Dr. Scott sind schon los zur nächsten Geburt. Ich leiste der Wöchnerin Gesellschaft, bis die Krankenschwester sie auf die Station verlegt.

»Soll ich Ihnen zeigen, wie Sie die Kleine zum Stillen anlegen?«, frage ich in einem Anflug von Kühnheit. Ich bin mir nicht sicher, ob Frauen in diesem Krankenhaus zum Stillen ermutigt werden.

»Ist Stillen nicht schlecht für die Brust?«

»Nein, ganz im Gegenteil. Schlecht ist es, wenn die Milch einschießt und niemand sie trinkt. Muttermilch ist sehr gesund für Ihr Baby.«

Warum sage ich das? Meine Mutter wäre stolz auf mich, aber hier geht es um meinen möglichen Job.

»Warum nicht?«, kommt mir die Patientin entgegen, doch ich will sie nicht drängen.

»Ich zeige es Ihnen einfach, und Sie entscheiden dann, ob Sie stillen oder nicht«, biete ich an. »Die richtige Milch kommt erst in ein oder zwei Tagen. Vorher reicht dem Kind diese gelbliche Vormilch, die jetzt da ist.«

Sobald das Baby die Brustwarze im Mund hat, fängt es gierig an zu saugen. Ich muss lächeln. Diesen Teil meines Berufs liebe ich. Komplikationen, Totgeburten und andere schlimme Dinge, die leider auch passieren, verdränge ich meistens.

Mrs. Morgan kommt, um die frischgebackene Mutter auf ihr Zimmer zu bringen. Ich begleite sie.

»Wollen Sie etwa stillen, Mrs. Preston?«, fragt Mrs. Morgan.

»Ich würde es gerne versuchen. Wir leben auf dem Land und kommen nicht so leicht an Säuglingsnahrung. Hätten heute Nacht nicht die Wehen eingesetzt, wäre ich längst wieder zu Hause in Cornwall. Mein Mann und ich haben in London nämlich nur meine Großmutter besucht.«

»Wie Sie wünschen«, entgegnet Pauls Mutter diplomatisch.

Ich sterbe tausend Tode, als ich hinter ihr herschleiche, während sie das Bett schiebt.

Nur wenig später liegt Mrs. Preston, versorgt mit Tee und dem Mittagessen, in einem Mehrbettzimmer.

Meine Schicht neigt sich dem Ende zu. Von Sekunde zu Sekunde steigert sich meine Nervosität. Mit bebenden Händen und wild pochendem Herzen gehe ich mit Mrs. Morgan zum Schwesternzimmer. Wahrscheinlich habe ich furchtbare Arbeit abgeliefert. Sie wird mir die Hand schütteln und mich davonjagen. Ich kaue auf meiner Unterlippe herum, bis ich Blut schmecke.

Die Tür zum Schwesternzimmer fällt hinter uns ins Schloss wie das Fallbeil einer Guillotine. Mit einem unguten Gefühl im Magen warte ich auf Mrs. Morgans vernichtendes Urteil.

»Auch einen Kaffee? Nach der Schicht erweckt er einen wieder zum Leben.«

»Ähm ... nein, danke«, stammle ich.

Seelenruhig gießt sie sich Kaffee aus einer Thermoskanne in eine Tasse und rührt Milch hinein.

»Jetzt schauen Sie mich nicht so an, als würde ich Ihr Todesurteil sprechen! Dr. Scott bewundert Ihre Ruhe und Souveränität in der Geburtsbegleitung, auch wenn Mrs. Preston eine Bilderbuchgeburt hatte. Auch im Umgang mit den Neugeborenen haben Sie Fachkenntnis gezeigt. Aber verraten Sie mir eines: Warum haben Sie Mrs. Preston das Stillen gezeigt? Das ist nicht üblich.«

Ich winde mich. Welcher Teufel hat mich da nur geritten? Unter Mrs. Morgans bohrendem Blick kratze ich meine letzten Reste Selbstbewusstsein zusammen.

»Muttermilch ist das Beste für ein Baby, vor allem direkt nach der Geburt. In dem Krankenhaus, in dem ich gearbeitet habe, haben wir Müttern freigestellt, ob sie stillen oder nicht. Es ist auch gesund für die Mutter, weil es zum Beispiel beim Abnehmen nach der Schwangerschaft helfen kann, auch bei der Rückbildung. Ich wollte mich aber wirklich nicht über die Vorschriften hier hinwegsetzen.«

Mrs. Morgan brummt.

»Es ist gar nicht schlecht, wenn wir neue Wege gehen«, meint sie dann. »Vor vierzig Jahren haben noch viel mehr Frauen gestillt. Schon damals wusste man um die Vorteile. Aber ich sage Ihnen eines: Mit Ihrem frischen Wind und Ihren modernen Ansichten werden Sie hier gegen Mauern rennen. Allerdings ist das kein Grund, es nicht trotzdem immer wieder zu versuchen.« Sie lächelt.

»Sie bieten mir die Stelle an?«

»Ich biete Ihnen die Stelle an«, bestätigt sie. »Melden Sie sich in den nächsten zwei Wochen bei uns, und teilen Sie uns Ihre Entscheidung mit. Ich würde mich freuen, Sie als neue Kollegin auf meiner Station begrüßen zu dürfen.«

Uff. Ein tonnenschweres Gewicht löst sich von meinen Schultern.

»Vielen Dank, Mrs. Morgan! Ich würde sehr gerne hier arbeiten, aber ich will noch einmal gründlich darüber nachdenken.«

Hör auf dein Herz.

Mein Herz schreit, dass ich die Stelle annehmen und in London bleiben soll. Aber bei einer solch weitreichenden Entscheidung hat mein Kopf doch noch ein Wörtchen mitzureden.

20

Paul wartet in der Wohnung auf mich. Er hat Sandwiches gemacht und platzt fast vor Neugier.

»Und? Wie war es?«

Grinsend umarme ich ihn.

»Deine Mutter hat mir die Stelle angeboten, mir aber Bedenkzeit eingeräumt. Die brauche ich auch.«

Paul küsst mich überschwänglich auf die Wange. »Was gibt es da zu bedenken? Wenn es dir gefallen hat, dann sag Ja. Es geht doch ohnehin erst in einem guten halben Jahr los.«

»Ich will ja zusagen, aber ich muss erst noch einmal mit meiner Mutter darüber sprechen.«

»Okay, das verstehe ich. Hast du Hunger?«

»Und wie!«

Wir setzen uns und fangen an, die köstlichen Schinken-Gurken-Sandwiches zu essen. Paul will alles von meinem Probetag hören. Bereitwillig erzähle ich ihm, wen ich alles getroffen und wie ich die Stillpolitik des Krankenhauses ignoriert habe.

»Ich wette, Mum mag dich. Du schaust als Erstes auf die Patienten und dann auf die Hausregeln. So etwas imponiert ihr.«

»Ehrlich gesagt dachte ich, das ist ein Grund, mir den Job nicht zu geben.«

»Bei jemand anderem wäre es dir vielleicht so ergangen, aber nicht bei ihr. Sie erkennt gutes Personal, wenn sie es sieht.«

»Du bist voreingenommen. Ich könnte eine grauenvolle Hebamme sein, und du würdest es nicht merken.«

Da lacht er und streichelt meine Wange.

»Du bist viel zu penibel und selbstkritisch, um eine grauenvolle Hebamme zu sein.«

»Zumindest bemühe ich mich, meine Sache gut zu machen.« Ich esse auf. »Kann ich euer Telefon benutzen?«

Paul nickt, doch zu Hause nimmt niemand den Hörer ab, obwohl zumindest Rudolf fast immer da ist. Dann versuche ich es eben am Abend noch einmal.

Paul zieht mich an der Hand in sein Zimmer. Vor seinem Bett bleiben wir stehen und schauen einander an.

»Wir sollten feiern, dass du ein Stellenagebot hast, Anne.«

»Was ist mit Brian und James? Sollten wir sie nicht unterstützen?«

»Die brauchen uns jetzt nicht. Brian will jede Minute mit seiner Frau verbringen, und deine Großcousine ist mit seiner Tochter Penelope im Museum, damit sie mal auf andere Gedanken kommt. Dein Vater versucht gerade, seinen jüngeren Namensvetter aus der Grundausbildung zu holen, damit er sich von seiner Mutter verabschieden kann, und James lässt sich von Kate trösten. Wir werden also gerade nicht gebraucht. Eigentlich würde ich auch gerne für ein paar Stunden nicht daran denken, dass Patricia Abschied nimmt.«

»Überredet. Lass uns zusammen was Schönes machen. Irgendwelche Vorschläge?«

Paul nickt. Sein Lächeln verschwindet und macht einem intensiven Ausdruck Platz, der mir ein Kribbeln im Bauch verursacht. Unvermittelt treffen seine Lippen auf meine und löschen jedes andere Gefühl aus.

Mit beiden Händen umfasse ich sein Genick, um mich an ihm festzuhalten, weil mir die Knie weich werden. Innerhalb von wenigen Minuten heizt sich die Stimmung zwischen uns auf. Ich will Paul. Ganz und gar, alles von ihm.

Vorsichtig öffne ich meine Lippen und streiche mit der Zunge über seine Unterlippe. Der grollende Laut, der seine Kehle verlässt, jagt mir einen wohligen Schauer über den Rücken. Ohne den Kuss zu unterbrechen, neige ich mich nach hinten, lasse mich auf die Tagesdecke gleiten und ziehe Paul mit mir. Ich nehme mir nicht die Zeit, über die Konsequenzen dessen nachzudenken, was wir hier gerade tun.

Offenbar denkt auch Paul nicht darüber nach, denn seine Berührungen werden fordernder, und seine Lippen an meinem Hals entlocken mir ein unterdrücktes Stöhnen. Mit der Zungenspitze kitzelt er mich an der empfindlichen Stelle unter meinem Ohr, und ich erzittere. Ich liebe, was er mit mir tut. Ich möchte ihm das zurückgeben und streichle zärtlich über die weiche Haut seines Gesichts.

Pauls Hände fahren unter mein Oberteil, schieben es nach oben und verweilen kurz an meinen noch vom BH bedeckten Brüsten. Wärme flutet mich. Ich schließe die Augen und streichle Pauls Nacken, ermuntere ihn wortlos weiterzumachen. Doch bald darauf werde ich ungeduldig und richte mich auf, um die störenden Kleidungsstücke abzustreifen. Unsere Hosen folgen, danach die Unterwäsche. Ich spüre die kühle Luft des unbeheizten Zimmers kaum, dennoch schlüpfe ich bereitwillig zu Paul unter die Decke. Dort umfängt er mich, küsst mich erneut und lässt seine Hand zwischen meine Beine wandern. Alles in mir pocht und kribbelt, sodass ich nicht auf die Idee komme, ihn zu bremsen. Ich fühle nur noch. Fühle Pauls vorwitzigen Mund an meinem Schlüsselbein, an meinen Brüsten und wieder an meinen Lippen.

Allmählich fange ich an zu schwitzen. Die Hitze kommt ebenso wellenartig wie das Ziehen in meiner unteren Körperhälfte. Keiner von uns will noch warten, zu sehr gieren wir plötzlich nach der Nähe des anderen.

Der nächste Kuss scheint mich von innen heraus zu versengen. Er brennt sich in meine Seele ein, weil so viele Gefühle ihn begleiten. Da ist echte Liebe in mir. Ich erkenne den Unterschied zu Schwärmerei und harmloser Verliebtheit erst in diesem Augenblick, als Paul mich mit geweiteten Pupillen und diesem liebevollen Lächeln ansieht, das er mir von Anfang an gezeigt hat. Seine Arme halten mich sicher.

»Ich höre dich denken«, flüstert er und küsst mich zärtlich auf die Nasenspitze.

»Mir ist aufgefallen, dass ich noch nie so empfunden habe wie gerade mit dir.«

»Wie empfindest du denn?«

»Als wäre das, was wir gerade tun, bedeutungsvoll.«

»Geht mir genauso.« Wieder dieses Lächeln.

Ich erwidere es. Paul hält mein Herz in seinen Händen, doch ich fürchte mich nicht.

Zärtlich lege ich eine Hand auf sein Herz und spüre dem kräftigen Pochen nach. Der Dampfhammer in meiner Brust legt ein ähnliches Tempo vor.

»Willst du mehr?«, raunt Paul.

Nun spüre ich auch den Bass seiner Stimme unter meinen Fingerspitzen. Ja, ich will mehr. Ich will alles, was er mir zu geben bereit ist.

Nickend komme ich ihm zu einem Kuss entgegen. Keine Fragen, keine weiteren Wahrheiten mehr. Nur das Hier und Jetzt.

Eine Sekunde später schrecke ich zusammen, weil Paul mich loslässt, um unter die Bettdecke zu kriechen.

»Wenn du es nicht magst, sagst du es einfach«, kommt es gedämpft unter dem Federbett hervor.

Mir wird abwechselnd heiß und kalt, als er meine Schenkel vorsichtig auseinanderdrückt. Ich habe gar nicht gemerkt, dass ich sie reflexartig zusammengepresst habe. Erst spüre ich seine sanften Finger an meiner Mitte, aber dabei belässt er es nicht. Ich keuche überrascht, als ich seinen Mund auf meiner empfindlichsten Stelle spüre. Himmel!

Seine zerzausten Haare streifen die Innenseiten meiner Oberschenkel, kitzeln mich ebenso wie seine Zunge. Doch mit jedem

Zungenschlag entspanne ich mich ein wenig mehr und fange an, es zu genießen. Das hat noch niemand mit mir gemacht. Es ist gigantisch!

Viel zu schnell überrollt mich der Höhepunkt. Ich halte mir selbst die Hand vor den Mund, um mein Stöhnen zu dämpfen. Mein Atem geht schnell, und das Herz springt mir beinahe aus dem Brustkorb.

Paul kommt nach oben gekrochen und grinst mich selbstzufrieden an. Wenige Atemzüge lang legt er seinen Kopf auf meine Brust, bevor er sich hochstemmt und mir mit dem Daumen über die Unterlippe fährt. Ein Schauder durchfährt mich. Paul bittet um meine Erlaubnis, auch wenn er sich mittlerweile sicher sein kann, dass ich ihn nicht abweisen würde.

Ich nicke, und die Schmetterlinge in meinem Bauch flattern aufgeregt umher. Paul holt ein Kondom, bevor er wieder zu mir ins Bett klettert. Weil ich keine Ahnung habe, was ich tun soll, mache ich das, was bei meinem anderen Freund auch funktioniert hat, und bleibe auf dem Rücken liegen. Ich rechne damit, dass der beste Teil für mich vorbei ist.

Hastig schiebe ich diesen etwas deprimierenden Gedanken beiseite, als Paul meinen Mund einfängt und mich küsst. Seine Zunge reibt so aufreizend an meiner entlang, dass sich erneut dieses unwiderstehliche Ziehen in mir aufbaut. Ich grabe ihm die Finger in die Schultern, als er in mich hineingleitet.

Oh, mein Gott! Ich stöhnte laut auf. Unsere Wangen ruhen aneinander. Überall spüre ich ihn, überall ist Paul. In meinem Herzen, in meinem Körper, in meiner Seele. Wir liegen so eng beieinander, wie es nur irgend möglich ist, doch selbst das reicht mir nicht.

Sein Atem geht stoßweise. Wieder küsst er mich intensiv und langsam, als sich ein weiterer Höhepunkt in immer stärker werdenden Wellen ankündigt. Ich befreie meinen Mund und keuche, während sich mein Innerstes verkrampft.

Bewusst nehme ich Pauls letzte Stöße wahr, als die Wellen langsam verebben.

Sein Stöhnen gleicht mehr einem Knurren, dann erzittert er und hält still.

Er hat meine Welt aus den Angeln gehoben.

21

Das Schrillen des Telefons lässt uns beide aufschrecken. Es ist kurz vor der Teezeit.

Paul stürzt in der Unterhose zum Apparat und hebt ab.

»James! Ist etwas passiert?«, höre ich ihn sagen.

Ich blende das Gespräch aus. Paul wird mir erzählen, was James wollte. Rasch ziehe ich mich an, kämme meine völlig derangierten Haare und flechte mir einen ordentlichen Zopf.

Dann betritt Paul wieder das Zimmer.

»Oh gut, du bist schon fertig«, stellt er fest. »George ist gerade angekommen, er will dich sehen. Mary dreht ziemlich am Rad, und James wünscht sich meine Unterstützung.«

Sofort schießt mein Puls in die Höhe. Mein Vater ist da!

»Was ist mit Elisabeth?«

»Die ist mit Brians Kindern bei Patricia.«

»O…okay. Sehe ich anständig aus?«

»Du meinst, nicht so, als hättest du dich den ganzen Nachmittag im Bett eines jungen Gentleman herumgetrieben?«, fragt er zurück und lächelt verschlagen.

Ich spüre, dass ich tiefrot anlaufe.

Paul lacht, während er sich nach seiner Cordhose bückt.

»Lass ja diese Scherze, wenn wir meinen Vater treffen. Oh Gott, ich bin so aufgeregt!« Nervös und mit zitternden Fingern nestle ich an dem frisch geflochtenen Zopf herum.

Skeptisch blicke ich an mir herunter. Hoffentlich sind der karierte Tweedrock, die schwarze Strumpfhose und der dunkelgrüne Rollkragenpullover nicht zu leger.

»Du siehst hübsch aus«, versichert Paul und küsst mich lächelnd auf die Stirn. »Mach dir nicht so viele Gedanken.«

Im Flur schlüpfe ich in meine ledernen Halbschuhe, nehme meinen Dufflecoat vom Haken und folge Paul ins Treppenhaus.

Eigentlich hatte ich nicht vorgehabt, das protzige Haus der Wrights noch einmal zu betreten, vor allem nicht nach Mary Wrights Rauswurf. Das Herz schlägt mir bis zum Hals, und mein Magen grummelt, als Paul und ich Hand in Hand vor der Tür stehen.

»Er wird dich mögen, glaub mir«, versucht Paul mir gut zuzureden. »Sei einfach du selbst.«

Ich atme tief durch.

James öffnet uns die Tür. Er sieht ziemlich mitgenommen aus. Unter seinen Augen liegen dunkle Schatten, und seine Haare sind unordentlicher als sonst. Neben ihm steht Kate.

»Hallo, Leute«, begrüßt ihn Paul lässig.

Ich bringe nur eine Art Quieken heraus. Fluchtgedanken kommen in mir hoch, doch Paul zieht mich über die Schwelle.

»Er ist genauso nervös wie du, Anne«, flüstert James, als er mich zur Begrüßung umarmt. »Aber er wird dich nicht fortjagen, das verspreche ich dir.«

Kate umarmt mich ebenfalls.

»Wie lief das Probearbeiten?«, erkundigt sie sich.

»Gut. Ich kann die Stelle haben.«

»Das ist toll, freut mich für dich! Hoffentlich sagst du Ja und bleibst hier bei uns.«

Sie lächelt mich so freudig an, dass ich plötzlich einen Kloß im Hals habe.

»Danke, Kate. Ich denke noch darüber nach, aber ich will eigentlich bleiben.«

»Los jetzt«, mahnt James. »Mum gibt uns eine Stunde.«

Wie großzügig!

Ich stolpere an Pauls Hand in den Wintergarten, wo George bei Tee und Keksen auf uns wartet.

Paul lässt mich los, und ich gehe ganz langsam auf meinen Vater zu. Denn ich sehe gleich, dass er es ist. Der Mann sieht aus wie auf Mamas Foto. Ein wenig gealtert natürlich, aber die Gesichtszüge sind genauso identisch wie das herzliche Lächeln, das er mir schenkt. Obwohl in meinem Inneren pures Chaos herrscht und ich nicht weiß, ob meine Stimme jemals wiederkommt, erwidere ich das Lächeln, das genauso aussieht wie meins.

George steht auf, und plötzlich stehen wir uns gegenüber. Ich muss den Kopf in den Nacken legen, um ihn anzuschauen, wenn auch nicht so weit wie bei Brian oder Paul.

Mein Vater trägt eine Uniform der britischen Streitkräfte. Er hat sich nicht einmal die Zeit genommen, etwas Bequemeres anzuziehen.

»Hallo, Anneliese«, begrüßt er mich.

Ohne den Blick von seinem fremden und zugleich vertrauten Gesicht abzuwenden, nehme ich seine ausgestreckte Hand in meine. Mich überkommt der Drang, ihm um den Hals zu fallen, aber das wäre ihm sicher seltsam vorgekommen, daher schüttle ich nur seine Hand und lasse ihn wieder los.

»Hallo, Mr. Wright«, entgegne ich unbeholfen.

Darf ich ihn George nennen? Oder Papa? Dad? Was sage ich nur zu ihm?

»Nenn mich bitte nicht so«, erwidert er und verzieht das Gesicht. »Du siehst mir zu ähnlich, um Mr. Wright zu mir zu sagen. Wie wäre es mit George für den Anfang?«

»George.« Ich nicke. »Dann nenn mich aber bitte auch Anne. Anneliese ruft mich bloß meine Mutter, wenn ich etwas angestellt habe.«

George schmunzelt über meine Worte.

»Möchtest du eine Tasse Tee, Anne?« Er bietet mir einen Platz in der Sitzgruppe an, ehe er sich an die anderen wendet, die uns beobachten. »Wollt ihr euch auch setzen, oder gönnt ihr uns ein paar Minuten alleine?«

»Sind schon weg«, meint James und verlässt mit Paul und Kate im Schlepptau den Wintergarten.

»Danke, dass du mich sehen wolltest und dass du mir glaubst.«

George schüttelt den Kopf. »Meine Frau war zu Recht misstrauisch, wir sind schließlich nicht unvermögend. Aber ich musste dich nur ansehen, um zu wissen, dass du die Wahrheit sagst. Du könntest James' Schwester sein, nicht nur seine Halbschwester. Er wusste es auch sofort.«

»Ich mochte ihn von Anfang an. Er mich wohl auch, obwohl ich Deutsche bin.«

»Du gehörst zu dem Volk, das Mary viel Leid zugefügt hat«, sagt er und sieht Hilfe suchend an die Decke. »Das wird sie dir – und besonders mir – nicht verzeihen können. Es tut mir leid, dass du einen so hässlichen Empfang hattest.«

»James hat es wieder wettgemacht.«

»Mein Sohn denkt, ich halte ihn insgeheim für einen Versager, weil er lieber Lehrer werden möchte als Offizier, aber das stimmt nicht. Ich bin stolz auf ihn, weil er sich um dich gekümmert hat. Seine Meinung ist mir wichtig.«

Es ist so nett mit George. Keine meiner Bedenken bewahrheitet sich.

»Du zweifelst wirklich gar nicht daran, dass ich deine Tochter bin?«, hake ich dennoch nach.

»Nein. Abgesehen von der körperlichen Ähnlichkeit: Du musst in einem Zeitraum gezeugt worden sein, in dem ich noch in Deutschland und mit deiner Mutter liiert war. Erika hat geglaubt, dass es für alle besser sei, wenn ich nichts von deiner Existenz erfahre. Sie wollte mir das Leben nicht schwermachen, und schon gar nicht wollte sie einen Penny von meinem Vermögen. Dabei hätte ich euch gerne unter die Arme gegriffen.« Sein Blick wird weicher, als er von meiner Mutter spricht.

»Patricia hat gemeint, Erika sei dir sehr wichtig gewesen.«

Er nickt. »Das wird sie auch immer bleiben. Ich bereue es

jeden Tag, dass ich mich dem Willen der anderen gebeugt und Mary geheiratet habe. Ich hätte nach Deutschland zurückkehren können, aber ich habe es aus lauter Feigheit nicht getan. Es wäre allen gegenüber fairer gewesen; Mary, Erika, dir und mir selbst.« Er seufzt schwer. »Aber Selbstvorwürfe nützen mir jetzt auch nichts mehr. Mary wird mich verlassen. Sie hat nicht nur dich getroffen, sondern auch den unumstößlichen Beweis dafür gefunden, dass ich ihr nie der Mann war, den sie verdient.«

George greift neben sich und hebt ein Bündel Briefe hoch, die mir zuvor nicht aufgefallen sind.

»Sind das Briefe von meiner Mutter?«

»Nein. Briefe, die ich ihr geschrieben habe. Jedes Jahr mindestens einen. Vierundzwanzig insgesamt. Ich habe sie nie abgeschickt, weil ich mir geschworen hatte, Erika in Ruhe zu lassen, doch ich musste auf irgendeine Weise den Kontakt zu ihr halten. Das hört sich verrückt an, nicht wahr?«

Ich schüttele den Kopf, und mir schnürt sich die Kehle zu. Mein Vater hatte Mama nie vergessen. Er hat sich nicht aus ihrem Leben gestohlen, weil er das so wollte, sondern weil er glaubte, es wäre das Beste für alle.

Wie sehr er sich irrte!

»Hattest du wenigstens eine schöne Kindheit?«

Ich nicke. »Zumindest meistens. Mein Stiefvater hat mich nur notgedrungen aufgenommen, aber seine Mutter, Großmutter Margot, war die beste Großmutter, die ich mir wünschen konnte. Ich habe noch zwei jüngere Halbschwestern, Marlene und Clara. Unsere Wohnung ist zu klein für alle, und Mama arbeitet im Schichtdienst, seit ich denken kann, aber Rudolf hat sich immer um uns gekümmert.« *Nur geliebt hat er mich nicht.*

George nickt.

»Ich bin so froh, dass wir uns doch noch kennenlernen, Anne. Es schmerzt mich, dass ich nicht dabei sein konnte, als du ein Kind warst, dass ich nicht miterleben durfte, wie du aufwächst.

Nun bist du eine erwachsene Frau und brauchst keinen Vater mehr oder jedenfalls keinen fremden.«

Ich schüttle vehement mit dem Kopf.

»Ich bin allein hergekommen, um dich zu finden und mit dir zu sprechen. Seit ich von dir weiß, wünsche ich mir das von ganzem Herzen. Und wenn du gerne ein Vater für mich sein möchtest, würde mich das sehr freuen. Rudolf akzeptiert mich nur, weil ich zu Mama gehöre und er sie nicht ohne mich bekommen konnte. Das habe ich inzwischen verstanden.«

»Ich möchte gerne ein Vater für dich sein.«

Es fühlt sich irgendwie unwirklich an, diese Worte aus seinem Mund zu hören, und gleichzeitig wärmen sie mich bis in mein Innerstes. Er ist bereit, mich als Teil seines Lebens anzunehmen!

»Wirklich?«, frage ich ungläubig.

»Wirklich.«

Da pfeife ich auf vermutlich angemessenes Verhalten und lege die Arme um Georges breite Schultern. Meine Wange berührt seine. Sie ist stoppelig und rau, aber ich fühle mich angekommen.

George drückt mich fest an sich. Das überwältigende Gefühl, am richtigen Ort bei den richtigen Menschen zu sein, lässt mich leise aufschluchzen.

Mein Vater mag mich! All der leise Groll, den ich noch gegen ihn hege, weil er es nicht ernsthafter mit meiner Mutter versucht hat, verraucht in diesem langen Augenblick.

Als ich mich mit roten Augen von ihm löse, reicht er mir ein sauberes Stofftaschentuch. Die eingestickten Initialen lauten E. K., Erika Knies.

Ich wische mir die Tränen ab und putze mir die Nase.

»Du hast ein Taschentuch von meiner Mutter?«

»Ein halbes Dutzend. Ich habe sie gehütet wie einen Schatz. Mary hat sie nie gefunden, weil sie auf dem Stützpunkt lagern. Albern, ich weiß.« Seine Augen glitzern, und er wirkt auf einmal viel jünger. Für ein paar Sekunden sehe ich den Mann vor mir, in den Mama sich Hals über Kopf verliebt hat.

»Es ist nicht albern. Es ist menschlich.«

»Vielleicht.« Er trinkt von dem inzwischen sicher kalt gewordenen Tee. »James hat mir von deinem Stellenangebot im St. Mary's Hospital erzählt. Wirst du es annehmen?«

»Das würde ich sogar sehr gerne tun. Ich bin mir nur noch nicht ganz sicher, ob ich es über mich bringe, meinem alten Leben komplett den Rücken zu kehren.«

Er nickt.

»Was ist mit deiner Frau?«, frage ich, denn die Sache mit Mary lässt mich nicht los. »Es tut mir so leid, dass ich ihr mit meinem Auftauchen wehgetan habe.«

»Das braucht dir nicht leidzutun. Nicht du hast ihr wehgetan, sondern ich. Anstatt etwas daran zu ändern, bin ich auf den Stützpunkt oder nach Sandhurst geflohen. Dort war ich weder ihrem eisigen Schweigen ausgesetzt noch dem ständigen Streiten. Ich bin ein solcher Feigling, wenn es um Beziehungen geht. Keine Ahnung, was deine Mutter an mir gefunden hat.«

Eigentlich bin ich nicht die passende Gesprächspartnerin für dieses Thema, doch ich will George nicht unterbrechen. Ich habe selbst wieder damit angefangen, und es ist ihm offenbar ein Anliegen, dass ich die Hintergründe kenne.

»Jeder macht Fehler«, erwidere ich daher. »Mary ist auch nicht gegangen, obwohl sie gekonnt hätte.«

»Als Frau kann sie das nicht so einfach. Sicher, die Zeiten haben sich geändert, aber ich hätte es mir nie verziehen, wenn sie mir James weggenommen hätte. Ihre Eltern hätten sie in ihrem Herrenhaus eingesperrt und mich nie wieder in seine Nähe gelassen.«

»Das klingt hart. Wissen sie denn von mir?«

Er nickt und seufzt erneut. »Mein Schwiegervater hat mir am Telefon bereits die Leviten gelesen. Er meint auch, es wäre besser gewesen, dich vor Mary geheim zu halten und so schnell wie möglich wieder loszuwerden. Uneheliche Kinder sind für ihn nichts als eine Schande. Dann noch mit einer Deutschen …«

»Wie nett. Zum Glück denkst du nicht so.«

»Niemals. Allerdings ist Mary ganz das Kind ihrer Eltern.«

Wie aufs Stichwort erscheint sie am Eingang des Wintergartens. Der Ausdruck in ihren Augen kann einem Angst einjagen.

»Eure Zeit ist um«, informiert sie uns mit kalter Stimme.

»Hat mich sehr gefreut«, sage ich hastig zu George und erhebe mich. »Bis zum nächsten Mal.«

George drückt meine Hand und küsst mich auf die Wange. Ein Affront, doch Mary soll offenbar sehen, wie er zu seiner Tochter steht.

Ich verkneife mir jedes Wort, als ich ihr zunicke und den Wintergarten verlasse.

Doch ich laufe nicht schnell genug. Entsetzt bleibe ich stehen und lausche ihrem Streit, an dem ich mir die Schuld gebe.

Mary Wright fällt wie eine Hyäne über ihren Mann her.

»Was denkst du dir dabei, dieses Mädchen in unser Haus einzuladen? Nach allem, was du mir angetan hast, ist sie die Krönung! Ein Bastard mit einer Deutschen, das hätte ich nie von dir erwartet! Was hast du jetzt vor? Wirst du vor ihrer Mutter auf die Knie fallen und um Vergebung winseln? Von mir wirst du nämlich keine bekommen, niemals!«

Das lässt George nicht auf sich sitzen.

»Mary! Wäre ich nicht zurückgekommen, wärst du mit Brad Harper durchgebrannt«, erinnert er sie lautstark, und der sanfte, freundliche Mann von eben ist verschwunden. »Also tu nicht so, als wäre ich hier der Einzige, der nicht richtig bei der Sache war! Das war keiner von uns! Und lass Anneliese in Ruhe! Sie konnte sich ihre Eltern schließlich nicht aussuchen!«

Während die lautstarke Auseinandersetzung im Wintergarten weitergeht, taucht James am Fuß der Treppe auf.

»Diesen Streit führen sie bestimmt schon seit ihrer Hochzeit, natürlich ohne den ›Bastard‹. Bitte halte mich davon ab, jemanden aus reinem Kalkül zu heiraten.«

»Darauf kannst du dich verlassen.« Alle Freude über das Treffen mit meinem Vater verflüchtigt sich.

Paul tritt neben mich und legt einen Arm um meine Hüfte.

»Sollen wir gehen?«

»Ja. Ich will das nicht mehr mitanhören.« Ich wende mich wieder an James. »Möchtet ihr mitkommen, du und Kate?«

»Ich bleibe keine Minute länger hier«, erklärt mein Bruder.

Im Wintergarten geht derweil eine der teuren Vasen zu Bruch.

»Mary! Nicht!«

Das nächste Porzellan zerbricht am Boden.

»Weißt du, was ich mit deinen Briefen mache? Ich werde sie alle verbrennen, jeden einzelnen! Weißt du, wie es sich angefühlt hat, sie zu lesen? Du hast mich immer mit diesem Flittchen betrogen, all die Jahre!«

»Nur zu, verbrenn sie doch! Sie waren nie für jemand anderen bestimmt als für mich. Du hättest nicht in meinen Sachen herumschnüffeln müssen!«

George klingt wieder sehr gefasst. Bewundernswert.

Da sprintet James in den Wintergarten.

»Hört endlich auf! Es ist schrecklich, dabei zuzusehen, wie ihr euch gegenseitig zerfleischt! Wir gehen jetzt.«

Das Briefbündel in der Hand, kommt er zurück, reißt seinen Mantel vom Garderobenhaken und rennt hinaus. Wir folgen ihm.

Auf dem Weg zur U-Bahn kann ich meine Frage nicht länger zurückhalten: »Wieso hast du die Briefe mitgenommen?«

»Ich will sie retten. Sie bedeuten meinem Dad viel. Ich lasse nicht zu, dass Mum sie aus reiner Rachsucht und verletztem Stolz zerstört. Aber er hätte sie besser verstecken können. Immerhin hat Mum erst angefangen herumzusuchen, nachdem sie dich gesehen hat.«

Paul brummt.

»Wer sagt denn, dass er nicht wollte, dass Mary sie irgendwann findet und liest? Gerade jetzt hat er nicht mehr viel zu verlieren. Du bist erwachsen und mehr oder weniger selbstständig. Vielleicht wollen Mary und George endlich an sich selbst denken?«

»Und sich scheiden lassen? Das lohnt sich doch gar nicht mehr«, erwidert James und winkt ab.

Kate schnaubt. »Sollen sie sich die nächsten dreißig Jahre noch angiften und dann verbittert sterben? Wünschst du dir das für deine Eltern?«

Verblüfft schaut er sie an. »Nein, natürlich nicht. Ich wünschte nur, sie wären miteinander glücklich geworden. Warum also jetzt der ganze Krach? Bloß weil Anne hergekommen ist? Oder weil Patricia nicht mehr lange leben wird und ihre Trennung nicht mehr mitansehen muss? Sie musste ihre beschissene Beziehung ertragen, da dürfte ihre Trennung keine große Überraschung mehr für sie sein.«

James klingt wütend und traurig. Er mag erwachsen sein, doch das Ehe-Aus seiner Eltern nimmt ihn trotzdem mit.

»Es tut mir leid, James«, sage ich und lege meine Hand kurz auf seine. »Wenn ich gewusst hätte, was für einen Ärger ich heraufbeschwöre, wäre ich die Sache mit unserem Vater anders angegangen.«

Er schüttelt den Kopf.

»Mag er dich?«, fragt er.

»Ich glaube schon. Er möchte mich jedenfalls wiedersehen.«

»Dann hat dieser Tag immerhin etwas Gutes gebracht.« Seine erstickte Stimme straft sein Lächeln Lügen. Er wendet sich ab und greift nach Kates Hand, dann gehen die beiden voraus.

Schuldgefühle und Wut schnüren sich in meiner Brust zu einem festen Knäuel zusammen.

Pauls Stimme durchdringt den seltsamen Nebel, der sich in meinem Gehirn ausbreitet.

»Mach dir keine Vorwürfe, Anne. Mary und George haben ihre Ehe selbst auf dem Gewissen. Du kannst nichts dafür, okay?«

Ich würde ihm so gerne glauben.

22

Mitten in der Nacht weckt mich James. Ich liege in Pauls Bett, weil wir es beide lächerlich finden, mich weiter auf der Couch schlafen zu lassen. Wenn schon Beziehung, dann richtig. Irgendwie sind wir in stummer Übereinkunft dazu übergegangen, uns wie ein Paar zu verhalten und uns als *girlfriend* und *boyfriend* zu bezeichnen.

»Anne, wach auf! Deine Mutter ist am Telefon.«

Mein Puls schnellt in die Höhe. Ich springe aus dem Bett und laufe in den Flur. Ich male mir alle möglichen Horrorszenarien aus, von einer verunglückten Marlene bis zu einer entführten Clara oder einer obdachlosen Familie Reuter.

»Mama? Warum rufst du so spät noch an? Ist was passiert?«

»Anne! Gut, dass du drangegangen bist.« Sie fängt an zu weinen. Bestürzt lasse ich mich auf das Telefonbänkchen fallen.

»Mama! Was ist los?«

»Rudolf ist heute Abend gegangen. Er hat die Scheidung eingereicht. Es kam so plötzlich! Ich dachte wirklich die ganze Zeit, er kriegt sich wieder ein ...«

»Was ist passiert?«

»Ich habe mir ein Herz gefasst und ihm erzählt, was du wirklich in England tust. Wer dein Vater ist und warum ich damals nach Heidelberg gekommen bin. Er hat vollkommen die Beherrschung verloren. Mit einer solchen Frau kann er nicht länger zusammenleben, hat er gesagt.«

Oh Gott, meine arme Mutter! Meine fiesen Schuldgefühle lassen mich schlucken. Gäbe es mich nicht, hätte Rudolf wahrscheinlich nie von George erfahren. Wir sind nicht gerade im Guten auseinandergegangen, aber das habe ich nicht erwartet.

Meine Mutter schluchzt am anderen Ende der Leitung.

»Großmutter Margot will nichts mehr mit uns beiden zu tun haben. Es tut mir so leid! Ich weiß, wie gern du sie hast.«

Ja, das habe ich. Margot ist die einzige Großmutter, die ich jemals hatte. Nun habe ich zwei Familien auf dem Gewissen. Ich fühle mich wie in einem Albtraum.

Nun fange ich ebenfalls an zu weinen. Mir ist ganz schlecht. Jetzt habe ich Mama nicht nur um ihre Familie in Berkum gebracht, sondern auch noch um ihren Ehemann … und meine Schwestern um ihren Vater. Was stimmt bloß nicht mit mir? Warum bringe ich so viel Unglück über meine Familie?

Mühsam dränge ich die Tränen zurück.

»Was kann ich für dich tun, Mama?«

»Kannst du nach Hause kommen? Ich brauche dich hier.«

»Natürlich. Ich komme spätestens übermorgen zurück.«

»Danke, mein Schatz. Pass auf dich auf – und eine gute Reise.«

Sie legt auf. Wie betäubt hänge ich den Hörer ein und sitze weiter auf dem Bänkchen.

Das war's. Aus der Traum von einem neuen Leben in Großbritannien, von der Arbeit im St. Mary's Hospital. Von Paul und mir.

Ein neuer Schmerz ereilt mich so plötzlich, dass ich mich vornüberbeuge und erstickt einatme. Mit angezogenen Knien umarme ich mich fest. Ganz still sitze ich in dem dunklen Flur und vergieße heiße Tränen. Mein Körper wird so lange von Schluchzern geschüttelt, bis Paul mich findet und auf seine Arme lädt, doch auch in seiner Wärme finde ich keinen Trost. Meine Mutter braucht mich für meine Schwestern, als Miternährerin der Familie. Ohne Rudolfs Versehrtenrente kann sie die Wohnung nicht halten, selbst wenn er für Clara und Marlene etwas Unterhalt zahlt.

Ich weiß, es ist vernünftig und das moralisch Richtige, nach Deutschland zurückzukehren und mir dort eine neue Arbeit zu suchen, um meiner Mutter zu helfen. Dennoch sträubt sich alles in mir gegen diese Entscheidung.

Wie gern würde ich jetzt auf mein Herz hören, aber das darf ich nicht. So wie George und Mama es nicht durften.

Stockend erzähle ich Paul in Kurzform, was zu Hause geschehen ist.

»Es tut mir so leid, Anne«, murmelt Paul an meinem Ohr.

Ich kann nicht antworten. Der Schmerz raubt mir beinahe den Atem. Das hier wird vorbei sein, bevor es richtig angefangen hat. Mein Magen und mein Herz verkrampfen sich mit jedem flachen Atemzug, den ich mache. Natürlich belastet mich auch das Auseinanderbrechen meiner Familie, aber das ist ein anderer Schmerz. Er ist dumpf und kommt nicht aus der Tiefe meines Herzens, so wie der über meine zum Scheitern verurteilte Liebe.

Und wie soll ich James, meinen Vater, Kate und Brian einfach zurückzulassen? Telefonate, Briefe und Besuche einmal im Jahr sind nicht dasselbe.

An Schlaf ist nicht mehr zu denken. Schließlich fängt auch Paul an zu weinen. In den frühen Morgenstunden versiegen meine Tränen schließlich. Pauls nicht. Ich halte ihn, bis er in meinen Armen einschläft, die tränennasse Wange an meine Brust gepresst.

Im Laufe des Vormittags kommen alle vorbei, um sich von mir zu verabschieden. James, Kate, Elisabeth, George. Jedes Mal wenn jemand darum bittet, dass ich wiederkommen soll, und zwar für immer, muss ich gegen die Tränen ankämpfen.

Paul weicht nicht von meiner Seite. Bis zu meiner Abreise am frühen Nachmittag berühren wir uns ununterbrochen, weil wir beide wissen, dass wir uns lange Zeit nicht sehen werden, womöglich sogar nie wieder. Doch am Ende ist es die Hoffnung in Brians Augen, die mir das Herz zerreißt und mich vor Paul, James und Kate in Tränen ausbrechen lässt.

»Patricia geht es etwas besser«, erzählt er. »Das neue Medikament schlägt gut an und verschafft ihr ein wenig mehr Zeit. Das ist alles, was wir uns erhofft haben. Übermorgen darf sie nach Hause.« Um dort zu sterben. Auf jeden Fall schöner als im Krankenhaus. »Elisabeth wird uns unterstützen. Weißt du schon, dass sie bald nach Großbritannien auswandern wird?«

Ich schüttle den Kopf. »Sie gibt ihre Beamtenstelle auf?«

»Wir sind ihre Familie, und sie ist es leid, von uns getrennt zu leben. Ich bewundere sie sehr für diesen Schritt.«

All die Jahre hat Elisabeth nie über Brian gesprochen, hat quasi ein zweites Leben geführt, an dem meine Mutter und der Rest unserer Familie keinen Anteil hatte. Ich verstehe, dass sie Mama nicht unter die Nase reiben wollte, dass sie etwas tun konnte, was ihr verwehrt geblieben war: Kontakt zu dem Mann haben, den sie liebte, ob nun als Freundin oder als Geliebte. Zumal alle außer Otto und Luise die Freundschaft mit Briten verurteilt hätten. Erst als meine Mutter mir gegenüber reinen Tisch machte, erfuhr ich davon, dass sie sehr wohl über Elisabeths Freundschaft Bescheid gewusst hatte.

»Ich würde auch gerne bleiben, aber Mama wird sich bald die Miete nicht mehr leisten können. Jedenfalls nicht ohne mein Gehalt.«

»Vielleicht finden wir doch noch eine Lösung«, sagt Brian, aber ich weiß, dass er mich nur aufmuntern will.

»Bestell Patricia und Elisabeth schöne Grüße von mir.«

Paul bringt mich zur Tube und besteht darauf, bis zum Bahnhof mitzufahren. Am liebsten würde er mich nach Deutschland begleiten, aber so spontan ist das nicht möglich.

Ich muss hier und jetzt einen Schlussstrich ziehen. Wenn ich ohnehin nicht wieder nach England kommen kann, tut es Paul nur unnötig weh, wenn ich ihn hinhalte. Er muss ohne mich klarkommen – und ich werde auch ohne ihn klarkommen müssen.

Die ganze Zeit über sprechen wir kaum ein Wort, halten uns nur stumm an den Händen.

Am Bahnsteig ringen wir beide um Fassung. Ich vergrabe mein Gesicht an seiner Schulter und drücke ihn an mich.

»Bitte versuch, zu uns zurückzukommen, Anne. Vielleicht gibt es eine Möglichkeit, ohne deine Familie im Stich zu lassen. Wir werden uns auch etwas überlegen. Ich kann dich nicht einfach so ziehen lassen.«

»Es geht nicht anders.«

Er hält mich so fest, dass es mir den Atem raubt.

Kein Zweifel: Ich liebe ihn. Da habe ich nun endlich jemanden gefunden, den ich lieben kann, den ich lieben will, und dann muss ich ihn verlassen. Die Ungerechtigkeit brennt in meinem Herzen. Aber ich brauche klare Verhältnisse, keinen Schwebezustand, der am Ende zu noch mehr Leid führt.

»Ich werde jetzt gehen, Paul. Es ist vorbei.«

Meine Stimme versagt, aber ich nehme das Gesagte nicht zurück. Der Schmerz in Pauls Gesicht bringt mich fast um, aber es muss sein.

»Dann verabschiede dich wenigstens anständig von mir«, sagt er, bevor er mich küsst. Erst zart, dann verzweifelt, bis der Schaffner pfeift und ich es gerade noch in den Zug schaffe.

Paul steht verloren am Bahnsteig, als der Zug losrollt.

Ich fühle mich genauso. Verloren, alleine, ziellos. Denn ich habe mich heute gegen mein Herz entschieden.

23

Heidelberg, November 1967

Als ich völlig geschafft mitten in der Nacht unsere kleine Wohnung betrete, finde ich Onkel Otto mit einer Tageszeitung am Küchentisch vor. Der vertraute Geruch nach Kartoffelsuppe und Holz erinnert mich an meine Kindheit und lässt mich einen Wimpernschlag lang vergessen, dass ich gar nicht hier sein will.

»Otto! Was machst du denn hier?«

Er steht auf und umarmt mich, kurz, aber kräftig.

»Meine Schwester braucht ihren großen Bruder.«

Er hat seine inzwischen ergrauten Haare ordentlich nach hinten gekämmt und ist frisch rasiert. Dunkelrote Hosenträger leuchten auf dem weißen Hemd, das er in seine schwarze Bundfaltenhose gesteckt hat.

»Das ist lieb von dir.«

»Ich habe auf dich gewartet. Erika war todmüde, wollte dich aber unbedingt begrüßen. Also habe ich sie ins Bett geschickt und versprochen, an ihrer Stelle auf dich zu warten.«

»Danke schön. Ich habe ein Taxi genommen, weil die letzte Straßenbahn schon weg war.«

Er nickt und mustert mich.

»Du siehst schrecklich aus«, lautet sein Urteil.

»Danke, wie charmant.«

»Ist es wegen Rudolf? Er war nie mein bester Freund, ist aber natürlich der einzige Vater, den du kennst.«

Ich schüttle den Kopf. Den Abschied von meinem Stiefvater verkrafte ich gut. Sicher, es tut mir leid für Mama und meine

Schwestern, aber es fällt mir schwer, ihn zu vermissen. Es ist meine Beziehung zu Paul und die einmalige Chance auf ein neues Leben, wovon ich mich nie verabschieden wollte.

Onkel Otto mochte mich immer. Er hat mich von Anfang an akzeptiert und nie für einen Schandfleck im Stammbaum gehalten. Daher gebe ich mir einen Ruck und erzähle ihm von meinen neuen Freunden, von dem Stellenangebot in London und von George, der mich als seine Tochter annehmen will.

»Was machst du hier, Anne?«

»Ich tue meine Pflicht«, sage ich und versuche mich an einem schiefen Grinsen. »Ich bin eine gute Tochter.«

Er stützt den Kopf in seine schwieligen Hände, die von einem arbeitsreichen Leben zeugen, und grinst mich an. Im Ernst, er grinst!

»Du wirfst all diese guten Dinge, die dir widerfahren sind, weg, nur um dein schlechtes Gewissen zu erleichtern? Du willst doch gar nicht hier sein! Du bist das uneheliche Kind eines britischen Soldaten. Na und? Heutzutage interessiert das doch niemanden mehr.«

Mrs. Wright interessiert es, meine Großeltern interessiert es. Rudolf hat es dazu gebracht, Mama und seine Töchter zu verlassen.

Ich beiße mir auf die Unterlippe. Dennoch stimmt das, was Otto sagt. Meine Schuldgefühle haben nicht nachgelassen.

»Wie kann ich es jemals wiedergutmachen, dass ich meiner Mutter das Leben versaut habe?« Schon wieder. »Ich muss sie unterstützen, wo ich kann. Sie hat alles für mich aufgegeben, ihre Familie verlassen, George gehen lassen, sich an Rudolf gebunden, um mich versorgt zu wissen, damals diesen Spießrutenlauf im Dorf ertragen … alles für mich! Es ist undankbar, wenn ich einfach weggehe und sie hier mit Marlene und Clara sitzen lasse.«

Otto schüttelt den Kopf. »Es ist nicht undankbar, wenn du deine eigenen Entscheidungen triffst und dein Leben selbst in die

Hand nimmst. Ich habe den Hof nicht übernommen, weil ich es musste, sondern weil ich es liebe, Bauer zu sein. Über mein Leben wurde genug bestimmt. Damals in Frankreich habe ich mir geschworen, dass ich es nie wieder zulassen werde, dass jemand für mich entscheidet. Es führt zu nichts Gutem, wenn wir immer nur versuchen, es anderen recht zu machen, ob nun aus Schuldgefühlen oder aus Angst.«

Oh Gott, er hat ja so recht!

»Ich will nicht hierher zurück, Otto! Ich will dieses andere Leben! Aber wer kümmert sich dann um meine Familie?«

»Das weiß ich noch nicht, aber es gibt immer eine Lösung. Marlene wird bald ausziehen und auf eigenen Füßen stehen. Dann können Erika und Clara in eine kleinere, günstigere Wohnung ziehen. Sie werden nicht am Hungertuch nagen, nur weil du nicht zum Einkommen beitragen wirst, Anne!«

»Wird Mama mir nicht irgendwann vorwerfen, dass ich nur an mich selbst gedacht habe?«

»Es war die Entscheidung deiner Mutter, eine Beziehung zu deinem leiblichen Vater einzugehen. Es war ihre Entscheidung, dich zu behalten und nicht wegzugeben. Und es war auch ihre Entscheidung, Rudolf zu heiraten. Niemand hat sie zu irgendetwas gezwungen.«

Leichter Ärger steigt in mir auf.

»Großvater hat uns rausgeworfen, falls du das vergessen hast!«

»Ihr hättet bei Tante Luise bleiben können, aber Erika wollte selbstständig sein und alleine für euch beide sorgen. Auch das war ihre eigene Entscheidung. Sie war nicht so fremdbestimmt, wie du denkst.«

Seine Worte regen mich zum Nachdenken an. Die Schuldgefühle, die mich ständig quälen, sind offenbar wirklich irrational.

»Otto! Rudolf hat mir an meinem 21. Geburtstag gesagt, es sei meine Schuld, dass Mama ihre Heimat verlassen musste, weil ich sie zu einer Geächteten gemacht hätte. Zwar hat er hinzugefügt, dass er sie ja andernfalls nie kennengelernt hätte und das schade gewesen wäre, aber dennoch sei ich ein Ballast, den sie in sein Leben gebracht hat. Anscheinend fand er es befreiend, mir das endlich mal ins Gesicht sagen zu können und nicht mehr darüber schweigen zu müssen.«

»*Ballast!*« Otto schnaubt. »Wie gut für ihn, dass er fort ist!« Er reibt sich über die Augen. Sein Tag dauert sicher schon genauso lang wie meiner. »Hör zu, Anne. Wenn deine Mutter sich ein bisschen gefangen hat, solltest du noch einmal mit ihr über England reden. Es kann nicht sein, dass du dir diese tolle Möglichkeit bloß wegen ihr entgehen lässt. Bitte, versprich mir, dass du mit ihr redest!«

Ich schlucke. *Hör auf dein Herz.*

»Versprochen«, sage ich schließlich.

Mein Herz will zurück zu Paul. Ich vermisse ihn so sehr!

Ich verziehe das Gesicht und unterdrücke ein hässliches Schluchzen, doch die Tränen schießen mir aus den Augen, ohne dass ich sie aufhalten kann. Mein Bauch tut plötzlich weh, und ich presse die Hand darauf.

Otto kommt um den Tisch herum, um mich in den Arm zu nehmen.

»Nicht weinen, kleine Anne. Das wird schon wieder.«

Nach ein paar Minuten habe ich mich zumindest so weit beruhigt, dass ich mir mit einem Küchentuch die Nase putzen kann.

»Elisabeths Freund Brian hat eine unglaublich nette Frau, Patricia. Sie ist schwer herzkrank und wird nicht mehr lange leben. Sie wollte mich kennenlernen. Weißt du, was sie zu mir gesagt hat? Ich solle immer auf mein Herz hören, dann könne ich keinen falschen Weg einschlagen.«

»Fühlt sich dieser Weg hier falsch an?«

»Er fühlt sich ganz falsch an. Es ist richtig, Mama in dieser schweren Zeit zu helfen. Aber es kann nicht richtig sein, für immer hierzubleiben. Wenn ich nur wüsste, was ich machen soll!«

»Sprich mit deiner Mutter. Vielleicht nicht gleich morgen, aber in den nächsten Tagen. Ich lege mich jetzt aufs Ohr. Gute Nacht, Anne.«

»Gute Nacht, Otto. Danke, dass du mir zugehört hast.«

»Für meine Lieblingsnichte immer.«

Er lächelt mich an, und ich lächle zaghaft zurück.

Als ich meinen Koffer öffne, um mein Nachthemd herauszunehmen, entdecke ich ein Bündel Briefe zwischen der Wäsche. Es sind die Briefe, die George an meine Mutter geschrieben und nie abgeschickt hat. Ein Blatt Papier ist darum gewickelt. Eine Nachricht von James.

Kurz hoffe ich, dass Paul auch einen Brief in mein Gepäck geschmuggelt hat, aber ich finde leider nichts. Vielleicht ist es auch besser so.

Liebe Anne,
es war schön, dich kennenzulernen. Ich liebe es, eine
Schwester zu haben. Bitte komm zurück nach England,
wenn du zu Hause alles geregelt hast. Wir vermissen dich
schon jetzt.
Aber selbst wenn du es nicht schaffst wiederzukommen,
möchte ich weiterhin dein Bruder und auch ein Freund für
dich sein. Ich hoffe, du möchtest das auch.
Dads Briefe sind bei dir am sichersten, aber ich habe sie dir
nicht nur deswegen mitgegeben.
Gib sie deiner Mutter, wenn es ihr wieder besser geht. Sie
soll sie lesen, damit sie weiß, dass Dad es noch immer bereut,
sie verlassen zu haben. Er leidet darunter, dass diese Sache
zwischen ihm und deiner Mutter nie richtig geklärt wurde.
Vielleicht schaffen sie das jetzt, wo sie keine Rücksicht mehr
auf jemanden nehmen müssen, weder auf meine Mum noch
auf deinen Stiefvater.

Es gibt Beziehungen, die man ein Leben lang mit sich herumträgt, die eine Last sind, nur weil die Parteien nicht mehr wissen, wie sie zueinander stehen. Wenn deine Mutter Dad verzeiht, kann er sich vielleicht auch selbst verzeihen. Meine Mum wird meinem Dad jedenfalls vergeben, da bin ich mir ziemlich sicher. Endlich traut sie sich, für sich selbst einzustehen. Grandma und Grandpa müssen einsehen, dass sie lange genug vorgegeben haben, was Mum zu tun und zu lassen hat.
Du siehst, es hängen viele Leute an solchen Beziehungen. Das ist mit ein Grund dafür, dass Kate und ich uns so lange nicht eingestehen wollten, dass wir uns lieben. Doch seit Kate Brian und Patricia zusammen gesehen hat, will sie keine Zeit mehr verschwenden. Aber auch du und Paul habt sie zum Umdenken bewegt. Mitzuerleben, wie Paul sich in eine vollkommen Fremde verliebt, hat Kate mehr als verblüfft. Mich übrigens genauso.
Wir werden uns um ihn kümmern, so gut wir können, aber überlege dir auch um seinetwillen, ob du zurückkommst. Seit er weiß, dass du fortgehst, steht er völlig neben sich.
Du fehlst uns!
Alles Liebe
James

Ihr fehlt mir auch. Mehr, als ihr euch vorstellen könnt, denke ich unwillkürlich.

Ich will schon wieder heulen, doch ich beherrsche mich, damit ich Marlene und Clara nicht wecke.

Irgendwann falle auch ich in einen unruhigen Schlaf. Zu viel geht mir im Kopf herum und lässt mich ein ums andere Mal hochschrecken.

Ziemlich gerädert stehe ich gegen sieben Uhr wieder auf und schlurfe in die Küche, um das Frühstück vorzubereiten. Es hält mich nicht vom Grübeln ab, aber wenigstens sind meine Hände beschäftigt.

Noch bevor ich alle wecken kann, klingelt es an der Tür. Es ist kurz vor acht.

Vielleicht die Post, denke ich, doch es ist Tante Luise, die die Treppe hochgeschnauft kommt.

»Anneliese! Wie schön, dich zu sehen! Ich habe den Frühzug genommen, um schnell hier zu sein.«

Noch im Nachthemd schließe ich sie in die Arme. Sie ist deutlich gealtert, seit ich sie das letzte Mal getroffen habe, doch sie hält sich aufrecht und wirkt trotz ihrer fast sechzig Jahre jugendlich wie eh und je. In ihrem einfachen schwarzen Kleid, das unter dem dicken Mantel zum Vorschein kommt, sieht sie sehr elegant aus.

»Mit dir habe ich nicht gerechnet«, sage ich beim Reingehen. »Aber ich habe Elisabeth in England getroffen.«

»Mein Mädchen macht endlich Nägel mit Köpfen. Ich bin so stolz auf sie, dass sie noch einmal einen Neuanfang wagt.«

Ob Mama auch stolz auf mich wäre?

Wir betreten die Küche, wo der Kaffee bereits durchgelaufen ist. Ich gieße ihn in eine Thermoskanne.

»Kommst du denn ohne sie zurecht?«

Konsterniert schaut Luise mich an. Ihr strenger Dutt unterstreicht ihren Blick.

»Ich bin eine erwachsene Frau mit einem Beruf und einer eigenen Wohnung. Warum sollte ich nicht zurechtkommen?«

»So war das nicht gemeint«, versichere ich. »Aber du wirst ja auch nicht jünger…«

»Du liebe Güte, Anneliese! Sehe ich aus, als bräuchte ich demnächst einen Gehstock?«

»Gott, nein! Tut mir leid, ich sage heute Morgen lauter dumme Sachen.«

»Du hast nicht gut geschlafen, oder?«

»Nein. Zu viele Gedanken.«

Sie streicht mir liebevoll über das ungekämmte Haar.

»Was haben diese Briten nur an sich, dass sie all meinen Mädchen den Kopf verdrehen?«, fragt sie lächelnd.

»Woher willst du das wissen?«

»Elisabeth sah genauso aus, als Brian abreisen musste. Und Erika erst bei George! Ich erkenne Liebeskummer, wenn ich ihn sehe.«

Ein Kloß bildet sich in meinem Hals.

»Du hast recht. Aber ich kann wahrscheinlich nicht mehr mit ihm zusammen sein.«

»Ah! Ich verstehe schon. Du denkst, jetzt, wo dein Stiefvater abgehauen ist, musst du die pflichtbewusste Älteste spielen und in die Bresche springen.«

Sie setzt sich auf einen Küchenstuhl und gießt sich eine Tasse Kaffee ein. Da sich die anderen noch nicht blicken lassen, tue ich es ihr nach.

»Hat dir Erika jemals erzählt, dass sie auch einmal jemanden ersetzen sollte und dass sie es von vorne bis hinten gehasst hat?«

»Nein, darüber haben wir nie gesprochen.«

»Dein Onkel Otto war erst an der Westfront und dann in Kriegsgefangenschaft in Frankreich. Eine Zeit lang wusste niemand, wann er heimkehren würde – und ob überhaupt. Erika als Zweitälteste wurde automatisch zur Hoferbin, ob sie wollte oder nicht. Deine Mutter gärtnert gerne, aber sie ist keine Bäuerin. Glaubst du ernsthaft, sie würde dir dasselbe antun, was man ihr angetan hat? Dir eine selbstbestimmte Zukunft wegnehmen?«

Ich schüttle den Kopf, bringe aber noch einmal dieselben Argumente vor wie letzte Nacht in dem Gespräch mit Otto.

Luise wischt alles mit einer unwirschen Handbewegung beiseite.

»Wovor fürchtest du dich, Anne?«

»Davor, dass Mama eines Tages böse auf mich ist und mir vorwirft, nicht für sie dagewesen zu sein.«

Davor, dass das mit Paul und mir nicht hält und ich am Ende wieder allein dastehe, in einem fremden Land, weit weg von meiner Familie. Dass ich es am Ende nicht wert bin, von einem Mann geliebt zu werden.

Doch das gebe ich nicht zu. Ohne die Liebe eines Vaters aufzuwachsen hat offenbar größere Spuren in meinem Denken und Fühlen hinterlassen, als ich dachte.

»Das hat sie nicht einmal ihrer eigenen Mutter vorgeworfen, und die hat viel zu spät erkannt, dass sie durch ihre Unterwürfigkeit zugelassen hat, dass deine Urgroßmutter und dein Großvater Erika vertrieben haben.«

»Vielleicht sieht sie das bei mir trotzdem anders.« Ich merke selbst, dass es bockig klingt.

Meine Großtante lächelt fein und trinkt einen Schluck Kaffee. Wie so oft fühle ich mich von ihr bis auf die Knochen durchleuchtet.

»Na schön!«, platze ich heraus. »Wenn ich gehe, vergraule ich vielleicht für nichts und wieder nichts meine Familie. Wenn ich in meinem neuen Job versage, wenn Paul sich doch lieber eine andere Freundin sucht, stehe ich richtig dumm da. Ich weiß nicht, ob es sich lohnt, ein solches Risiko einzugehen.«

»Es lohnt sich immer, wenn es das ist, was du dir wünschst.«

Sie sagt das so einfach, als ob es selbstverständlich wäre, dass jeder sich seine Träume erfüllen und nach Höherem streben kann. Aber warum sollte ich, Anneliese Reuter, dazu bestimmt sein, hochtrabende Träume zu verwirklichen?

»Ich sehe dir deine Selbstzweifel an der Nasenspitze an. Vergiss sie!«

Als ob das so leicht wäre.

24

Meine Mutter drückt mich fest, als sie in die Küche kommt. Sie sieht verhärmt aus, aber lange nicht so todtraurig, wie ich befürchtet habe. Sie wird diese Trennung überstehen. Und ich werde sie dabei unterstützen.

In den folgenden Tagen – Otto ist nach zwei Tagen wieder abgereist – helfe ich Mama bei den ganzen Scheidungsformalitäten, führe mit Luise den Haushalt, als meine Mutter wieder anfängt zu arbeiten, und übe mit Clara Englischvokabeln. Marlene verbringt so viel Zeit bei ihrem Freund, dass Clara und ich meistens alleine in unserem Zimmer sind.

»Du sprichst viel besser Englisch als bei deiner Abreise«, findet meine Schwester.

Sie lümmelt bäuchlings auf ihrem Bett und sieht mir dabei zu, wie ich das Fenster putze. Eigentlich soll sie ihre Mathehausaufgaben machen.

»Ich hatte die Sprache ja auch ständig im Ohr. Mein Halbbruder kann allerdings etwas Deutsch, und sein Mitbewohner spricht es ziemlich gut, weil er deutsche Verwandte hat.«

Wie immer, wenn ich an Paul denke, zieht sich mein Herz zusammen. Ich habe noch nichts von ihm gehört und selbst auch nicht bei ihm angerufen oder ihm geschrieben. Ich weine nur heimlich, damit Mama und meine Schwestern sich keine Sorgen um mich machen. Sie haben schon genug damit zu tun, sich in ihrem Alltag ohne Rudolf einzurichten. Besonders Clara vermisst ihren Vater sehr. Allerdings kann sie ihn treffen, wenn sich die Wogen geglättet haben. Ich hingegen habe nicht vor, mich noch einmal mit ihm auseinanderzusetzen. Nicht, wenn ich letztendlich der Grund für die Scheidung bin. Es war kaum zu ertragen, noch einmal von Mama zu hören, was Rudolf ihr an den Kopf geworfen hat, ehe er ging. Dass sie ihn schamlos all die Jahre belogen und dieses Engländerbalg in sein Haus gebracht habe, dass er sich verraten fühle.

»Tante Luise behauptet, du willst bald wieder zurück nach England, genau wie Elisabeth.«

»Natürlich will ich das. Aber es geht nicht. Was macht ihr denn ohne mich?«

»Dasselbe wie sonst auch. Ich kann auch Fenster putzen und Essen kochen. Du denkst immer, ich bin noch ein kleines Kind. Ich bin fast siebzehn, falls es dir entgangen sein sollte.«

Ich lasse den Lappen sinken. Es ist mir tatsächlich entgangen, dass nicht nur Marlene flügge geworden ist. Clara braucht ebenso keinen Babysitter mehr.

Plötzlich ermattet, sinke ich auf meine Bettkante. Was tue ich hier eigentlich? Bin am Ende ich diejenige, die sich aus lauter Angst vor dem Alleinsein an einer Familie festklammert, die gar nicht mehr existiert?

Clara kommt zu mir herüber und setzt sich neben mich. Ihre zarten Arme umfangen mich, und sie bettet ihren Kopf an meine Schulter.

»Du bist gar nicht mehr fröhlich, seit du wieder hier bist. Nicht nur wegen Papa.«

Ich schüttle den Kopf. Es zu leugnen hat keinen Zweck. Und eigentlich hätte ich mir denken können, dass Clara aufmerksam genug ist, um zu erkennen, dass ich nicht glücklich bin.

»Warum bist du zurückgekommen, wenn du traurig darüber bist? Oder besser gesagt: Warum bist du immer noch hier, wenn es dich unglücklich macht?«

Das frage ich mich auch.

Kein Zweifel, Clara ist erwachsen geworden. Erwachsener als ich, wie mir scheint.

»Ich dachte, es wäre das Beste, wenn ich zurückkomme.«

»Papa hat gesagt, du bist ein Besatzerkind. Er und Mama haben so viel darüber gestritten, als du weg warst. Ein englischer Soldat hat sich an Mama vergriffen und ist dann abgehauen. So hat Papa es jedenfalls dargestellt. Mama hat kaum etwas dazu gesagt, nur immer wieder, dass es ihr leidtut.« Ich hatte gedacht, dass meine Schwestern die ganze Wahrheit erfahren hätten.

Zorn steigt in mir auf. Meine Handflächen kribbeln, und mein Herzschlag beschleunigt sich. Sicher bin ich ganz rot im Gesicht. Das hat Rudolf nicht ernsthaft behauptet!

»Hast du Mama nicht nach der wahren Geschichte gefragt?«

»Nein. Sie wird jedes Mal ein bisschen traurig, wenn ich von dir und deinem Vater anfange. Also lasse ich sie lieber in Ruhe.«

»Sie wird nicht traurig, weil mein Vater eine schlimme Erinnerung für sie ist!«, sage ich etwas zu laut. »Ich habe ihn kennengelernt. Er ist ein guter Mann, der versucht, die Fehler, die er in der Vergangenheit begangen hat, wiedergutzumachen. Er hat Mama geliebt und hätte sie nie verlassen, wenn er nicht gedacht hätte, dass er keine andere Wahl hat. Von mir wusste er auch nichts, bis ich ihn in England besucht habe.«

»Erzählst du mir ihre Geschichte? Ich behalte sie auch für mich, Ehrenwort!« Sie hebt zwei Finger zum Schwur.

»In Ordnung«, entgegne ich lächelnd. »Aber du darfst es nur an Marlene weitergeben.«

Gerede in der Nachbarschaft haben wir durch die Scheidung schon genug.

Wir legen uns nebeneinander aufs Bett, und ich fange an zu erzählen. Als hätte ich alles noch einmal hören müssen, bin ich hinterher bereit, Mama die Briefe zu geben. Heute Abend soll sie sie bekommen.

»Was für eine traurige Geschichte. Romantisch, aber traurig. Meinst du, Mama will George noch einmal treffen?«

»Vielleicht. Er würde es sich wünschen.«

»Ich würde es mir auch wünschen. Für sie.«

25

Am Abend, nachdem ich Tante Luise zum Bahnhof begleitet habe, setze ich mich zu Mama aufs Sofa, wo sie strickt und fernsieht.

»Möchtest du auch Tee, Anne?« Mama trinkt gerne Schwarztee, auch abends. Sie kann dann trotzdem schlafen. Ob es sie an George erinnert?

»Nein danke, der macht mich wach. Aber ich habe etwas für dich.« Ich strecke ihr das Bündel hin. »Diese Briefe sind an dich adressiert, wurden aber nie zur Post gebracht.«

»Von wem sind sie?« Ich sehe regelrecht, wie ihr ein Licht aufgeht. Ihre Augen werden größer. »Sind … sind das Briefe von George?«

»Ja. James hat sie mir in den Koffer gesteckt, damit ich sie dir zu lesen gebe. Er will, dass du die Wahrheit kennst und kein schlechtes Bild von seinem Vater hast.«

Sie nimmt die Briefe entgegen, drückt sie sanft an ihre Brust und atmet tief ein.

»Ich fühle mich schlecht, weil ich erst seit ein paar Tagen getrennt bin und schon Herzklopfen bekomme, wenn ich diese Briefe nur ansehe«, gesteht sie dann.

»Du musst dich nicht schlecht fühlen. George hat dich auch nie vergessen. Es sind vierundzwanzig Briefe. Den letzten hat er im vergangenen Herbst geschrieben.«

»Aber er ist doch verheiratet!«

»Du warst auch verheiratet und hast an ihn gedacht. Das ist keine Sünde, Mama. Selbst wenn Urgroßmutter Anna das anders gesehen hat. Abgesehen davon hat er Mary nie geliebt. Es war eine Zweckheirat, eine arrangierte Ehe. Dich hätte er aus Liebe geheiratet, das weißt du.«

Was mache ich hier gerade? Nehme ich späte Rache an meinem Stiefvater?

Sie nickt, während sie die Briefe immer noch im Arm hält, als handle es sich um einen kostbaren Schatz.

»Ich werde sie lesen. Wäre Rudolf noch hier, hätte ich mich nicht einmal getraut, sie in der Wohnung aufzubewahren. Er hat einen solchen Hass auf die Briten und Amerikaner, obwohl sie uns befreit haben.«

»Aber warum? Er war doch in Russland und hatte im Krieg nichts mit ihnen zu tun.«

»Sein Vater und seine ältere Schwester starben bei der Bombardierung von Mannheim, als er mit seiner Familie dort zu Besuch war. Nur seine Mutter und er haben in dem halb eingestürzten Luftschutzkeller überlebt. Dass er zwei Jahrzehnte lang, ohne es zu wissen, das Kind eines Briten aufgezogen hat, wird er mir nie verzeihen.«

Ich senke den Kopf. »Es tut mir so leid, Mama.«

»Nein! Ich habe dich und mich geschützt, indem ich deine wahre Herkunft für mich behalten habe. Aber du warst nie richtig Teil dieser Familie, weil Rudolf dich immer irgendwo abgelehnt hat. Er hat sich bemüht, es nicht zu zeigen, auch weil ihm die Außenwirkung der Familie immer wichtig war, aber du hast es gespürt – und ich auch. Als du dann volljährig geworden bist, kam es mir unfair vor, noch länger zu schweigen. Außerdem hattest du inzwischen eine abgeschlossene Berufsausbildung, und ich wusste, dass du zur Not auch ohne uns klarkommen würdest. Ich hatte große Angst davor, dass Rudolf wütend wird, aber dass er uns verlässt … Ich kann noch nicht sagen, ob es gut für mich ist oder nicht. Ob ich wieder das Träumen anfange.«

»Du darfst träumen, Mama.«

»Und meine Töchter? Habe ich ihre Träume zerstört, weil wir jetzt finanzielle Schwierigkeiten haben werden? Ich hätte Clara und Marlene einen Gefallen getan, wenn ich dich beschworen hätte, niemandem etwas zu verraten. Aber das Geheimnis hat mich so lange belastet.«

»Ist schon gut, Mama. Ich bin dir sehr dankbar dafür, dass du mir alles erzählt hast. Dass du so mutig warst.«

Sie nickt. »Wenigstens ein Gutes hatte es. Aber jetzt erzähl mir von deiner anderen Familie, von deinen neuen Freunden. Wir hatten kaum Zeit dazu in den letzten Tagen.«

Ich berichte ihr von dem Treffen mit George, von Marys Abneigung und der Scheidung, von James und Kate, zum Schluss von Paul. Es kostet Kraft, die Tränen zurückzuhalten, als ich über ihn spreche.

Als ich geendet habe, legt Mama eine Hand an meine Wange.

»Mach bitte nicht denselben Fehler wie ich. Entscheide dich nicht aus Pflichtgefühl gegen den Mann, den du liebst.«

Hör auf dein Herz. Patricias Worte verfolgen mich regelrecht. Weil sie wahr sind. Weil sie der Kompass sind, nach dem ich mich ausrichten muss. Alle bestärken mich darin, Otto, Luise, Clara und jetzt auch noch Mama.

»Ich will euch nicht im Stich lassen«, sage ich leise.

»Du lässt uns doch nicht im Stich, Anneliese! Du hast das Recht auf ein eigenes Leben. Du hattest doch nicht etwa vor, bei mir zu wohnen, bis du vierzig bist?«

»Aber wie willst du für die Miete und alles aufkommen?«

»Das wird sich finden. Mach dich um Himmels willen nicht von uns abhängig!«

Habe ich die Situation wirklich so falsch eingeschätzt?

»Aber du hast am Telefon gesagt, dass du mich hier brauchst!«

»Als seelischen Beistand, mehr nicht. Aber es geht. Ich vermisse Rudolf, aber er war nie der einzige Mann in meinem Herzen. Er wird seinen Platz behalten, und ich werde trotzdem nach vorne schauen, wie immer. Es liegt mir nicht, in Trübsal und Zwängen zu verharren, und das solltest du auch nicht tun. Du hast eine Arbeit, Freunde, sogar Familie in England. Wenn du dich dort wohlfühlst, dann geh zurück.«

Mama nimmt mir eine Last von den Schultern.

»Ich dachte, du hasst mich dafür, wenn ich das Leben leben kann, von dem du geträumt hast.«

»Ich freue mich für dich, mein Schatz! Mein Leben ist doch auch schön. Ich bereue es manchmal, dass ich George nicht gefolgt bin, aber was hätten wir vorgefunden? Die Ablehnung seiner Familie, Schwierigkeiten bei der Einwanderung, mit der Sprachbarriere. Nein, es war richtig für mich, in Deutschland zu bleiben. Aber für dich gilt all das nicht. Denk gut darüber nach, was du wirklich willst, Anne. Ich werde jetzt die Briefe lesen, wenn du nichts dagegen hast.«

»Danke, Mama.« Ich küsse sie auf die Wange, bevor ich aus dem Wohnzimmer gehe.

Eigentlich ist meine Entscheidung längst gefallen. Ich mache sie nur rückgängig, wenn meine Familie damit nicht umgehen kann. Doch anscheinend sind sie gar nicht das Problem, sondern nur meine eigene Unsicherheit, mein tief verwurzeltes schlechtes Gewissen.

Am nächsten Tag überrascht Mama mich beim Frühstück mit der Aufforderung, in den Kalender zu sehen.

»Wie viel Zeit hast du noch, bis du dich für oder gegen die Stelle entscheiden musst?«, fragt sie.

»Ein paar Tage.«

»Genug jetzt. Du rufst gleich dort an. Hast du eine Telefonnummer?«

»In meinem Notizbuch.« Ich mache Anstalten aufzustehen, halte dann aber inne. »Was soll ich denn sagen?«

»Na, dass du das Angebot annimmst, was denn sonst? Ich habe kaum gezögert, als das Angebot aus Heidelberg kam. Es war meine Eintrittskarte in ein selbstbestimmtes Leben. Willst du das denn nicht? Dein eigenes Geld verdienen, deine eigene Herrin sein?«

»Doch. Doch, das will ich. Gut. Ich rufe jetzt an.«

Mama steht aufgeregt hinter mir, als ich die schier endlose Rufnummer in das Wählscheibentelefon eingebe.

Ich habe Glück und gleich Mrs. Morgan am Apparat.

»Mrs. Morgan, hier ist Anneliese Reuter aus Deutschland. Ich rufe an, um Ihnen zu sagen, dass ich die Stelle im April antreten möchte.«

»Sehr schön, das freut mich! Sind Sie gerade in Deutschland?«

»Im Moment noch, ja. Mein Stiefvater ist letzte Woche überraschend ausgezogen, deshalb habe ich meinen Aufenthalt in England abgebrochen.«

»Das tut mir leid, Anneliese. Ich verstehe, dass Sie für Ihre Familie da sein wollten. Melden Sie sich, wenn Sie wieder in England sind. Dann machen wir den Arbeitsvertrag fertig.«

Als ich aufgelegt habe, fallen Mama und ich uns in die Arme.

»Ich bin so stolz auf dich«, sagt sie.

Um ehrlich zu sein, bin ich selbst auch stolz auf mich. Am liebsten würde ich auch gleich Paul anrufen und ihm sagen, dass ich wiederkomme. Doch da fällt mir ein, dass er jetzt vermutlich im Hörsaal sitzt.

Der freie Tag meiner Mutter hat gut angefangen und geht noch besser weiter. Clara und Marlene setzen sich gerade an den gedeckten Frühstückstisch, als es läutet.

»Kommt Benno zum Frühstück, Marlene?«, erkundigt sich Clara treuherzig.

Wir wissen alle, dass Marlene erst vor knapp drei Stunden nach Hause gekommen ist. Sie ist nur aufgestanden, weil Mama das Familienfrühstück heilig ist.

»Nein, der darf im Gegensatz zu mir am Wochenende ausschlafen. Kann ich mal die Kaffeekanne haben, bitte?«

»Ich gehe schon«, rufe ich und öffne die Tür.

Als ich erkenne, wer da die Treppe hochkommt, kann ich es kaum glauben.

»Hallo, Schwester«, ruft James und rennt die letzten Stufen hinauf, um mich in eine innige Umarmung zu schließen.

Hinter ihm kommt George hinaufgestapft, heute mal nicht in Uniform. Meine Enttäuschung darüber, dass Paul nicht dabei ist, überspiele ich, indem ich George umarme.

»Kommt rein«, bitte ich sie und wechsle ins Englische, obwohl George auch so alles verstehen würde. »Wollt ihr etwas frühstücken?«

»Sehr gern. Ich hoffe, wir kommen nicht ungelegen?«

»Ach was! Ich freue mich so, dass ihr da seid!«, versichere ich, und das meine ich auch so. Sie so bald wiederzusehen tut gut.

Die anderen warten nicht darauf, dass die Gäste die Küche erreichen, sondern kommen in den engen Flur.

»Hallo!«, ruft Clara und stellt sich vor, ehe jemand anders die Chance hat.

»Hübsche Schwestern hast du«, witzelt James.

Ich werfe ihm einen bösen Blick zu. Dann ziehe ich ihn und die beiden neugierigen Mädchen zurück in die Küche.

Mein Vater und meine Mutter brauchen bei ihrem Wiedersehen nach über zwanzig Jahren keine Zuschauer.

26

George

Einundzwanzig Jahre habe ich Erika nur auf Fotos gesehen, die Elisabeth zu Brian mitgebracht hat, aber auch in natura hat sie sich kaum verändert. Geradezu gierig sauge ich ihren Anblick in mich auf. Wärme durchflutet mich, als sie mein Lächeln erwidert und meinen Namen flüstert.

»George.« Sie ergreift meine Hand und sagt wieder meinen Namen, diesmal etwas lauter.

Plötzlich muss ich die Tränen zurückhalten.

Erika sieht noch immer schön aus, reifer, aber schön. Schlagartig fühle ich mich an den Tag unserer letzten Begegnung zurückversetzt. Damals wollte ich sie nicht verlassen, und als sie jetzt vor mir steht, meine Finger drückt und lächelt, löst sich ein Teil des ständig an mir nagenden Kummers in Luft auf.

Ich befreie meine Hand und breite fragend die Arme aus. Hoffentlich weist sie mich nicht zurück.

»Darf ich?«

Sie nickt und lässt sich gegen mich sinken. Erschauernd vergrabe ich mein Gesicht an ihrem Hals. Sie riecht noch wie früher. Mein Hemd dämpft ihr kaum hörbares Schluchzen. Ich drücke sie enger an mich. Alle Distanz, alle unausgesprochenen Worte zerbröseln zwischen unseren Körpern zu Staub. Nichts von all dem zählt. Es ist, als hätte es diese Jahre der Funkstille nie gegeben.

»Erika«, sage ich leise.

Sie krallt die Hände in mein Hemd und hält mich so fest, dass ich weiß, sie fühlt dasselbe wie ich.

Sie noch einmal in den Armen halten zu dürfen ist ein wahr gewordener Traum.

Schließlich löst sie sich von mir, räuspert sich und blickt zur Seite. Sie soll sich nicht schämen. Zärtlich wische ich ihr die Tränen ab und schaue sie an. Ihr Blick war immer aufrichtig, ihre Augen nie von Lüge verschleiert, sondern offene Fenster zu ihrem Innern. Auch das hat sich nicht geändert. Ich sehe ihre Zuneigung zu mir, obwohl ich sie gar nicht verdient habe.

Mir fehlen die Worte. Erika hat mich sprachlos gemacht.

Da lächelt sie wieder.

»Du dachtest, ich lasse dich nicht in meine Wohnung?«

»Kein unwahrscheinliches Szenario.«

Sie schüttelt den Kopf und nimmt meine Hand. Es fühlt sich wunderbar an, von ihr berührt zu werden.

»Ich habe all deine Briefe gelesen.«

Was? Meine Beine drohen unter mir nachzugeben, aber ich bemühe mich um Haltung.

»Wie hast du sie lesen können?« Im nächsten Moment ist es mir klar. »James hat sie Anne mitgegeben, nicht wahr?«

»Hätte ich sie nicht sehen dürfen?«

»Ich habe sie nie an dich geschickt, weil das sämtliche Regeln des Anstands verletzt hätte. Du hattest einen Mann, ich hatte eine Frau. Unsere Gefühle füreinander waren nicht mehr angemessen. Außerdem wollte ich dir nicht das Glück mit Rudolf madig machen. Ein Teil von mir war froh, als Brian mir von deiner Heirat erzählte. Aber es war ein sehr kleiner Teil.«

Sie nickt. »Es hätte nichts geändert. Ich habe beinahe jeden Tag an dich gedacht. An jedem von Annes Geburtstagen habe ich dich so sehr vermisst, dass ich dachte, ich werde verrückt. Aber ich habe immer gehofft, dass du glücklich bist. Ich habe mich auch bemüht, glücklich zu sein.«

»Das habe ich auch gehofft. Dass es dir gut geht, meine ich. Mit meinem Sohn war ich glücklich, auch mit meinen Freunden und mit meiner Arbeit, aber nie mit Mary. Bevor wir heiraten mussten, waren wir gute Freunde, doch diese Ehe hat unsere Freundschaft zerstört. Ich habe Marys Leben nicht besser gemacht, sondern eher schlechter. Das wollte ich nicht für sie … und auch nicht für dich.«

Ich stocke. Da sind auf einmal so viele Worte in mir, die hinauswollen. Worte, die ich seit Annes Auftauchen zurückgehalten habe.

»Aber dein Leben habe ich trotzdem verschlimmert«, fahre ich fort und nehme auch Erikas andere Hand in meine. »Ich habe dich mit unserer Tochter alleingelassen. Seit ich von ihr weiß, fühle ich mich schuldig, weil du die ganze Last der Verantwortung allein tragen musstest. Warum hast du nichts gesagt?«

»Als mein Vater mich und Anne aus seinem Haus geworfen hat, habe ich kurz darüber nachgedacht. Aber dann ist mir eingefallen, dass ich mir geschworen hatte, dir ein gutes Leben ohne Altlasten zu ermöglichen. Außerdem war ich unsicher, ob du Anne überhaupt akzeptieren würdest.«

»Es wäre schwer geworden, das will ich gar nicht schönreden. Aber ich hätte zu euch gehalten, immer. Ich bin nur froh, dass Anne mich kennenlernen wollte. Sie ist ein unverhofftes Geschenk in all dem Kummer, den ich mit Mary habe.«

»Ihr habt euch getrennt? Nach so langer Zeit?«

»Es ging nicht anders. Wir sind doch nur wegen James und des äußeren Scheins zusammengeblieben.«

»Ich hätte Rudolf nicht verlassen. Ich mochte ihn gern, er war mir ein guter Mann. Er war es, der es nicht mehr ertragen konnte, mit einer ›Britenschlampe‹ zusammenzuleben.«

Ich beiße die Zähne aufeinander, um nicht auszusprechen, was ich von einem solchen Mann halte.

»Hast du ihn geliebt?«, frage ich freiheraus.

»Auf eine gewisse Art, ja. Aber an meine erste Liebe kam er nie heran.«

Bin ich das? Bin ich ihre erste Liebe?

Während ich auf ihre Erklärung warte, bin ich auf einmal nervös wie ein Schuljunge.

Doch es kommt keine. Stattdessen stellt sie sich auf die Zehenspitzen und küsst mich auf die Wange. Mein Herz schlägt einen Salto.

»Da hast du deine Antwort, George.« Sie grinst mich frech an.

Diese Erika liebe ich am meisten. Die unvernünftige, spielerische Erika. Alles in mir schreit danach, sie zu küssen, aber das wäre nicht richtig. Nicht jetzt.

Noch einmal schließe ich sie in die Arme. Es ist ein Wunder, dass sie mir nicht grollt, dass keine Wut über die verlorenen Jahre und den abgebrochenen Kontakt zwischen uns steht.

Ich darf aber auch nicht außer Acht lassen, dass sie gerade erst ihren langjährigen Lebensgefährten verloren hat. Sie ist emotional nicht so stabil, wie ich gerne glauben möchte. Ich weiß, ich muss ihr Zeit geben, doch dieses Wiedersehen gibt mir Hoffnung, den Kontakt zu Erika kein zweites Mal zu verlieren.

»Wie wäre es mit Frühstück?«, erkundigt sie sich.

»Eine gute Idee.«

Wir lassen uns los und gehen hinüber in die Küche, wo James der Hahn im Korb ist. Von der Küchentür aus beobachte ich meine beiden Kinder, wie sie lachen und miteinander reden. Ich bin ein gesegneter Mann.

27

Der Scheck über fünfzigtausend Pfund, den ich Erika noch geben will, brennt ein Loch in meine Hosentasche. Es soll ein Ausgleich sein für den Unterhalt, den ich freiwillig gezahlt hätte, wenn ich von Annelieses Existenz gewusst hätte. Allerdings ist es jetzt noch zu früh für solche Dinge. Ich möchte Erika nicht beschämen. Sie könnte sich in ihrem Stolz auch weigern, das Geld anzunehmen, obwohl James mir erzählt hat, dass sie es gut brauchen kann.

Mein Sohn hält allerdings weniger von vornehmer Zurückhaltung. Ich verschlucke mich an meinem Kaffee, als er loslegt.

»Wenn Anne nach London geht und Marlene auszieht, habt ihr ja richtig Platz in der Wohnung, Erika.« Hustend trete ich ihm unter dem Tisch leicht gegen das Bein, doch er spricht unbeirrt weiter. Ich hätte fester zutreten sollen. »Aber wie macht ihr das mit der Miete?«

Verdammt, James! Alle Erziehung ist an seiner Offenherzigkeit abgeprallt. Diesen Charakterzug hat niemand aus ihm herausbekommen.

»Ich freue mich darauf, ein eigenes Zimmer zu haben«, sagt Clara. »Zumindest für kurze Zeit.«

Erika trinkt einen Schluck Kaffee und sucht meinen Blick.

»Alles in Ordnung, George?«

»Ja«, ächze ich und huste wieder. Wie peinlich!

»Wir haben Unterhaltszahlungen beantragt«, merkt Anneliese an. »Das wird aber nicht viel sein.«

»Vielleicht ziehen wir in eine kleinere Wohnung«, überlegt Erika. »Allerdings möchte Luise nach Marlenes und Claras Auszug nächstes Jahr zu mir kommen. Wenn Elisabeth das Land verlässt, hat sie keine Familie mehr in Bonn, und zusammen könnten wir uns diese Wohnung leisten. Bis dahin bekomme ich das schon geregelt mit der Miete.«

Ich weiß, dass sie und ihre Tante sich nahestehen, und kann mir denken, dass keine der beiden zurück nach Berkum will.

Mein Ärger über James' Unverfrorenheit legt sich ein wenig. Ich halte mich aus dem Gespräch heraus und beobachte das Geschehen am Tisch. Erika und ich sind die Einzigen, die noch Brote mit Konfitüre essen. Es erscheint mir unwirklich, mit all diesen Menschen am Frühstückstisch zu sitzen. Alle benehmen sich, als würden James und ich selbstverständlich zu ihnen gehören, und genau so fühlt es sich auch an.

»Bis dahin wird es etwas eng werden. Aber Clara und ich schnallen den Gürtel etwas enger, und Marlene sucht sich einen Nebenjob und beantragt Studienförderung, dann schaffen wir das schon.«

Unruhig wippe ich mit dem Bein. Soll ich es wagen?

»Es muss nicht eng werden, Erika. Dir stehen für Anneliese einundzwanzig Jahre Unterhalt zu.« Die Worte schlüpfen aus meinem Mund, ehe ich sie aufhalten kann.

James lacht. Und ich habe ihn noch wegen fehlender Diplomatie gemaßregelt!

»Wir waren doch nie verheiratet. Mir steht gar nichts zu«, wehrt sie ab, wie ich es vorausgesehen habe.

»Das spielt keine Rolle, jedenfalls nicht für mich. Hätte ich von ihr gewusst, wäre ich für sie aufgekommen. Darf ich der Mutter meiner Tochter nicht ein wenig unter die Arme greifen, nachdem ich sie einundzwanzig Jahre mit der Verantwortung und allen Kosten alleingelassen habe? Ich weiß, Geld allein kann das nicht aufwiegen, aber ich könnte wenigstens zum ersten Mal einen Beitrag leisten.«

Am Tisch wird es ganz still. Alle Blicke ruhen auf Erika und mir. Ich straffe mich und erwarte ihr Urteil.

»Ich kann das nicht annehmen, George. Es ist zu viel. Dass du Anneliese als deine Tochter annimmst, ist mir schon Hilfe genug.«

»Nimm das Geld, Mama«, sagt Anne bestimmt. »Sonst nehme ich es und gebe es dir, ob du es willst oder nicht. Warum wehrst du dich dagegen? Deine größte Sorge wäre weg. Vergiss deinen Stolz, wenigstens dieses eine Mal!«

»Ich habe ihn vergessen, als ich Rudolf geheiratet habe. Er war abhängig von mir und ich von ihm. Das will ich nicht mehr.« Sie sieht ihre jüngeren Töchter an. »Euer Vater war ein guter Mann, aber wir haben nun mal nicht aus Liebe geheiratet. Ohne unsere gegenseitige Abhängigkeit hätte unsere Beziehung nicht für immer gehalten, das ist mir in der letzten Woche wirklich klar geworden.«

In diesem Augenblick komme ich mir wieder wie ein unerwünschter Eindringling vor. Was habe ich mir nur dabei gedacht, jetzt mit dieser Unterhaltssache herauszurücken? Ich bin keinen Deut besser als mein Sohn!

»Du musst das nicht jetzt entscheiden«, rudere ich zurück.

»Nein, schon gut. Ich denke darüber nach«, erwidert sie.

»Mensch, Mama«, mischt sich Marlene ein. »Papa hätte das Geld sofort genommen. Er hat schließlich auch für Anne gesorgt und sich um sie gekümmert, wenn du arbeiten warst. Er würde nicht so einen Aufstand machen.«

»Ich hätte mich dafür bei ihm bedankt, wenn ich ihm begegnet wäre«, sage ich.

»Das glaube ich. Du bist nett«, erklärt Clara in erfrischender Unverblümtheit.

»Ähm, danke.«

Marlene nickt. »Ich dachte erst, Annes leiblicher Vater ist ein richtiger Depp, der sich einfach davongemacht hat.«

»Marlene!«, ruft Erika peinlich berührt.

»Ich war noch nicht fertig, Mama.« Sie schüttelt den Kopf.

»Aber jetzt denke ich, dass Sie ganz in Ordnung sind und Ihnen wirklich etwas an Anne liegt. Und an Mama anscheinend auch.«

Zum Glück habe ich nichts im Mund, denn das hätte ich jetzt wieder ausgespuckt. Trage ich meine Gefühle für Erika etwa wie einen Schild vor mir her? Hastig wende ich mich meinem Brot zu und nehme einen Bissen.

Erika legt die Hände vors Gesicht und läuft rot an, was noch genauso süß aussieht wie damals. Ich lächle in mich hinein.

»Ich finde, wir sollten uns alle duzen«, schlage ich vor und hoffe, damit das Thema zu wechseln. Vergeblich.

»Bitte entschuldige meine vorlauten Töchter. Du musst denken, ich habe sie gar nicht erzogen.«

»Keine Sorge, das geht mir mit James genauso. Immerhin hat er dich sehr indiskret nach deiner finanziellen Situation gefragt.«

»Du hättest doch den Scheck wieder mitgenommen, ohne einmal den Mund aufzumachen, Dad!«, behauptet James.

»Welchen Scheck?«, fragt Erika mit misstrauischem Blick.

Seufzend fasse ich in meine Hosentasche und ziehe den gefalteten Scheck hervor.

»Ich wollte es nicht noch unangenehmer für dich machen, indem ich dir den sofort überreiche. Aber wo die Katze schon aus dem Sack ist ...«

»Er kann sogar deutsche Redewendungen!«, flüstert Clara ihren Schwestern zu.

Ich achte nicht auf sie, denn Erika nimmt mit spitzen Fingern den Scheck, als könnte er sie beißen. Lautlos formen ihre Lippen den Betrag. Die Röte aus ihrem Gesicht ist einer ungesunden Blässe gewichen.

Anne beugt sich zu ihr herüber und wirft einen Blick auf den Scheck.

»Wow, so viel Geld! Mama, sag bitte nicht Nein!«

»George! Kannst du das denn entbehren?«

»Mein Großvater rotiert sicher gerade in seinem Grab, aber ja, das können wir entbehren«, versichert James grinsend. »Unsere Familie hat mehr Geld, als ihr guttut.«

»Du bist ein schrecklicher Sohn, weißt du das? Vielleicht sollte ich dir deine Unterstützung streichen ...«

»Das würdest du nicht tun, und das weißt du auch. Du hast ein viel zu weiches Herz. Hat Mum dir das nicht oft genug vorgeworfen?«

»Hat sie«, bestätige ich seufzend.

Mary versteht bis heute nicht, warum ich einen Teil unseres Geldes lieber an Bedürftige spende, als es in sinnlose Dinge wie Pferderennen oder noch mehr Orientteppiche zu investieren. Immerhin hat sie mich nie dafür gerügt, dass ich Brians Kinder unterstützt habe, damit sie auf gute Privatschulen gehen konnten. Meiner eigenen Tochter und Erika die gleiche Unterstützung zukommen zu lassen ist das Mindeste, was ich tun kann.

Erikas Gesicht nimmt langsam wieder Farbe an. Über den Tisch hinweg sieht sie mich an.

»Ich habe ein einziges Mal Nein zu dir gesagt, und das hat uns beiden viel Kummer bereitet. Also nehme ich deinen Scheck an, obwohl es mir unangenehm ist. Vielen Dank, George. Es ist ein großzügiges Geschenk.«

Ich nicke nur, grenzenlos erleichtert, dass sie James und mich nicht mitsamt dem Geld vor die Tür gesetzt hat.

»Daran sind keinerlei Bedingungen geknüpft, nicht dass du das denkst! Ich wollte das nur persönlich machen. Einen Brief hättest du womöglich zurückgeschickt.«

»Ziemlich sicher sogar«, gibt sie zu. »Wann reist ihr wieder ab? Bleibt ihr ein paar Tage?«

»Ja. Wir wohnen in einem netten Hotel in der Altstadt, dem *Hotel Knösel*. Kennst du das?«

»Nein, leider nicht. Gefällt es euch?«

»Wir hatten gestern jedenfalls ein leckeres Abendessen«, antwortet James. »Habt ihr heute Zeit, uns ein bisschen die Stadt zu zeigen?«

»Na klar!«, ruft Clara begeistert.

»Gerne. Ich habe heute frei«, schließt Erika sich an.

Sie hat sicher keine Ahnung, wie sehr ich mich darüber freue.

28

Erika

Nach einer kurzen Straßenbahnfahrt und einer Besichtigungstour durch die Altstadt fahren wir mit der Bergbahn hinauf auf den Königstuhl. Während die Mädchen mit dem wirklich sympathischen James rund um den Gipfel spazieren gehen, kehren George und ich im Berggasthof ein.

Wir setzen uns an einen Tisch am Fenster und warten auf die Bedienung. Von hier aus genießt man eine grandiose Aussicht auf die bewaldeten und in buntes Herbstlaub gehüllten Hügel der anderen Neckarseite.

»Heidelberg ist sehr schön«, sagt George schließlich. »Ich kann verstehen, dass du gerne hier lebst.«

»Ich mag es wirklich. Es ist zwar eine Stadt, aber nicht so groß wie Bonn. Was hat dir am besten gefallen?«

»Die Heiliggeistkirche, ein beeindruckendes Gebäude. Aber die ganze Altstadt ist wunderbar erhalten. Man sieht, dass es hier keine Bombenangriffe gegeben hat.«

»Angeblich wollten die Amerikaner Heidelberg schützen. Zudem gibt es hier keine lohnenswerten Ziele. Unsere Nachbarstadt Mannheim wurde hingegen hart getroffen.«

»Denkst du noch daran, an den Krieg?«

»Manchmal. Es sind keine schönen Erinnerungen, aber unsere Familie ist vergleichsweise glimpflich davongekommen. Mein Bruder ist gesund heimgekehrt, als Anneliese einen Monat alt war.«

»Der Krieg war schlimm, aber die Armee hat mir immer ein Gefühl der Zugehörigkeit gegeben. Sogar dann, wenn ich mich nicht einmal meiner eigenen Familie zugehörig fühlen konnte.«

»Bist du immer noch als Übersetzer tätig?«

»Nicht nur. Ich bilde auch Soldaten im Funken und in Abhörtechniken aus.«

Da kommt der Kellner. Wir bestellen Kaffee und Apfelkuchen.

Als er sich umdreht, nehmen wir unser Gespräch wieder auf. So viele Jahre habe ich nicht mehr mit George gesprochen, und doch gehen wir jetzt so normal miteinander um, als hätten wir uns vor ein paar Wochen zuletzt gesehen. Aber so ist das mit Menschen, die man mag. Entfernung, sowohl zeitliche als auch räumliche, spielt keine Rolle.

Ich hoffe, niemand nimmt es mir krumm, dass ich anderthalb Wochen nach Rudolfs Auszug mit einem anderen Mann im Café sitze. Dabei würde ich mich mit keinem anderen außer George verabreden. Er ist eine Ausnahme. Das war er schon immer.

Eigentlich möchte ich ihm das sagen, aber heraus kommt etwas anderes: »Vielen Dank, dass du hergekommen bist. Danke für das Geld, auch wenn ich es nicht ohne schlechtes Gewissen ausgeben werde. Und vielen Dank für deine Briefe.«

Verlegen räuspere ich mich. Ihn so vor mir zu sehen wühlt mich doch sehr auf. Er hat sich kaum verändert. Das Einzige, was anders ist, sind ein paar mehr Lachfältchen um seine strahlenden Augen, wenn er mich anlächelt.

Wir plaudern so lange, bis die Kinder ins Lokal kommen und ebenfalls Kuchen essen wollen.

Sie unterhalten sich gut miteinander und geben George und mir die Gelegenheit, uns anzusehen. Lange.

Und mit jedem Blick, jedem leisen Lächeln löschen wir ein Jahr ohneeinander. George und ich werden uns nicht noch einmal loslassen. Vielleicht werden wir nur gute Freunde sein, auf jeden Fall aber Eltern für Anneliese. Allein schon durch sie sind wir für immer miteinander verbunden. Zum ersten Mal seit ihrer Geburt schmerzt dieser Gedanke nicht, sondern zaubert ein weiteres Lächeln auf mein Gesicht.

29

Anneliese

»Ich möchte Paul anrufen«, sage ich zu James, als wir nach dem Abendessen gemeinsam den Abwasch machen. Aus dem Radio erklingen deutsche Schlager, Mamas Lieblingsmusik.

»Schon den ganzen Tag warte ich darauf, dass du das zugibst.«

»Ich will ihn schon die ganze Zeit anrufen, aber hier geht es ja zu wie in einem Taubenschlag.«

Seit ich meine Entscheidung für ein Leben in England getroffen habe, muss ich nicht mehr weinen, wenn ich an Paul denke. Stattdessen erfüllen mich Wärme und Vorfreude.

»Du rufst ihn gleich an, und ich hole ein paar Unterlagen aus dem Rucksack, die wir danach zusammen ausfüllen werden. Du brauchst ein neues Visum und so weiter. Ich war so frei, die erforderlichen Formulare schon mal mitzubringen.«

»Du warst für mich auf dem Amt?«, frage ich ungläubig.

Ich liebe diesen Kerl! Voller Dankbarkeit falle ich ihm um den Hals, ohne dabei auf meine nassen und schaumigen Hände zu achten.

»Ich bin der beste Bruder, den du je haben wirst«, sagt er selbstgefällig.

»Vielleicht kannst du es trotzdem nie mit meinen Schwestern aufnehmen?«, kontere ich grinsend.

Doch das meine ich nicht ernst. James hat sich so schnell einen Platz in meinem Herzen erobert, dass ihn niemand daraus vertreiben könnte. Clara und Marlene mögen ihn auch.

»Ich präzisiere: Ich bin der beste Bruder, den ihr alle jemals haben werdet!« Er nimmt eine Handvoll Schaum und schmiert ihn mir in den Nacken.

»Igitt! Na warte!« Ich werfe James eine Ladung Schaum ins Gesicht. Alles tropft in seinen Kragen und durchfeuchtet sein Hemd.

»Vielen Dank! Ich habe kein Oberteil zum Wechseln mitgenommen!«

Ohne Umstände zieht er es aus und begutachtet das weiße Unterhemd darunter, das ebenfalls etwas abbekommen hat. Dann zieht er es sich über den Kopf und hängt alles zusammen über eine Stuhllehne.

In dem Moment steckt Clara den Kopf zur Tür herein.

»Was treibt ihr denn hier drin? James! Wieso bist du so … äh … nackt?«

Ich lache über ihre bestürzte Miene.

»Deine Schwester hat mich nass gespritzt, anstatt ihre Aufgabe zu erledigen«, antwortet James und grinst sie frech an. »Macht sie das öfter?«

Clara kann nichts erwidern. Mit weit aufgerissenen Augen starrt sie James' definierten Oberköper an. Er ist ein sehr gut aussehender Typ, das muss ich auch als seine Halbschwester zugeben.

»Zieh dir was an, bevor ihr die Augen aus dem Kopf fallen!«, weise ich ihn zurecht, kann mir ein belustigtes Kichern aber nicht verkneifen.

»Ich hole dir einen Bademantel«, krächzt Clara und ergreift die Flucht.

»Steht sie etwa auf mich?«

»Sei nicht so eingebildet.« Ich knuffe ihn gegen die Schulter. »Du bist hübsch und freundlich, das kurbelt die Fantasie einer fast Siebzehnjährigen eben an. Und dann stehst du auch noch halb nackt in der Küche. Die arme Clara!«

»Gut, dass Kate das nicht weiß«, sagt er und wackelt albern mit den Augenbrauen.

»Nur, wenn ich es ihr nicht erzähle …«

Wenig später sind wir fertig, und ich setze mich ins Esszimmer in die Telefonecke, mein Notizbuch auf dem Schoß.

James hat mir die Formulare der Einwanderungsbehörde auf den Tisch gelegt und ist mit Clara und Marlene in unserem Zimmer verschwunden, um sich »Mensch ärgere Dich nicht« beibringen zu lassen.

Es tutet, aber niemand hebt ab. Enttäuscht sage ich mir, dass Paul sicher unterwegs ist und sich genauso ablenkt wie ich.

Ganz leise kriecht in mir die Furcht hoch, dass er sich auf eine ganz bestimmte Weise ablenkt. Was, wenn er in seine alten Verhaltensmuster zurückfällt und wieder mit seinen Bettgeschichten anfängt? Würde ich das ertragen?

Mein schmerzender Bauch sagt Nein. Ich habe Paul weggestoßen, um ihm die Trennung zu erleichtern und um ihm keine Hoffnungen zu machen, die ich vielleicht nicht erfüllen kann. Aber jetzt weiß ich, dass ich zurückkomme. Was, wenn er mich nun nicht mehr will?

Äußerlich unbewegt sitze ich da, bis James und Clara in den Flur kommen.

»Hast du ihn erreicht?«, erkundigt sich mein Bruder.

»Nein.« Ich schüttle langsam den Kopf. »Er ist nicht zu Hause.«

Wo ist er? Mit wem ist er unterwegs? Sucht er bereits einen Ersatz für mich?

Clara quetscht sich neben mich auf die Eckbank. Sie mag erst sechzehn sein, aber ihr Gespür ist untrüglich.

»Was hast du zu deinem Freund gesagt, als ihr euch das letzte Mal gesehen habt? Hast du ihn zum Teufel gejagt?«

»Irgendwie schon.« Ich bedecke mein Gesicht mit beiden Händen. »Das war so dumm!«, nuschle ich zwischen meinen Fingern hervor. »Jetzt nimmt er mich vielleicht nie mehr zurück!«

»Davon hat er gar nichts erzählt …«, höre ich James sagen. »Du hast dich richtig von ihm getrennt?«

Sein »Bist du noch ganz dicht?« hängt unausgesprochen zwischen uns.

Ich tauche aus meinen Händen auf. Ein dicker Kloß behindert meine Stimmbänder, aber ich werde jetzt nicht heulen!

»Ich dachte, es wäre besser so«, erwidere ich kläglich. »Er sollte nicht sinnlos auf mich warten, wenn ich doch nicht zurückkomme. Das wäre unfair gewesen.«

»Oh mein Gott, du bist ja wie Dad! Der hat auch nie wirklich an sich selbst gedacht, sondern immer erst mal an andere. Mit Ausnahme von der Sache mit deiner Mutter.«

»Irgendwas außer seinem Lächeln muss ich ja noch geerbt haben.«

Clara legt einen Arm um meine Schultern. Meine Schwestern werde ich vermissen, aber nie so, wie ich Paul gerade vermisse. Das ist doch nicht normal!

James seufzt, ehe er sich auf meine andere Seite setzt, wo mehr Platz ist.

Clara findet deutliche Worte: »Du bist echt dämlich, Anne.«

»Weil ich versucht habe, klare Verhältnisse zu schaffen?«

»Weil du aus falsch verstandenem Pflichtgefühl deinem Freund das Herz gebrochen hast.«

Ich schüttle den Kopf. »Ich war die ganze Zeit davon überzeugt, dass ich nie mehr zurückkehren würde. Konnte ich ahnen, dass sich meine ganze Familie in den Kopf gesetzt hat, mich zum Auswandern zu überreden? Erst Otto, dann Luise, schließlich du und Mama ... Und ihr habt mich so weit, ich werde es tun.«

James nimmt meine Hand und drückt sie kurz.

»Sobald du wieder da bist, wird Paul sich einkriegen und dir verzeihen«, prophezeit er. »Tief in seinem Innern weiß er, dass er an deiner Stelle genauso gehandelt hätte.«

Das tröstet mich ein bisschen. Ich will ihm so gerne glauben.

»Seid ihr schon fertig mit Spielen?«

»Ich habe bisher nur verloren«, gibt James zu. »Ich hätte gerne noch einen Versuch.«

»Ich lasse dich trotzdem nicht gewinnen, James«, trällert Clara und läuft in unser Zimmer.

Meine Schwester beim »Mensch ärgere Dich nicht« vom Schummeln abzuhalten wird mich bestimmt auf andere Gedanken bringen, also folge ich den beiden.

30

Dezember 1967

Als mein Arbeitsvisum schneller als gedacht bewilligt wird, ringe ich mit mir, ob ich gleich abreisen oder noch Weihnachten mit Mama, Marlene und Clara verbringen soll. Doch meine Sehnsucht nach Paul, mein unbändiger Wunsch, die Sache zwischen uns wieder geradezurücken, treibt mich schließlich zwei Wochen vor Heiligabend auf die Fähre.

Paul hat seit unserem Abschied nicht mehr mit mir gesprochen. Er ist nicht rangegangen, wenn ich angerufen habe, und hat keinen der Briefe beantwortet, die ich ihm geschrieben habe. Ich kann ihn also entweder mit einem persönlichen Treffen zurückgewinnen oder gar nicht. Bis ich Gewissheit habe, klammere ich mich an den Funken Hoffnung, dass er mich doch noch zurücknimmt, wenn er mich erst wiedersieht.

James, der bisher leider nichts ausrichten konnte, hat ein paar Mal mit mir telefoniert, um mich aufzuheitern. Er überlässt mir sein Zimmer, weil er noch vor Weihnachten zu Kate ziehen wird, die mietfrei im Poolhaus ihrer Eltern wohnt. Erst habe ich mich sehr über das Zimmer gefreut, doch je länger die Funkstille zwischen Paul und mir andauert, desto mehr beschleichen mich Zweifel, ob wir uns unter diesen Umständen eine Wohnung teilen können. Allerdings bleibt mir nicht wirklich etwas anderes übrig, als James' großzügiges Angebot anzunehmen, denn es wird eine Weile dauern, bis ich in London eine bezahlbare Wohnung gefunden habe. Bevor ich anfange zu arbeiten und ein regelmäßiges Einkommen habe, kann ich das ohnehin vergessen.

Am Anleger in Calais treffe ich, wie verabredet, meine Großcousine. Ebenso wie ich hat Elisabeth zwei große Koffer, eine Reisetasche und einen Rucksack dabei. Meist trägt sie Röcke und Kleider, aber heute guckt eine weit geschnittene graubraune Bundfaltenhose unter ihrem knielangen Ledermantel hervor. Ihre langen Haare hat sie zu einem praktischen Pferdeschwanz zusammengebunden, doch der Wind ist so stark, dass sich einige Strähnen daraus gelöst haben und um ihr Gesicht wehen. Der Seegang wird höllisch sein! Sprühregen durchfeuchtet meine offenen Haare unter der Kapuze meines Regenmantels.

»Hallo, Anne. Schön, dass es geklappt hat!« Wir umarmen uns zur Begrüßung.

»Hallo, Elisabeth! Mein Zug hatte ein paar Minuten Verspätung, aber zum Glück habe ich es trotzdem pünktlich hergeschafft.«

Sie lässt mich los und nimmt mein Gepäck in Augenschein.

»Du hast ja auch ganz schön zu schleppen. Man könnte meinen, du wanderst aus.«

»Haha, du aber auch.«

Wir lachen beide. In Elisabeth habe ich eine unverhoffte Mitstreiterin, ebenso wie Mama damals, als sie sich in George verliebt hat.

Wir beladen uns mit Taschen, Koffern und Rucksäcken und wanken zum Fahrkartenschalter, wo bereits einige andere Reisende auf ihre stürmische Überfahrt warten.

»Möchtest du etwas gegen Übelkeit?«, frage ich Elisabeth.

Sie betrachtet die Wellen, die an der Kaimauer hochspritzen. Die Boote im Hafen schaukeln heftig auf und ab.

Elisabeths ohnehin schon blasses Gesicht wird noch eine Spur heller.

»Schaden kann es ja nicht.«

Trotz des stärker werdenden Regens auf dem Meer bleiben wir an Deck und versuchen die vielen Seekranken zu ignorieren. In einer recht einsamen Ecke setzen wir uns auf die Koffer und freuen uns auf eine heiße Dusche und trockene Kleidung am Ende unserer Reise. Noch bin ich nicht völlig durchnässt, aber die Kälte kriecht mir in die Knochen, und ich schlinge die Arme um mich.

»Du hast es wirklich gewagt, deine feste Stelle aufzugeben, um nach England zu gehen?«, frage ich Elisabeth.

»Nach Schottland«, korrigiert sie mich lächelnd.

»Aber ab und zu werden wir uns schon treffen können, oder?«

»Natürlich werden wir das. Ich finde es wunderbar, dass wir das hier zusammen machen. Eine Zeit lang hatte ich gehofft, mit deiner Mutter hierher überzusiedeln, doch leider kam es dann doch anders.«

»Aber du hast den Kontakt zu Brian gehalten.«

Sie nickt. »Er hat mir kurz nach seiner Abreise einen Brief geschrieben, in dem er mich darum gebeten hat, dass wir zumindest Brieffreunde bleiben. Das wollte ich ihm bei allem Liebeskummer nicht abschlagen.«

»Und wie war es für dich, als er mit Patricia zusammengekommen ist?«

»Im ersten Moment hat es wehgetan, da bin ich ehrlich. Aber als ich meinen Stolz hinuntergeschluckt und sie zum ersten Mal besucht habe, hat Patricia mich mit offenen Armen empfangen. Nicht wie eine Konkurrentin. Da habe ich verstanden, dass nicht ich es bin, die ein Teil von ihrer und Brians Beziehung wurde, sondern dass es viel eher so war, dass sie Teil von Brians und meiner Beziehung wurde. Ich kann es schlecht erklären, aber irgendwie hat sich keiner von uns als fünftes Rad am Wagen gefühlt. Wenn man es so nimmt, haben Brian und ich uns nie getrennt. Natürlich wissen das seine und Patricias Kinder nicht. Für sie bin ich die Patentante und manchmal Ersatzmutter.«

Das klingt interessant. Und sehr modern. Zu modern für die meisten, die das hören würden. Ob Tante Luise davon weiß?

»Aber jetzt könnt ihr euer Verhältnis doch nicht mehr geheim halten.«

»Doch, das müssen wir sogar. Ich werde mich nach dem kurzen und für lange Zeit letzten Aufenthalt in Bad Godesberg wieder offiziell um Patricia, die Kinder und den Haushalt kümmern, damit Brian arbeiten kann. Das habe ich in den letzten Jahren schon öfter gemacht, vor allem, wenn Patricia ins Krankenhaus oder im Sommer zur Kur musste, nur bin ich eben immer wieder nach Deutschland zurückgekehrt. Ich musste auch jetzt noch mal nach Hause, um meine Sachen zu packen. Gekündigt habe ich schon längst. Alles wird dieses Mal anders sein. Patricias Wunsch ist es, mich für die letzte Zeit in ihrer Nähe zu haben, auch um Brians willen. Zusammen werden wir das besser verkraften als alleine.«

Sie wendet sich ruckartig ab.

»Es tut mir so leid für Patricia. Und auch für Brian und dich. Immerhin konnte sie dank des neuen Medikaments das Krankenhaus noch einmal verlassen.«

Elisabeth atmet tief durch. »Ja, wir müssen jede Minute als Geschenk betrachten. Als ich sie im Oktober gesehen habe, dachte ich, sie stirbt am nächsten Tag. Aber sie hat bis jetzt durchgehalten. Bis letzte Woche wurde es etwas besser. Trotzdem habe ich die ganze Zeit in Deutschland gefürchtet, dass ich sie nicht mehr lebend sehen würde. Ich hoffe, sie kann noch einmal Weihnachten feiern.«

Ich bewundere Elisabeth dafür, dass sie offen mit mir über ihre ungewöhnliche Beziehung zu Patricia und Brian spricht. Ich bin sicher, die meisten Menschen würden sie dafür verurteilen.

Ich frage nicht nach Details, ob sie sich alle küssen oder Ähnliches; das geht mich nichts an. Wahrscheinlich führen sie auch nicht diese Art von Beziehung miteinander, sondern haben eine familiäre Freundschaft.

Allerdings wird mir langsam klar, warum Elisabeth keine richtigen Beziehungen hatte und nie verheiratet war: Ihr Herz gehört bereits zwei Menschen. Und einen davon wird sie bald für immer verlieren.

»Bereust du es, dass du nicht früher ausgewandert bist, um mehr Zeit mit deinem Freund und deiner Freundin zu haben?«

»Oft. Aber ich hatte auch Angst, meine Arbeit aufzugeben. Mama hat mich immer getröstet, wenn ich wieder nach Hause kam und traurig war.« Sie schmunzelt.

»Tante Luise ist die freundlichste und toleranteste Frau, die ich kenne.«

»Sie als Mutter zu haben ist ein großes Glück. Es fällt mir nicht leicht, sie allein zu lassen.«

»Mir fällt es auch nicht leicht, Mama und meine Schwestern nur noch so selten zu sehen. Aber hier zu sitzen und meinem neuen Leben entgegenzufahren, das fühlt sich gut an.«

Ich tue das Richtige. Selbst wenn Paul nicht mehr mit mir zusammen sein will, bin ich zumindest meinen Träumen gefolgt.

»Du schaffst das schon. Wenn du mal ganz einsam bist, meldest du dich einfach bei mir.«

»Danke, Elisabeth. Umgekehrt gilt das genauso.«

Sie nickt bloß. Die restlichen Minuten der Überfahrt schweigen wir einträchtig, jede in ihre eigenen Gedanken versunken.

31

Am Bahnhof in London holen mich James und George ab. Elisabeth steigt um nach Aberdeen, wo Brian und Patricia sie schon erwarten.

Ich muss nicht mit der U-Bahn fahren, sondern werde von George in seinem eleganten *Jaguar Mark 2* nach Bloomsbury chauffiert. Meine Koffer haben gerade so in den Kofferraum gepasst, die Reisetasche und der Rucksack liegen bei James auf dem Rücksitz. Mir hat er freundlicherweise den Beifahrersitz überlassen. Ich bin erst ein paar Mal mit einem Auto mitgefahren, meistens mit einem Taxi. Mama und Rudolf besaßen nie einen eigenen Wagen, und wir konnten bisher die meisten Ziele mit dem Fahrrad oder Bus und Bahn erreichen.

Draußen zieht die Stadt in regnerischem Grau vorbei. Seit ich an Land gegangen bin, regnet es durchgehend. Dennoch fühle ich mich gut. Ich bin erleichtert, endlich am richtigen Ort angekommen zu sein.

Allerdings gibt es einen Wermutstropfen. Die ganze Zeit versuche ich zu verdrängen, dass Paul nicht mitgekommen ist, um mich abzuholen. Doch James kennt kein Erbarmen mit meinem wunden Herzen.

»Paul hat noch Vorlesungen und lernt heute Abend in der Bibliothek. Vielleicht erwischst du ihn morgen früh, bevor er sich aus dem Haus stiehlt.«

»Siehst du ihn auch nicht oft?«

»So selten wie nie zuvor. Er behauptet, das liegt an Kate und daran, dass wir unterschiedliche Kurse haben, aber tatsächlich geht er uns allen aus dem Weg. Ich hoffe, das wird wieder besser.«

Ich will es gar nicht aussprechen, aber die Frage drückt mir beinahe die Luft ab.

»Hat er ... hat er vielleicht eine neue Freundin und ist deshalb so viel weg?«

»Paul hat keine Freundinnen. Du bist die erste Frau seit Felicity, die ich so bezeichnen würde.«

George hält sich aus unserer Unterhaltung heraus. Er wirft mir nur von Zeit zu Zeit einen Seitenblick zu.

»Hast du keinen Tipp für mich, George?«, frage ich ihn. »Oder warum schweigst du so beharrlich?«

»Als Ratgeber in Beziehungsdingen bin ich nicht unbedingt geeignet, meint ihr nicht auch?«

»Ach was, Dad. Du bist immerhin kein Schuft.«

»Vielen Dank, zu gütig, James.«

Ich lächle über ihr lockeres Vater-Sohn-Gewitzel. Mit Rudolf hätte ich nie so eine Unterhaltung führen können.

»Hast du trotzdem eine Idee, was ich mit Paul machen soll?«

»Du könntest ihm einen Brief schreiben. Bei deiner Mutter hat es funktioniert, zumindest hat sie mir nicht die Tür vor der Nase zugeschlagen.«

»Briefe nur im Notfall. Die beiden wohnen doch zusammen«, meint James dazu.

»Wer weiß, wie lange noch. Vielleicht packt Paul gerade seine Sachen, weil er mich nicht in seiner Nähe haben will.«

Dieser Gedanke ist bitter und leider nicht so weit hergeholt, wie ich es gerne hätte. Ein paar Wimpernschläge lang erfüllen nur das Röhren des Motors und das monotone Schaben der Scheibenwischer sowie das Spritzgeräusch der Reifen das Wageninnere.

James legt mir von hinten eine Hand auf die Schulter.

»Du und Dad seid euch so ähnlich, dass es fast lächerlich ist. Immer gleich vom Schlimmsten ausgehen.«

»Das erspart einem die ein oder andere Enttäuschung, mein Sohn.«

James schnaubt ungehalten. »Ganz schön bequem, von vornherein das Schlimmste anzunehmen und dann nichts zu tun, außer darauf zu warten, dass es eintritt. So läuft das nicht, Anne!«

»Ist ja gut, ist ja gut.« Beschwichtigend hebe ich die Hände. »Können wir jetzt trotzdem das Thema wechseln?«

Bis zur Wohnung bringt James mich auf den neuesten Stand, was Patricias Gesundheit, seine Beziehung zu Kate und sein Studium angeht. Das lenkt mich ein wenig von den Gedanken an Paul ab.

Wenig später tragen wir zu dritt mein Gepäck nach oben. Im Treppenhaus überreicht mir James feierlich einen eigenen Wohnungsschlüssel. Seinen behält er weiterhin für Notfälle, immerhin gehört die Wohnung seiner Familie.

»Bitte sehr! Ich finde, du solltest aufsperren.«

Lächelnd nehme ich den Schlüssel entgegen. Noch ein Beweis mehr, dass ich wirklich hierbleiben werde.

Mit einem tiefen Atemzug durchbreche ich die aufwallende Enttäuschung, als ich merke, dass die Wohnung leer ist. Stattdessen nehme ich mein neues Zimmer in Augenschein. Seinen schmalen Kleiderschrank aus dunklem Holz hat James mir dagelassen, ebenso seinen wuchtigen Schreibtisch mit dem hölzernen Stuhl vor dem Fenster. Außerdem steht da ein neues dunkelgrünes Klappsofa, das George und er für mich als Willkommensgeschenk gekauft haben. Das ist mir zwar ein wenig unangenehm, aber ich bedanke mich höflich.

Mehr gibt es noch nicht hier drin, aber das stört mich gar nicht. Ich freue mich darauf, mein erstes eigenes Reich selbst zu gestalten. Mama hat mir unter anderem dafür und zur Überbrückung, bis meine Arbeit im Krankenhaus anfängt, Geld von Georges Unterhaltsnachzahlung mitgegeben. Morgen werde ich ein Konto eröffnen und das meiste davon einzahlen.

»Dann lassen wir dich mal in Ruhe ankommen und auspacken«, sagt George.

»Vielen Dank für alles«, erwidere ich und umarme ihn.

Auch James verabschiedet sich. »Bis morgen. Hab bloß kein schlechtes Gewissen, wenn du deine Mutter anrufen möchtest, hörst du? Du zahlst erst Miete, wenn du dein erstes Gehalt bekommen hast. Bis dahin tue ich so, als würde ich noch hier leben und gerne mit meiner deutschen Freundin telefonieren.«

»Danke, wirklich! Ihr seid so nett zu mir, manchmal kann ich es kaum glauben.«

George lächelt mich an. »Von dir zu erfahren und dich kennenzulernen war das Beste, was mir seit Langem passiert ist. Willkommen zu Hause, Anne.«

Zu Hause. Ja, es wird ein Zuhause werden.

32

London, Dezember 1967

Paul

Sechs Wochen und zwei Tage. So lange ist Anne aus meinem Leben verschwunden. Ich habe keine Ahnung, was sie macht, wie es ihr geht. Ich hoffe nur, dass sie glücklich ist. Glücklicher als ich.

Ich kann kaum glauben, dass es mir seit ihrer Abreise noch schlechter geht als damals, als Felicity mit diesem Mistkerl Connor ins Bett gegangen ist und es der ganze Campus vor mir wusste. Dieses Mal bin ich zumindest nicht wütend oder schäme mich, sondern habe »nur« Liebeskummer.

Eigentlich sollte es nicht so schwer sein. Wie lange kenne ich Anne überhaupt? Beinahe vier Monate? Das ist nichts im Vergleich zu Felicity, mit der ich über ein Jahr zusammen war. Warum kann ich dieses unglaublich hübsche, lustige, nette deutsche Mädchen also nicht einfach vergessen?

Weil sie sich schon in mein Herz gestohlen hat, als sie mir auf der Fähre diese Tablette angeboten hat. Und mit jedem Lächeln, jedem Auf-mich-zu-Gehen hat sie sich tiefer hineingegraben. Und jetzt hat sie es mit sich genommen und mich blutend und leer zurückgelassen. Ja, so peinlich und melodramatisch sind meine Gedanken.

Nicht mal mehr meine *Kinks*-Platten kann ich anhören, ohne an Anne zu denken und mich mies zu fühlen. Dabei hat sie mich abserviert. Ihre Briefe ändern daran nichts. Am Ende fällt ihr wieder ein, dass sie ohne mich besser dran ist. Ich muss den Tatsachen ins Auge sehen. Auch wenn sie heute zurückkommt, unsere kurze Beziehung ist Geschichte. Schon aus reinem Selbstschutz kann ich nichts mehr mit ihr anfangen, von meinem verletzten Stolz mal ganz abgesehen. Ich hätte ihre Briefe nicht lesen sollen. Jedes ihrer Worte war ein weiterer Nadelstich. Ihr antworten wollte ich nicht. Es reicht, wenn einer von uns beiden nun ein leidendes Nadelkissen ist. Meine bescheuerten Gedanken ertrage ich auch kaum, doch sie wandern immer wieder zu Anne.

James kann gerne mit ihr auf heile Familie machen, wenn er dadurch die Scheidung seiner Eltern besser verkraftet, und sogar Kate gönne ich eine nette Freundin, die es nicht auf James abgesehen hat. Aber für mich brechen harte Zeiten an. Natürlich werde ich mich nicht mehr so oft mit meinen besten Freunden treffen können, aber am schlimmsten ist, dass ich Tür an Tür mit meiner Ex-Freundin leben muss.

Ich verfluche mich dafür, dass ich mich nicht von James' Halbschwester ferngehalten habe. Und damit nicht genug, ich habe ihr auch noch zu einer Stelle bei meiner Mum verholfen! Wie zum Teufel soll ich Anne bloß aus dem Weg gehen, wenn sie so eng mit meinem Leben verbunden ist?

Obwohl ich mich heute bis spätabends in der Bibliothek verstecke, komme ich kaum zum Lernen, weil ich mir ständig das Hirn zermartere. Ausziehen kann ich vergessen. Sie wirklich ignorieren kann ich auch nicht. Das Beste, was mir einfällt, ist, so viel Zeit wie möglich auf dem Campus und im Plattenladen zu verbringen. Selbstmitleidstour Ende.

Als ich mich in aller Herrgottsfrühe aus dem warmen Bett quäle und in die dunkle Küche schleiche, dringt kein Laut aus Annes Zimmer. Ihr Regenmantel hängt an der Garderobe, ihre Stiefeletten stehen zum Trocknen auf einem Lappen darunter. Sie ist hier.

Vor Unbehagen krampft sich mein Magen zusammen. Rasch nehme ich meine Dose mit Sandwiches für die Uni aus dem Kühlschrank, husche ins Badezimmer, um mich zu waschen und anzuziehen, und bin zur Tür hinaus, bevor ich Anne sehen muss. Wird das von nun an jeden Tag so laufen?

Keine erfreuliche Aussicht.

Am Abend endet meine Glückssträhne. Müde komme ich gegen neun vom Lernen aus der Bibliothek, als ich sie laut und ein wenig schief zu einem *Beatles*-Song aus dem Radio mitsingen höre. Es duftet herrlich nach gekochtem Essen. Hat sie etwa wieder Königsberger Klopse gemacht?

So leise wie möglich schließe ich die Eingangstür und wasche mir im Bad die Hände. Ich weiß selbst, dass ich mich kindisch verhalte, indem ich unser erneutes Aufeinandertreffen hinauszögere, aber ich kann nicht anders. Vor lauter Aufregung habe ich einen Knoten im Bauch, und meine Hände zittern leicht. Einmal tief durchatmen, dann betrete ich die Küche. Anne hat mich noch nicht bemerkt. Geschäftig rührt sie in einem großen Topf und schaut prüfend in einen kleineren.

Sie ist so wunderschön. Ein wenig blasser als zuletzt, aber wunderschön. Ich betrachte sie von oben bis unten, ihr feines Gesicht, ihre rotbraunen Haare, die sie in einem Dutt gebändigt hat, ihre schlanke Gestalt. Sie trägt ein marineblaues Häkelkleid, das auch mit Strumpfhose viel Bein zeigt. Ihre langen Beine sind anbetungswürdig. Ich mag alles an ihr.

Doch wie ich jetzt mit ihr umgehen soll, weiß ich nicht.

33

Anneliese

Ich spüre Pauls Anwesenheit, bevor ich mich umdrehe. Dann sehe ich ihn aus dem Augenwinkel. Er steht in der Küchentür und beobachtet mich. Ein paar Minuten lang tue ich so, als würde ich ihn nicht bemerken. Während ich mit geübten Handgriffen koche, zerbreche ich mir den Kopf darüber, wie ich mit ihm reden soll. Ich muss mich dafür entschuldigen, dass ich ihn von mir gestoßen habe, dass ich uns aus lauter Furcht keine Chance geben wollte. Falls er mir überhaupt zuhört.

Dann endlich drehe ich mich um. Mein Gott, er ist so schön! Seine Haare sind feucht vom Regen, und seine hochgewachsene Gestalt steckt in einem schwarzen Pullover und Bundfaltenhosen. Doch mit diesem Gesicht könnte Paul auch in alten Jutesäcken herumlaufen, er wäre trotzdem noch wahnsinnig attraktiv.

Mir schnürt sich die Kehle zu. Wie konnte ich ihn nur so hartherzig fortjagen?

Auf seinem Gesicht spiegeln sich Unsicherheit und Sehnsucht. Auf meinem bestimmt auch.

»Paul«, bringe ich schließlich über die Lippen.

Er erwidert nichts.

Ich weiß auch nicht wirklich, was ich sagen soll, dennoch rede ich weiter, bevor mich dieser Funken Mut verlässt.

»Es tut mir leid, Paul! Ich hatte Angst, dir etwas zu versprechen, was ich nicht halten kann. Ich wollte dir und mir selbst keine falschen Hoffnungen machen.«

Da kommt endlich Leben in ihn.

»Ich hatte auch Angst, die ganze Zeit! Aber ich habe sie überwunden, weil du mir den Glauben an die Liebe zurückgegeben hast – zumindest so lange, bis du mich abserviert hast. Das hat verdammt wehgetan, Anne!«

Ich schrumpfe unter seiner berechtigten Wut zusammen, die seine Traurigkeit nur unzureichend verbirgt.

»Es tut mir leid«, entgegne ich kläglich. »Es tut mir so leid! Ich wollte dir nicht wehtun. Ich dachte nur, es wäre leichter so. Du solltest nicht auf jemanden warten, der vielleicht nie mehr wiederkommt.«

Er schüttelt den Kopf. »Das mag sein, aber du wusstest, dass ich Schwierigkeiten habe, jemanden nahe an mich heranzulassen. Du bist trotzdem eine Beziehung zu mir eingegangen, obwohl dir klar gewesen sein muss, dass du alles stehen und liegen lassen wirst, wenn deine Familie ruft. Wir haben uns etwas vorgemacht.«

»Es sollte nicht so enden.«

»Das hat Felicity auch gesagt.« Er lacht humorlos auf und tritt kurz zu mir an den Herd. »Ich esse in meinem Zimmer. Danke fürs Kochen.«

Er hätte mir auch eine Ohrfeige verpassen können.

Ich esse nichts, sondern rolle mich auf dem Sofa in meinem neuen Zimmer zusammen und suhle mich in meinem Liebeskummer.

Eine knappe Woche später steht früh am Morgen James vor der Tür. Sein Gesicht sieht verhärmt aus. Kälte ergreift Besitz von mir.

»Wir fahren alle nach Aberdeen«, sagt er knapp. »Ich wecke Paul.«

»Nein! Ist Patricia …?«

Er nickt. »Letzte Nacht. Brian und Elisabeth waren wohl bei ihr. Sie ist abends eingeschlafen und heute Morgen nicht mehr aufgewacht. Brian hat eben angerufen.«

»Das tut mir leid.«

»Ich weiß.« Er nimmt mich in den Arm, als bräuchte er etwas Trost.

Auf einmal komme ich mir dumm vor, weil ich mir gestern wegen Pauls zurückweisender Art die Augen aus dem Kopf geheult habe. Heute Nacht ist ein lieber Mensch gestorben. Wegen Patricia sollte ich weinen.

Doch das tue ich erst, als ich zu George in den Wagen klettere, und auch da nur ganz leise. Dieses Mal sitze ich auf der Rückbank, weil Mary mit unbewegter Miene auf dem Beifahrersitz Platz genommen hat. In stummer Einigkeit nicken wir uns zu. Heute geht es nicht um einen von uns. Heute geht es allein um die MacDougals.

Mein Vater sieht so traurig aus, dass der Kloß in meinem Hals nicht mehr verschwindet. James setzt sich wie ein Bollwerk zwischen Paul und mich.

Die ganze etwa zwölfstündige Fahrt über schaue ich aus dem Seitenfenster oder aus der Frontscheibe auf die vorbeiziehende Landschaft, zwischendurch halte ich Nickerchen wie Paul und James, wenn sie sich nicht mit George beim Fahren abwechseln. Wir folgen der A1, einer recht gut ausgebauten Landstraße, die größtenteils der alten Great North Road folgt, der früheren Postroute zwischen London und Schottland.

Sobald wir weiter nach Norden kommen, verwandelt sich der Regen in Schnee, der zum Glück nicht liegen bleibt. Ich bin müde. Außer ein paar Stopps, um auf die Toilette zu gehen und eine Kleinigkeit zu essen, fahren wir durch. Die Trauerfeier ist für den übernächsten Tag angesetzt.

Ich fühle mich ein bisschen fehl am Platz, immerhin kannte ich Patricia kaum. Hinzu kommt die schweigsame Ex-Frau meines Vaters.

»Warum nimmst du mich mit?«, frage ich George leise, der inzwischen neben mir sitzt, während Paul fährt. »Bin ich Mary nicht lästig?«

»Paul nehme ich auch mit, obwohl er nicht einmal mit uns verwandt ist. Brian möchte ihn genauso dabeihaben wie dich.«

Aber Paul will mich nicht dabeihaben. Ich beiße mir auf die Zunge, um es nicht laut auszusprechen. Die Fahrgeräusche sind so laut, dass er unser leises Gespräch hier hinten immerhin nicht mitanhören kann.

Er redet auch heute nur das Nötigste mit mir und schaut mich nicht an. Wobei, das stimmt nicht ganz. Er meidet bloß direkten Augenkontakt, anschauen tut er mich sehr wohl.

Wie von selbst wandert mein Blick zu Pauls hellem Nacken und den wirren Haaren, die ihn halb bedecken. Wie gern würde ich mit meinen Fingern hindurchfahren! Ich vermisse Paul, obwohl er ganz nah bei mir ist.

»Was, wenn ich ihn für immer verloren habe?«, flüstere ich.

»Das hast du nicht«, erwidert George ebenso leise. »Gib ihm das Gefühl, dass er dir immer noch wichtig ist. Lass ihn nicht spüren, dass du zweifelst und Angst hast. Dann kommt er vielleicht zu dir zurück.«

»Er blockt jeden Gesprächsversuch ab, er will nicht mal mehr mit mir an einem Tisch sitzen. Bestimmt ist es eine Qual für ihn, in diesem Auto mit der Frau eingesperrt zu sein, die ihn so behandelt hat, wie seine Ex-Freundin es getan hat.«

»Das hat er zu dir gesagt?«

»In etwa. Irgendwo hat er auch recht. Dass ich ihn nicht mit einem anderen betrogen habe, ist das Einzige, was mich und Felicity unterscheidet.«

»So denkst du? Dass du dir keine Fehler erlauben kannst?«

»Er nimmt meine Entschuldigung nicht an. Also verzeiht er mir nicht, dass ich versucht habe, das Richtige zu tun. Leider war es am Ende nicht das Richtige für ihn und mich.«

»Gib ihm Zeit. Versuch es in ein paar Tagen noch einmal. Jetzt trauert er um Patricia. Er hat beinahe jeden Sommer mit James bei Brian und seiner Familie verbracht, und auch Weihnachten haben wir oft zusammen gefeiert, weil seine Mutter meistens arbeiten musste. Patricia war wie eine Blutsverwandte für ihn. Sie hinterlässt eine riesige Lücke.«

Am späten Abend erreichen wir Aberdeen. Brians kleines Häuschen steht am Stadtrand in der Nähe von Cove Bay Harbour. Als wir mit schmerzenden Gliedmaßen aus dem Wagen steigen, rieche ich salzige Meeresluft.
Auch hier fallen stetig Schneeflocken vom Himmel. Eine feine weiße Schicht bedeckt bereits die Straße.
»Lasst uns das Gepäck gleich mitnehmen«, schlägt Mary vor. Es ist erst das zweite Mal, dass ich sie heute etwas sagen höre.
Da öffnet sich schon die Haustür, und Elisabeth kommt heraus, dicht gefolgt von Brian, seiner Tochter Penelope und seinem Sohn Georgie. Fröhlich sieht keiner aus, aber sie lächeln alle tapfer, als sie uns begrüßen. Elisabeth drückt mich am längsten an sich. Unter anderen Umständen hätte ich mich mehr darüber gefreut, sie so bald wiederzusehen.
»Kommt herein«, lädt Brian uns kurz darauf ein. »Wir haben euch Kürbissuppe aufgehoben und eure Schlafplätze hergerichtet.«

34

Den nächsten Tag verbringen wir mit einem langen Spaziergang und – jedenfalls wir Frauen – der Vorbereitung des Essens für die Feier nach der Beerdigung. Wäre der Anlass nicht so traurig, hätte mir ein so großes Treffen gefallen können.

Nach dem Zähneputzen falle ich müde auf die Matratze in Penelopes Mädchenzimmer. Paul und James sind zusammen mit George bei dessen jüngerem Namensvetter untergekommen, und Mary und Elisabeth teilen sich das Gästezimmer, während Brian das Schlafzimmer ganz für sich hat. Bloß dass er dort nicht sein möchte.

Als ich in der Nacht gegen halb vier auf die Toilette muss und suchend durch das Haus geistere, fällt mir das Licht im Wohnzimmer auf. Nachdem ich mich erleichtert habe, folge ich dem schwachen Lichtschein.

Brian sitzt zusammengesunken in einem Sessel vor dem Kamin. Erst denke ich, er schläft, doch er starrt bloß reglos in das beinahe heruntergebrannte Feuer.

»Brian? Kannst du nicht schlafen?«

»Ich habe es versucht, aber ich kann nicht in dem Bett liegen, in dem Patricia gestorben ist. Ich kann es einfach nicht. Deshalb bin ich hier.«

»Möchtest du meine Matratze bei Penelope haben? Im Gegensatz zu dir passe ich auf euer Sofa.«

»Schon gut. Ich bin nicht müde genug, um zu schlafen.«

Ich werde auch mit jeder Minute wacher.

»Darf ich dir Gesellschaft leisten, oder willst du lieber allein sein?«

»Bleib ruhig. Auf dem Sofa liegt eine Decke.«

Ich hole mir die gestrickte Wolldecke und lasse mich in dem Sessel gegenüber von Brian nieder. Es ist gemütlich, am Feuer zu sitzen, entspannend. Das flackernde Licht der Flammen tanzt über Brians Gesicht.

Auch mit seinen einundvierzig Jahren ist er noch ein gut aussehender Mann, wenn auch nicht so offenkundig schön wie mein Vater oder Paul. Seine freundliche, gutmütige Art und seine Unvoreingenommenheit mir gegenüber haben mir kaum eine andere Wahl gelassen, als Brian in mein Herz zu schließen. Für Elisabeth und meinen Vater gehört er zur Familie, für mich mittlerweile auch.

»Lizzy und ich werden heiraten«, sagt er unvermittelt.

Ich schrecke auf. Die Decke rutscht mir von den Schultern, als ich mich im Sessel aufrichte.

»Musst du kein Trauerjahr einhalten oder so etwas?«

»Nein. Das ist nicht mehr üblich, und bei Männern wurde nie sonderlich darauf geachtet. In einem Jahr werde ich Patricia genauso vermissen wie heute. Und auch in zwei oder drei Jahren wird sich daran nichts geändert haben.«

»Das verstehe ich. Liebst du Elisabeth wirklich?«

Es wäre mir schwergefallen, jemand anderen danach zu fragen, zum Beispiel George, aber Brian trägt sein Herz auf der Zunge.

Er wendet sich mir zu und lächelt versonnen.

»Natürlich liebe ich sie. Sie hat ihr ganzes Leben für meine Kinder und mich aufgegeben, da schulde ich ihr zumindest die finanzielle Absicherung. Außerdem will ich nicht, dass in der Gemeinde behauptet wird, wir wären kein anständiger Haushalt. Ich darf Lizzy keine Steine in den Weg legen, wenn sie hier auf Dauer glücklich sein soll. Gerede wird es trotzdem geben. Das ist uns beiden aber egal.«

»Bist du auch glücklich damit?«

»Ja, sehr. All die Jahre hatte ich ein schlechtes Gewissen, weil Lizzy in Deutschland niemanden heiraten wollte und höchstens ab und zu eine Verabredung hatte. Es hat mich manchmal wahnsinnig gemacht zu wissen, dass sie einsam in ihrer Wohnung sitzt.«

Ich schüttle den Kopf. »Am Anfang durfte sie nicht heiraten, sonst hätte sie ihren Beruf aufgeben müssen. Lehrerinnenzölibat nennt man das. Ist glücklicherweise mittlerweile abgeschafft.«

Er nickt. Natürlich weiß er davon. »Später war sie schon zu eng mit Patricia und mir verbunden, um eine eigene Familie zu gründen. Sie hat immer gemeint, sie brauche keine Kinder, auf der Arbeit und bei uns hätte sie genügend davon. Aber ich weiß, dass es nicht wahr ist.«

Ich verdrehe innerlich die Augen. Das halte ich für ein überkommenes Klischee.

»Nicht jede Frau möchte Kinder. Manche können auch keine bekommen. Und manche bekommen welche und wollen sie nicht. Elisabeth wird ihre Entscheidung gründlich durchdacht haben, meinst du nicht?«

»Wahrscheinlich hast du recht.« Es kommt beinahe zu versöhnlich heraus, aber es ist zu spät, um darüber nachzudenken.

»Zeigt ihr den anderen, dass ihr ein Paar seid?«

»Nur hier im Haus. Meine Kinder kennen es nicht anders, als dass Elisabeth und ich sehr eng miteinander sind, George ebenfalls. Mary gegenüber haben wir uns stets bedeckt gehalten. Sie ist sehr traditionell eingestellt. Ich will gar nicht darüber nachdenken, wie viele Sünden wir uns in den Augen der Anglikanischen Kirche aufgeladen haben.«

»Denk nicht daran. Meine Urgroßmutter Anna war eine sehr religiöse Frau. Meine uneheliche Geburt hat meiner Mutter und mir direkt eine Fahrkarte in die Hölle gesichert. Bevor du fragst: Daran glaube ich nicht.«

»Das solltest du auch nicht. Ich glaube nicht an die Kirche, nur an Gott und seinen Sohn. Máthair hat mir beigebracht, dass Liebe nie falsch ist, solange sie echt ist und anderen Gutes will. Du bist in Liebe entstanden, nicht in Sünde. Es tut mir leid, dass deine Familie das nie einsehen wollte.«

»Tante Luise und Onkel Otto schon. Und Elisabeth. Auf eine Familie, die mich als Schande betrachtet, kann ich verzichten.«

Aber meine Mutter nicht. Ich hoffe, dass sie sich noch mit ihnen allen aussöhnen kann.

»Du hast noch mehr Familie, für die du ein Geschenk bist: George, James und mich.«

»Ich bin froh, dass ich euch allen begegnet bin. Dass ich mich getraut habe hierherzukommen.«

Trotz der Sache mit Paul. Trotz meiner Ängste und Schuldgefühle.

»Paul hat dich als Erster hier willkommen geheißen.«

»Jetzt tut er das nicht mehr. Wenn es nach ihm ginge, hätte ich in Heidelberg bleiben sollen.«

Ich blicke ins Feuer, damit Brian nicht den aufwallenden Kummer in meinem Gesicht sieht. Er beerdigt morgen die Frau, mit der er zwanzig Jahre zusammengelebt hat, die Mutter seiner Kinder. Mein Herzschmerz soll ihn nicht noch zusätzlich belasten.

»Macht es euch nicht zu schwer. Du hast ja gesehen, dass uns nicht immer viel Zeit mit unseren Lieben bleibt.«

Ich nicke bloß. Es hängt jetzt an Paul, nicht mehr an mir.

Elisabeth betritt kaum hörbar den Raum.

»Brian«, flüstert sie. »Was machst du denn hier?«

Sie stellt sich hinter den Sessel und legt die Hände auf seine Schultern.

Mit einem winzigen Lächeln schaut er zu ihr hoch.

»Ich kann nicht schlafen. Nach der Trauerfeier morgen werde ich dieses Bett entsorgen.«

»Wie du möchtest. Leg dich noch ein bisschen zu Penelope.«

Brian schüttelt den Kopf, doch da wird Elisabeths Blick streng.

»Keine Widerrede. Du brauchst noch ein paar Stunden Ruhe. Ab ins Bett!«

»Schon gut«, brummt er. »Deiner Lehrerinnenstimme habe ich nichts entgegenzusetzen. Bis nachher, ihr beiden.«

Er schlurft aus dem Wohnzimmer. Ich blicke ihm nach.

»Ich habe ihm schon vor einer Stunde meine Matratze angeboten, aber er wollte sie nicht.«

»Es wird später noch schwer genug für ihn.« Sie presst die Lippen aufeinander.

Für sie selbst wird es kaum leichter werden.

Ziemlich gerädert machen wir uns nach dem späten Frühstück auf zur St. Mary's Church in Cove Bay. Der Name Mary verfolgt mich hier genauso wie Maria in Deutschland. Der Gedanke lässt mich auf einmal lächeln.

Mama hat mir oft erklärt, dass Maria über alle Frauen wacht, ihnen ein guter Kompass ist, wenn man ihr nur folgt.

In England bin ich einer wenig wohlgesonnenen Mary begegnet, doch sie hat mir gezeigt, dass ich auf der richtigen Spur zu meinem leiblichen Vater bin. Außerdem habe ich eine Stelle im St. Mary's Hospital in London bekommen, meine Eintrittskarte zu einem Leben in Großbritannien. Nicht zuletzt habe ich in diesem Krankenhaus Patricia MacDougal getroffen, die mir bei unserem ersten und einzigen Gespräch den unschätzbaren Rat mitgab, auf mein Herz zu hören.

Nun bin ich hier, inmitten von neuen Freunden und Familie, und fühle es ganz deutlich: Ich gehöre hierher. Ich habe das Richtige getan. Obwohl wir zu einer Trauerfeier gehen, spüre ich Glück in meinem Innern. Ich wende den Blick zum Himmel und danke stumm der Muttergottes, dass sie mich hierhergeführt hat.

35

Patricia muss ein beliebtes Mitglied der Kirchengemeinde gewesen sein, denn das kleine Gotteshaus ist bis auf den letzten Platz besetzt. So gut ich kann, folge ich der Feier, aber der Pfarrer spricht mit so starkem schottischem Akzent, dass ich ihn kaum verstehe. Bei dem gälischen Teil muss ich ohnehin passen. So nehme ich im Stillen Abschied von Patricia und tröste James, als er den Kampf gegen die Tränen verliert.

Nachdem der Sarg in die Erde gelassen wurde, löst sich die Trauergesellschaft auf. Nur Elisabeth, Penelope, ihr Bruder Georgie und Brian bleiben an Patricias Grab auf dem nahe gelegenen Maryculter Churchyard zurück. Während ich langsam über den Friedhof in Richtung Ausgang laufe, bin ich insgeheim erleichtert, es hinter mich gebracht zu haben. Ich halte mich ungern an solchen Orten auf. Sie deprimieren mich.

Raureif und Schnee bedecken die Rasenflächen und Grabstellen. Die Luft ist so kalt und feucht, dass ich selbst in meinem dicken Wollmantel friere.

Ich höre Schritte hinter mir und bleibe stehen.

»Anne, warte.« Es ist Paul. Er spricht Deutsch.

»Du redest wieder mit mir?«, frage ich misstrauisch.

Dann laufe ich weiter, aber langsamer.

»Bitte hör mir zu.«

Erneut bleibe ich stehen. Pauls reuevolle Miene, seine vom Weinen geröteten Augen lassen mich weich werden. Aber das zeige ich ihm nicht. Mit festem Blick fixiere ich ihn.

»Es tut mir leid«, entschuldigt er sich. »Ich war fies zu dir.«

»Allerdings.«

Verlegen reibt er sich den Nacken. »Du fehlst mir, Anne. Sehr.

Aber immer wieder denke ich daran, was Felicity mir angetan hat, wie sie mich gedemütigt hat.«

Das weiß ich alles. Ich bin einerseits froh, dass er endlich über seinen Schatten springt, andererseits haben die letzten Tage Spuren hinterlassen.

»Ich habe mich bei dir entschuldigt und fühle mich immer noch schrecklich, weil ich dich so im Regen stehen gelassen habe. Aber wir können nicht so weitermachen! Es macht mich kaputt, Paul, hörst du? Es macht mich kaputt!«

Tränen sammeln sich in meinen Augen, doch ich wische sie energisch weg.

»Mich macht es auch kaputt. Ich hasse es, dass du zugleich nahe und unendlich weit entfernt bist.«

»Dann glaub mir doch endlich, dass ich nur das Beste für uns wollte. Eine saubere Trennung ohne zermürbendes Hin und Her. Es war dumm von mir, aber ich habe dich nie belogen oder auf andere Weise hintergangen. Kannst du mir diesen einen Fehler nicht verzeihen?«

Es ist das zweite Mal, dass ich derart vor ihm zu Kreuze krieche. Wenn er sich jetzt umdreht und weggeht, werde ich Brian bitten müssen, mir bis April Obdach zu gewähren. Ich kann nicht mit jemandem zusammenleben, der mich mit Missachtung straft und meine Selbstachtung mit Füßen tritt.

Doch Paul dreht sich nicht weg. Stattdessen streckt er stumm die Hand nach mir aus.

Ich ergreife sie und lasse es zu, dass er mich an sich zieht. Tränen brennen in meinen Augen und laufen heiß meine eiskalten Wangen herab, dennoch fühle ich mich plötzlich leicht wie eine Feder. Paul hält mich.

»Du bist nicht wie Felicity. Bitte verzeih mir, dass ich dich jemals mir ihr verglichen habe! Du hast es nicht böse gemeint, das wusste ich die ganze Zeit. Aber es hat sich angefühlt, als wäre ich wieder der Idiot, über den im Hörsaal getuschelt wird.

Der Typ, den alle Frauen verlassen, sobald er sich in sie verliebt hat.«

Als er stockt, spüre ich, dass da noch mehr ist. Ich streichle seinen angespannten Rücken.

»Du bist meiner Mum ähnlich«, fährt er fort. »Sie liebt ihre Arbeit im Krankenhaus, und manchmal kam es mir vor, als würde sie sich lieber um andere kümmern als um mich. Nach Dads Tod hat sie mich mit James auf ein Internat geschickt. Es war gut, mit meinem besten Freund zusammen zu sein, aber ich hätte ab und zu eine Mutter gebraucht. Patricia war mehr eine Mutter für mich als meine eigene. Und dann kamst du, und es ist wieder dasselbe passiert: Ohne zu zögern, hast du deine Pflicht mir vorgezogen. Das hat mich hart getroffen, weil es mir schon so oft passiert ist.«

Ich sehe den kleinen Jungen vor mir, der seine Mutter vermisst und sich zurückgewiesen fühlt. Den jungen Mann, der wieder von einer Frau enttäuscht wurde. Der auch von mir enttäuscht wurde. Ich fühle mich schrecklich. Das Mitleid und die Schuldgefühle drücken mir die Luft ab.

»Ich wollte nie, dass du dich so fühlst«, versichere ich und presse mich an ihn. »Es tut mir so leid, dass ich dir wehgetan habe.«

»Du hast dir auch selbst wehgetan«, sagt er und hält mich ebenso fest wie ich ihn. »Patricia hat mir gesagt, dass ich dich nicht einfach ziehen lassen darf, dennoch hab ich dich von mir gestoßen. Ich hätte meinen Stolz runterschlucken und gleich auf sie hören sollen.«

»Ich hab doch auch nicht auf sie gehört. Erst als es schon zu spät war. Sie hat gemeint, ich solle immer auf mein Herz hören. Nach Deutschland zu gehen und dich zurückzulassen hat aber mein Kopf entschieden. Mein Kopf und der winzige, unschöne Teil meines Herzens, dem ich niemals irgendwelche Entscheidungen überlassen dürfte. Der mit den Schuldgefühlen.«

Paul befreit sich ein Stück weit und sieht auf mich herunter.

In seinen feuchten Augen steht so viel Liebe, dass es mich augenblicklich verstummen lässt.

»Kopflos durch die Weltgeschichte zu gehen ist auch keine Lösung. Ich mag es, dass du so gründlich nachdenkst. Selbst wenn dich deine Gedanken manchmal in eine unerwünschte Richtung lenken.« Er lächelt.

Dieses Lächeln! Ich habe es genauso vermisst wie den Rest von Paul.

»Heißt das, du nimmst mich zurück?« Ich muss es wissen. Schließlich bin ich immer noch ein Kopfmensch.

»Wenn du das willst. Ich kann es nachvollziehen, wenn du Abstand brauchst oder ich es komplett verbockt habe.«

Ich schüttle den Kopf. »Das hast du nicht.«

Sanft legt er seine kühlen Lippen auf meine, und ich komme ihm seufzend entgegen. Es kommt mir vor, als würde ich wieder richtig durchatmen, nachdem ich lange die Luft angehalten habe.

Es ist uns beiden egal, ob es unschicklich ist, sich auf einem Friedhof zu küssen. Pauls Nähe zu spüren ist ein Bedürfnis, das ich unmöglich länger aufschieben kann.

Ich vergesse alles um mich herum und spüre nur noch Pauls feste Umarmung, seine weichen Lippen und die wilden Horden von Schmetterlingen, die durch meine Eingeweide flattern. Mein Herz erwacht aus seinem Winterschlaf und donnert in meiner Brust. Ich will Paul nie mehr loslassen.

Als sich neben uns jemand räuspert, fahren wir auseinander. Leicht desorientiert und schwindelig packe ich Pauls Mantelkragen, um nicht umzufallen.

»Schön, dass ihr euch wieder vertragt. Aber muss es ausgerechnet hier sein?«

James lacht leise. Die Spuren der Trauer sind nach wie vor nicht aus seinem Gesicht verschwunden, aber er scheint sich aufrichtig für uns zu freuen.

36

Immer wieder fällt mein Blick auf den unbesetzten Stuhl zwischen meiner Großcousine und Brian. Es ist Patricias Stuhl, und sie scheint dort zu sitzen, wo sie zu Lebzeiten immer saß, wenn Elisabeth zu Besuch war. Ein bisschen erinnert mich das an den Fernseh-Sketch »Dinner for One«, den wir zu Hause alle lieben. Allerdings würde heute niemand lachen, wenn Brian dem leeren Stuhl Bier oder Whiskey einschenken würde.

Die deftigen Fleischpasteten und Kartoffeln erfüllen nach einer Beerdigung ihren Zweck: Sie erden uns alle. Essen hilft den meisten Menschen, sich wieder mehr im Leben, im Hier und Jetzt zu verankern.

Mir fällt auch auf, dass Elisabeth nur Wasser trinkt und ihr Stück Pastete nicht anrührt. Irgendwann erbarmt sich Brian und nimmt es von ihrem Teller. Sein Appetit hat jedenfalls nicht gelitten.

Im warmen Licht der Hängelampe über dem langen Esstisch, den die Männer ausgezogen haben, sodass alle daran passen, wirkt Elisabeth blass und beinahe hohlwangig. Gestern Abend und heute Nacht habe ich das nicht bemerkt. Leidet sie so sehr unter dem Tod ihrer Freundin? Oder steckt etwas anderes dahinter? Ich denke wieder daran, dass Brian sie so bald wie möglich heiraten will.

Als sie sich mit leicht grüner Gesichtsfarbe entschuldigt und aufsteht, trifft es mich wie der Blitz.

»Willst du meine letzten Kartoffeln?«, frage ich Paul, der sich gerade nachnehmen will. »Ich bin satt.«

»Aber immer.« Er schiebt die Kartoffeln auf seinen Teller.

»Lässt du mich bitte raus? Ich muss mal wohin.« Nämlich nach Lisbeth sehen und ihr ein paar Fragen stellen.

Ich laufe direkt zum Badezimmer. Als ich anklopfe, öffnet Elisabeth mir. Bleich ist sie noch immer, aber zumindest weniger grün. Sie wäscht sich die Hände und spült sich den Mund aus.

»Was ist los mit dir?«, erkundige ich mich. »Bist du krank?«

Sie schüttelt den Kopf.

»Soll ich dir einen Tee kochen?«

»Eigentlich würde ich jetzt gerne ein Brot essen.«

»Du bist schwanger«, stelle ich fest. Sofort schalte ich in den Hebammen-Modus. »Wie lange ist dir schon schlecht?«

Sie lächelt. »Du erinnerst mich an Mama. Es fing schon in Deutschland an. Ich hoffe, es ist bald vorbei.«

»Musst du dich oft übergeben?«

»Eigentlich nicht. Ich hätte mich nicht zu diesen stinkenden Pasteten an den Tisch setzen sollen, aber das wäre sehr unhöflich gewesen.«

»Ich nehme an, du willst es noch niemandem sagen?«

»Bisher weiß nur Brian davon. Er hat sich zu viele Sorgen um mich gemacht. Ich konnte ihn nicht in dem Glauben lassen, ich sei krank. Er hat jahrelang mit einer kranken Frau zusammengelebt. Das hat ihn überfürsorglich und gleichzeitig ängstlich gemacht.«

»Das verstehe ich. Aber freut er sich denn darüber? Ihr seid ja nicht mehr die Jüngsten.«

Da lacht sie. »Du liebe Güte, Anne! Ich bin achtunddreißig, keine Großmutter. Brian ist auch noch nicht zu alt, um noch einmal Vater zu werden. Er war völlig aus dem Häuschen, als ich es ihm gebeichtet habe. Ich hoffe nur, dass Georgie und Penny uns diesen ungeplanten Familienzuwachs nicht übelnehmen. Es könnte sie überfordern, so rasch nach Patricias Tod. Bitte behalte das für dich. Ich werde erst damit herausrücken, wenn man es nicht mehr übersehen kann. Als Patricia im Herbst dachte, es geht zu Ende, hat sie uns ihren Segen gegeben. Wir haben uns hinreißen lassen. Ohne die unverhoffte Schwangerschaft müsste ich mich nicht erklären.« Sie presst die Lippen zusammen.

Ich nicke. »Am Ende geht es niemanden etwas an. Bitte achte gut auf dich, und geh zum Arzt, wenn dir etwas komisch vorkommt. Bei Blutungen sofort!« Dann nehme ich sie in den Arm. »Herzlichen Glückwunsch, Lisbeth!«

»Danke.« Sie seufzt. »Ich kann nicht mehr zu den Pasteten.« Wir lachen beide auf.

»Leg dich hin. Ich bringe dir gleich ein Butterbrot.«

Als ich schließlich zurück ins Esszimmer komme, sind alle mit dem Essen fertig. Es ist lauter als zu Beginn, gelöster.

Mary, Penelope und ich beginnen damit, den Tisch abzuräumen. Paul, James und Georgie schieben den Tisch wieder auf die ursprüngliche Größe zusammen und tragen die überzähligen Stühle in den Keller, während Brian und George im Wohnzimmer das Kaminfeuer anfachen.

»Was ist mit deiner Großcousine? Fühlt sie sich nicht wohl?«, spricht mich Mary beim Geschirrspülen an.

Ich finde es gut, dass sie sich nicht zu fein zum Abtrocknen ist, obwohl das bei ihr zu Hause das Personal erledigt.

»Es war ein schwerer Tag für sie, und sie hat die letzten Nächte kaum geschlafen.«

»Richte ihr meine Genesungswünsche aus.«

»Bleibst du nicht bis morgen?«

»Mein Bruder ist zufällig in der Gegend, weil er für seine Baufirma Granit einkauft. Er wird mich nachher abholen und mit zurück nach London nehmen. Auf diese Weise habt ihr auf der Rückfahrt mehr Platz im Wagen.«

Mary Wright spricht tatsächlich in ganzen Sätzen mit mir! Die Trauer muss sie weich gemacht haben.

»Wie geht es dir?«, erkundige ich mich und schaue kurz von dem Bräter auf, den ich gerade schrubbe.

»Wenn man von heute mal absieht, geht es mir mit jedem Tag besser. George und ich verhandeln gerade über das Haus in London. Er möchte, dass ich darin wohnen bleibe.«

»Möchtest du das denn?«

»Einerseits ja, denn ich liebe die Stadt und habe viele Bekannte und Freunde dort. Andererseits habe ich bei meinem letzten Besuch gesehen, wie alt meine Eltern geworden sind. Sicher, sie haben Bedienstete, aber niemanden, der ihre Geschäfte führt, wenn sie es nicht mehr können. Das gestaltet sich von London aus eher schwierig.«

Warum redet sie so offen und geradezu freundlich mit mir?

»Das verstehe ich gut. Ich wäre nicht zurück nach England gegangen, wenn meine Mutter nicht darauf bestanden hätte«, verrate ich ihr mit derselben Offenheit. »Ich habe mich nicht wohl dabei gefühlt, sie nach der Trennung von meinem Stiefvater alleine zu lassen.«

Mary betrachtet mich neugierig. Es sieht fast so aus, als entdeckte sie gerade völlig neue Seiten an mir.

»Ich dachte, du wärst wegen Georges und meinem Streit abgereist.«

»Das war mit ein Grund, aber nicht der wichtigste.«

»George und ich raufen uns schon wieder zusammen. Wir hätten uns viel früher scheiden lassen sollen. Ich glaube, wir bekommen unsere Freundschaft zurück, wenn wir uns genügend Zeit geben.«

Ich reiche ihr den sauberen Bräter und nehme mir den ersten Teller vor.

Schließlich halte ich es nicht mehr aus.

»Warum bist du auf einmal so nett zu mir?«, frage ich sie ganz direkt.

»Nun, deine Nation werde ich wohl nie in mein Herz schließen, aber es gibt überall nette Menschen, sogar unter den Feinden. Es hat auch keinen Zweck, dich für das Scheitern meiner Ehe verantwortlich zu machen. Es war sogar sehr ungerecht, und ich möchte mich dafür entschuldigen, wie ich dich behandelt habe.«

Mir bleibt der Mund offen stehen.

»Entschuldigung angenommen«, bringe ich schließlich hervor.

»Alle mögen dich gern, also kannst du kein so schlechter Mensch sein. Ich will nicht mehr die Einzige sein, die dich ständig abweist.«

Es geschehen noch Zeichen und Wunder.

»Das ist sehr freundlich von dir. Danke.«

»Ich habe meine gute Erziehung vergessen, als ich dich traf. Du wolltest kein Geld von uns, du wolltest deine Wurzeln finden. George und deine Mutter tragen die Verantwortung für das, was damals in Deutschland geschehen ist, nicht du. Das habe ich jetzt erkannt. Es imponiert mir im Übrigen, dass du dir Arbeit gesucht hast und hilfst, wo du kannst. Ich denke, wir werden miteinander auskommen.«

»Das denke ich auch.«

Zum ersten Mal lächeln wir uns an. Es tut gut, diese Baustelle so unverhofft beseitigt zu haben.

Penelope kommt zurück in die Küche. Während sie das Geschirr in die Schränke räumt, schnieft sie leise vor sich hin.

»Komm her, Penny«, sagt Mary mütterlich.

»Tut mir leid. Ich vermisse meine Mum«, sagt Penelope kläglich.

Ich stehle mich aus dem Raum, als sie sich an Marys teurem schwarzen Kostüm ausweint. Mir geht es heute besser als den meisten Menschen in diesem Haus, aber ihre tiefe Trauer spüre ich trotzdem.

Ich gehe und suche nach Paul.

37

An Weihnachten erwartet mich eine wundervolle Überraschung.

Zwei Tage vor Heiligabend, als Paul und ich einen kleinen Christbaum im Wohnzimmer aufstellen, läutet es an der Tür.

»Machst du auf?«, bittet mich Paul und öffnet einen Karton mit Weihnachtsschmuck.

Die Treppe hoch kommen nicht nur James und Kate, sondern auch Mama, Marlene und Clara. Jauchzend laufe ich ihnen entgegen und drücke sie alle, ohne mich um den Lärm zu scheren, den wir im Treppenhaus veranstalten.

»Wie kommt ihr hierher?«, frage ich etwas dümmlich.

Marlene lacht mich aus.

»Erst mit dem Zug, dann mit dem Schiff, dann wieder mit dem Zug und schließlich mit dem Auto«, antwortet Clara. »James und Kate haben uns am Bahnhof abgeholt. James hat mit uns schon bei seinem Besuch in Heidelberg ein Visum beantragt. Überraschung!«

»So war das doch nicht gemeint. Kommt erst mal alle rein.«

Paul steht in der Diele bereit, um die Vorstellungsrunde in Angriff zu nehmen.

»Das ist also dein Freund«, sagt Mama und mustert ihn so gründlich, dass er rote Ohren bekommt.

James und Kate glucksen. Armer Paul!

»Er ist in Ordnung, Mama«, weise ich sie zurecht.

Himmel, ist das peinlich!

»Guten Tag, Frau Reuter«, begrüßt er sie auf Deutsch und schüttelt ihr die Hand. Das stimmt sie milde. Auf ihrem Gesicht breitet sich ein Lächeln aus.

»Guten Tag, Mr. Morgan«, erwidert sie.

»Nenn ihn doch nicht Mr. Morgan, als wäre er fünfhundert Jahre alt«, rügt Marlene sie.

Erbost blickt sie auf ihre zweitälteste Tochter.

»Du nimmst mir die einzige Gelegenheit, die strenge Schwiegermutter zu mimen!« Dann wendet sie sich wieder Paul zu, der unbehaglich zwischen den fremden Frauen hin- und hersieht. »Du darfst gern Erika zu mir sagen.«

»Sehr freundlich von Ihnen, Erika.«

»Du darfst auch ›du‹ sagen, Paul. Das sind meine jüngeren Töchter Marlene und Clara.«

Er nickt. Seine Wangen sind inzwischen so rot wie seine Ohren. So habe ich meinen Freund noch nie erlebt.

»Ich koche Tee«, beende ich dieses erbärmliche Schauspiel. »Habt ihr Hunger?«

»Ich könnte was vertragen«, lässt sich James vernehmen.

»Du hast doch immer Hunger, du Vielfraß«, zieht Kate ihn auf.

Ich hole den Teekessel aus dem Schrank neben dem Herd.

»Wenn ihr euch ein bisschen frischmachen wollt, das Bad ist gegenüber von der Küche«, sage ich zu meiner Familie.

»Ich mache Sandwiches«, ruft Paul, der einen Teil seiner Coolness zurückgewonnen hat.

James lacht trotzdem, als er ihn sieht.

»Erika ist harmlos, du musst dir nicht ins Hemd machen.«

»Ich bin drauf und dran, ihr Schwiegersohn zu werden, und wohne mit ihrer Tochter zusammen. Sag du mir nicht, ich soll mich nicht in Acht nehmen!«

Während ich den Teekessel mit Wasser fülle, grinse ich in mich hinein.

»Ist das deine Form des Heiratsantrags?«, ätzt Kate.

»Bestimmt nicht. Oh Gott, warum habe ich überhaupt irgendwas gesagt?« Kopfschüttelnd geht er zum Kühlschrank.

Paul und ich haben noch nicht explizit übers Heiraten gesprochen; so lange kennen wir uns schließlich auch noch nicht. Aber ich weiß, dass ich nicht Nein sagen werde, wenn er mich irgendwann fragt. Zu sehen, wie er sich unter den neugierigen Blicken seiner Freunde windet, amüsiert mich.

»Brian und Elisabeth wollen im Frühjahr heiraten«, werfe ich ein, damit sie Paul vom Haken lassen.

In dieser Sekunde kommt meine Mutter in die Küche.

»Wir sind doch hoffentlich alle eingeladen«, meint sie nur und setzt sich an den Tisch.

»Keine moralischen Bedenken, weil seine Frau dann erst seit ein paar Monaten tot ist?«, hake ich nach.

»Warum denn das? Solange es für die beiden kein Hindernis darstellt, geht uns das nichts an. Außerdem hat Luise mir erzählt, dass Lisbeth ein Kind erwartet.«

Mir fällt beinahe die Teedose aus der Hand.

»Tante Luise ist eine alte Tratschtante, weißt du das? Und du auch! Lisbeth hat mich gebeten, niemandem etwas zu verraten! Weiß sonst noch jemand davon?«

»Jetzt alle in diesem Raum?«, sagt James ironisch. »Er grinst. »Tut trotzdem überrascht, wenn sie es auf der Weihnachtsfeier verkünden.«

»Warum sollen wir überrascht tun?«, fragte Clara hinter mir.

Ich lasse den Messlöffel fallen und bücke mich seufzend.

»Weil eure Großcousine im Sommer Mutter wird, offiziell aber niemand eingeweiht ist.«

»Ich freue mich ja so für Lisbeth!«

»Ich glaube, das tun wir alle, oder?«, meint James.

Niemand widerspricht.

Am Weihnachtsabend sorgen dann nicht nur Brian und Elisabeth mit ihrer Verlobung und dem Kind für Gesprächsstoff, sondern auch George, der sich wieder für ein Jahr nach Deutschland versetzen lässt.

»Bonn ist näher als London«, erklärt er. »Danach sehen wir weiter.«

Meine Mutter schlägt erst die Hände vor den Mund, dann umarmt sie ihn von der Seite. Ich gönne es ihr. Den freudigen Mienen meiner Schwestern nach zu urteilen, tun sie das ebenfalls.

James verbringt mit Kate den nächsten Tag auf dem Landsitz ihrer Großeltern mütterlicherseits, damit Mary an Weihnachten nicht auf ihren Sohn verzichten muss.

Meine deutsche Familie hat sich bei George eingerichtet, und wir wollen zusammen London besichtigen. Auch das St. Mary's Hospital zeige ich meiner Mutter.

Wir verbringen ein paar wirklich schöne Tage, bis wir Silvester wieder Abschied nehmen müssen. Jedenfalls bis zum Sommer, wenn Paul und ich nach Deutschland reisen wollen.

Silvester verbringen James, Paul, Kate und ich in unserer Wohnung in Bloomsbury. George ist auf dem Stützpunkt, Georgie in Sandhurst.

Als wir nach dem Abendessen das Radio im Wohnzimmer einschalten, feiern wir unsere eigene kleine Tanzparty mit Bier, Beat- und Popmusik.

Um Mitternacht läuten die Glocken von Big Ben das neue Jahr ein. Wir hören sie durch das geöffnete Fenster. James stimmt »Auld lang syne« an, das traditionelle Neujahrslied. Ich kenne es nicht, höre aber zu, wie die anderen singen. Es ist schön, ziemlich melancholisch.

»Ein frohes neues Jahr! Möge es euch allen Glück bringen!«, ruft Kate, ehe sie James küsst.

»Ein frohes neues Jahr, Paul«, sage ich deutlich leiser.

Er nimmt mich in den Arm. »Dir auch ein frohes neues Jahr.«

Als alle Neujahrswünsche ausgetauscht sind, erwarte ich, dass wir weitertanzen oder nach draußen gehen, aber die anderen beiden verabschieden sich.

»Wir feiern jetzt noch ein bisschen ohne euch ins neue Jahr«, informiert uns James lächelnd.

Als sie weg sind, räumen wir kurz auf. Ich denke immer noch an das Lied, das wir eben gesungen haben.

»Warum singt ihr diesen Song? Es hat sich traurig angehört.«

»Wir denken beim Singen an alle, die uns letztes Jahr verlassen haben, machen unseren Frieden damit und verabschieden uns vom Vergangenen. Du hast recht, es ist wirklich wehmütig, aber ich mag es.«

»Ich auch.« Wir stellen die benutzten Gläser und die Schalen mit Nüssen in die Küche.

»Bist du müde?«, will Paul danach wissen.

Ich schüttle den Kopf.

»Dann lass uns noch einen Neujahrsspaziergang machen.«

Hand in Hand laufen wir durch die eisige Nacht bis zum Vorplatz des British Museum. Es ist ruhig hier, friedlich. Die Bäume sind kahl und der Rasen von Raureif bedeckt, aber mit Paul an meiner Seite ist es trotzdem schön. Die imposanten Steinsäulen am Eingang erinnern mich an den wundervollen Tag, den ich hier mit ihm verbracht habe. Es war der Tag, an dem wir uns das erste Mal geküsst haben. Hat er mich hergebracht, weil er sich ebenfalls daran erinnert?

Schließlich bleibt Paul an der Treppe stehen, ganz nahe an der Stelle, wo wir schon einmal zusammen standen.

»Weißt du noch, als wir hier in den Himmel geschaut und uns über den Regen unterhalten haben?«

»Ja. Wir haben übers Wetter geredet und sind dann ganz schön nass geworden.«

Wir lächeln uns an.

»Ich will jeden Tag mit dir über das Wetter reden, Anne. Mit dir essen, ins Museum gehen, Schallplatten hören, einfach zusammen sein.«

»Ich schlafe sogar wieder in deinem Bett.«

»George wusste schon, warum er dir ein Sofa und kein richtiges Bett gekauft hat.« Er küsst meine Wange. »Aber ich meine etwas anderes. Willst du das genauso wie ich? Zusammenleben? Eine Familie werden?«

Mein Herz macht einen Purzelbaum.

»Paul! Bist du dir sicher?«

Er nickt. Ich beginne zu zittern, als er in seine Hosentasche greift und einen schimmernden Goldring hervorzieht.

»Willst du meine Frau werden? Nicht jetzt sofort; irgendwann, wenn wir finden, dass es ein guter Zeitpunkt wäre?«

Ich muss plötzlich lachen.

»Ja, das will ich. Irgendwann, wenn wir beide finden, dass es ein guter Zeitpunkt ist.«

Lächelnd steckt er mir den Ring an. Ich will ihn nach der Herkunft des schönen Schmuckstücks fragen, aber da küsst er mich so zärtlich, dass ich es fürs Erste vergesse.

Ich will diesen wundervollen Mann wirklich heiraten. Was ist nur aus der vorsichtigen Anneliese geworden, die hinter jedem Mann einen abwesenden George oder einen lieblosen Rudolf vermutet hat? Sie scheint in den letzten Monaten verschwunden zu sein. Und warum auch nicht? Der beziehungsgeschädigte Paul macht schließlich jetzt auch Heiratsanträge.

»Ich freue mich auf die Gesichter der anderen, wenn wir es ihnen erzählen«, meint er schmunzelnd.

Und ich erst!

Wir gehen gemächlich nach Hause.

Langsam sinkt das Glück in mir herab und erfüllt mich bis in die Fußspitzen. Das hier ist mein neues Leben.

Willkommen zu Hause, Anne, sage ich zu mir selbst.

Epilog

Berkum, August 1968

Erika

Mit einem flauen Gefühl im Magen gehe ich zusammen mit Tante Luise, Clara und George die Dorfstraße hinunter. Der Bus aus Bonn hat uns bis zur Kirche gefahren, den Rest des Weges zu meinem Elternhaus müssen wir zu Fuß gehen.

Obwohl ich damit das Risiko eingegangen bin, mir eine neue Arbeitsstelle suchen zu müssen, sind Clara und ich nach Bad Godesberg zu meiner Tante gezogen, nachdem sie sich beim Fensterputzen den Fuß gebrochen hatte. Zuerst wollten wir nur ein paar Wochen bleiben, um ihr zu helfen, doch nachdem Claras letztes Schuljahr vorbei war, haben wir beschlossen, ganz dort zu bleiben. Clara beginnt im September eine kaufmännische Ausbildung in Bonn, wo sie in einem Lehrlingswohnheim unterkommt. Dann haben Luise und ich jede ein eigenes Zimmer. Clara wollte ohnehin raus aus Heidelberg, etwas anderes kennenlernen, und ich finde es schön, wieder bei Luise zu sein und auch meinen Bruder öfter sehen zu können. Es ist dennoch seltsam, wieder so nahe bei meiner Familie zu sein, ohne mit ihnen zu sprechen.

Hoffentlich wird sich das heute ändern. Otto hat das Treffen zwischen meinen Eltern und mir arrangiert. Clara kennt außer Otto, seiner Frau Lina und ihren Söhnen Klaus und Herbert niemanden.

Mein Vater empfängt uns, auf einen Stock gestützt, am Hoftor. Himmel, ist er alt geworden! Die lebenslange harte Arbeit und der Kummer über seine missratene Tochter, aber auch über unsere jahrzehntelange Funkstille haben sich in seinem faltigen Gesicht eingegraben. Mit ernster Miene wartet er auf uns.

Tante Luise begrüßt ihn als Erste mit einer kurzen Umarmung. Mit zitternden Händen bleibe ich vor ihm stehen.

»Vati. Es ist lange her.« *Seit du mich davongejagt hast.*

»Erika.« Etwas blitzt in seinen Augen auf. Reue? Bedauern? »Lass dich anschauen!« Beinahe lächelt er. »Das Stadtleben bekommt dir wohl.«

»Es bekommt mir sehr gut. Das ist meine Jüngste, Clara.«

»Hallo, Großvater«, sagt sie artig und reicht ihm die Hand.

George steht die ganze Zeit hinter mir. Ich weiß nicht, ob es hilft, dass er keine Uniform trägt.

Als der Blick meines Vaters auf ihn fällt, tritt er nach vorne und streckt die Hand aus.

»Guten Tag, Herr Knies. Danke, dass Sie uns heute eingeladen haben.«

Nach kurzem Zögern nimmt mein Vater Georges Hand und schüttelt sie.

»Guten Tag, Mr. Wright.«

Innerlich stoße ich einen Seufzer der Erleichterung aus. Die erste Hürde ist genommen.

»Kommt, Hilda und die anderen warten im Garten mit dem Kaffee auf euch.«

Sein Gang ist nicht mehr so sicher wie früher, seit er den Unfall mit der Säge hatte und beinahe ein Bein verloren hätte. Natürlich weiß ich nur durch Otto davon.

Im Garten steht eine gedeckte Kaffeetafel. Daran sitzen bekannte Personen und solche, die ich auf den ersten Blick nicht erkenne. Viele Stimmen grüßen uns, und wir grüßen zurück, winken im Näherkommen.

Meine Mutter springt auf und rennt auf mich zu. Obwohl sie inzwischen über sechzig ist, sieht sie noch beinahe so aus, wie ich sie in Erinnerung habe. Nur ihre Haare sind grauer, ihr Gesichtsausdruck härter.

Als sie mich in ihren vertrauten Duft nach unserer Küche, nach Blumen und Erde hüllt, fange ich unerwartet an zu weinen. Zweiundzwanzig Jahre haben wir uns nicht gesehen, nicht miteinander gesprochen, uns nicht im Arm gehalten. Doch all das scheint in diesem langen Augenblick vergessen. Ich bin einfach ein Kind, das seine Mutter umarmt.

»Meine Erika«, schluchzt sie leise. »Es ist so lange her!«

Die anderen kommen herbei. Otto umarmt mich, dann seine Frau, dann sein jüngerer Sohn Herbert.

»Schön, dass du da bist, Erika«, sagt mein Bruder.

»Wo ist Peter?«, erkundige ich mich.

Ich versuche, mit dem Weinen aufzuhören, aber das ist nicht so einfach. Es ist überwältigend für mich, wieder inmitten dieser Menschen zu sein, von ihnen willkommen geheißen zu werden.

»Er leistet seinen Wehrdienst ab. Jetzt ist er derjenige, der ein Jahr auf dem Hof fehlt. Aber was soll man machen?«

»Wenigstens muss er nicht in den Krieg.«

»So Gott will, gibt es keinen Krieg mehr«, meint Lina dazu.

Sie ist eine stille, freundliche Frau. Ich mochte sie von Anfang an.

»Das hoffe ich auch«, pflichte ich ihr bei.

Danach schütteln die beiden George die Hand und wechseln ein paar Worte mit ihm, doch davon bekomme ich kaum etwas mit. Berta, Emmi und Liesel haben artig gewartet, bis sie an der Reihe sind. Drei große, hübsche erwachsene Frauen stehen mir gegenüber. Sicher, ich habe immer wieder ein paar Fotos von Otto und Luise erhalten, aber sie in natura vor mir zu haben macht mich kurz sprachlos. Schmerzhaft spüre ich, wie uns allen die Zeit durch die Finger geronnen ist.

Für Emmi und Liesel bin ich eine Fremde. Interessiert schauen sie mich an – ebenso wie ich sie –, aber wir lächeln.

Berta, deren blondes Haar zu einem schicken Bob frisiert ist, nimmt mich zaghaft in den Arm.

»Du siehst ganz anders aus und doch wieder nicht«, stellt sie fest.

»Geht mir mit dir genauso«, gebe ich zurück.

Wir lösen uns voneinander.

Emmi reicht mir etwas förmlich die Hand, Liesel ebenfalls. Ich kann es ihnen nicht verdenken. Aber sie scheinen sich zu freuen.

»Endlich treffen wir dich«, sagt Liesel, und Emmi nickt zustimmend.

Sie ist die einzige Tochter, die noch zu Hause lebt. Sie hat auch keinen Mann oder Kinder. Seit Jahren schon ignoriert sie erfolgreich die Versuche unserer Mutter, sie unter die Haube zu bringen. Und Otto ist einfach froh um Emmis Hilfe auf dem Hof.

»Es ist so schön, euch wiederzusehen!«, erwidere ich.

Als die beiden Jüngeren George begrüßen, gehen Berta und ich zur Kaffeetafel. Ich will mehr über sie erfahren, über diese erwachsene Schwester, die in meinen Erinnerungen ein zwölfjähriges Mädchen mit Zöpfen ist.

»Otto hat erzählt, du hast auch eine Familie?«

Sie nickt. »Ich habe drei Kinder, einen Sohn und zwei Töchter, Bertram, Anna und Erika. Sie sind heute mit meinem Mann Alfred bei seiner Mutter in Bad Godesberg. Sie wollen dich aber unbedingt alle kennenlernen.«

Ich höre bloß eine Sache aus ihrer Rede heraus.

»Du hast eine deiner Töchter nach mir benannt?« Das rührt mich sehr.

»Ich wollte, dass meine Kinder wissen, dass es noch eine andere Tante gibt. Eine, die ihr sturer Großvater zu Unrecht verjagt hat. Keiner von uns hat ihm deinen Rauswurf verziehen. Aber wir halten zusammen. Jetzt haben wir ihn alle weichgeklopft, dich einzuladen. Otto, Lina, Mama, Luise und ich.«

»Ich danke euch. Ich habe mich zwar damit abgefunden, aber vermisst habe ich euch trotzdem.«

»Wir dich auch. Mama ist enttäuscht, dass Anneliese nicht mitgekommen ist. Aber sie ist ja in England, oder?«

»Ja. Sie arbeitet dort in einem Krankenhaus und lebt mit ihrem Verlobten zusammen. Ihr seht sie an Weihnachten.«

George macht sich nun bemerkbar.

»Guten Tag«, begrüßt er Berta. »Ich bin George.«

»Berta. Schön, dass Sie hier sind.« Sie scheint es ehrlich zu meinen. Auch meinen anderen Schwestern stellt er sich vor.

Dann sitzen endlich alle. Mein Vater erhebt sich.

»Ich danke euch allen, dass ihr gekommen seid. Besonders dir, Erika, danke ich, dass du nach all den Jahren dieses Treffen nicht abgelehnt hast. Ich hätte es verstanden. Damals sind wir im Bösen auseinandergegangen, heute Abend wollen wir es im Guten tun. Es tut mir leid, dass ich dir so lange gegrollt habe, Erika. Es tut mir leid um die Zeit, die wir verloren haben. Und besonders darum, dass ich mein erstes Enkelkind nicht kenne.«

Still presse ich die Lippen aufeinander und kralle die Hände in mein blaues Leinenkleid.

»Manchmal erweisen sich Feinde bei näherem Hinsehen als Freunde«, sagt mein Vater an George gewandt. »Meine Schwester, meine Nichte und Erika haben das als Erste erkannt. Ich kann es ihnen nicht mehr zum Vorwurf machen. Danke, dass du heute gekommen bist, George. Und ich danke dir, dass du nicht denselben Fehler gemacht hast wie ich, sondern deine Tochter aufgenommen hast. Hättest du sie abgewiesen, du hättest es immer bereut.«

Tränen brennen in meinen Augen, als ich aufstehe, zu meinem Vater laufe und ihn in die Arme schließe.

Er erwidert meine Geste. Mein Vater umarmt mich, und es tut ihm leid. Er hat mich vermisst. Sein starker Körper erbebt, doch ansonsten ist er ganz still.

»Danke, Vati«, sage ich leise.

Ich weine schon wieder, aber meine Mutter schluchzt noch lauter.

Mit nassen Augen löse ich mich von meinem Vater. Mit einer solchen Ansprache, einer quasi öffentlichen Entschuldigung, habe ich nicht gerechnet. Ein Teil meiner verletzten Seele heilt in diesem Moment. Der Teil, den ich für tot gehalten habe.

»Um Himmels willen, Hilda«, brummt mein Vater. »Der Engländer denkt, wir haben sie nicht mehr alle.«

Aber George lächelt uns alle an und schüttelt den Kopf.

»Wenn eine Familie wieder zusammenfindet, ist das eine sehr emotionale Angelegenheit. Ich würde nie jemanden verurteilen, der anderen seine Liebe zeigt.«

Ich wische mir die Augen ab, setze mich zu George und küsse ihn auf die Wange.

»Deshalb mag ich dich so gern: Du findest immer die richtigen Worte«, flüstere ich.

Nach einem harmonischen Nachmittag verabschiede ich mich mit einem wunderbar leichten Gefühl von meiner Familie. Versöhnt, erleichtert, voller Hoffnung.

George ist bei mir, und das wird er von nun an für immer sein. Für den Rest unseres Lebens.

ENDE

Personenverzeichnis

Berkum und Bad Godesberg

Frieda Meier	* 1862 † 1947
Anna Knies	* 1883 † 1966
Luise Müller geb. Knies	* 1908
Elisabeth Müller	* 1929
Erwin Knies	* 1901
Hilda Knies geb. Meier	* 1903
Otto Knies	* 1921
Erika Reuter geb. Knies	* 1923
Berta Knies	* 1933
Emmi Knies	* 1935
Liesel Knies	* 1942
Anneliese Reuter geb. Knies	* 1946

Heidelberg

Rudolf Reuter	* 1919
Margot Reuter	* 1898
Marlene Reuter	* 1949
Clara Reuter	* 1951

Großbritannien

George Wright	* 1923
Mary Wright geb. Donahue	* 1923

James Wright   * 1946
Brian MacDougal   * 1926
Patricia MacDougal geb. Cassidy   * 1926 † 1967
George »Georgie« MacDougal   * 1948
Penelope MacDougal   * 1950
Edda Morgan   * 1924
Paul Morgan   * 1946
Kate Montrose   * 1947

Nachwort
Besatzerkinder in Deutschland
nach dem Zweiten Weltkrieg

Nach neueren Schätzungen hatten bis 1955 ungefähr 400.000 Kinder in Deutschland einen Vater, der kein Deutscher war, etwa 8.400 davon einen britischen. Andere Quellen schätzen die Gesamtzahl auf etwa 250.000. Sie sind Teil einer meist vaterlosen Generation des Zweiten Weltkriegs. Wusste man von ihrer Herkunft, galten sie in den meisten Fällen deshalb und wegen ihrer unehelichen Geburt als Schande und waren stigmatisiert. Sie und ihre Mütter wurden diskriminiert. Daher waren Besatzungskinder ein Tabu. Über ihre Abstammung wurde geschwiegen, oft lebenslang, um sie und ihre Familien vor Ausgrenzung zu schützen.

Ein Entgegenkommen der Bundesregierung gab es spät. Erst ab 1955 konnten Mütter von Besatzungskindern vom Vater Unterhalt einklagen, wenn dieser sich in Deutschland aufhielt. Für die Mehrheit der ab 1945 geborenen Kinder kam diese Regelung jedoch zu spät, denn die Väter waren längst wieder fort.

Auch die Militärregierungen in den Besatzungszonen machten es Müttern wie Soldatenvätern schwer. Oft gab es keine Heiratserlaubnis, oder sie wurde mit unüberwindlichen bürokratischen Hürden erteilt. Auch erteilten die Militärbehörden keine Auskünfte über den Aufenthaltsort versetzter Soldaten. In den meisten Geburtsurkunden von Besatzerkindern steht daher: *Vater unbekannt*.

Erst in den späten Sechzigerjahren begann eine echte Aufarbeitung und Integration der Besatzungskinder. Im Westen wurden die alliierten Besatzer aus Frankreich, Großbritannien und den USA zu Verbündeten, doch für die Sowjetunion galt das nicht. Viele der Betroffenen machten sich auf die Suche nach ihren Vätern, ihrer zweiten Familie. Hilfe bei der Suche nach Angehörigen bot und bietet nicht nur das *Internationale Rote Kreuz*, sondern auch die Organisationen *GITRACE*, *INIRC* (International Network for Interdisciplinary Research on Children Born of War) und *Coeur sans frontières*. Auch nachfolgende Generationen können so noch versuchen, Leerstellen in ihrer Familiengeschichte zu füllen.

Vier Frauen, vier Generationen und Entscheidungen, die ein Leben prägen

Armando Lucas Correa
DIE REISENDEN
DER NACHT
Roman. Von Berlin über Kuba und die USA zurück nach Deutschland: Eine atemberaubende Mehrgenerationengeschichte
Aus dem amerikanischen Englisch von
Angela Koonen
416 Seiten
ISBN 978-3-404-19310-3

Was, wenn mein Kind nur dann leben kann, wenn ich es weggebe? Die junge Schriftstellerin Ally steht vor genau dieser Frage. Ihre Tochter Lilith ist hochintelligent, doch Hitlers Rassenideologie spricht Mischlingskindern wie ihr jegliches Existenzrecht ab. Schweren Herzens schickt Ally sie ins sichere Kuba. Jahre später steht Lilith dort vor derselben Entscheidung, denn ihr Mann Martin wird von den Männern Fidel Castros verfolgt und getötet. Auch sie sieht sich gezwungen, ihre Tochter Nadine in Sicherheit zu bringen. Lange herrscht Schweigen – bis Nadines Tochter Luna es wagt, der Herkunft ihrer Mutter nachzugehen. Was sie über die Geschichte ihrer Familie erfährt, bewegt sie zutiefst ...

Lübbe

Die Community für alle, die Bücher lieben

Das Gefühl, wenn man ein Buch in einer einzigen Nacht verschlingt – teile es mit der Community

In der Lesejury kannst du

★ Bücher lesen und rezensieren, die noch nicht erschienen sind

★ Gemeinsam mit anderen buchbegeisterten Menschen in Leserunden diskutieren

★ Autoren persönlich kennenlernen

★ An exklusiven Gewinnspielen und Aktionen teilnehmen

★ Bonuspunkte sammeln und diese gegen tolle Prämien eintauschen

Jetzt kostenlos registrieren: www.lesejury.de

Folge uns auf Instagram & Facebook:
www.instagram.com/lesejury
www.facebook.com/lesejury